CW00547613

ДЖОН Р.Р. ТОЛКИН

ДЖОН Р.Р. ТОЛКИН

ВЛАСТЕЛИН КОЛЕЦ

Возвращение короля

Издательство АСТ
Москва

УДК 821.111
ББК 84 (4Вел)
Т52

John R.R. Tolkien
THE LORD OF THE RINGS
PART 3: THE RETURN OF THE KING

Originally published in the English language by
HarperCollins Publishers Ltd.

Переведено по изданию:
Tolkien J.R.R. The Lord of the Rings.
Part 3. — London: Harper Collins, 1993.

Печатается с разрешения издательства HarperCollins Publishers Limited
и литературного агентства Andrew Nurnberg.

Перевод с английского В. Муравьева, А. Кистяковского

Стихи в переводе А. Кистяковского

Серийное оформление А. Кудрявцева

В оформлении обложки использована работа,
представленная агентством Russian Look / Picvario

Подписано в печать 29.03.16. Формат 84x108 $^1/_{32}$.
Усл. печ. л. 23,52. Доп. тираж 3000 экз. Заказ № 2817.

Толкин, Джон Рональд Руэл.

Т52   Властелин Колец. Трилогия. Т. 3. Возвращение короля /
Джон Р.Р. Толкин; [пер. с англ. В. Муравьева, А. Кистяковского.] — Москва: Издательство АСТ, 2016. — 439, [9] с.

ISBN 978-5-17-078922-1 (Т.1)
ISBN 978-5-17-080623-2 (Общ.)

Трилогия «Властелин Колец» бесспорно возглавляет список «культо-
вых» книг XX века. Ее автор, Дж. Р.Р. Толкин, профессор Оксфордского
университета, специалист по древнему и средневековому английскому
языку, создал удивительный мир — Средиземье, который вот уже без
малого пятьдесят лет неодолимо влечет к себе миллионы читателей.
Великолепная кинотрилогия, снятая Питером Джексоном, в десятки раз
увеличила ряды поклонников как Толкина, так и самого жанра героиче-
ского фэнтези.

КНИГА 5

Шесть тысяч копьеносцев
мчались через Санлендинг
К могучей твердыне Мундбург
у горы Миндоллуин,
К столице Государей, из-за Моря
приплывших,
Теперь осажденной врагами
и окруженной огнем.

Глава I
МИНАС-ТИРИТ

Пин выглянул у Гэндальфа из-за пазухи — и не понял, проснулся он или спит по-прежнему, видит быстротечный сон, в который погрузился, когда Светозар ударил галопом. Пробегала мимо та же темень, и ветер гулко свистел в ушах. Виднелись одни лишь переливчатые звезды; справа заслоняли небеса темные громады. Он стал было сонно соображать, где они и сколько уже проехали, но память его мутилась и расплывалась.

Сперва, он помнил, мчались во весь опор; на рассвете блеснули тусклым золотом купола, и они приехали в какой-то тихий город, и огромный пустой дворец стоял на холме. Едва они там укрылись, как опять налетела крылатая тень, и люди растерялись от ужаса. Но потом Гэндальф с ним ласково говорил, а он спал где-то в уголочке, спал устало и беспокойно, и слышал сквозь сон, как ходили туда-сюда люди и Гэндальф отдавал приказы. А потом они снова мчались и мчались, скакали в ночи. Вторая это была — нет, уже третья ночь, как он заглянул в Камень. Он вспомнил этот ужас, вспомнил, проснулся и задрожал, а расшумевшийся ветер грозил на все голоса.

Небо вспыхнуло желтым сиянием из-за черных кряжей, а Пин съежился в комочек: куда это, в какие неведомые края завез его Гэндальф? Он протер глаза и увидел, что луна одолела восточные тени, почти что полная луна. Значит, ночь в самом начале, и долог еще путь под темным небом. Он шевельнулся и заговорил.

— Это мы где, Гэндальф? — спросил он.

— Заехали в пределы Гондора, — отвечал тот. — Пока что в Анориэне.

И дальше скакали молча, а потом Пин вскрикнул, дернув Гэндальфа за рукав:

— Смотри-ка, смотри! Огонь же, красный огонь! Тут что, драконы? А вон еще!

Вместо ответа Гэндальф воззвал к коню:

— Поспешим, Светозар! Близки последние сроки. Видишь, Гондор зажигает маяки, вестники бедствия. Война нагрянула. Вон зажегся Амон-Дин, вспыхнуло пламя на Эйленахе, и огни побежали к западу: Нардол, Эрелас, Мин-Риммон, Кэленхад, — а вот полыхнул Галифириэн у ристанийской границы!

Но Светозар перешел с галопа на шаг, поднял голову и звонко заржал. Послышалось ответное ржанье и перестук копыт: из темноты вынырнули три всадника, пронеслись на запад и исчезли, точно растаяли в лунном сиянии. А Светозар напрягся, прянул — и ночной ветер снова загудел в ушах.

Сквозь дремоту Пин краем уха слушал, что рассказывает Гэндальф о гондорских обычаях — о том, как наместник повелел воздвигнуть маяки по обоим отрогам горной цепи, а у маяков учредил подставы, где всегда держат наготове сменных лошадей для гонцов, отправленных на север, в Ристанию, или на юг, в Бельфалас.

— Давно уж северные маяки не зажигались, — сказал он, — а прежде-то Гондору в них и нужды не было, хватало Семи Каменьев.

Пин вздрогнул и заерзал.

— Спи себе, не пугайся! — велел ему Гэндальф. — Это Фродо надо идти в Мордор, а ты едешь в Минас-Тирит, в надежнейшую крепость: нынче надежней нигде нету. Если уж Гондор не устоит, если Враг завладеет Кольцом, то и в Хоббитании не укроешься.

— Хорош утешитель, — спросонья выговорил Пин. Но, и засыпая, все же увидел осиянные луной белые вершины, плывущие над облаками. И подумал: а где же все-таки Фродо, может, он уже в Мордоре или его в живых нет; откуда ему было знать, что тогда-то и Фродо глядел издалека на ту же самую предрассветную луну.

Голоса разбудили Пина. Вот и еще сутки прочь: день в укрытии, ночь на коне. Светало, стелился холодный туман. Поблескивали потные бока Светозара, но в горделивой его осанке не было ни признака усталости. Кругом стояли высокие люди в плащах до пят, а за ними виднелась полуразрушенная стена, которую, должно быть, поспешно отстраивали, и в этот ранний предрассветный час отовсюду слышался стук молотков, скрежет лопат и скрип колес. В мутной мгле пылали факелы, горели светильники. Гэндальф разговаривал с теми, кто преграждал им путь, и Пин, прислушавшись, понял, что речь идет о нем.

— Да нет, ты-то ладно, Митрандир, — говорил Главный, — тебя мы знаем. А ты знаешь заветные слова, и Семь Врат открыты перед тобой. Езжай себе. Но вот спутник твой — он кто? Гном, что ли, с северных гор? Нам, как бы сказать, нынче ни к чему чужестранцы, разве что придет мощная подмога — из тех, кого мы опять-таки знаем и кому верим.

— Я поручусь за него перед престолом Денэтора, — отвечал Гэндальф. — И не судите о нем по росту. Если хочешь знать, Ингольд, так и битв, и опасностей ему выпало на долю куда больше твоего, хоть он и вдвое тебя меньше; мы с ним приехали от Изенгарда, вы еще услышите, что там было. Устал он очень, а то бы я его разбудил. Зовут его Перегрин, и не всякий из вас равен доблестью этому мужу.

— Этому мужу? — изумился Ингольд, и остальные рассмеялись.

— Какому еще мужу! — воскликнул Пин, совсем проснувшись. — Скажет тоже, мужу! Я никакой не муж, а хоббит, и вовсе не доблестный, разве что иной раз не сплоховал. Чего вам Гэндальф голову морочит!

— Такие слова и впрямь под стать доблестному мужу, — задумчиво проговорил Ингольд. — А хоббит — это кто?

— Хоббит — это невысоклик, — объяснил Гэндальф. — Нет-нет, — прибавил он, окинув взглядом изумленные лица, — прорицанье было не о нем. Это не тот, но один из них.

— Хоть и не тот, но его спутник, — заявил Пин. — И Боромир из вашего города тоже был с нами, он спас меня в северных снегах, и как раз меня он защищал и отбивался от целого полчища, когда его застрелили.

— Будет! — вмешался Гэндальф. — Эту скорбную весть должен прежде услышать отец Боромира.

— Скорбная весть предугадана, — сказал Ингольд, — ибо недавно были диковинные знаменья. Езжайте же, спешите! Свидетелю участи наследника престола Минас-Тирита нет задержки — будь то человек или...

— Или хоббит, — докончил Пин. — Мало проку от моего свидетельства, я могу лишь поведать вашему властителю о доблести Боромира, я у него в долгу.

— Добро пожаловать! — сказал Ингольд, и люди расступились перед Светозаром: в стене был узкий проход. — Подай Денэтору и всем нам мудрый совет, Митрандир! — крикнул он вслед. — А то ведь говорят, будто ты не советчик, а горевестник, ибо вести твои всегда скорбные и грозные!

— Потому что являюсь я в годины бедствий, — отозвался Гэндальф, — являюсь, когда нужна моя помощь. Вам же совет мой таков: поздно уже чинить пеленнорскую стену. Буря вот-вот налетит, и надейтесь лишь на свою стойкость, а выстоите — будет вам и иная надежда. Не все мои вести — скорбные. Отложите лопаты и точите мечи!

— Да мы к вечеру управимся, — возразил Ингольд. — Стена вся отстроена, только здесь и осталось: мы же не ждем врагов со стороны Ристании. А что ристанийцы? Как думаешь, откликнутся, прискачут на зов?

— Прискачут, дайте срок. Пока что они заслонили вас от удара в спину. Ждите врагов отовсюду, с любой стороны, днем и ночью! Когда б не Гэндальф-горевестник, на вас бы сейчас обрушились вражьи полчища из разгромленной Ристании. И почем знать, что еще будет. Прощайте, и глядите в оба!

И Гэндальф выехал на раздолье за Раммас-Экором — так называли гондорцы дальние укрепления, воздвигнутые, когда враг захватил Итилию. Десять с лишним лиг тянулись они от северных горных отрогов к южным, вокруг Пеленнорских пажитей — богатых, пышных угодий на пологом правобережье Андуина. На северо-востоке от стены до Великих Врат было дальше всего — лиги четыре. Здесь Минас-Тирит отгородился от приречных низин могучей крепью, и недаром: сюда, к заставе с двумя сторожевыми башнями, вела меж стен по насыпи большая дорога от бродов и мостов Осгилиата. А на юго-востоке стена отстояла от города всего лишь на лигу, минуя Эмин-Арнен — Королевскую Гряду на том берегу, в южной Итилии, — Андуин круто сворачивал к западу, и укрепления высились над берегом Реки, над пристанями Харлондской гавани, где швартовались корабли и барки с подвластных Гондору андуинских низовий и с приморья.

Изобильны были городские окрестности: тучные пашни и фруктовые сады, усадьбы с житницами и сушильнями, овчарнями и коровниками; в зелени струились с гор к Андуину бесчисленные речушки. Правда, земледельцев и скотоводов было здесь немного: большей частью гондорцы обитали в своем семистенном граде, или же по высокогорным долинам Лоссарнаха, или еще дальше к югу, в прекрасном Лебеннине, который орошают пять буйных потоков. Суровые жители южных предгорий считались исконными гондорцами, хоть и были они — приземистые и смуглые — потомками безвестного племени, поселившегося там в незапамятные века, еще до того, как Морем приплыли короли. И многолюдна была южная окраина Гондора — Бельфалас, где правил родовитый князь Имраиль; замок его Дол-Амрот стоял у самого Моря. Тамошние уроженцы были рослые, статные, сероглазые.

...Они ехали, и небо светлело; Пин привстал и огляделся. Слева стелилась мгла, сгущаясь в темень на востоке, а справа уходила на запад горная цепь, такая обрывистая, точно при сотворении мира могучая Река обрезала и отодвинула ее, образовав широкую долину, ристалище грядущих битв. И, выступая из тени, возникла перед ними, как и обещал Гэндальф, крайняя вершина — гигант Миндоллуин, избороженный лиловыми рубцами, обративший к рассвету белеющее взлобье. На его уступе, как на огромном выставленном колене, воздвигся Несокрушимый Град, могучая и древняя семистенная крепость — казалось, и не построенная, а изваянная сказочными исполинами из тверди земной.

Пин изумленно смотрел, как серые стены белели и розовели с рассветом; потом солнце вдруг выглянуло из сумрака и ярко озарило каменный лик города. И Пин вскрикнул, ибо над верхней стеной засверкала в небесах жемчужным блеском Эктелионова башня, и шпиль ее сиял, словно хрустальный; белые стяги реяли на утреннем ветру, и высоко-высоко серебряными голосами запели трубы.

* * *

Так, с первыми лучами солнца, Гэндальф и Перегрин подъехали к Великим Вратам столицы Гондора, и чугунные створы раскрылись перед ними.

— Митрандир! Митрандир! — восклицали стражи. — Значит, буря вот-вот налетит!

— Она уже налетела, — объявил Гэндальф. — Я примчался на ее крылах. Дорогу! Я тороплюсь к вашему повелителю Денэтору, покуда он еще государит. Будь что будет, но прежнему Гондору уж не бывать. Дорогу, сказал я!

Стража послушно расступилась; не спросили ни о чем, хотя изумленно взирали на хоббита, восседавшего впереди, и на великолепного коня. Лошадей тут видывали редко, а если уж всадник проезжал по улице — значит, спешил с неотложным государевым поручением. И поплыла молва: «Этот конь не иначе как от самого ристанийского конунга! Может статься, мустангримцы не замедлят с подмогой?» А Светозар, горделиво вскинув голову, двинулся наверх длинным извилистым путем.

Ибо в семь ярусов был выстроен Минас-Тирит, врезан в гору на семи уровнях и окружен семью стенами. Нижние Великие Врата внешней стены обращены были на восток, следующие — на четверть окружности к югу, третьи — на столько же к северу, и так до седьмых ворот. Мощеный подъем к цитадели сворачивал то налево, то направо — и, проходя над Великими Вратами, всякий раз пронизывал сводчатым туннелем исполинскую скалу, разделявшую надвое все ярусы, кроме первого. Прихотью изначального творения, довершенной трудами древних мастеров, скала, которая вздымалась за нижней площадью, была устремлена к востоку, точно корабельный форштевень. И с парапета седьмой стены можно было, как с палубы, увидеть на семисотфутовой глубине Великие Врата. Подобно им, глядели на восток ворота цитадели; к ним поднимался сквозь толщу скалы длинный проход, озаренный светильниками. И не было из города иного пути к Вышнему двору и Фонтанной площади у стройной Белой Башни в пятьдесят сажен высотою; на шпиле ее, в тысяче футов над равниной, развевалось знамя наместников Гондора.

Воистину неприступна была эта крепость, не по зубам никакому супостату, доколе оставались у нее защитники; разве что враги зашли бы с тыла и взобрались по кручам Миндоллуина к узкому перешейку между горой и крепостью на высоте пятой стены. Но перешеек был надежно укреплен и огражден по краю западного ущелья; а в пустынной седловине, в склепах и усыпальницах, покоились прежние властители Гондора, князья и наместники.

Пин никак не мог надивиться на огромный белокаменный град: такого, думал он, и во сне не увидишь, что там Изенгард перед этой могучей твердыней! Да и по красоте не сравнить. На самом же деле город хирел год от года, и народу обитало здесь вполовину меньше прежнего, а и прежде было не тесно. Что ни улица, проезжали они мимо дворцов и хором, где над дверями и арками ворот были искусно высечены древние рунические надписи — как догадывался Пин, имена и прозвания былых владельцев; но теперь там царила тишина, никто не всходил по широким ступеням, ничей голос не раздавался в опустелых покоях, ничье лицо не являлось в ослепших окнах.

Наконец они выехали из туннеля к седьмым воротам, и теплое солнце, сиявшее из-за Реки, озарявшее Фродо в перелесках Итилии, засверкало на гладких стенах и мощных колоннах, и ярко блеснул замковый камень большой арки: изваяние главы в короне. Гэндальф спешился, ибо всадников в цитадель не пускали, и Светозар по тихому слову хозяина позволил увести себя прочь.

Стражи у ворот были в черных плащах и причудливых шлемах с венцами и тесными налантниками, украшенными сверху светлыми крылами чаек; шлемы лучились ясным блеском, ибо отковали их из *мифрила* в давние дни могущества Гондора. На плащах было выткано дерево в белоснежном цвету, а над ним — серебряная корона и звездная россыпь. Это облачение дружинников Элендила во всем Гондоре носили одни лишь стражи цитадели, охранявшие Фонтанный Двор, где некогда росло Белое Древо.

Здесь им почему-то вовсе не удивились, а молча пропустили без всяких расспросов, и Гэндальф быстро зашагал по белым плитам двора. Поодаль на ярко-зеленом лугу искрился фонтан в лучах утреннего солнца, и поникло над водой иссохшее дерево, скорбно роняя капли с голых обломков ветвей в прозрачное озерцо.

Поспешая за Гэндальфом, Пин оглянулся на дерево и подумал, какое оно печальное и как странно, что оно торчит здесь — а кругом все так ухоженно.

Семь звезд, семь камней и белое древо.

Он припомнил эти слова, которые бормотал Гэндальф, и вслед за ним очутился на крыльце сверкающей башни, миновал безмолвных стражей и вступил под высокие своды, в гулкую полутьму. Они шли по длинному пустому залу, и Гэндальф тихо наставлял Пина:

— Держи язык на привязи, сударь мой Перегрин! Сейчас не время для хоббитских прибауток. Это тебе не добродушный старец Теоден. Денэтор — человек совсем иного склада, гордый и хитроумный, высокородный и могущественный властитель, хоть князем и не именуется. Говорить он будет больше с тобой, чем со мной, и выспросит тебя обо всем, что ты знаешь о сыне его Боромире. Он очень — пожалуй, даже слишком — любил старшего сына, любил еще и потому, что тот был ни в чем на него не похож. Но любовь не помешает ему взять тебя в оборот — смотри не проболтайся! Не говори ничего лишнего, а пуще всего помалкивай о поручении Фродо. Об этом я скажу в свое время. И постарайся как можно реже упоминать об Арагорне.

— А почему? Бродяжник-то чем плох? — шепотом возмутился Пин. — Он ведь сюда и шел? Да он все равно же явится за нами следом!

— Явиться-то он явится, — подтвердил Гэндальф. — Но явится оттуда, откуда его никто не ждет, даже Денэтор. Вот пусть и не ждет, так оно лучше. И не пристало нам возвещать его приход.

Гэндальф остановился перед высокими дверями, облицованными вороненой сталью.

— У меня, любезнейший Пин, и минуты лишней нет, чтобы вдалбливать тебе историю Гондора; лучше бы ты ее поучил, чем разорять гнезда и гонять лодыря в хоббитанских лесах. Слушай, что тебе говорят! И посуди сам: очень это будет кстати — принести властителю весть о гибели его наследника и заодно сообщить, что, мол, власти твоей конец, вот-вот явится законный Государь? Уразумел?

— Госуда-арь? — изумился Пин.

— Да, — отрезал Гэндальф. — Хватит тебе уже хлопать ушами, возьмись-ка за ум!

И он постучал в двери.

Двери растворились словно бы сами собой, и Пин увидел огромный чертог с узкими стрельчатыми окнами по обеим сторонам, за черномраморными колоннадами. Пышные капители украшали узорная листва и диковинные звериные морды; высокий мозаичный свод отливал тусклым золотом. Ни занавесей, ни гобеленов, ни деревянной утвари; меж колонн застыли суровые изваяния.

Они напоминали андуинских Каменных Гигантов, и не без трепета Пин окинул взглядом длинные ряды статуй давным-давно умерших Государей Гондора. В дальнем конце чертога, на многоступенчатом возвышении, стоял трон под мраморным навесом в виде увенчанного короной шлема, а позади поблескивал самоцветами стенной горельеф — дерево в цвету. Но трон был пуст. На широкой нижней ступени в незатейливом черном каменном кресле сидел, опустив взор, древний старец. В руке он держал белый жезл с золотым набалдашником. Он не взглянул им навстречу, и они медленно приблизились; остановившись шага за три от подножной скамейки, Гэндальф молвил:

— Привет тебе, властитель и наместник Минас-Тирита, Денэтор, сын Эктелиона! В этот роковой час я принес тебе вести и готов подать совет.

Старец поднял голову. Пин увидел строгое и надменное точеное лицо, длинный нос с горбинкой и запавшие темные глаза; и вовсе не Боромир вспомнился ему, а скорее Арагорн.

— Час поистине роковой, — отозвался старец, — твой излюбленный час, Митрандир. Да, судя по всему, Гондор на краю бездны, однако сейчас мне мое горе горше общей судьбины. Говорят, ты привез свидетеля гибели моего сына. Это он и есть?

— Да, это он и есть, — подтвердил Гэндальф. — Их было двое, свидетелей. Другой — с Теоденом Ристанийским; может, еще и явится. Оба невысоклики, но прорицанье было не о них.

— О них или нет, но самое слово это, — угрюмо сказал Денэтор, — язвит мой слух с тех пор, как Совет наш смутило темное прорицанье и Боромир очертя голову кинулся невесть куда, навстречу своей гибели. О сын мой, как худо нам без тебя! Фарамира надо было отправить.

— Фарамир и вызывался, — возразил Гэндальф. — Горюешь — горюй, но и в горе будь справедлив. Боромир сам пожелал идти и настоял на своем. Властный и своевольный, он прекословья не терпел. Много лиг я прошел с ним бок о бок, и мне довелось его распознать. Ты, однако же, упомянул о его гибели. Стало быть, тебя уже оповестили об этом?

— Вот оно — оповещение, — молвил Денэтор, отложив жезл и поднявши с колен в обеих руках обломки турьего рога, оправленного серебром.

— Это же рог Боромира, он его всегда носил! — воскликнул Пин.

— Верно, — сказал Денэтор. — А прежде я носил его, как всякий старший сын в нашем роду еще со времен последнего князя, когда Ворондил, отец наместника Мардила, охотился на диких быков Араува в дальних рунских степях. Тринадцать дней назад я расслышал его смутный зов от северных пределов княжества, и вот Великая Река принесла мне осколки рога: больше уж он не затрубит. — Денэтор умолк, и настала тяжкая тишина. Но вдруг он вперил взор в Пина. — Что скажешь на это ты, невысоклик?

— Тринадцать, тринадцать дней назад, — залепетал тот. — Пожалуй что и так, правда тринадцать. И я был рядом с ним, когда он трубил в рог. Но подмога не явилась. Только орки набежали.

— Вот оно как, — протянул Денэтор, пристально глядя в лицо Пину. — Ты был рядом с ним? Расскажи, расскажи! Почему же не явилась подмога? И как случилось, что ты спасся, а он погиб, он, могучий витязь, не одолел орскую погань?

Пин вспыхнул и позабыл робость.

— Величайшего витязя можно убить одной стрелой, — сказал он, — а Боромира пронзили едва ли не десятью. Помню, как он, прислонившись к дереву, выдергивал из груди черноперую стрелу. А потом я упал без сознания, и меня взяли в плен. Больше я его не видел, больше ничего не знаю. Но память его мне дорога и доблесть памятна. Он погиб, спасая нас — меня и друга моего, родича Мериадока: нас подстерегли в лесу солдаты Черного Властелина; и пусть он погиб и не выручил нас, я все равно благодарен ему до конца жизни.

Пин поглядел в глаза властительному старцу и сам вдруг загордился, обиженный презрительным, высокомерным голосом.

— И то сказать, что там какой-то хоббит у трона повелителя людей; подумаешь, невысоклик из северной Хоббитании — ну и пожалуйста, а я все равно плачу мой долг: примите мою жизнь.

Пин откинул полу плаща, извлек меч из ножен и положил его к ногам Денэтора.

Бледная улыбка, словно луч холодного солнца, зимою блеснувшего ввечеру, озарила лицо старика; он склонил голову и протянул руку, отложив обломки рога.

— Дай мне твое оружие! — сказал он.

Пин поднял меч и протянул его вперед рукоятью.

— Откуда он у тебя? — спросил Денэтор. — Давным-давно был он откован. Тысячу лет назад, а клинок нашей северной ковки, так ли, невысоклик?

— Он из могильников к северу от нашей страны, — сказал Пин. — Там, в могильниках, теперь одни только умертвия, и я о них говорить лучше не буду.

— Да ты, я вижу, нагляделся чудес на своем недолгом веку, — покачал головой Денэтор, — недаром говорится, что человека сразу не разглядишь — а невысоклика тем более. Что ж, принимаю твою жизнь. Ты за словом в карман не лезешь, а говоришь учтиво, хоть и необычно, не по-нашему звучит твоя речь. Учтивые, а паче того преданные приближенные нам очень нужны будут в грядущие дни. Итак, приноси клятву!

— Возьми меч за рукоять, — сказал Гэндальф, — и повторяй клятву за своим государем, коль уж ты принял решение.

— Я принял решение, — подтвердил Пин.

Старец возложил меч себе на колени, Пин взялся за рукоять и размеренно повторил вслед за Денэтором:

— Сим присягаю верно служить Гондору и государю наместнику великого княжества, клянусь по слову его молвить и молчать, исполнять и пресекать, являться и уходить — в годину изобилия или нужды, мира или войны, в радостный или же смертный час, отныне и навечно, ежели государь мой не отрешит меня от клятвы, или смерть меня от нее не избавит, или же не рухнет мироздание. Так говорю я, Перегрин, сын Паладина, невысоклик из Хоббитании.

— Слушаю и принимаю клятву я, Денэтор, сын Эктелиона, наместник Великого Князя, властелин Гондора, и не забуду клятвы твоей: да будет ей в награжденье: любовь за верность, почести за доблесть и расплата за клятвопреступление.

И Пин принял свой меч и вложил его в ножны.

— Так вот, — сказал Денэтор, — слушай первое мое веление: говори без утайки! Расскажи все, как было, и не утаи ничего о сыне моем Боромире. Садись и начинай рассказ!

С этими словами он ударил в серебряный гонг возле подножной скамейки, и выступили из ниш по обе стороны дверей прежде незримые служители.

— Принесите вина, еды и сиденья для гостей, — распорядился Денэтор, — и пусть целый час никто нас не тревожит... Больше часа я не смогу вам уделить, — сказал он Гэндальфу. — Меня ждут неотложные дела — однако же ладно, немного подождут. С тобой-то мы еще, наверно, поговорим ближе к вечеру.

— Надеюсь, даже раньше, — отозвался Гэндальф. — Я ведь не затем скакал сюда от Изенгарда, вперегонки с ветром, чтобы доставить тебе нового, необычайно учтивого и, паче того, преданного служителя. А что Теоден победил в смертельной битве, что Изенгард низвергнут, что я преломил жезл Сарумана — эти вести для тебя не важны?

— Важны, разумеется. Но я уже знаю обо всем этом — знаю достаточно, столько, сколько надо, дабы по-прежнему противостоять грозе с востока.

Он обратил свои темные глаза на Гэндальфа, и Пин заметил сходство двух властительных старцев и почуял их обоюдную неприязнь: взоры их были точно тлеющие уголья, готовые вот-вот полыхнуть пламенем.

И Денэтор был с виду куда больше похож на могучего чародея, нежели Гэндальф: величавее, горделивее, благообразнее — и старше. Однако же вопреки зрению иным чувством Пин ощущал, что Гэндальф и могущественнее, и мудрее, а истинное величье его до поры сокрыто. И он древнее, намного древнее. «А сколько же ему правда лет?» — подумал Пин и удивился: почему-то такой вопрос ему никогда на ум не приходил. Чего-то там Древень толковал насчет магов, но это было словно бы и не про Гэндальфа. Кто же такой Гэндальф, на самом-то деле? Когда, в какие незапамятные времена явился он в Средиземье, когда суждено ему покинуть этот мир? Очнувшись от раздумий, Пин увидел, что Денэтор с Гэндальфом по-прежнему смотрят друг на друга, будто читают в глазах. Первым отвел взгляд Денэтор.

— Да, да, — сказал он, — хотя Зрячих Камней, говорят, больше нет на свете, однако властителям Гондора зоркости по-прежнему не занимать, и многими путями доходят до них вести. Но садитесь же!

* * *

Поставили кресло, скамеечку и столик, принесли на подносе чеканный серебряный кувшин с кубками и белые хлебцы. Пин присел, не сводя глаз с престарелого наместника. То ли ему показалось, то ли правда, упомянув о Камнях, Денэтор искоса сверкнул на него взором?

— Ну что ж, рассказывай, верноподданный мой, — с милостивой усмешкой молвил Денэтор. — Ибо поистине дорого для меня каждое слово того, с кем был столь дружен мой сын.

Пин запомнил навеки этот долгий час в пустынном чертоге под пронзительным оком наместника Гондора, который непрестанно задавал ему трудные, опасные вопросы; а рядом к тому же был Гэндальф, он смотрел, слушал и (Пина не обманешь) еле сдерживал гнев и нетерпенье.

Час наконец истек, Денэтор ударил в гонг, и Пин был еле живой. «Да ведь еще не больше девяти, — подумал он. — Эх, съесть бы сейчас три, что ли, завтрака!»

— Отведите гостя нашего Митрандира в жилище, уготованное для него, — велел Денэтор, — вместе с его спутником, если тот пожелает покамест оставаться с ним. Да будет, однако же, известно, что он теперь у меня в услужении: зовется он Перегрин, сын Паладина, скажите ему первые пропуска. И передайте военачальникам — пусть ожидают меня у дверей на исходе третьего часа.

И ты, государь мой Митрандир, прибудь к этому часу, а впредь являйся, когда тебе угодно. Во всякое время тебя пропустят ко мне, кроме кратких часов моего сна. Не гневись на стариковскую дурость и приходи утешить меня!

— На стариковскую дурость? — переспросил Гэндальф. — Нет, государь, из ума ты не выжил, для тебя это было бы смерти подобно. Как хитро заслоняешься ты своим горем! Думаешь, я не понял, почему ты целый час расспрашивал свидетеля, которому известно куда меньше моего?

— Вот и хорошо, если понял, — заметил Денэтор. — Безрассуден гордец, пренебрегающий в трудный час помощью и советом; но ты помогаешь и советуешь лишь со своим потаенным умыслом. А властелину Гондора негоже служить чужим целям, сколь угодно достойным. И нынче нет в этом мире цели превыше спасения Гондора, а Гондором правлю я, и никто иной, доколе не явится его законнейший повелитель.

— Законнейший, говоришь, повелитель доколе не явится? — подхватил Гэндальф. — Именно так, государь мой наместник, ты поистине призван сберегать доверенное тебе княжество в ожиданье неведомых сроков. И в этом деле ты получишь всякую помощь, какой пожелаешь. Но я скажу тебе вот что: я не правитель Гондора и не властвую иными краями, ни великими, ни малыми. Однако же в нынешнем мире я в ответе за все, что достойно спасения. И коль уж на то пошло, пусть даже Гондор падет, я исполню свой долг, если, когда схлынет мрак, уцелеет хоть что-то от земной красоты, если будут для кого-то расти цветы и вызревать плоды. Ведь я тоже наместник. Этого ты не знал?

Он повернулся и удалился из чертога, а Пин бежал рядом.

По дороге Гэндальф ни разу не взглянул на Пина, ни словом с ним не обмолвился. Их проводили к дверям и через Фонтанный Двор в проулок, стесненный высокими каменными строеньями. Они свернули несколько раз и очутились перед домом у северной стены цитадели, неподалеку от перешейка. Широкая мраморная лестница вела на второй этаж: они вошли в светлый и просторный покой. Солнце струилось сквозь золотистые занавеси. Мебели всего и было что столик, два стула и скамейка, да по обеим сторонам, в нишах, застеленные кровати, а возле них кувшины с водой и умывальные тазы. Три узких высоких окна выходили на север, и в дальней дали, за подернутой туманом излучиной Андуина, виднелось, должно быть, Привражье, а еще дальше — водопады Рэроса. Пин взобрался на скамью, а то подоконник мешал смотреть.

— Гэндальф, ты на меня, что ли, сердишься? — спросил он, когда за их провожатым затворилась дверь. — Я очень старался.

— Старался, старался! — вдруг рассмеявшись, сказал Гэндальф; он подошел к окну, стал рядом с Пином и обнял его за плечи.

Пин удивленно заглянул ему в лицо: он ли это смеялся так весело и беспечно? Нет, не может быть: вид у старого мага был горестный и озабоченный, и, лишь вглядевшись, Пин почуял за этим великую радость — такое сокрытое веселье, что, пожалуй, выплеснись оно наружу, расхохоталось бы и целое царство.

— Да, — сказал маг, — ты и правда старался, и, надеюсь, не скоро ты снова попадешь в такой переплет — малютка меж двух устрашающих старцев. Но как ты ни старался, Пин, а властитель Гондора вытянул из тебя больше, чем ты полагаешь. Ты же не смог утаить, что вовсе не Боромир вел ваш Отряд от Мории, а некий знатный

24

витязь, который направлялся в Минас-Тирит, и при нем был прославленный меч. В Гондоре памятны предания дней былых, а Денэтор, провожая мыслью Боромира, немало раздумывал над прорицанием и доискивался до смысла слов «Проклятие Исилдура».

Он вообще не чета нынешним людям, Пин: случилось так, что если не по крови, то по духу он — истый потомок нуменорцев; таков же и младший сын его Фарамир, в отличие от Боромира, хоть тот и был любимцем. Он прозорлив. Он умеет распознавать людей, даже и заочно. Провести его нелегко, лучше не пробуй.

Так что держись, ты накрепко связан клятвою. Не знаю, как это взбрело тебе на ум, — наверно, сердце подсказало. Но это было ко времени, да и нельзя гасить благородный порыв трезвым остереженьем. Ты его тронул, а пожалуй что, и польстил ему. Во всяком случае, ты волен теперь разгуливать по Минас-Тириту, когда позволит служба. А служба отнюдь не всегда позволит: ты теперь его подданный и он о тебе не забудет. Будь осмотрительнее!

Он смолк и вздохнул.

— Что проку загадывать на завтра? День ото дня будет все страшнее, и ничего предотвратить я не могу. Игра идет, фигуры движутся. Вот только не видно одной из главных фигур — Фарамира, теперешнего наследника Денэтора. Должно быть, в городе его нет, но мне и спрашивать-то было некогда и не у кого. Мне надо идти, Пин, на совет военачальников и там разузнать все, что можно. Игру ведет Враг, и он себя ждать не заставит. И пешки играют наравне с фигурами: увидишь сам, Перегрин, сын Паладина, воин Гондора. Точи свой клинок!

В дверях Гэндальф обернулся.

— Я спешу, Пин, — сказал он. — У меня к тебе просьба. Надеюсь, ты не очень устал, но все равно погоди отдыхать, сперва сходи проведай Светозара, как его там поместили. Его, конечно, не обидят, народ здесь понятливый и добрый, но к лошадям непривычный.

С этими словами Гэндальф вышел, и звонко ударил колокол на цитадельной башне. Чистый серебряный звон прозвучал трижды: три часа минуло с восхода солнца.

Пин спустился по лестнице, вышел на улицу и огляделся. Тепло и ясно сияло солнце; башни и высокие дома отбрасывали на запад длинные четкие тени. В лазури высился белый пик одетого снегами Миндоллуина. Ратники проходили по улицам — наверно, сменялись на часах.

— По-нашему сейчас девять утра, — вслух сказал Пин сам себе. — Весна, солнышко — сиди да завтракай у открытого окна. А что, позавтракать куда как не мешало бы и здесь! Да нет, эти-то уж небось поели. А когда они обедают, интересно, и где?

По узкой улочке от Фонтанного Двора навстречу шел человек в черно-белом, и Пин решил с горя обратиться хотя бы к нему, но тот и сам подошел.

— Ты — невысоклик Перегрин? — осведомился он. — Мне сказали, что ты присягнул на верность нашему государю и державе. Здравствуй! — Он протянул руку, и Пин пожал ее. — Меня зовут Берегонд, сын Боранора. Нынче утром я свободен, и меня послали сообщить тебе пропуска и рассказать обо всем, что тебе должно и дозволено знать. Я тоже надеюсь узнать от тебя о многом, ибо прежде невысокликов в наших краях не бывало, мы лишь краем уха слышали про них. К тому же ты — приятель Митрандира. А с ним ты хорошо знаком?

— Да как сказать, — отозвался Пин. — За глаза-то я с ним знаком от колыбели, хоть это и недолго; а теперь довелось вот постранствовать вместе. Вроде как из большой книги читал страницу-другую. И однако же мало таких, кто знаком с ним лучше. Из нашего отряда, пожалуй, только Арагорн знал его по-настоящему.

— Арагорн? — переспросил Берегонд. — А кто он такой?

— Ну, — Пин замялся, — ну, был с нами один такой человек. По-моему, он сейчас в Ристании.

— Да, я слышал, что ты прямиком из Ристании. И о ней тоже я хотел бы тебя порасспросить: надежды у нас мало, но какая есть, почти вся на ристанийцев. Впрочем, мне ведь поручено первым делом ответить на твои вопросы. Спрашивай, сударь мой Перегрин!

— Дело в том, — отважился Пин, — что у меня сейчас, по правде говоря, один вопрос на языке вертится — как насчет завтрака или там подзакусить? Ну, то есть когда у вас вообще едят, где, положим, харчевня: есть, наверное, где-нибудь? Или трактир, может, какой? Я что-то по дороге ни одного не заметил, а уж так надеялся с устатку хлебнуть пивка — не в глушь ведь заехал, а в город, да еще какой!

Берегонд сурово взглянул на него.

— Сразу виден бывалый солдат, — сказал он. — Говорят, солдат в походе только и думает, где ему доведется поесть-попить следующий раз: знаю понаслышке, сам я в дальних походах не бывал. Так у тебя, значит, сегодня еще маковой росинки во рту не было?

— Ну, из учтивости можно сказать, что была, — признался Пин. — Выпил я кубок вина и съел пару хлебцев: ваш государь нас угощал, но зато же и допрашивал меня битый час, тут поневоле проголодаешься.

Берегонд рассмеялся.

— Как у нас говорится, и малорослый едок за столом витязь. Ты, однако ж, утолил утренний голод не хуже любого стража цитадели, да еще и с немалым почетом. Мы же в крепости, мы ее охраняем, а время военное. Встаем до зари, перекусываем на рассвете и расходимся по своим постам. Погоди отчаиваться! — опять-таки со смехом воскликнул он, заметив унылую гримасу на лице Пина. — Кому пришлось труднее прочих, тем можно утром и лишний раз подкрепиться. Потом — полдничаем, кто в полдень, кто попозже, а главная общая трапеза, какое ни на есть застолье — в закатный час или около того. Пойдем! Пройдемся немного, что-нибудь да раздобудем, устроимся на парапете, будем есть-пить и любоваться: вон утро какое выдалось.

— Погодите-ка! — краснея, сказал Пин. — От жадности или от голода — думайте, как хотите, — но я совсем было позабыл вот о чем. Гэндальф, по-вашему Митрандир, просил меня проведать его коня Светозара, лучшего скакуна Ристании, любимца конунга — хоть он и подарил его Митрандиру в награду за великие заслуги. Митрандир в нем души не чает, и если в городе вашем чтут нового хозяина Светозара, то окружите коня почетом и заботой — словом, будьте к нему, если можно, добрей, чем к голодному хоббиту.

— К хоббиту? — переспросил Берегонд.

— Да, так мы себя называем, — сказал Пин.

— Спасибо, буду знать, — сказал Берегонд. — Пока же замечу, что у чужестранца иной раз не худо поучиться учтивости и у хоббита — красноречию. Пойдем же! Ты познакомишь меня с этим дивным конем. Я люблю животных, — правда, здесь, в нашей каменной твердыне, мы их редко видим; но мои-то предки жили в горных долинах, а прежде того в Итилии. Не вешай нос, мы только наведаемся — и оттуда сразу в кладовую.

Светозара устроили на славу — в отличных конюшнях на шестом ярусе за стенами цитадели, возле жилища для государевых гонцов, которых всегда держали наготове на случай неотложных поручений Денэтора или высших военачальников. Сейчас ни в стойлах не было лошадей, ни в жилище — гонцов: всех разослали.

Светозар встретил Пина ржанием и повернул к нему голову.

— Доброе утро! — сказал Пин. — Гэндальф, как сможет, придет: его задержали. Он шлет тебе привет, а мне велено узнать, всем ли ты доволен, хорошо ли отдыхается после многотрудного пути.

Светозар встряхнул гривой и топнул копытом. Берегонду он, однако же, позволил потрепать себя по холке и огладить могучие бока.

— Да он, можно подумать, застоялся, а не отдыхает после многотрудного пути, — сказал Берегонд. — Что за богатырская стать! А где его сбруя? Вот уж, наверно, богатая и пышная!

— Нет такой богатой и пышной, чтоб ему подошла, — отвечал Пин. — Да и к чему она? Если седок ему по нраву — никакая сбруя не нужна, а если нет — не помогут ни седло, ни подпруги, ни узда, ни удила. До свиданья, Светозар! Потерпи немного, скоро в битву.

Светозар возвел голову и заржал так, что содрогнулась конюшня, а они заткнули уши. И удалились, подсыпав зерна в ясли.

— Теперь пойдем к нашим яслям, — сказал Берегонд; они с Пином вернулись в цитадель, подошли к северным дверям башни и спустились по длинной прохладной лестнице в широкий коридор со светильниками. В ряду низеньких дверей по правую руку одна была открыта. — Это наша ротная кладовая и раздаточная, — сказал Берегонд. — Привет, Таргон! — крикнул он в дверь. — Рановато вроде, но со мной тут новобранец, принят по приказу государя. Он изголодался в долгом пути, и нынче утром ему несладко пришлось. Сыщи уж там какой ни на есть снеди!

Им дали хлеба, масла, сыра и яблок, запасенных осенью — сморщенных, но душистых и сладких, — дали кожаную флягу свежего пива, деревянные миски и кубки. Все это они сложили в корзину и выбрались наверх, на солнышко. Берегонд повел Пина к восточному выступу парапета, где под бойницей была каменная скамья. Далеко видны были озаренные утренним светом просторы.

Они ели, пили и разговаривали о Гондоре, о здешних делах и обычаях, потом о Хоббитании и прочих неведомых здесь краях, которые Пину привелось повидать. Они говорили, а Берегонд изумлялся все больше и больше и все растеряннее смотрел на хоббита, который то сидел на скамье, болтая короткими ножками, то вставал на цыпочки и выглядывал в бойницу.

— Не скрою от тебя, сударь мой Перегрин, — молвил Берегонд, — что ты показался мне с виду ни дать ни взять девятилетним мальчишкой, а ты между тем столько претерпел опасностей и столько навидался чудес, что хватило бы и нашему седобородому старцу. Я-то подумал, что нашему государю угодно было обзавестись пажом, какие бывали, говорят, в старину у королей. Но теперь вижу, что дело обстоит совсем иначе, и ты уж не взыщи за глупость мою.

— Чего там, — сказал Пин. — Да ты не так уж и ошибся. По-нашему-то я сущий мальчишка и «войду в возраст», как говорят у нас в Хоббитании, только через четыре года. И вообще не обо мне речь. Давай лучше показывай и объясняй.

Солнце уже поднялось высоко, и туманы в низине рассеялись. Последние клочья рваными облаками проносились в небе, и на резком, порывистом восточном ветру бились и трепетали белые стяги цитадели. За пять лиг от них и дальше, сколько хватал глаз, серела и блистала огромная излучина Великой Реки, выгнутая к востоку с северо-запада; устремляясь затем на юг, Река терялась в зыблющейся дымке, а до Моря оставалось еще добрых пятьдесят лиг.

Весь Пеленнор был виден как на ладони: россыпь огражденных усадеб, амбаров, коровников, хотя нигде не паслись ни коровы, ни другой скот. Вдоль и поперек пересекали зеленые пажити большие и малые дороги, и вереницы повозок тянулись к Великим Вратам, а оттуда навстречу им катила повозка за повозкой. Изредка подъезжали вскачь верховые, спешивались и торопились в город. Поток от ворот направлялся по тракту, который круто сворачивал на юг и, уходя от извива реки, вскоре исчезал из виду у горных подножий. Тракт был просторный, гладко вымощенный; за восточной его обочиной вдоль дамбы проходила широкая зеленая дорожка для верховых. По ней мчались туда и сюда всадники, а тракт, казалось, был запружен людским месивом. Потом Пин пригляделся и увидел, что на тракте царил строгий порядок: там двигались в три ряда — один быстрее, конские упряжки; другой помедленнее, воловьи, с громоздкими разноцветными фургонами; и у западной обочины, медленнее всех, люди, впрягшиеся в тележки.

— Уходят в долины Тумладена и Лоссарнаха, в горные селенья или еще дальше — в Лебеннин, — сказал Берегонд. — Старики и женщины с детьми; это последние обозы. К полудню надо, чтобы на целую лигу дорога от города была свободна. Таков приказ, а что поделаешь! — Он вздохнул. — Не многие встретятся из тех, что разлучились. Детей у нас тут всегда было маловато, а теперь остались только мальчишки постарше, которых и силком не вывезешь, — вроде моего сына; ну ладно, может, на что и сгодятся.

Они помолчали. Пин тревожно глядел на восток, будто ожидая, что оттуда вот-вот появятся черные полчища орков.

— А там что? — спросил он, указывая на средину огромной излучины Андуина. — Там другой город, да?

— Был там другой город, — отвечал Берегонд, — столица Гондора; наш-то Минас-Тирит — всего-навсего сторожевая крепость. Там, за Андуином, развалины Осгилиата, который давным-давно захватили и сожгли враги. Мы, правда, отбили его у них, когда еще Денэтор был молодой, но обживать не стали, а сделали там передовую заставу и отстроили мост, чтобы перебрасывать подкрепления. Но из Минас-Моргула нагрянули Лютые Всадники.

— Черные Всадники? — переспросил Пин, широко раскрыв потемневшие глаза: ему припомнились давнишние ужасы.

— Да, они были черные, — подтвердил Берегонд, — и я вижу, ты знаешь их не только понаслышке, хоть и не упоминал об этом в своих рассказах.

— Нет, не понаслышке, — тихо откликнулся Пин, — только я сейчас лучше не буду говорить о них, а то близко, уж очень близко тут...

Он осекся и поглядел за реку: там простерлась необъятная и зловещая черная тень. Может, это замыкали окоем темные горы, щербатые гребни которых расплылись в туманной дали, а может, стеной склубились тучи, и за ними чернел непроглядный мрак. И казалось, этот мрак на глазах расползался и разрастался, медленно и неотвратимо заполняя солнечные просторы.

— Близко от Мордора? — спокойно закончил Берегонд. — Да, он тут недалеко. Называть его мы избегаем, но живем, сколько себя помню, в его сумрачной тени: она то редеет и отдаляется, то сгущается и нависает. Сейчас она чернее черного и разрослась — оттого и мы в страхе и тревоге. А Лютые Всадники — они год назад или около того обрушились на переправу, и много там погибло лучших наших воинов. Тогда Боромир отогнал их и освободил западный берег — до сих пор мы удерживаем почти половину Осгилиата. Пока удерживаем.

Но они со дня на день снова нагрянут. Там, наверно, война и начнется, оттуда будет главный удар.

— А когда начнется? — спросил Пин. — Думаешь, со дня на день? Я ночью видел, как зажигались маяки и вестники скакали: Гэндальф сказал — это, мол, знак, что война началась. Он спешил, как на пожар. А теперь снова вроде как тихо.

— У Врага все готово — вот и тихо, — сказал Берегонд. — Как, представь себе, ныряльщик воздуху в грудь набирает.

— Маяки-то почему вчера зажгли?

— Поздновато было бы слать за помощью, когда уж тебя обложили, — усмехнулся Берегонд. — Я, правда, не знаю, как там рассудил государь и прочие начальники. К ним стекаются все вести. А наш властитель Денэтор видит дальше других, видит и недоступное взору. По ночам он, говорят, восходит на башню, сидит там в верхнем покое и проникает мыслью в грядущее; иногда он даже прозревает замыслы Врага и схватывается с ним. Потому-то он так и постарел прежде времени. Ну, и к тому же Фарамира услали в набег за Реку: может, от него прибыл вестник.

Но я так думаю, что маяки зажгли после вчерашних вестей из Лебеннина. Умбарские пираты скопили в устьях Андуина огромный флот. Они давно уж не боятся Гондора и стакнулись с Врагом, а теперь и выступили с ним заодно. Для нас это страшный удар: не жди, значит, особой подмоги из Лебеннина и Бельфаласа, не придут многие тысячи опытных воинов. Нам только и остается, что мечтать о северной, ристанийской подмоге и радоваться твоим известиям о тамошних победах.

Однако же, — он помедлил, встал и повел взглядом с севера на восток и на юг, — после изенгардского предательства стало яснее ясного, что сеть сплетена громадная и раскинута широко. Бои на переправе, набеги из Итилии и Анориэна, засады, стычки — это все было так, прощупыванье. А теперь начинается подготовленная война — и вовсе не только против нас, что тут важничать, — война великая, всемирная. Говорят, неладно на востоке, за Внутренним Морем; в Лихолесье и на севере тоже худые дела; тем более — на юге, в Хороде. Нынче у всех одна судьбина, Тень нависла надо всеми — и либо выстоять, либо сгинуть.

Но нам, сударь Перегрин, и правда честь особая, нас Черный Властелин ненавидит пуще всех остальных — с незапамятных пор, от заморских времен. Очень он крепко по нам ударит. Потому-то и Митрандир прискакал сюда во весь опор. Ведь если мы сгинем, то кто выстоит? Как полагаешь, сударь Перегрин, выстоим, есть надежда?

Пин не ответил. Он поглядел на мощные стены, на гордые башни и реющие стяги, на солнце высоко в небе, а потом на восток, на ползучий сумрак, и вспомнил о всепроникающей Тени, об орках, кишащих в лесах и на горах, об изенгардской измене, о птицах-соглядатаях, о Черных Всадниках, разъезжающих по Хоббитании, и о крылатом страшилище, о назгуле. Дрожь охватила его, и всякая надежда пропала. В этот миг померкло солнце, словно заслоненное черным крылом. И ему послышался из поднебесных далей жуткий вопль — глухой, неистовый и леденящий. Он съежился и прижался к стене.

— В чем дело? — спросил Берегонд. — Тоже что-то почуял?

— Д-да, — выговорил Пин. — Кажется, мы погибли, а это — роковой знак, Лютый Всадник в небесах.

— Да, роковой знак, — подтвердил Берегонд. — Видно, Минас-Тирит обречен. Ночь будет непроглядная. У меня аж кровь в жилах стынет.

Они сидели понурившись и молчали. Потом Пин вскинул глаза и увидел, что солнце сияет, как прежде, и стяги полощутся на ветру. Он встряхнулся.

— Миновало, — сказал он. — Нет, я еще все-таки не отчаялся. Гэндальф, казалось, погиб, а вот вернулся и теперь с нами. Пусть даже и на одной ноге, а все-таки выстоим; на худой конец выстоим и на коленях!

— Вот это верно! — воскликнул Берегонд, поднявшись и расхаживая взад-вперед. — Нет уж, оно хоть и все когда-нибудь прахом пойдет, но Гондор покамест уцелеет. Ну, возьмут Минас-Тирит, навалив трупья вровень со стенами, так ведь есть еще и другие крепости! Есть тайные ходы и горные убежища. И надежду сбережем, и память — не здесь, так где-нибудь в зеленой укромной ложбине.

— Да ладно, лишь бы скорее хоть как-нибудь все это кончилось, — вздохнул Пин. — Какой из меня воин, я и думать-то боюсь о сраженьях, а уж думать, что вот-вот придется сражаться, — это хуже некуда. Ох и длинный же нынче день, и ведь он еще только начался! Ну что бы нам не цепенеть и медлить, а ударить первыми! В Ристании небось тоже бы ждали-дожидались, кабы не Гэндальф.

— Э, да ты на больную мозоль наступил! — усмехнулся Берегонд. — Погоди, погоди, вот вернется Фарамир. Он храбрец, каких мало, настоящий храбрец, хоть у нас и думают, что ежели кто умудрен не по летам и знает наперечет старинные песни и сказанья, то он, дескать, и воин никудышный, и воевода курам на смех. Это про Фарамира-то! Да, он не такой, как Боромир, не такой отчаянный рубака, но решимости у него на двоих хватит. Только вот решаться-то на что? Не штурмовать же эти... эти вон ихние горы! Силы не те, ну и ждем, пока нападут. А уж тогда поглядим! — И он хлопнул по рукояти длинного меча.

Пин взглянул на него: высокий, горделивый, как все здешние; и глаза блестят, не терпится в сечу. «Меня-то куда несет? — горько подумал он и смолчал. — Вот еще выискался меченосец! Как Гэндальф говорит — пешка? Ну да, пешка, только не на своем месте».

Так они разговаривали, а тем временем солнце взошло в зенит, грянули колокола, и оживилась цитадель: все, кроме часовых, отправились трапезовать.

— Ну что, пошли? — предложил Берегонд. — Пока чего — побудешь с нами. Мало ли куда тебя потом определят; может, будешь состоять при государе. А пока давай приходи. И приводи с собой кого захочешь.

— Да я-то приду, — сказал Пин. — Только приводить мне с собой некого. Лучший мой друг остался в Ристании, мне и поговорить не с кем, не с кем и пошутить. Может, и правда мне к вам? Ты ведь начальник, возьми меня к себе, замолви словечко, а?

— Нет, нет, — рассмеялся Берегонд. — Никакой я не начальник. Я всего-навсего рядовой третьей роты крепостной охраны. Однако же, сударь мой Перегрин, крепостная стража у нас в большом почете, не только в городе, но и повсюду.

— Ну и будьте в почете, — отмахнулся Пин. — А меня покамест отведи-ка обратно, и ежели Гэндальфа там нет, то я, пожалуйста, куда хотите — ваш почетный гость.

Гэндальфа не было, вестей от него тоже, и Берегонд повел Пина знакомиться с третьей ротой. Пина так привечали, что и Берегонда чуть не на руках носили. А в крепости уже пошли разговоры насчет спутника Митрандира, как они втроем с властителем беседовали битый час; и само собой придумалось, что с севера явился невысоклицкий князь, ведет на подмогу Гондору пять тысяч клинков. Говорили, что вот прискачут ристанийские конники, а у каждого за спиной воин-невысоклик, доблестный-предоблестный, даром что малорослый.

Пин смущенно опровергал эти обнадеживающие россказни, но от новообретенного княжеского титула отделаться никак не мог: как же не князь — и с Боромиром был в дружбе, и Денэтор его обласкал. Его благодарили, что он изволил пожаловать, ловили каждое его слово, расспрашивали о дальних краях, щедро потчевали пивом и нехитрой снедью. А Пин изо всех сил старался следовать совету Гэндальфа — «быть осмотрительным» и не распускать язык на хоббитский манер.

Наконец Берегонд поднялся.

— Ну, пока до свидания! — сказал он. — Я до заката на часах, все прочие вроде бы тоже. А ты, чтоб не скучать одному, возьми себе провожатого повеселее — да хоть моего сына, то-то он обрадуется! Он паренек неплохой. Если надумаешь — спускайся в нижний ярус, спросишь там, как пройти к Старой гостинице на Рат-Келердайн, Улице Фонарщиков. И найдешь его — он с ребятами, какие остались в городе. Ступайте с ним к Великим Вратам, там будет на что посмотреть.

С этими словами он удалился; вскоре разошлись и остальные. Было по-прежнему солнечно, но в воздухе стояла дымка, и парило не по-мартовски: конечно, юг, а все же слишком. Пина клонило ко сну, возвращаться в пустое жилье не хотелось, и он решил прогуляться по городу. Он прихватил кой-какие лакомые кусочки для Светозара; тот снизошел к его приношению, хотя, по всему видать, был сыт. И Пин отправился вниз извилистым путем.

Все встречные глазели на него и вслед ему — торжественно приветствовали, как принято в Гондоре, склоняя голову и прижимая обе ладони к сердцу, а потом за спиной слышались возгласы: выходите, мол, посмотреть, вот он невысоклицкий князь, спутник Митрандира! Кричали одно и то же на всеобщем и на незнакомом языке, Пин сообразил, что по-здешнему его величают «Эрнил-и-Ферианнат», — похоже, этот нелепый титул пристал к нему крепко.

Он потерял счет сквозным аркам, мощеным проулкам, ровным улицам и наконец спустился в самый пространный первый ярус. Там ему показали, где Улица Фонарщиков, широкая, ведущая к Великим Вратам. Он отыскал Старую гостиницу, серое обветренное каменное строение о двух флигелях; узкая лужайка тянулась перед многооконным домом с колоннадой и крыльцом. Между колоннами играли мальчишки, и Пин остановился поглядеть на них: покамест он нигде в Минас-Тирите детей не видел. Вскоре один из них его заметил, с криком сбежал по ступеням на траву и выскочил на улицу; целая ватага мчалась за ним. Он стал перед Пином и обмерил его взглядом.

— Привет! — сказал парнишка. — А ты откуда такой? Вроде нездешний.

— Вообще-то нездешний, — признал Пин, — но теперь уж я гондорский воин.

— Ладно тебе! — рассмеялся тот. — Тогда мы все здесь воины. Тебе сколько лет и как тебя зовут? Мне уже десять, а ростом я скоро буду в пять футов. Я и сейчас-то выше тебя. Ну, правда, отец у меня страж цитадели и почти самый из них высокий. А твой кто отец?

— На какой вопрос тебе сперва ответить? — спросил Пин. — Отец мой — земледелец из деревни Беляки, что возле Кролов в Хоббитании. Мне скоро двадцать девять: тут я тебя обогнал. А росту во мне четыре фута, и больше я уж не вырасту, разве что вширь раздамся.

— Двадцать девять! — протянул паренек и присвистнул. — Да ты, значит, уже старый, прямо как мой дядя Иорлас. Только я все равно, — задорно прибавил он, — если захочу, поставлю тебя вверх тормашками или положу на лопатки.

— Может, поставишь, а может, и положишь, — смеясь, подтвердил Пин, — но только если я этого захочу. А может, я сам тебя поставлю да положу: мы в наших краях тоже не дураки подраться. И у нас, знаешь ли, я считаюсь очень даже большим и сильным, так что меня покуда никто не пробовал поставить вверх тормашками. Если ты вдруг попробуешь, то мне, чего доброго, придется тебя укокошить. Вот подрастешь — и не будешь опрометчиво судить по внешности: тебе небось показалось, что перед тобой этакий увалень-недомерок, которого неплохо бы вздуть; а на самом-то деле я ужасный, злющий, кровожадный невысоклик! — И Пин скроил такую страшную рожу, что парнишка попятился, но тут же прянул вперед, сжав кулаки и сверкнув глазами. —

Ну, ну! — захохотал Пин. — Опять-таки опрометчиво верить чужакам на слово, мало ли что они о себе скажут! Нет, я не кровожадный. А ты, чем задираться, сначала бы назвался — вежливей будет.

Мальчик горделиво выпрямился.

— Я — Бергил, сын стража цитадели Берегонда, — сказал он.

— Оно и видно, — кивнул Пин, — ты вылитый отец. А я как раз от него.

— Чего ж ты сразу не сказал? — И Бергил вдруг приуныл. — Он, что ли, передумал и хочет меня отослать с девчонками? Не может быть, уже ушел последний обоз!

— Погоди пугаться, все не так страшно, — сказал Пин. — Пока что тебе велено не ставить меня вверх тормашками, а составить мне компанию и показать ваш город. А я зато расскажу тебе про далекие страны.

Бергил обрадованно захлопал в ладоши.

— Все, значит, в порядке, ура! — воскликнул он. — Тогда пошли! Мы как раз собирались к Вратам, побежали туда!

— А зачем туда бежать?

— Да ведь сегодня еще до захода солнца должны подойти союзные дружины! Пошли, пошли, сам все увидишь.

Бергил оказался парень хоть куда, а Пину без Мерри ох как не хватало приятеля; они мигом сдружились, болтали и перешучивались наперебой, шли по улицам рука об руку и никакого внимания не обращали на любопытные взгляды со всех сторон. Народ толпой валил к Великим Вратам; Пин назвался и сказал пропуск, а часовой пропустил их обоих, к полному восхищению Бергила.

— Вот это да! — сказал он. — А то ведь нам больше не позволяют выходить за ворота без взрослых. Ну, теперь наглядимся!

Люди стояли по обочинам тракта и заполнили огромную мощеную площадь, где сходились воедино дороги к Минас-Тириту. Все глядели на юг, и вскоре послышались возгласы:

— Пыль, пыль на дороге! Идут!

Пин с Бергилом исхитрились протиснуться в первые ряды. Невдалеке запели рога, и, словно встречный ветер, поднялся приветственный гул. Потом грянули трубы, и толпа разразилась дружным кличем.

— Форлонг! Форлонг! — услышал Пин.

— Это что значит? — спросил он.

— Ну как, это же старина Форлонг, Брюхан Форлонг из Лоссарнаха! — отозвался Бергил. — Там мой дед живет. Ура! Вон он сам, наш первейший друг, старина Форлонг!

Колонну возглавлял плечистый и утробистый седобородый старик на могучем коне, в кольчуге и черном шлеме, с огромным копьем. За ним гордо выступали запыленные пешие ратники, пониже ростом и смуглее гондорцев из Минас-Тирита. Лица их были суровы, на плече тяжелые бердыши.

— Форлонг! — кричали кругом. — Верный, доблестный друг! Ура, Форлонг!

Но когда лоссарнахские воины прошли, раздался ропот:

— Как мало их, всего две сотни! А мы-то надеялись, что будет тысячи две. Должно быть, пираты на них наседают: девять десятых остались обороняться. Ну что ж, у нас каждый боец на счету.

Так проходила к Вратам под клики толпы рать за ратью: окраины Гондора послали своих сынов в грозный час на выручку столице. Но все прислали меньше, чем здесь надеялись, куда меньше, чем надо бы. Прошагали уроженцы долины Рингло во главе с тамошним княжичем Дерворином: триста человек. С Мортхондского нагорья, из Темноводной долины — статный Дуингир с сыновьями Дуилином и Деруфином и пятьсот лучников. С Анфаласа, с далекой Береговины — длинная вереница охотников, пастухов, поселян, вооруженных чем попало; лишь их правитель Голасгил с домочадцами были при боевом доспехе. Десяток-другой угрюмых горцев без предводителя — из Ламедона. Рыбаки с Этхира, от устьев Андуина — сотня с лишним, другие остались на кораблях. Гирлуин Белокурый с Изумрудных Холмов Пиннат-Гелина привел три сотни крепких ратников в зеленом. И наконец, горделивей всех, — Имраиль, владетель Дол-Амрота, родич самого наместника: золотистые стяги с изображением Корабля и Серебряного Лебедя реяли над конною дружиной; за всадниками на серых конях выступали в пешем строю семьсот витязей, статных, сероглазых и темноволосых, — они прошли с песней.

Вот и все, и трех тысяч не набралось. А больше ждать было некого. Возгласы, песни и мерная поступь стихли за Вратами. Толпа еще немного помедлила, не расходясь. Пыль повисла в воздухе: ветер улегся и стояла духота. Наступил закатный час; багровое солнце скрылось за Миндоллуином. Вечерняя тень пала на столицу Гондора.

Пин поднял взгляд и увидел грязно-серое небо, будто над ними нависла дымная, пепельная туча, и еле пробивался сквозь нее сумеречный свет. Только запад еще пламенел, и черная громада Миндоллуина, казалось, была осыпана тлеющими головнями и угольями.

— Так ясно начался день и так мрачно кончается! — проговорил он, забыв о мальчике рядом с ним.

— Кончится еще мрачнее, коли не поспеем до сигнальных колоколов, — отозвался Бергил. — Пойдем-ка, пойдем! Слышишь, трубят, сейчас закрывать будут!

Они вернулись в город последними; Врата за ними сразу же закрыли, и, когда они шли по Улице Фонарщиков, башенные колокола торжественно перекликались. Теплились окна; из домов и казарм у крепостной стены доносилось пение.

— Ладно, расходимся, — сказал Бергил. — Передай привет отцу, скажи: спасибо, мол, приятель что надо. Ты приходи завтра пораньше. Может, даже лучше, чтоб войны не было, мы бы и без нее обошлись. Съездили бы к дедушке в Лоссарнах, там весной знаешь как здорово, в лесу и на полях полно цветов. Нет, правда, вот возьмем и съездим. Где им одолеть нашего государя, и отец мой их всех перебьет. До скорого свидания!

Они расстались, и Пин заторопился обратно в цитадель. Путь был неблизкий, он вспотел и вконец оголодал. Сгустилась темная и душная беззвездная ночь. К вечерней трапезе он, конечно, опоздал, но его все ж таки накормили, Берегонд ему обрадовался, уселся рядом и расспрашивал про сына. Наевшись, Пин немного отдохнул и попрощался: очень ему было не по себе, хотелось скорее увидеть Гэндальфа.

— Сам-то найдешь дорогу? — спросил его Берегонд, выведя к северной стене цитадели, к скамье, на которой они сидели днем. — Ночь хоть глаз выколи, а приказано всюду гасить огни, фонарей на стенах не зажигать. Тебе же велено рано поутру явиться к властителю Денэтору. Да, вряд ли тебя припишут к нашей третьей роте. Ну что ж, приведется — так свидимся. Прощай, покойной ночи!

В покое было темно, лишь ночник горел на столике. Гэндальф не приходил, и Пину было все тоскливее. Он взобрался на скамейку и выглянул в окно, точно ткнулся носом в чернильную лужу. Он уныло слез, опустил штору и отправился спать. Сначала лежал и прислушивался, ждал Гэндальфа, потом кое-как уснул.

Среди ночи его разбудил свет: Гэндальф явился и расхаживал взад-вперед — тень его металась по занавеске. На столе горели свечи и лежали свитки. Маг вздохнул, и Пин расслышал его бормотанье:

— Да что же это до сих пор нет Фарамира?

— Э-гей! — позвал Пин, раздвинув постельные занавеси. — Я уж думал, ты обо мне вообще позабыл. Спасибо хоть вернулся. Ну и длинный нынче выдался день!

— Ночь зато будет короткая, — отрезал Гэндальф. — Я затем и вернулся, чтобы поразмыслить без помех. А ты давай спи: скоро ли еще доведется поспать в постели. На рассвете нам с тобой надо к Денэтору. Да и не на рассвете, а когда позовут. Навалилась темнота, и рассвета не будет.

Глава II
ШЕСТВИЕ СЕРОЙ ДРУЖИНЫ

Гэндальф ускакал, и уже стих в ночи стук копыт Светозара, когда Мерри прибежал обратно к Арагорну с легоньким узелком: вещевой мешок его остался в Парт-Галене и все свои нынешние пожитки он выловил или подобрал на развалинах Изенгарда. Хазуфел был оседлан, Леголас и Гимли стояли подле своего коня.

— Четверо, значит, остались из нашего Отряда, — сказал Арагорн. — Ну что ж, вчетвером так вчетвером — только не одни, а вместе с конунгом, он сейчас выезжает. Крылатая тень его встревожила, и он хочет укрыться в горах еще до утренней зари.

— Укрыться в горах, а потом? — спросил Леголас.

— А потом — не знаю, — задумчиво отвечал Арагорн. — Конунг-то поедет в Эдорас, там он через четыре дня назначил войсковой сбор. Там его, вероятно, настигнут недобрые вести, и оттуда ристанийцы поспешат к Минас-Тириту. Не знаю — это я не про них, а про себя и про тех, кто пойдет за мною...

— Я пойду за тобою! — воскликнул Леголас.

— И я не отстану! — подхватил Гимли.

— Да нет, не так все просто, — сказал Арагорн. — Глаза мне застилает мрак. Вроде бы и мне нужно в Минас-Тирит, только другой, неведомой дорогой. Верно, близится урочный час.

— Вы меня-то прихватите! — попросил Мерри. — Я понимаю, толку от меня покамест не было, и все равно — не бросать же меня, как поклажу: лежи, мол, коли не надобна! Ведь конникам ристанийским я уж и вовсе не нужен, хотя, правда, конунг обещал, что усадит меня за трапезой рядом с собою, а я буду рассказывать ему про Хоббитанию.

— Да, Мерри, — сказал Арагорн, — вот тебе с ним пожалуй что по пути. Только не очень-то надейся на отдых и трапезу. Боюсь, не скоро воссядет Теоден на троне у себя в Медусельде! Многим надеждам суждено увянуть в эту горестную весну.

Вскоре двадцать четыре всадника — Гимли сидел за Леголасом, Мерри перед Арагорном — помчались сквозь ночную темень. Едва они миновали курганы у Изенских бродов, как прискакал конник из замыкающих.

— Государь, — сказал он конунгу, — за нами погоня. Я их учуял, еще когда мы подошли к реке. Теперь точно: нагонят, скачут вовсю.

Теоден приказал остановиться. Конники развернулись и взялись за копья. Арагорн спешился, опустил Мерри наземь и, обнажив меч, стал у стремени конунга. Эомер с оруженосцем поскакали подтягивать задних. Мерри лишний раз подумал, что он как есть ненужная поклажа, вот сейчас будет сеча, а ему что делать? Всего-то их горсточка, всех перебьют, а он, положим, как-нибудь улизнет в темноте — и что же, шататься потом по диким, бескрайним ристанийским степям? «Нет уж», — решил он, обнажая меч и затянув пояс.

Луна заходила, ее заслоняло огромное летучее облако, но, вдруг открывшись, она засияла вновь. И тут они услышали топот, и со стороны переправы возникли, надвигаясь, темные фигуры всадников. Лунный свет поблескивал на жалах копий. Еще не видно было, сколько их там, но уж наверняка не меньше, чем в свите конунга.

Когда они приблизились шагов на пятьдесят, Эомер громко крикнул:

— Стой! Стой! Кто разъезжает в Ристании?

Погоня вмиг застыла на месте. В тишине один из всадников спешился и медленно двинулся вперед. Он поднял руку в знак мира, ладонь белела в лунном свете. Но ристанийцы держали копья наперевес. Шагов за десять от них он остановился: высокая черная тень точно вырастала из земли. И прозвучал ясный голос:

— В Ристании? Ты сказал — в Ристании? Мы это рады слышать. Мы издалека торопились в Ристанию.

— Теперь торопиться вам некуда, — объявил Эомер. — Переехавши броды, вы на ристанийской земле: здесь властвует конунг Теоден и лишь с его позволения можно здесь разъезжать. Кто ты такой? И почему вы торопились?

— Я — Гальбарад Дунадан, северный Следопыт, — отвечал тот. — Мы ищем Арагорна, сына Арахорна: мы прослышали, будто он в Ристании.

— И вы его отыскали! — воскликнул Арагорн. Он кинул поводья Мерри, выбежал вперед, и они обнялись с

48

пришельцем. — Ты ли это, Гальбарад! Вот уж нечаянная радость!

Мерри облегченно вздохнул. Он-то был уверен, что это недобитый Саруман исхитрился перехватить конунга с малой свитой; но, видно, если и придется сложить голову, защищая Теодена, то не сейчас, а когда-нибудь потом. Он сунул меч в ножны.

— Все в порядке, — сказал Арагорн, воротившись. — Это мои родичи, они из дальнего края, где я прожил многие годы. Гальбарад скажет нам, почему они вдруг явились и сколько их тут.

— Нас тридцать, — сказал Гальбарад. — Все наши, кого удалось скликнуть, да еще братья Элладан и Элроир: они едут на брань вместе с нами. А мы собрались в путь сразу же, едва получили твой вызов.

— Вызов? — переспросил Арагорн. — Я взывал к вам лишь в мыслях. Думал я о вас, правда, часто, и нынче даже больше обычного; но вызова послать не мог. Впрочем, это все потом. Мы в опасности, медлить нельзя. Скачем вместе, если позволит конунг.

— В добрый час! — молвил обрадованный Теоден. — Если твои родичи под стать тебе, государь мой Арагорн, то тридцать таких витязей — это целое войско!

Поскакали дальше; Арагорн ехал с дунаданцами, и, когда они обменялись новостями с севера и с юга, Элроир сказал ему:

— Отец мой велел передать тебе: *Каждый час на счету*. Если рискуешь опоздать, вспомни о Стезе Мертвецов.

— У меня всегда был каждый час на счету, — сказал Арагорн, — и вечно их не хватало. Но велик должен быть риск опоздать, чтобы я двинулся этим путем.

— Как решишь, так и будет, — отозвался Элроир. — Ночью на дороге об этом толковать не стоит.

И Арагорн сказал Гальбараду:

— Что это ты везешь, родич? — ибо он заметил, что в руке у него не копье, а длинный шест, словно бы древко знамени; шест был натуго обмотан темной тканью и перетянут ремнями.

— Это прислала тебе Дева Раздола, — отвечал Гальбарад. — Втайне и с давних пор она трудилась над этим. И велела тебе сказать: *На счету каждый час. Либо наши надежды сбудутся, либо всем надеждам конец. Я все исполнила в срок, по-задуманному. Прощай же до лучших времен, Эльфийский Берилл!* Такие были ее слова.

На это Арагорн молвил:

— Теперь я знаю, что ты привез. Побереги это для меня еще немного!

Он обернулся к северу, взглянул на яркие, крупные звезды — и потом за всю ночь не сказал ни слова.

Под серым предрассветным небом они наконец выехали из Ущельного излога и добрались до Горнбурга. Надо было хоть немного передохнуть и рассудить, что их ждет.

Мерри спал как сурок; его разбудили Леголас и Гимли.

— Солнце стоит в небе, — сказал Леголас. — И все давно уж на ногах, кроме тебя, лежебока ты этакий. Вставай, а то и к шапочному разбору не поспеешь!

— Три дня назад здесь была страшная битва, — сказал Гимли, — и я Леголасу чуть не проиграл, но выиграл все-таки, угробил одного лишнего орка! Пойдем покажу, где это было! Да, Мерри, а какие тут пещеры! Сходим в пещеры, давай, а, Леголас?

— Нет, нет, не надо, — сказал эльф. — Кто ж второпях любуется чудесами! Условились ведь мы с тобой — коли переживем лихие дни, то и отправимся туда вместе. А сейчас полдень на носу, общая трапеза и вроде бы снова в дорогу.

Мерри зевнул и потянулся. Спал он всего ничего, усталость не прошла, и тоска одолевала пуще прежнего. Пина теперь не было, не с кем словом перемолвиться, а кругом все спешат, и каждый знает куда — один он дурак дураком.

— Арагорн-то хотя бы где? — спросил он.

— Он наверху, на башне, — отвечал Леголас. — Отдыхать не отдыхал, какое там, и глаз-то не сомкнул. Пошел наверх — ему, мол, поразмыслить надо; и Гальбарад с ним. Трудные у него, видать, мысли: мрачные сомнения, тяжкие заботы.

— Темный они вообще-то народ, эти пришельцы, — сказал Гимли. — Витязи, конечно, на подбор, могучие, статные, ристанийцы рядом с ними сущие дети, а они суровые такие, обветренные, что твои скалы, — ну, наподобие Арагорна, и уж слова лишнего от них не услышишь.

— На Арагорна они похожи, это ты верно, — подтвердил Леголас. — Такие же молчаливые, но если скажут слово, то учтивые, как и он. А братья-то — ну, Элладан и Элроир? Эти и одеты поярче, и держатся по-другому:

шутка сказать, сыновья Элронда, не откуда-нибудь, из Раздола!

— Чего это они вдруг приехали, не знаешь? — спросил Мерри. Он наконец оделся, накинул на плечи серый плащ, и все они втроем вышли к разрушенным воротам крепости.

— Позвали их, вот и приехали, сам же слышал, — отозвался Гимли. — Говорят, в Раздоле послышался голос: *Арагорн ждет родичей. Дунаданцы, спешите в Ристанию!* — а уж откуда и кто их позвал, это неизвестно. Гэндальф, наверно, кто же еще.

— Нет, не Гэндальф, это Галадриэль, — возразил Леголас. — Она же, помнишь, устами Гэндальфа возвещала прибытие Серой Дружины?

— Да, это ты в точку попал, — согласился Гимли. — Она это, она, Владычица Зачарованного Леса! Вот уж кто читает в сердцах и выполняет заветные желания! А мы с тобой дураки, Леголас, — что ж мы не позвали своих-то на помощь?

Леголас, стоя у ворот, обратил свои ясные глаза на север и на восток, и лицо его омрачилось.

— Наши не придут, — сказал он. — Что им ехать на войну за тридевять земель, когда война у них на пороге?

Они еще немного погуляли, обсуждая происшествия давешней битвы, потом вышли через разрушенные ворота, миновали свежие могильники у дороги, выбрались на Хельмову Гать и поглядели на излог. Уже воздвиглась Мертвая гора, черная, высокая, обложенная камнями, а кругом были видны следы гворнов, истоптавших траву, избороздивших землю. Дунландцы и защитники Горнбурга вместе восстанавливали Гать, разравнивали поле, возводили заново стены и насыпали валы; повсюду царило странное спокойствие — казалось, долина отдыхала после налетевшей бури. Они повернули назад, чтобы успеть к полуденной трапезе.

Завидев их, конунг подозвал Мерри и усадил его рядом.

— Здесь, конечно, не то, что в златоверхих чертогах Эдораса, — сказал он. — Да и друга твоего нет с нами, а он бы не помешал. Однако за высоким столом в Медусельде мы воссядем еще не скоро: если и доберемся туда, боюсь, нам будет не до пированья. Впрочем, что загадывать! Ешь и пей на здоровье, заодно и побеседуем. И поедешь со мною.

— Я — с тобою? — обрадовался и восхитился Мерри. — Вот здорово-то! — Он был как никогда благодарен за теплые слова. — А то я как-то, — запинаясь, выговорил он, — только у всех под ногами путаюсь, неужели совсем уж ни на что не пригожусь?

— Пригодишься, — заверил его Теоден. — Для тебя подыскали отличного пони местной породы: на горных тропах как раз такой нужен, не отстанет. Мы ведь в Эдорас горами поедем, через Дунхерг, где меня ждет Эовин. Хочешь быть моим оруженосцем? Эомер, доспех для него найдется?

— Оружейня здесь небогатая, государь, — отвечал Эомер. — Легонький шлем на его голову, пожалуй, подберем; но кольчугу и меч по росту — едва ли.

— А меч у меня и так есть, — сказал Мерри, вскочив на ноги и выхватив из черных ножен яркий клинок. Тронутый чуть не до слез лаской старого конунга, он внезапно опустился на одно колено, взял его руку и поцеловал. — Конунг Теоден, — воскликнул он, — позволь Мериадоку из Хоббитании присягнуть тебе на верность! Можно, я возложу свой меч тебе на колени?

— С радостью позволяю, — ответствовал Теоден и в свою очередь возложил длинные старческие пясти на темно-русую голову хоббита. — Встань же, Мериадок, — отныне ты наш оруженосец и страж Медусельда. Прими свой меч — да послужит он на благо Ристании!

— Теперь ты мне вместо отца, — сказал Мерри.

— Боюсь, ненадолго, — отозвался Теоден.

За трапезой шел общий разговор; наконец Эомер сказал:

— Скоро уж пора нам ехать, государь. Прикажешь ли трубить в рога? Но где же Арагорн? Он так и не вышел к столу.

— Готовьтесь выезжать, — велел Теоден, — и оповестите Арагорна, что время на исходе.

Конунг с Мерри и охраною вышли из ворот Горнбурга на просторный луг, где строились воины; многие уже сидели на конях. В крепости конунг оставил лишь небольшой гарнизон; прочие все до единого отправлялись в Эдорас, на войсковой сбор. Уже отъехал ночью отряд в тысячу копий, но и сейчас с конунгом было около пятисот, большей частью вестфольдцы.

Поодаль сомкнулся конный строй молчаливых Следопытов с копьями, луками и мечами, в темно-серых плащах; капюшоны закрывали их шлемы и лица. Кони у них были могучие, статные и шерстистые; и без седока стоял приведенный с севера конь Арагорна, по имени Рогерин. Ни золото, ни самоцветы не украшали их доспехи и сбруи, не было ни гербов, ни значков, только на левом плече у каждого звездой лучилась серебряная брошь — застежка плаща.

Конунг сел на своего Белогрива, Мерри взобрался на стоявшего рядом пони, звали его Стибба. Вскоре из ворот вышли Эомер с Арагорном и Гальбарад, который нес обмотанный черной тканью шест, а за ними еще двое — ни молоды, ни стары. Сыновья Элронда были до того похожи, что и не различишь: оба темноволосые и сероглазые, сияющие эльфийской красой; оба в блестящих кольчугах и серебристых плащах. Следом шли Леголас и Гимли. Но Мерри не мог отвести глаз от угрюмого, землистого, усталого лица Арагорна: он за одну ночь словно бы состарился на много лет.

— Я в большой тревоге, государь, — сказал он, остановившись у стремени конунга. — Дурные вести дошли до меня: нам грозит новая, нежданная беда. Я долго размышлял, и сдается мне, что надо менять планы. Скажи, Теоден: ты ведь держишь путь в Дунхерг — сколько времени он займет?

— Уже час пополудни, — отозвался Эомер. — На третьи сутки к вечеру, должно быть, доедем до Укрывища. Полнолуние будет накануне; сбор конунг назначил еще через день. Быстрее не поспеют съехаться со всей Ристании.

— Стало быть, через три дня, — задумчиво проговорил Арагорн, — войсковой сбор только начнется. Да, быстрее не выйдет, спешка тут ни к чему. — Он поднял глаза, и лицо его прояснилось, точно он окончательно принял трудное решение. — Тогда, государь, с твоего позволения, пути наши расходятся. У нас с родичами своя дорога, и поедем мы теперь в открытую. Мне больше незачем таиться. Поедем на восток кратчайшим путем, а дальше — Стезей Мертвецов.

— Стезей Мертвецов! — повторил Теоден, вздрогнув. — Что ты говоришь?

Эомер изумленно взглянул на Арагорна, и Мерри показалось, что конники, которые расслышали эти слова, стали белее мела.

— Если и правда есть такая стезя, — продолжал Теоден, — то она начинается за воротами близ Дунхерга, но там никто еще не бывал.

— Увы, Арагорн, друг мой! — горестно молвил Эомер. — А я-то надеялся, что мы с тобой будем биться бок о бок. Но если жребий влечет тебя на Стезю Мертвецов, то мы расстаемся и едва ли увидимся на этом свете.

— Другой мне дороги нет, — отвечал Арагорн. — И все же, Эомер, на поле брани мы, быть может, еще и встретимся, прорубившись друг к другу сквозь все полчища Мордора.

— Поступай как знаешь, государь мой Арагорн, — сказал Теоден. — Видно, и правда таков твой жребий — идти нехожеными путями. Как ни горько мне с тобой расставаться, как ни тягостно, однако нас ждут горные тропы и медлить больше нельзя. Прощай!

— Прощай, государь! — сказал Арагорн. — Скачи навстречу великой славе! Прощай и ты, Мерри! В хороших руках ты остаешься, я и надеяться не смел на такое, когда мы гнались за орками до Фангорна. Леголас и Гимли, наверно, и теперь последуют за мною; но мы тебя не забудем.

— До свидания! — проговорил Мерри. Других слов у него не нашлось. Он чувствовал себя совсем крохотным; его смущали и угнетали услышанные мрачные речи. Эх, сюда бы сейчас неунывающего Пина! Конники стояли наготове, лошади перебирали ногами: скорей бы в путь — и дело с концом.

Теоден обратился к Эомеру, тот поднял руку и громко отдал приказ; конники тронулись. Они миновали Гать, выехали из Ущельного излога и круто свернули к востоку, тропою, которая с милю вилась у подножий, а потом уводила на юг и исчезала в горах. Арагорн выехал на Гать и провожал ристанийцев взглядом, пока излог не скрыл их из виду.

— Вот уехали трое близких моему сердцу, — сказал он Гальбараду, — и едва ли не ближе других этот малыш. Он не знает, что его ждет; но если б и знал, все равно бы поехал.

— Да, о малышах-хоббитанцах не по росту судить, — заметил Гальбарад. — Вовсе им невдомек, какими трудами охраняли мы их границы, но мне это ничуть не обидно.

— А теперь наши судьбы сплелись воедино, — сказал Арагорн. — Но что поделать, приходится разлучаться. Ладно, мне надо перекусить, да в дорогу. Пойдемте, Леголас и Гимли! Поговорим за едой.

Они вместе вернулись в Горнбург. Однако за столом Арагорн хранил молчание, и друзья переглядывались.

— Говори же! — сказал наконец Леголас. — Говори, может, полегчает, светлее станет на сердце! Что случилось с тех пор, как мы приехали на мглистом рассвете в эту хмурую крепость?

— Я выдержал битву куда более жестокую, чем на стенах этой хмурой крепости, — отвечал Арагорн. — Я глядел в Ортханкский камень, друзья мои.

— Ты глядел в эту проклятую колдовскую штуковину? — вскричал Гимли с ужасом и недоумением. — Он... Враг у тебя что-нибудь выведал? Ведь даже Гэндальф и тот не отважился на такой поединок, а ты...

— Ты забываешь, с кем говоришь, — сурово осек его Арагорн, и глаза его блеснули. — Не при тебе ли я во всеуслышание назвался у ворот Эдораса? Что, по-твоему, я мог ему выдать? Нет, Гимли, — уже мягче продолжал он, и тень сбежала с его лица, видна была лишь безмерная усталость, точно после многих бессонных ночей, исполненных тяжкого труда. — Нет, друзья мои, я законный владелец Камня, вправе и в силах воспользоваться им: так я рассудил. Право мое неоспоримо. И сил хватило — правда, еле-еле.

Он глубоко вздохнул.

— Да, жестокий был поединок, все никак не приду в себя. Я не сказал ему ни слова, но сумел подчинить Камень своей воле. От одного этого он придет в неистовство. И я предстал перед ним. Да, сударь мой Гимли, Враг видел меня, но не в том обличье, в каком ты видишь меня сейчас. Если я оказал ему услугу, дело плохо; но думаю, что оказал дурную услугу. Он был, по-моему, страшно поражен тем, что я объявился среди живых, ибо доныне он обо мне не знал. Под окнами Ортханка на меня не обратили внимания, благо я был в ристанийском доспехе; но уж Саурон-то не забыл Исилдура и меча Элендила. И вот, как раз когда начинают сбываться его черные замыслы, вдруг он воочию видит наследника Исил-

58

дура и тот самый меч: я обнажил перед ним заново откованный клинок. А он все же не так силен, чтоб ничего не опасаться, — нет, его еще гложут сомнения.

— Ну, сил-то ему не занимать, — возразил Гимли, — и тем быстрее он нанесет удар.

— Быстрее вовсе не значит вернее, — сказал Арагорн. — И настала пора опережать Врага, а не дожидаться его ударов. Друзья мои, когда я овладел Камнем, мне многое открылось. Беда нагрянула на Гондор с юга, и защитников Минас-Тирита вдвое поубавилось. Если мы с этой бедою немедля не управимся, то город погибнет, не выстоит и десяти дней.

— Значит, погибнет, — сказал Гимли. — Кого посылать на подмогу и как туда поспеть вовремя?

— Посылать на подмогу некого, стало быть, надо ехать самому, — сказал Арагорн. — И есть лишь один путь, которым можно поспеть к Морю вовремя, пока еще не все потеряно. Это — Стезя Мертвецов.

— Стезя Мертвецов! — повторил Гимли. — Жутковатое название — и слух ристанийцев оно, как я заметил, не тешит. Ну а живым-то можно проехать этой Стезей и не сгинуть? И что толку, если проедем, — нас же всего горстка против несметных полчищ Мордора!

— Живые по этой дороге не ездили, мустангримцы такого не упомнят, — сказал Арагорн. — Она закрыта для живых. Однако наследник Исилдура в эту черную годину может и проехать, если отважится. Слушайте! Сыновья Элронда из Раздола, премудрого знатока преданий, передали мне слова отца: *Пусть Арагорн припомнит речь провидца, пусть памятует о Стезе Мертвецов.*

— А что за речь провидца? — спросил Леголас.

— Вот что изрек провидец Мальбет во дни Арведуи, последнего властителя Форноста:

> Простерлась черная тень над землей,
> На запад стремится крылатый мрак.
> Содрогается град; подступает враг
> К заветным гробницам. И встают мертвецы,
> Ибо клятвопреступникам вышел срок,
> Ибо их созывает гремучий рог,
> С вершины Эрека вновь затрубив.
> Кто протрубит? Кто призовет
> Из могильной мглы забытый народ?
> Потомок того, кто был предан встарь,
> Возвратится с севера Государь
> Темным путем, Стезей Мертвецов.

— Что темным путем — это понятно, — сказал Гимли, — но в остальном стихи уж очень темные.

— Остальное станет понятно, если поедешь со мной темным путем, — сказал Арагорн. — Сам бы я его не избрал, но, видно, предуказанного не миновать. А вы решайте сами, хватит ли у вас мужества и сил, чтобы одолеть неодолимый страх и вынести непосильные тяготы — может статься, себе на беду.

— Я пойду за тобою даже Стезей Мертвецов, куда бы она ни привела, — сказал Гимли.

— И я тоже, — сказал Леголас, — я мертвецов не боюсь.

— Хорошо бы этот забытый народ не забыл ратного дела, — сказал Гимли, — а то не к чему их и тревожить.

— Это мы узнаем, если доберемся живыми до вершины Эрека, — сказал Арагорн. — Ведь они поклялись сражаться с Сауроном и нарушили клятву; чтобы исполнить ее ныне, надо сразиться. На вершине Эрека Исилдур водрузил черный камень, который, по преданию, привез из Нуменора. И в начале его правления князь горцев присягнул на верность Гондору возле этого камня. Когда же Черный Властелин объявился в Средиземье и вновь стал могуч и страшен, Исилдур призвал горцев на великую брань, а они отказались воевать, ибо втайне предались Саурону еще во Вторую Эпоху, в проклятые времена его владычества.

И тогда Исилдур сказал их князю: «Твое княжение да будет последним. И если Запад восторжествует над твоим Черным Владыкою, то вот, я налагаю проклятие на тебя и на весь твой народ: вы не узнаете покоя, доколе не исполните клятву. Ибо войне этой суждено длиться несчетные годы, и в конце ее снова призовут вас на брань». И они бежали от гнева Исилдура и не посмели выступить на стороне Саурона; укрылись в горах, отъединились от соседей и мало-помалу вымерли в своих каменистых пустошах. Но умершие не опочили; их замогильное бденье оцепенило ужасом окрестности Эрека. Туда и лежит мой путь, раз от живых мне помощи не будет. Вперед! — воскликнул он, поднявшись и обнажив меч, ярко блеснувший в сумрачном зале. — Я еду Стезей Мертвецов к Эрекскому камню. Кто отважится на это — за мною!

Леголас и Гимли промолчали и вышли следом за ним из ворот, к безмолвному и недвижному строю всадников в капюшонах. Они сели на своего коня, Арагорн вскочил на Рогерина. Гальбарад затрубил в большой рог, гулкое эхо огласило Хельмово ущелье, и Дружина вихрем пронеслась по излогу; ей вослед изумленно глядели с Гати и крепостных стен.

* * *

Теоден пробирался горными тропами, а Серая Дружина мчалась по степи и на другой день уже подъезжала к Эдорасу. Едва передохнув, отправились дальше, в горы — и в сумерках достигли Дунхерга.

Царевна Эовин радостно приветствовала их; таких могучих витязей, как дунаданцы и сыновья Элронда, она в жизни не видела, но взгляд ее все время устремлялся на Арагорна. За ужином они беседовали, и ей было рассказано обо всем, что случилось после отъезда Теодена из столицы: лишь обрывочные вести дошли до нее. Теперь она услышала о битве у Хельмовой Крепи, о полном разгроме врага, о том, как конунг повел в последний бой своих всадников, — и глаза ее засияли.

Наконец она сказала:

— Государи мои, вам пора отдохнуть с дороги. Нынче, наспех, я предложу вам скромный ночлег. Наутро же мы приготовим более достойные вас покои.

Но Арагорн сказал:

— Нет, царевна, не заботься об этом. Нам нужно всего лишь переночевать и позавтракать. Я очень тороплюсь, и на рассвете мы выезжаем.

— Тогда спасибо тебе, государь, — с улыбкой молвила она, — что ты, свернув с пути, проехал столько миль, чтобы порадовать добрыми вестями отшельницу Эовин.

— Ради такой отшельницы дальняя дорога не в тягость, — сказал Арагорн, — однако же, царевна, с пути я бы сюда не свернул.

— Значит, государь, — отозвалась она, и в голосе ее слышна была печаль, — ты сбился с пути, потому что из

62

Дунхергской долины нет выхода ни на восток, ни на юг — тебе надо вернуться обратно.

— Нет, царевна, — сказал он, — с пути я не сбился: я странствовал в здешних краях задолго до того, как ты родилась им на украшение. Есть выход из этой долины, он-то мне и нужен. Отсюда на юг ведет Стезя Мертвецов.

Она замерла, будто громом пораженная; лицо ее побелело, она глядела ему в глаза и молчала, и молчали все кругом.

— Арагорн, — наконец молвила она, — неужели ты торопишься на встречу гибели? Лишь гибель ждет тебя на этом пути. Там нет проходу живым.

— Меня, может статься, пропустят, — сказал Арагорн. — Так или иначе, я попробую пройти. Другие дороги мне не годятся.

— Но это безумие, — сказала она. — С тобою славные, доблестные витязи, и не в смертную тень ты их должен вести, а на бой, на поле брани. Молю тебя, останься, ты поедешь с моим братом, на радость всему ристанийскому войску, в знак великой надежды.

— Нет, царевна, это не безумие, — отвечал он, — этот путь предуказан издревле. Кто идет со мною — идет по доброй воле; кто захочет остаться и ехать на бой вместе с ристанийцами — пусть остается. Но я пойду Стезей Мертвецов, даже в одиночку.

Больше сказано ничего не было, и в молчании завершилась трапеза; но Эовин не сводила глаз с Арагорна, и мука была в ее глазах. Наконец все поднялись из-за стола, пожелали ей доброй ночи, поблагодарили за радушие и отправились спать.

Арагорна поместили с Леголасом и Гимли; у шатра окликнула его царевна Эовин. Он обернулся и увидел словно бы легкое сиянье в ночном сумраке: на ней было белое платье и светились ее глаза.

— Арагорн, — сказала она, — зачем ты едешь этим гиблым путем?

— Затем, что иначе нельзя, — отвечал он. — Только так я, быть может, сумею опередить Саурона. Я ведь не ищу гибели, Эовин. Будь моя воля, я гулял бы сейчас на севере по светлым тропинкам Раздола.

Она помолчала, обдумывая последние его слова. Потом вдруг положила руку ему на плечо.

— Ты суров и тверд, — сказала она. — Таким, как ты, суждена слава. — И снова примолкла. — Государь, — решилась она наконец, — если таков предуказанный тебе путь, то позволь мне ехать с тобою. Мне опротивело прятаться и скрываться, я хочу испытать себя в смертном бою.

— Ты должна оставаться со своим народом, — ответил он.

— Только и слышу, что я кому-то что-то должна! — воскликнула Эовин. — Разве я не из рода Эорла? Воительница я или нянька? Долгие годы я опекала немощного старца. Теперь он, кажется, встал на ноги — а мне все равно нельзя жить по своей воле?

— Этого почти никому нельзя, — ответил он. — И не ты ли, царевна, приняла теперь на себя попечение о своем народе, покуда не воротится конунг? Если б это доверили не тебе, а военачальнику или сенешалю, ты думаешь, он мог бы оставить свой пост, как бы ему все ни опротивело?

— Значит, так всегда и будет? — горько спросила она. — Ратники будут уезжать на войну и добывать бранную славу, а мне — оставаться, хозяйничать и потом их встречать, заботиться о еде и постелях, так?

— Может статься, и встречать будет некого, — сказал он. — Настанет темное время безвестной доблести: никто не узнает о подвигах последних защитников родимого крова. Но безвестные подвиги ничуть не менее доблестны.

— Ты твердишь одно и то же, — отвечала она, — женщина, говоришь ты, радей о доме своем. А когда воины погибнут славной смертью — сгори вместе с домом, погибшим он больше не нужен. Но я не служанка, я — царевна из рода Эорла. Я езжу верхом и владею клинком не хуже любого воина. И я не боюсь ни боли, ни смерти.

— А чего ты боишься, царевна? — спросил он.

— Боюсь золоченой клетки, — сказала она. — Боюсь привыкнуть к домашнему заточенью, состариться и расстаться с мечтами о великих подвигах.

— Как же ты отговаривала меня идти избранной дорогой, потому что она опасна?

— Я ведь тебя, а не себя отговаривала, — сказала она. — И я призывала тебя не избегать опасности, а ехать на битву, добывать мечом славу и победу. Просто я не хотела, чтобы сгинули попусту благородство и великая отвага!

— Я тоже этого не хочу, — сказал он. — Потому и говорю тебе, царевна: оставайся! Нечего тебе делать на юге.

— Другим — тем, кто пойдет за тобою, — тоже нечего там делать. Они пойдут потому, что не хотят с тобой разлучаться, потому, что любят тебя.

Сказав так, она повернулась и исчезла в темноте.

* * *

В небе забрезжил рассвет, но солнце еще не выглянуло из-за высоких восточных хребтов. Дружина сидела верхами, и Арагорн собрался было вскочить в седло, когда царевна Эовин, в ратном доспехе и при мече, вышла попрощаться с ними. Она несла чашу с вином; пригубив ее, пожелала она воинам доброго пути и передала чашу Арагорну, который, прежде чем допить вино, молвил:

— Прощай, царевна Ристании! Я пью во славу дома конунгов, пью за тебя и за весь ваш народ. Скажи своему брату, что мы еще, может, и свидимся, прорвавшись сквозь тьму!

Гимли и Леголасу показалось, что она беззвучно заплакала: скорбь исказила ее гордое и строгое лицо. И она проговорила:

— Арагорн, ты едешь, куда сказал?

— Еду, — отвечал он.

— И не позволишь мне ехать с вами, как я просила тебя?

— Нет, царевна, — сказал он. — Нельзя тебе ехать без позволения конунга или твоего брата, а они будут лишь завтра. У меня же на счету каждый час, каждая минута на счету. Прощай!

Тогда она упала на колени и воскликнула:

— Я тебя умоляю!

— Нет, царевна, — сказал он, взяв ее за руку и поднимая с колен; потом поцеловал ей руку, вспрыгнул в седло и тронул коня, больше не оглядываясь. Лишь тем, кто знал его близко и ехал рядом, понятно было, как тяжело у него на сердце.

А Эовин стояла, неподвижная, точно изваяние, сжав опущенные руки; стояла и смотрела, как они уходят в черную тень Двиморберга, Горы Призраков, к Вратам мертвого края. Когда всадники пропали из виду, она повернулась и неверным шагом, как бы вслепую, отправилась к себе в шатер. Никто из ее подданных не видел этого расставанья: они попрятались в страхе и ждали, пока рассветет и уедут безрассудные чужаки.

И люди говорили:

— Это эльфийцы. Пусть себе едут в гиблый край, коли им суждено там сгинуть. У нас своего горя хватает.

Ехали в предрассветной мгле; восходящее солнце заслонял сумрачный гребень Горы Призраков. Извилистая дорога меж двумя рядами древних стоячих камней привела их в бор Димхолт, преддверие страшного края. Под сенью черных деревьев, где даже Леголасу было не по себе, открылась падь, и посреди тропы роковою вехой возник громадный столп.

— Что-то у меня кровь леденеет, — заметил Гимли, но никто не отозвался, и звук его голоса поглотила сырая хвойная подстилка.

Кони один за другим останавливались перед зловещим столпом; всадники спешились и повели их под уздцы в обход по крутому склону к подножию Горы, туда, где в отвесной скале зияли Врата, словно жерло ночи. Над широкой аркою смутно виднелась тайнопись и загадочные рисунки, и Врата источали серый туман, будто смертную тоску. Дружина оцепенела; лишь у царевича эльфов Леголаса не дрогнуло сердце — он не страшился человеческих призраков.

— За этими Вратами, — сказал Гальбарад, — таится моя смерть. Я пойду ей навстречу, но кони туда не пойдут.

— Мы должны пройти, значит, пройдут и кони, — отвечал Арагорн. — За Вратами мертвенная тьма, а за нею — дальняя дорога, и каждый час промедленья приближает торжество Саурона. Вперед!

И Арагорн пошел первым; вдохновленные его могучей волей, следовали за ним дунаданцы, а кони их так любили своих хозяев, что не убоялись даже замогильного ужаса, ибо надежны были сердца людей, которые их вели. Только Арод, ристанийский конь, стоял весь в поту и дрожал — горестно было смотреть на него. Но Леголас закрыл ему ладонями глаза, напел в уши ласковые, тихие слова — и конь послушно пошел за своим седоком. Перед Вратами остался один лишь гном Гимли. Колени его дрожали, и он стыдил сам себя.

— Вот уж неслыханное дело! — сказал он. — Эльф спускается под землю, а гном боится!

И он ринулся вперед, волоча непослушные, как свинцом налитые ноги; тьма обрушилась на него и ослепила Гимли, сына Глоина, который, бывало, бесстрашно спускался в любые подземелья.

Арагорн запасся в Дунхерге факелами и нес огонь впереди; Элладан, вознося факел, замыкал шествие, а за ним, спотыкаясь, брел Гимли. Ему видны были только тусклые факельные огни; но едва Дружина приостанавливалась, как слух его полнился ропотом и отзвуками голосов, невнятной молвью на неведомом языке.

Дружина шла и шла, и помехи ей не было, а гному становилось все страшнее — он-то знал, что вспять повернуть нельзя, что позади, в темноте, толпится незримое сонмище. Страшно тянулось время; и то, что Гимли наконец увидел, он очень не любил вспоминать. Вроде бы шли они по широкому проходу, но стены внезапно исчезли, и перед ними разверзлась пустота. Ужас давил его так, что ноги подкашивались на каждом шагу. Слева что-то блеснуло во мраке, и факел Арагорна приблизился. Должно быть, Арагорн вернулся поглядеть, что там блестит.

— Неужели ему не страшно? — пробормотал гном. — В любой другой пещере Гимли, сын Глоина, первым побежал бы на блеск золота. Но здесь — не надо! Пусть лежит!

И все же он подошел — и увидел, что Арагорн стоит на коленях, а Элладан держит оба факела. Перед ними простерся скелет богатыря. Боевой доспех уцелел: кольчуга была золоченая, а воздух в пещере такой сухой, что чуть не скрипел на зубах. Золотом и гранатами изукрашен был пояс; череп в шлеме с золотой насечкой ничком уткнулся в песок. При факелах стало видно, что скелет лежит у стены пещеры, возле закрытой каменной двери, впившись в щели костяными пальцами. Рядом валялись обломки зазубренного меча: наверно, он отчаянно рубил камень, пока хватало сил.

Арагорн не прикоснулся к останкам; он молча разглядывал их, потом поднялся и вздохнул.

— До скончания веков не расцветут над ним цветы *симбельмейна*, — проговорил он. — Девять и еще семь могильников давным-давно заросли травой, и все эти несчетные годы он пролежал здесь, у дверей, которых не смог открыть. Куда ведут эти двери? Что он искал за ними? Этого никто никогда не узнает... И мне об этом знать незачем! — возгласил он, обращаясь к шелестящей темноте позади. — Храните свои клады и тайны Проклятых Времен! А нам надо спешить. Пропустите нас и ступайте следом! Я призываю вас всех к Эрекскому камню!

Вместо ответа настало бездонное молчанье, пострашнее зловещего шелеста; потом повеяло холодом, факелы вспыхнули, угасли, и зажечь их снова не удалось. Что было дальше и сколько часов это длилось, Гимли толком не помнил. Дружина шла вперед, а он кое-как поспевал за остальными, спасаясь от ужаса, который, казалось, вот-вот обессилит его, настигая шелестами, шорохами, призрачным звуком несчетных шагов. Он спотыкался, падал, под конец полз на четвереньках и чувствовал, что больше не может: либо впереди найдется выход и спасенье, либо уж будь что будет — он бросится назад на растерзание ужасу.

Вдруг он услышал журчанье воды, такое отчетливо-звонкое, точно где-то прокатился камень, пробудив от дурного сна. Становилось светлее, и вот Дружина вышла из-под высокой сводчатой арки; ручей бежал рядом, а впереди круто уходила вниз дорога между отвесными скалами, упирающимися в небеса. Ущелье было такое узкое и глубокое, что небо казалось темным и мерцали мелкие звезды. Однако же Гимли узнал потом, что день был тот самый, когда они вышли из Дунхерга, до заката оставалось еще два часа, а могли миновать и годы; и вышел он будто бы совсем в иной мир.

* * *

Дружинники снова ехали вереницей, и Гимли сидел позади Леголаса. Смеркалось, сгущались синие сумерки; и ужас шел по пятам. Леголас обернулся, и Гимли увидел прямо перед собой блистающие глаза эльфа. За ними ехал Элладан, замыкающий, но не последний на этой наклонной дороге.

— Мертвые следуют за нами, — сказал Леголас. — Я вижу тени всадников, тусклые стяги, как клочья тумана, копья, точно заиндевелый кустарник. Они следуют за нами.

— Да, мертвецы не отстают. Они откликнулись на зов, — сказал Элладан.

Наконец Дружина вышла из ущелья — внезапно, как сквозь трещину в стене; они очутились над высокогорной долиной и услышали переплеск потока, низвергавшегося водопадами.

— Куда это нас занесло? — спросил Гимли, и Элладан отвечал ему:

— Пониже истоков длинной студеной реки, которая впадает в морской залив, омывающий стены Дол-Амрота. Мортхонд зовется она — Черноводная; теперь ты, наверно, не спросишь почему.

Широким изгибом Мортхондская долина охватывала крутогорье с юга. Травянистые склоны в этот сумеречный час подернуло серой пеленой; далеко внизу мигали огоньки селений. Долина была плодородная и многолюдная.

Арагорн, не оборачиваясь, крикнул во весь голос:

— Друзья, забудьте об усталости! Пустите коней вскачь! Нам нужно прежде полуночи быть у Эрекского камня, а до него еще далеко.

И они без оглядки промчались косогором к мосту через реку, набиравшую ширину, и дальше вниз по дороге в долину.

Повсюду гасили огни и запирали двери, а те, кто был в поле, крича от ужаса, метались, точно вспугнутое зверье. В полутьме разносился общий крик:

— Полчище мертвых! На нас идет полчище мертвых!

Звонили колокола, все разбегались и прятались, а Серая Дружина неслась во весь опор, покуда кони не начали спотыкаться. И перед самой полуночью, в черной, как бы пещерной тьме они все-таки доскакали до Эрекского камня.

С незапамятных пор витал смертный страх над горою Эрек и окрестными пустошами. На вершине ее торчал черный камень, круглый, как огромный шар, наполовину вкопанный в землю и все же высотой в человеческий рост. Был он нездешнего вида, словно упал с небес, как думали иные; те же, кто помнил предания Запада, говорили, что вывез его из руин Нуменора и вкопал на горе сам Исилдур. Жители долины не смели приближаться к нему, да поблизости никто и не жил: рассказывали, что в недобрую годину вокруг камня собирается и ропщет сонмище привидений.

Дружина остановилась у камня; царила мертвенная ночная тишь. Арагорн взял у Элроира серебряный рог, затрубил в него — и всем послышались глухие ответные раскаты, дальним эхом из пещерных глубин. Больше ничего слышно не было, но чуялось, что гору обступило большое войско; и дохнул леденящий ветер. Арагорн спешился, стал подле камня и громовым голосом вопросил:

— Клятвопреступники, зачем вы пришли?

И кто-то в ночи отозвался, как бы издалека:

— Чтобы исполнить клятву и обрести покой.

Тогда Арагорн молвил:

— Настал ваш час! Вы последуете за мною в Пеларгир-на-Андуине, и, когда тамошний край будет избавлен от Сауроновой нечисти, я сниму с вас заклятие, и вы обретете покой навечно. Ибо я — Элессар, наследник великого князя гондорского Исилдура.

И он повелел Гальбараду развернуть и водрузить знамя, которое тот привез из Раздола; затрепетало черное полотнище, и в темноте не видно было, что на нем выткано. Дружина заночевала возле камня, но почти никому не спалось в безмолвном окружении призраков.

С первыми лучами бледного рассвета Арагорн повел свою Дружину в далекий и многотрудный поход без отдыха и промедленья: такой был лишь ему по силам, и его непреклонная воля поддерживала остальных. Подобных тягот не вынес бы никто из смертных — но вынесли северные витязи-дунаданцы, и с ними был гном Гимли и Леголас из рода эльфов.

Они прошли в Ламедон Тарлангским перевалом; за ними по пятам мчалось призрачное воинство, а страшная весть о нем летела впереди, и, когда они въезжали в Калембель-на-Кириле, кровавый закат озарял их со спины, из-за хребта Пиннат-Гелина. В городе не было ни души, переправа через Кирил не охранялась, ибо многие ушли на войну, а прочие бежали в горы, прослышав о нашествии полчища мертвых. Наутро рассвета не было, и Серая Дружина исчезла с глаз людских во тьме, нахлынувшей из Мордора; а мертвецы спешили следом.

Глава III
ВОЙСКОВОЙ СБОР

Все пути сходились теперь на востоке, на рубеже грядущей войны — там, где сгущалась грозная Темь. И когда Пин стоял у столичных Великих Врат, провожая взглядом золотистые стяги владетеля Дол-Амрота, дружина конунга Ристании спускалась с гор к Укрывищу.

День угасал. Длинные тени тянулись перед конниками. Темнота вползала в густой, перешептывающийся ельник, облекавший горные кручи. Конунг ехал медленно, он утомился за день. Вскоре тропа, обогнув выступ огромного утеса, углубилась в тихий лесной сумрак. Вниз, вниз и вниз двигались они длинной извилистой вереницей. Ближе ко дну ущелья уже совсем свечерело. Солнце зашло, и сумеречная мгла окутала водопады.

Весь день виднелся далеко внизу бурливый поток, сбегавший с высокого перевала, клокоча в своем узком русле между скалистыми откосами в сосновом убранстве; и вот он был перед ними, готовый вырваться на приволье из каменных теснин. Конники ехали берегом — и вдруг им открылась Дунхергская долина, оглашенная вечерним гулом воды. Кипучая Снеговая, усиленная притоком, мчалась, обдавая пеной каменистое ложе, к Эдорасу, к зеленым холмам и равнинам. Справа, у края широкой долины, вздымал заоблачные взлобья могучий Старкгорн, и его иззубренная вершина в шапке вечных снегов сияла в высоте; черно-синие тени ложились на нее с востока, и багровыми пятнами ее осыпал закат.

Мерри изумленно озирал этот неведомый край, о котором столько понаслышался в долгом пути. Небес тут не было: вглядывайся не вглядывайся в туманную пелену поверху, увидишь только громоздящиеся склоны, утес за утесом, и хмурые ущелья, подернутые дымкой. Он сонно вслушивался в шум воды, в смутный шепот деревьев, в треск расседающегося камня — и чуял огромное молчанье, ожидающее, пока все эти шумы стихнут. Ему вообще-то нравились горы, а лучше сказать — нравилось, как они возникают за обочиной рассказов о дальних странах; но теперь его придавила несусветная тяжесть взаправдашнего Средиземья, и больше всего на свете он хотел бы оказаться у себя, возле камина, в уютной комнатушке.

Он очень устал: ехали-то они медленно, однако же почти не отдыхали. Три долгих, томительных дня трясся он по тропам вверх и вниз, через перевалы, длинными долинами и звенящими бесчисленными бродами. Ежели дорога была пошире, он ехал рядом с конунгом, не замечая, что многие конники усмехались, глядя на это соседство: хоббит на лохматеньком сером пони и повелитель Ристании на большом белом коне. А он разговаривал с Теоденом, рассказывал ему о себе, о своих и прочие хоббитанские байки, потом слушал рассказы о Мустангриме и о подвигах ристанийских витязей. Но чаще всего, как и нынче, Мерри ехал сам по себе, за конунгом, говорить было не с кем, и он вслушивался в медленную звучную речь ристанийцев, доносившуюся сзади. Многие слова он вроде бы узнавал, только звучали они и звонче, и протяжнее, а вместе никак не складывались. Иногда чей-нибудь ясный голос заводил песню, и у Мерри взыгрывало сердце, хоть он и не понимал, о чем поется.

Очень ему было все-таки одиноко, особенно теперь, на закате дня. Он думал, куда же в этом непонятном мире подевался Пин, где Арагорн, Леголас и Гимли. И внезапным холодом полоснула мысль: а Сэм с Фродо — они-то где? «Совсем я про них забыл, — укорил он себя. — Они же из всех нас главные, я и пошел-то им в помощь, и вот теперь они за сотни миль, спасибо еще, если живы». Он испуганно поежился.

— Вот и Укрывище! — молвил Эомер. — Близок конец пути.

Кони стали. Через узкую горловину ущелья, как сквозь высокое окно, едва-едва был виден крутой спуск в меркнущую долину. Внизу, возле реки, вспыхивал и угасал крохотный огонек.

— Да, конец пути близок, — подтвердил Теоден, — и это — начало нового пути. Прошлой ночью было полнолуние, а наутро я поеду в Эдорас, на войсковой сбор.

— Прими мой совет, — негромко сказал Эомер, — возвратись потом сюда, пережди здесь победу или поражение.

— Нет, — усмехнулся Теоден, — нет, сын мой, ибо так я буду тебя называть, ты уж не будь советником наподобие Гнилоуста! — Он выпрямился в седле и оглянулся на длинный строй ратников, терявшийся в сумерках. — Давно я не водил вас в поход, многие дни стеснились в годы, но теперь-то я клюку отбросил. Коли нас победят, что мне толку скрываться в горах? А коли мы победим, то не страшно мне и погибнуть, исполнив свой долг до конца. Однако ж будет об этом. Нынче я ночую в Укрывище, и есть еще у нас хотя бы один мирный вечер. Едем!

Уже почти стемнело, когда они спустились. Снеговая протекала у западного края долины, и вскоре тропа привела их к броду, где вода бурлила среди камней. Брод охраняли; воины выпрыгивали из-за темных скал и, завидев их, радостно возглашали:

— Конунг Теоден! Конунг Теоден! Властитель Ристании возвратился!

Протяжно затрубил рог, и гулким эхом отозвалась долина. За рекой зажигались огни.

И вдруг с высот дружно грянули трубы: казалось, они поют под единым сводом, и слитный трубный гром раскатился по каменным склонам.

Так возвратился с победою властитель Мустангрима в Дунхерг, в свое высокогорное Укрывище. Последняя рать Ристании была в сборе; проведав о приближении конунга, воеводы встретили его у переправы, как и велел Гэндальф. Впереди ехал Дунгир, здешний правитель.

— Государь, — сказал он, — три дня назад на рассвете примчался с запада в Эдорас Светозар, и Гэндальф несказанно обрадовал нас вестью о твоей победе. Но он приказал от лица твоего поторопить сбор. А затем нагрянул крылатый Призрак.

— Крылатый Призрак? — повторил Теоден. — Мы тоже видели его, но посреди ночи, еще когда Гэндальф был с нами.

— Может статься, вы его и видели, государь, — сказал Дунгир. — Он ли был тогда или другой, но исчадьем мрака, подобьем чудовищной птицы явился он в то утро над Эдорасом, и страх объял всех до единого. Ибо он снизился к Медусельду, почти до самого купола, и раздался вопль, оледенивший сердца. Тогда-то Гэндальф и посоветовал нам не собираться на равнине, а встретить тебя здесь, в горном Укрывище. И не зажигать ни костров, ни факелов помимо крайней нужды — так мы и сделали, потому что повелительны были его слова и мы услышали в них твое веление. Здесь, над долиною, чудища не появлялись.

— Вы рассудили верно, — сказал Теоден. — Я сейчас еду в Укрывище, и прежде, чем отойду ко сну, надо мне встретиться с воеводами и сенешалями. Созовите их у меня как можно скорее!

Теперь дорога вела прямиком на восток — по долине, где она была шириною не более полумили. Кругом лежали поля и травяные сумеречно-серые луга, и за дальним краем ложбины Мерри увидел утесистый отрог Старкгорна, некогда разрезанный рекой.

Равнина была заполнена людьми. Они толпились у дороги, приветственными кликами встречая конунга и западных ратников; а поодаль виднелись ряды палаток и шатров, стояли за частоколами кони и стройно было составлено оружие: копья торчали, как древесная поросль. Сумерки застилали многолюдный лагерь, с гор веяло ночной прохладой, однако же фонари не горели и не пылали костры. Расхаживали часовые в длинных плащах.

Сколько же их тут собралось, ристанийцев? — задумался Мерри. В сгущавшейся тьме на глазок было не прикинуть, но вроде бы большое, многотысячное войско. А пока он вертел головой, дружина конунга оказалась возле огромной скалы у восточного края долины; дорога вдруг пошла в гору, и Мерри изумленно поднял взгляд. Таких дорог он еще не видывал: верно, люди проложили ее во времена совсем уж незапамятные. Змеею вилась она вверх, врезаясь в отвесную скалу. Крутая, точно лестница, она открывала обзор то спереди, то сзади. Лошади этот подъем кое-как одолевали; можно было втащить и повозки, но никакой враг ниоткуда не смог бы обойти защитников, разве что с воздуха. На каждом повороте дороги высились грубые изваяния: человекоподобные фигуры сидели, поджав ноги и сложив толстые руки на пухлых животах. Черты лица у многих с годами стерлись, лишь черные глазные дыры взирали на мимоезжих. Конники их вниманием не удостаивали. Назывались они Пукколы, колдовской силы не имели, страха никому не внушали; и Мерри провожал изумленным и почти что жалостным взглядом эти выступавшие из сумрака фигуры.

Потом он глянул назад и увидел, что взобрался уже высоко, и все равно в тумане видно было, как снизу идут конники — нескончаемой вереницей идут и расходятся по лагерю. Лишь конунг с приближенными ехали вверх, в Укрывище.

Наконец они выехали на край обрыва, а дорога вела все вверх, крутым склоном к скалистой расселине, а за нею расстилалась долина. Звалась она Фириэнфельд — широкая это была и красивая долина, травянистая, поросшая вереском, над бурным ложем Снеговой, по южным склонам Старкгорна и северным отлогам зубчатого хребта Ирензаги; туда-то и направлялись конники, и перед ними вздымался Двиморберг, Гора Призраков с ее одетыми мрачным сосняком кручами. Долину пересекал двойной ряд неуклюжих каменных вех; дорога между ними уходила в сумрак и пропадала среди сосен. Отважься кто-нибудь по ней поехать — он вскоре оказался бы в лесной мгле Димхолта, увидел бы зловещий столп и зияющие Запретные Врата.

Таков был угрюмый Дунхерг, сооруженный древним людским племенем, о котором ни песни, ни сказания не сохранили памяти. И неведомо было, что воздвигали древние строители — то ли город, то ли тайный храм, то ли царскую усыпальницу. Трудились они в Темные Века, задолго до того, как приплыли корабли к западным берегам и дунаданцы основали Гондор, и давным-давно сгинул этот народ, одни лишь Пукколы упрямо сидели на изгибах дороги.

Мерри взглянул на каменные зубья, на их неровный строй: они исчернели и выветрились, те покосились, другие упали, третьи надломились или искрошились — ни дать ни взять голодный старческий оскал. Он подумал, зачем бы им тут торчать, и понадеялся, что конунг не поедет между ними в густеющую темень. Потом он различил по обеим сторонам дороги множество палаток и навесов, но расположены они были поодаль от сумрачного леса и даже теснились к обрыву. Большая часть лагеря находилась справа, где Фириэнфельд распластался вширь, а слева палаток было поменьше, и среди них высился шатер. Оттуда выехал навстречу им конник, и они свернули с дороги.

Конник приблизился, и Мерри увидел, что это женщина — длинные перевитые волосы ее блистали в сумерках, но она была в шлеме, одета в кольчугу, опоясана мечом.

— Привет тебе, властитель Мустангрима! — воскликнула она. — Всем сердцем радуюсь твоему возвращению.

— Нерадостный у тебя голос, Эовин, — молвил конунг. — Ты чем-то опечалена?

— Нет, все идет как должно, — отвечала она и вправду глухим голосом, словно превозмогая слезы; да едва ли, подумал Мерри, вон у нее какое суровое лицо. — Все как должно. Конечно, людям тяжко было в одночасье собираться в дальний путь и покидать родные дома. Многие горько роптали — давно уж не звучал призыв на брань средь наших зеленых равнин, — но непокорства не было. Ополченье, как видишь, в сборе. И ночлег твой готов: я наслышана о вашей победе и знала, когда тебя ждать.

— А, стало быть, Арагорн приехал! — воскликнул Эомер. — Он еще здесь?

— Нет, здесь его нету, — сказала Эовин, отвернувшись и глядя на сумрачные вершины, южные и восточные.

— А где же он? — спросил Эомер.

— Не знаю, — сказала она. — Он прискакал ночью и уехал вчера на рассвете, солнце еще не встало из-за гор. И где он теперь — не знаю.

— Ты горевала, дочь, — снова сказал Теоден. — О чем твоя печаль? Была ли, скажи, речь о *той* дороге? — И он указал на чернеющий путь между каменных вех к Двиморбергу. — Была ли речь о Стезе Мертвецов?

— Да, государь, — ответила Эовин. — Он ушел в смертную тьму, из которой нет возврата. Я не сумела его отговорить. И где он теперь — не знаю.

— Значит, пути наши разошлись, — сказал Эомер. — Он сгинул во тьме, и биться мы будем без него, обделенные надеждой.

Медленно, в безмолвии проехали они наверх травянистым вересковым лугом и спешились возле шатра конунга. Все было для всех приготовлено, а о Мерри позаботились особо: для него разбили палатку возле огромного шатра. Там он и сидел один-одинешенек, и мимо него проходили люди — на совет к конунгу. Темнело все больше, западные вершины высились в звездных венцах, и непроглядная тьма застилала восток. Уже почти исчезли из виду каменные зубья, но за ними из ночной мглы проступала черная громада Двиморберга.

— Что еще за Стезя Мертвецов? — тихо разговаривал Мерри сам с собой. — Какая такая Стезя? Да, а вот я-то один остался не при деле из всего нашего Отряда. Всех судьба разбросала: Гэндальф с Пином отправились воевать на востоке, Сэм и Фродо — в Мордор, а Бродяжник, Леголас и Гимли уехали Стезей Мертвецов. Наверно, скоро выпадет и мой черед. Знать бы хоть, о чем они там совещаются, что надумал конунг. А то я ведь теперь с ним повязан — куда он, туда и я.

Невеселые мысли шли ему на ум, а вдобавок он еще вдруг ужасно проголодался и решил выйти поглядеть, неужто же он один здесь такой голодный. Но в это время грянула труба, и его, оруженосца конунга, вызвали прислуживать государю за столом.

* * *

В глубине шатра, за узорчатыми занавесями, были разостланы шкуры, и за низеньким столом сидели Теоден, Эомер и Эовин, а с ними Дунгир, правитель Укрывища. Мерри занял свое место позади конунга, но вскоре тот, очнувшись от глубокой задумчивости, с улыбкой обернулся к нему.

— Иди сюда, сударь мой Мериадок! — сказал он. — Негоже тебе стоять. Покуда мы пребываем в моих владениях, ты будешь сидеть возле меня и тешить мне сердце своими рассказами.

Хоббита усадили на скамью по левую руку от конунга, но до рассказов дело не дошло. Трапеза была молчаливая, слова роняли скупо; наконец Мерри собрался с духом и все-таки задал вопрос, вертевшийся у него на языке.

— Уже дважды, государь, слышал я о Стезе Мертвецов, — сказал он. — Что это за Стезя? И куда отправился этой Стезею Бродяж... то есть Арагорн?

Конунг лишь вздохнул, и тщетно Мерри ждал ответа; потом Эомер сказал:

— Куда он отправился, нам, увы, неведомо. А Стезя Мертвецов... ты сам нынче ехал по ней. Нет, не ищи в моих словах зловещего смысла! Просто дорога наверх, с которой мы свернули, ведет через Димхолт к Запретным Вратам. А что за ними — никто не знает.

— Да, этого не знает никто, — подтвердил Теоден. — Лишь древние, полузабытые преданья хранят об этом неясную память. В нашем роду, в роду Эорла, отцы искони рассказывали их сыновьям, и если правдивы старинные были, то за Вратами под Двиморбергом лежит тайный путь в горные недра. Но к Вратам и подступиться никто не смеет с тех пор, как вошел в них Бальдор, сын Брего. Брего устроил празднество в честь воздвиженья Медусельда, и Бальдор, осушив лишний рог вина, сгоряча поклялся проникнуть в тайну Горы Призраков. Навеки пропал он с глаз людских, и остался без наследника высокий престол в златоверхом дворце.

Говорят в народе, что покойники Темных Веков крепко стерегут от живых проход к своим сокровенным чертогам, а бывает, они выходят наружу и призрачными тенями спускаются вниз по дороге. Тогда жители Укрывища в страхе запирают двери и завешивают окна. Но мертвецы появляются редко — лишь в тревожные и кровавые времена.

— Из Укрывища доносят, — тихо промолвила Эовин, — что недавно, в безлунную ночь, на гору взъехало большое войско в диковинных доспехах. Откуда оно взялось, никто не знает: воины промчались меж каменных вех к Двиморбергу, словно их там заждались.

— Да Арагорн-то зачем туда поехал? — не унимался Мерри. — Неужели совсем уж неизвестно?

— Разве что тебе, его другу, от него самого известно что-нибудь, о чем не ведаем мы, — отозвался Эомер. — А если нет — никто из живых тебе ответа не даст.

— Вовсе не таким запомнила я его, когда впервые увидела во дворце, — сказала Эовин. — Он постарел и посуровел. И был точно одержимый: казалось, ему слышен замогильный зов.

— Может статься, и был слышен, — сказал Теоден, — сердце мое чует, что мы с ним больше не свидимся. И все же ему, прирожденному властителю, должно быть, уготован высокий жребий. Утешься, дочь, — я вижу, ты горько скорбишь о нашем госте, — утешься, ибо рассказывают, что, когда эорлинги явились с севера и поднялись к истокам Снеговой, примечая места для будущих крепостей, Брего и сын его Бальдор проехали за Укрывище сквозь Димхолт и достигли черных Врат. Возле них сидел древний-древний старец, высокий и царственный, безмолвный и недвижный — точь-в-точь обветшалый истукан. Так и рассудили Брего с Бальдором и хотели было проехать мимо, но вдруг раздался голос будто из-под земли — старец, к их изумленью, молвил на всеобщем языке: *Путь закрыт.*

Они остановились, взглянули на старца и увидели, что он еще жив, но к ним он взора не обратил. *Путь закрыт,* повторил голос. *Он проложен теми, кто давно уже мертв, и мертвецы устерегут его, покуда не исполнятся сроки. Путь закрыт.*

А когда исполнятся сроки? — спросил Бальдор, но ответа не дождался: старец замертво рухнул ничком. И с тех пор мы больше ничего не проведали о призрачных стражах горных недр. Однако же, может статься, ныне сроки исполнились, и Арагорну путь откроется.

— Как узнать, не входя во Врата, откроется путь или нет? — сказал Эомер. — А я туда не пошел бы, даже если б стоял один против всех полчищ Мордора и больше некуда было податься. Что за напасть, какая одержимость одолела витязя из витязей в нынешний роковой час! Неужели мало кругом нечисти, что надо искать ее под землей? Война вот-вот грянет, а он...

Эомер смолк: снаружи послышался шум, кто-то выкликнул имя Теодена и стража его расспрашивала.

* * *

Вскоре начальник стражи отвел завесу шатра.

— Государь, — сказал он, — из Гондора прибыл посланец. Просит немедля допустить его к тебе.

— Пусть войдет! — велел Теоден.

Вошел высокий ратник, и Мерри едва не вскрикнул: на миг ему почудилось, будто перед ними вживе предстал Боромир. Приглядевшись, он увидел, что это, конечно же, незнакомец, но и вправду очень похожий на Боромира — рослый, статный, сероглазый. На нем был темно-зеленый плащ конника поверх мелкосетчатой кольчуги, с венца шлема мерцала серебряная звездочка. В руке он держал черноперую стрелу с зазубренным и обагренным стальным наконечником.

Став на одно колено, он протянул стрелу конунгу.

— Привет тебе, властитель Мустангрима, исконный наш друг и верный соратник! — молвил он. — Я, Хиргон, посланец Денэтора, вручаю тебе это знамение войны. Великая беда грозит Гондору. Никогда прежде мустангримцы не отказывали нам в подмоге, но на сей раз Денэтор просит вас собрать все ваши силы и явиться как можно скорее — иначе Гондор падет!

— Багряная Стрела! — проговорил Теоден, принимая ее дрогнувшей рукой; весть была хоть и заведомая, но оттого не менее грозная. — На моем веку Багряной Стрелы в Ристанию ни разу не присылали! Неужто на нас вся надежда? А как мыслит Денэтор — велики ли наши силы и скоро ли мы сможем явиться?

— Про то тебе лучше знать, государь, — сказал Хиргон. — Но наверно, на днях Гондор будет окружен, и коли не хватит у тебя сил прорвать мощную осаду, то госу-

дарь Денэтор велел сказать тебе, что лучше бы ристанийскому воинству стоять на стенах, чем лечь под стенами!

— Разве не знает он, что нам привычнее биться верхом в поле, и еще — что народ наш рассеян по горам, до-
лам и равнинам и наших конников мигом не соберешь?
Верно ли, Хиргон, что повелитель Минас-Тирита знает
всегда больше, чем говорит? Ибо мы, как видишь, уже в
сборе, весть твоя не застала нас врасплох. У нас побы-
вал Гэндальф Серый, и мы изготовились ехать на восток, на великую битву.

— Ведает обо всем этом властодержец Денэтор или
нет — мне знать не дано, — отвечал Хиргон. — Мой государь не шлет вам повелений, он просит вас во имя старой дружбы и во исполнение давних клятв, ради собственного спасения свершить все, что в ваших силах.
Нам доносят, что многие восточные цари привели свои
рати под начало Мордора. От северных краев до равнины Дагорлада разгорается пожар войны. С юга идут хородримцы, все наше побережье настороже, и невелика
будет нам подмога оттуда. Поспешите же! Ведь у стен
Минас-Тирита решится общая судьба, и если там мы
врага не сдержим, то черный потоп захлестнет цветущие равнины Ристании и даже здесь, в горах, никто не
укроется.

— Мрачные известия, — сказал Теоден, — хотя новостями их не назовешь. Впрочем, скажи Денэтору, что,
если бы Ристании и не грозила опасность, мы все равно
пришли бы к нему на подмогу. Но битвы с предателем
Саруманом были кровопролитны, а ведь надо еще позаботиться о северных и восточных границах — сам же го-

воришь, что война надвигается отовсюду. У Черного Властелина достанет войска и Минас-Тирит обложить, и обрушиться на нас с севера, перейти Андуин за Каменными Гигантами.

Чересчур осмотрительны мы все же не будем. И не промедлим. Наутро назначен смотр, после него сразу выступаем. Будь все иначе, я отправил бы наперехват врагу десять тысяч конных копьеносцев. Боюсь, придется послать меньше — нельзя же оставить крепости вовсе без охраны. Но шесть тысяч с лишком поедут за мной — скажи Денэтору, что нынче войско поведет в Гондор сам конунг, и будь что будет. Надо лишь, чтобы дальняя дорога не обессилила людей и коней, поэтому с завтрашнего утра минет не меньше недели, прежде чем вы услышите с севера боевой клич сынов Эорла.

— Неделя! — воскликнул Хиргон. — Что ж, тебе виднее. Однако через семь дней вы, похоже, прискачете к разрушенным стенам — ну, хотя бы помешаете оркам и чернолицым пировать в Белой Крепости.

— На худой конец хоть пировать помешаем, — сказал Теоден. — Но будет: я приехал с поля брани, одолев долгий путь, и изрядно утомился. Оставайся в лагере на ночь. Утром увидишь ристанийское ополчение, и зрелище это тебя взбодрит, а отдых укрепит твои силы. Утро вечера мудренее: за ночь думы проясняются.

С этими словами конунг встал; за ним поднялись остальные.

— Ступайте отдыхать, — сказал он, — покойной вам ночи. И тебя, сударь мой Мериадок, на сегодня отпускаю. Зато поутру, чуть свет, будь готов явиться ко мне.

— Явлюсь по первому зову, — сказал Мерри, — и, если надо будет, готов ехать с тобою даже Стезей Мертвецов.

— Остерегайся зловещих слов! — покачал головой конунг. — Быть может, не одна дорога заслуживает этого имени. Но я тебя с собою в дорогу не звал. Доброй ночи!

— Нет уж, не останусь я здесь дожидаться их возвращения! — твердил себе Мерри. — Ни за что не останусь, ни за что! — И, повторяя это на разные лады, он наконец заснул в своей палатке.

Разбудил его дружинник, тряся за плечо.

— Проснись, проснись, господин хольбитла! — звал он, и Мерри вдруг очнулся от глубокого сна и сел на постели. «Темно-то еще как», — подумал он. И спросил:

— Что случилось?

— Конунг ждет тебя.

— Да ведь еще солнце не взошло, — удивился Мерри.

— Нет, господин хольбитла, не взошло и сегодня не взойдет. Такая наползла темь, будто солнце и вовсе погасло. Но встанет ли солнце, нет ли, а время идет своим ходом. Поторопись!

Наспех одевшись, Мерри выглянул из палатки. В потемках, в мутно-бурой мгле, все виделось черным и серым, нигде ни единой тени; царило мертвящее затишье. Сплошная хмарь затянула небеса, лишь далеко на западе чуть брезжило из-под низкого рваного края тучи, как бы сквозь крюковатые пальцы. Тяжко нависал слепой и темный небосвод, и меркли последние дальние отсветы.

Потом Мерри заметил, что кругом стоят серолицые люди, угрюмо или испуганно поглядывая вверх и вполголоса переговариваясь. Он сильно приуныл и пробрался к шатру конунга. Хиргон был уже там, рядом с ним стоял другой гонец, одетый так же и похожий на него, только пониже и плечистее. Когда Мерри вошел, он говорил конунгу:

— Из Мордора надвинулась она, государь. Вчера поползла, на закате. С Истфольдского всхолмья видел я, как она поднялась и потом нагоняла меня, застилая небо и угашая звезды. Весь край отсюда до Изгарных гор объят темнотой, и сумрак сгущается. Видно, война уже началась.

Настало молчанье, и наконец конунг вымолвил:

— Да, чему быть, того не миновать: значит, вот-вот она грянет, великая битва наших дней, и многое сгубит она безвозвратно. Что ж, теперь хоть нет нужды скрываться. Поскачем во весь опор напрямик по равнине. Смотр начинаем сейчас, опоздавших ждать не будем. Достанет ли припасов там у вас в Минас-Тирите? А то ведь быстро ехать можно лишь налегке, взяв самую малость воды и съестного.

— Припасов достанет с избытком, — отвечал Хиргон. — Берите как можно меньше и скачите как можно быстрее!

— Созывай герольдов, Эомер, — сказал Теоден. — Строиться к походу!

Эомер вышел; вскоре в Укрывище зазвучали трубы, и десятки других откликнулись снизу, но трубное пенье уже не казалось Мерри, как накануне, зычным и властным хором. Глухое и сиплое, зловещее завывание тонуло в душной мгле.

Конунг обратился к Мерри.

— Я еду на войну, сударь мой Мериадок, — сказал он. — Через час-другой отправляемся в путь. Ты свободен от моей службы, но приязни моей не теряешь. Оставайся здесь и, если угодно тебе, послужи царевне Эовин — она будет править вместо меня.

— Да как же так, государь, — запинаясь, произнес Мерри. — Я ведь принес клятву на мече! Нет, конунг Теоден, не свободен я от твоей службы. Да и друзья мои все поехали на битву, стыдно было бы мне здесь отсиживаться.

— Но мы поедем на больших, быстрых скакунах, — сказал Теоден. — Ты с таким не управишься, одной отваги для этого мало.

— Тогда привяжите меня к седлу или как-нибудь там к стремени, — упорствовал Мерри. — Бежать-то уж больно далеко, но раз нельзя ехать, давайте я побегу — только вот ноги, наверно, собью и опоздаю недели на две.

— Чем так, я тебя лучше бы довез на Белогриве, — усмехнулся Теоден. — Ладно, езжай со мною в Эдорас, поглядишь на Медусельд — сперва мы туда отправимся. Да пока что и Стибба не оплошает: настоящая скачка начнется потом, на равнине.

Тут поднялась Эовин.

— Пойдем, Мериадок! — сказала она. — Пойдем, примеришь доспех, что я тебе подобрала. — Они вышли вместе. — Всего одна просьба была ко мне у Арагорна, — продолжала Эовин, когда они шли между шатрами, — он попросил снарядить тебя на битву. Надеюсь, ты останешься доволен, и уверена, что доспех тебе непременно пригодится.

Она подвела Мерри к одной из палаток для стражи конунга, и оружничий вынес оттуда маленький шлем, круглый щит и прочее снаряжение.

— Кольчуги по твоему росту не нашлось, — сказала Эовин, — и выковать на тебя панцирь уже не успеем; зато вот тебе плотная кожаная куртка, ремень и кинжал. Меч у тебя есть.

Мерри поклонился, и царевна подала ему щит чуть поменьше того, какой в свое время получил Гимли, с белым конем на зеленом поле.

— Облачайся в доспех, — сказала она, — и да сослужит он тебе добрую службу! Прощай же, Мериадок! Но быть может, мы с тобой еще встретимся.

В густеющем сумраке строилось ристанийское ополчение у восточной дороги. Тревога сжимала сердца, и многих терзал страх. Но крепки духом были ристанийцы и преданы своему государю: даже в Укрывище, где приютили женщин, детей и стариков из Эдораса, почти не было слышно ни рыданий, ни ропота. Грозную судьбу встречали молча, лицом к лицу.

Пролетели два часа, и вот уж Теоден сидел на своем белом коне; шерсть Белогрива серебрилась в потемках. Высок и величав был всадник, хотя из-под шишака его ниспадали на плечи седые пряди; и понурые ратники бодрились, взирая на своего бесстрашного и непреклонного вождя.

На широких лугах возле шумной реки стояли строй за строем без малого пятьдесят пять сотен конников в полном вооружении; и еще несколько сот воинов при запасных конях с легкой поклажей. Одиноко запела труба. Конунг поднял руку, и двинулась молчаливая рать Мустангрима. Впереди ехали двенадцать телохранителей конунга, прославленные витязи; за ними сам Теоден и Эомер одесную. Они распростились с Эовин наверху, в Укрывище, и горька была память прощания, но думы их устремлялись вперед. Затем ехали посланцы Гондора и Мерри на своем пони, а следом — еще двенадцать телохранителей. Ехали мимо длинного строя конников; суровы и недвижны были их лица. Уж почти миновали строй, как вдруг один из конников повернул голову и пристально поглядел на хоббита. «Совсем еще юноша, — подумал Мерри, встретив его взгляд, — невысокий, худощавый». Он уловил отсвет ясных серых глаз и вздрогнул, внезапно поняв, что в лице этом нет надежды, что его затеняет смерть.

Серая дорога вела вдоль берега Снеговой, бурлящей в каменьях; мимо селений Ундерхерга и Обернана, где скорбные женские лица выглядывали из темных дверей; войско не провожали в путь ни рога, ни арфы, ни поющие голоса. Так начался великий поход на восток, о котором слагали песни многие поколения ристанийцев.

> Из темного Дунхерга в тусклое утро
> Вывел сын Тенгела свою последнюю рать
> И достиг Эдораса, но царственные чертоги,
> Старинные, златоверхие, были застланы мглой.

Здесь, в обители предков, он распростился с народом,
Со своим свободным народом и с очагом своим.
Простился с высоким троном и с благословенным кровом,
Под которым он пировал в былые светлые дни.
И дальше поехал конунг, по пятам за ним гнался ужас,
Впереди ожидал рок. Но он присягал на верность,
Он принес нерушимую клятву, и он исполнил ее.
Теоден ехал дальше. Пять дней и ночей
Мчались эорлинги вперед восточным путем
Через Фольд и Фенмарк, через Фириэнвуд.
Шесть тысяч копьеносцев мчались через Санлендинг
К могучей твердыне Мундбург у горы Миндоллуин,
К столице Государей, из-за Моря приплывших,
Теперь осажденной врагами и окруженной огнем.
Судьба торопила их, и темнота поглотила,
Поглотила коней и конников, и стук уходящих копыт
Заглох в тишине: так нам поведали песни.

Когда конунг приехал в Эдорас, Медусельд и правда был застлан мглой, хотя полдень едва наступил. Задержался он здесь ненадолго, и к войску его примкнули
десятков шесть всадников, опоздавших на сбор. После
короткой трапезы он велел готовиться в путь и ласково
простился со своим оруженосцем. Но Мерри еще напоследок попробовал умолить его.

— Я ведь тебе объяснил: такой поход Стибба не оси-
лит, — сказал Теоден. — И к тому же сам посуди, сударь
мой Мериадок: пусть ты и при мече и не по росту отва-
жен, но что тебе делать в таком бою, какой нас ждет под
стенами гондорской столицы?

— Мало ли, тут не угадаешь, — возразил Мерри. —
И зачем тогда, государь, ты взял меня в оруженосцы —
не затем разве, чтобы в битве я был рядом с тобою? И
чем помянут меня в песнях, коли я буду все время оставаться неприкаянным?

94

— Взял я тебя в оруженосцы, чтоб с тобой ничего не стряслось, — отвечал Теоден. — Чтоб ты был под рукой. А в походе ты будешь лишним бременем. Случись битва у моих ворот, может статься, в песнях и помянули бы твои подвиги; но до Мундбурга, где правит Денэтор, больше ста двух лиг. Это мое последнее слово.

Мерри поклонился и уныло побрел прочь, оглядывая ряды воинов. Все уже стояли наготове: потуже затягивали пояса, проверяли подпруги, ласкали коней; иные тревожно косились на почернелое небо. Кто-то незаметно подошел к хоббиту и шепнул ему на ухо:

— У нас говорят: «Упорному и стена не препона», я это на себе проверил. — Мерри поднял глаза и увидел юношу, которого заметил поутру. — А ты, по лицу видно, хочешь ехать вслед за государем.

— Да, хочу, — подтвердил Мерри.

— Вот и поедешь со мной, — сказал конник. — Я посажу тебя впереди, укрою плащом — а там отъедем подальше, и еще стемнеет. Ты упорен — так будь же по-твоему. Ни с кем больше не говори, поехали!

— Очень, очень тебе благодарен! — пролепетал Мерри. — Благодарю тебя, господин... прости, не знаю твоего имени.

— Не знаешь? — тихо сказал конник. — Что ж, называй меня Дернхельмом.

Так и случилось, что, когда конунг выехал в поход, впереди ратника Дернхельма на большом сером скакуне Вихроноге сидел хоббит Мериадок, и коня он не тяготил, потому что Дернхельм был легкий седок, хотя сложен крепко и ловок на диво.

Они углублялись во тьму. Заночевали в зарослях ивняка, за двенадцать лиг к востоку от Эдораса, у слияния Снеговой и Онтавы. Потом ехали через Фольд и через Фенмарк, мимо больших дубрав по всхолмьям, осененным черной громадой Галифириэна на гондорский границе, а слева клубились болотные туманы над устьями Онтавы. Тут их настигли вести о войне на севере: одинокие, отчаянные беглецы рассказывали, что с востока вторглись полчища орков, что враги заполонили Ристанийскую степь.

— Вперед! Вперед! — приказал Эомер. — Сворачивать поздно, а онтавские болота защитят нас с фланга. Прибавим ходу. Вперед!

И конунг Теоден покинул Ристанию; войско его мчалось по извилистой нескончаемой дороге, и справа возникали вершины: Кэленхад, Мин-Риммон, Эрелас, Нардол. Но маяки на них не горели. Угрюмый край объяла страшная тишь; впереди сгущалась темнота, и надежда угасала в сердцах.

Глава IV
НАШЕСТВИЕ НА ГОНДОР

Пина разбудил Гэндальф. Теплились зажженные свечи, окна застила тусклая муть, и было душно, как перед грозой, — вот-вот громыхнет.

— Сколько времени-то? — зевая, спросил Пин.

— Третий час, — отвечал Гэндальф. — Пора вставать, теперь твое дело служивое. Градоправитель вызывает тебя — верно, распорядиться хочет.

— И завтраком накормит?

— Нет! Вот твой завтрак, и до полудня больше ничего не жди. Кормить будут впроголодь, привыкай.

Пин уныло поглядел на ломоть хлеба и совсем уж какой-то маленький кусочек масла, на чашку с жидким молоком.

— И зачем ты меня сюда привез? — вздохнул он.

— Прекрасно знаешь зачем, — отрезал Гэндальф. — Чтоб ты больше ничего не натворил, а коли здесь тебе не нравится, не взыщи: сам виноват.

Пин прикусил язык.

И вот он уже шагал рядом с Гэндальфом по длинному холодному залу к дверям Башенного чертога. Денэтор сидел так неподвижно, словно затаился в сером сумраке. «Ну, точь-в-точь старый паук, — подумал Пин, — похоже, он и не шелохнулся со вчерашнего». Гэндальфу был подан знак садиться, а Пин остался стоять — его даже взглядом не удостоили. Но вскоре он услышал обращенные к нему слова:

— Ну как, господин Перегрин, надеюсь, вчера ты успел порезвиться и оглядеться? Боюсь только, стол у нас нынче скудный, ты не к такому привык.

Пину показалось, будто, что ни скажи, что ни сделай, об этом немедля узнает Градоправитель, для которого и мысли чужие тоже не тайна. И он промолчал.

— К чему же мне тебя приставить?

— Я думал, государь, об этом ты сам мне скажешь.

— Скажу, когда узнаю, на что ты годен, — обещал Денэтор. — И наверно, узнаю скорее, если ты будешь при мне. Служитель моих покоев отпросился в передовую дружину, и ты его покуда заменишь. Будешь мне прислуживать, будешь моим нарочным, будешь занимать меня беседой между делами войны и совета. Ты петь умеешь?

— Умею, — сказал Пин. — Ну, то есть умею, судя по-нашему. Только ведь наши песенки не годятся для здешних высоких чертогов, и не идут они к нынешним временам, государь. У нас ведь что самое страшное? Ливень да буран. И поем-то мы обычно о чем-нибудь смешном, песни у нас застольные.

— А почему ж ты думаешь, что такие ваши песни не к месту и не ко времени? Разве нам, обуянным чудовищной Тенью, не отрадно услышать отзвуки веселья с дальней и светлой стороны? Недаром, стало быть, охраняли мы ваши, да и все другие края, не уповая ни на чью благодарность.

Пин очень огорчился. Вот только этого не хватало — распевай перед властителем Минас-Тирита хоббитские куплеты, тем более смешные, в которых уж кто-кто, а он-то знал толк. Но покамест обошлось. Не было ему велено распевать куплеты. Денэтор обратился к Гэндальфу, расспрашивал его про Мустангрим, про тамошние державные дела и про Эомера, племянника конунга. А Пин знай себе дивился: откуда это здешнему государю столько известно про дальние страны — сам-то небось давным-давно не бывал дальше границы.

Наконец Денэтор махнул Пину рукой — иди, мол, пока что не нужен.

— Ступай в оружейную, — сказал он. — И оденься, как подобает башенному стражу. Там все для тебя готово, вчера я распорядился.

И точно, все было готово: Пин облачился в причудливый черно-серебряный наряд. Сыскали ему и кольчугу — наверно, из вороненой стали, а с виду вроде гагатовую; шлем с высоким венцом украшен был по бокам черными крылышками, а посредине — серебряной звездочкой. Поверх кольчуги полагалась черная накидка, на которой серебром было выткано Древо. Прежние его одежды свернули и унесли; серый лориэнский плащ, правда, оставили, однако носить его на службе не велели. И стал он теперь, на чужой взгляд, сущим Эрнил-и-Ферианнатом, невысоклицким князем, как его именовали гондорцы; и было ему очень не по себе. Да и сумрак нагнетал уныние.

Тянулся беспросветный день. От бессолнечного утра до вечера чадные потемки над Гондором еще отяготели, дышалось трудно, теснило грудь. Высоко в небесах ползла на запад огромная тяжкая туча: она пожирала свет, ее гнал ветер войны; а внизу стояло удушье, будто вся долина Андуина ожидала неистовой бури.

В одиннадцатом часу его наконец ненадолго отпустили; Пин вышел из башни и отправился поесть-попить, авось дадут, а заодно встряхнуться — не по нутру ему пришлась нудная дворцовая служба. В столовой он встретил Берегонда — тот как раз вернулся из-за пеленнорских рубежей, от сторожевых башен. Пин позвал его прогуляться к парапету: измаяли его каменные мешки и даже высокие своды цитадели давили нестерпимо. Они уселись рядом возле бойницы, глядевшей на восток, — той самой, где они угощались и беседовали накануне.

Был закатный час, но неоглядная пелена уже простерлась далеко на запад, и, лишь уходя за Море, солнце едва успело пронизать ее прощальными лучами; онито, на радость Фродо, и озарили у развилки голову поверженного государя. Но на Пеленнорские пажити в тени Миндоллуина не пал ни единый отблеск; там застоялась бурая мгла.

Пину казалось, что сидел он здесь много-много лет назад, в какие-то полузабытые времена, когда был еще хоббитом, беспечным странником, которому все невзгоды нипочем. Нынче он стал маленьким воином, защитником белокаменного града от великой беды, в мрачном и чинном убранстве башенного стража.

В другое время и в другом месте Пин, может, и возгордился бы таким убранством, но сейчас он понимал, что дело его нешуточное, что в жизни его и смерти волен суровый властитель, а гибель висит над головой. Кольчуга обременяла его, шлем сдавливал виски. Накидку он снял и бросил на скамью. Усталыми глазами окинул он темневшие внизу поля, зевнул и горько вздохнул.

— Что, устал за день? — спросил Берегонд.

— Еще бы не устал, — сказал Пин, — с ног падаю от безделья. Час за часом околачивался у дверей своего господина, пока он принимал Гэндальфа, князя Имраиля и прочих важных особ. А ведь я, знаешь ли, Берегонд, совсем не привык прислуживать за столом, щелкая зубами от голода. Хоббиты этому не обучены. Ты, конечно, скажешь, зато, мол, честь какая! Да проку-то что в этой чести? Да если на то пошло, что проку даже есть-пить в этих ползучих потемках! А тебе не темновато?

100

Смотри, не воздух, а какое-то бурое месиво! И часто у вас ветер с востока нагоняет такие туманы?

— Да нет, — сказал Берегонд, — погода тут ни при чем. Это вражьи козни: не иначе как из недр Огненной горы валит этот гнусный чад — он и душу мутит, и рассудок туманит, а Врагу того и надо. Скорее бы Фарамир воротился! Только вот вернется ли он из-за Реки, из тамошней кромешной тьмы?

— Н-да, — сказал Пин. — Гэндальф тоже за него тревожится. Он, по-моему, сильно огорчился, что Фарамира нет в городе. Сам-то он, кстати, куда подевался? Ушел с совета еще до полуденной трапезы, хмурый-прехмурый: видно, ничего доброго не ожидал.

Внезапно оба онемели на полуслове, беспомощно цепенея. Пин съежился, прижав ладони к ушам, Берегонд, который, говоря о Фарамира, стоял у бойницы, там и застыл, всматриваясь в темень глазами, полными ужаса. Пин знал этот надрывный вопль, он слышал его когда-то в Хоббитании, на Болотище; но здесь он звучал куда громче и яростнее, отравляя сердце безысходным отчаянием. Наконец Берегонд с усилием заговорил.

— Явились! — сказал он. — Наберись мужества и посмотри! Вон они, эти лютые твари.

Пин нехотя влез на скамью и глянул между зубцами. Покрытый мглою лежал Пеленнор, и едва угадывалась вдали Великая Река. А над землею, вполвысоты стен, кружили, точно жуткие ночные тени, пять подобий птиц, мерзкие, как стервятники, но больше всякого орла, и смерть витала с ними. Они проносились побли-

зости, почти на выстрел от стен, улетали к реке и возвращались.

— Черные Всадники! — проговорил Пин. — Черные
Всадники в небесах! Погоди-ка, Берегонд! — вдруг воскликнул он. — Они же явно что-то высматривают! Гляди, как они кружат, потом кидаются вниз, и все вон там!
А видишь, там по земле что-то движется? Маленькие
темные фигурки... ну да, верховые — четверо или пятеро. Ой, опять! Гэндальф! Гэндальф, спаси нас!

Разнесся, нарастая, новый пронзительный вопль, и
он отпрянул от стены, задыхаясь, как затравленный
зверек. Но потом далеко внизу прерывисто, едва слышно запела труба, и звук ее стих на высокой протяжной
ноте.

— Фарамир! Это Фарамир! Это его сигнал! — воскликнул Берегонд. — Вот смельчак! Но как же он до-
скачет до ворот, если эти летучие гады умеют не только
пугать? Смотри ты, скачут, уже не так и далеко! Эх, лошади шарахнулись! Сбросили седоков... те поднялись...
бегут! Нет, один еще в седле, возвращается к своим.
Наверняка это он, Фарамир, — ему и люди, и кони покорны. Ах ты, гнусная тварь, налетела, кидается! Да на
подмогу же, на подмогу! Чего они там? Фарамир!

Берегонд одним прыжком исчез во мраке. А Пин ус-
тыдился: что ж он тут корчится от страха, когда Берегонд без оглядки поспешил выручать вождя? Он снова
заглянул в бойницу — и увидел, как вспыхнула на севере серебряно-белая звездочка, вспыхнула и покатилась
на сумрачные поля. Да нет, не покатилась, она мчалась
быстрее стрелы, разгораясь все ярче и нагоняя четверых
воинов, бегущих к Вратам. Пину почудилось, будто ее

бледный свет разгоняет вязкие тени, все ближе была она, и загудело в крепостных стенах эхо могучего возгласа.

— Гэндальф! — отозвался Пин. — Гэндальф! Когда уж надеяться не на что, он тут как тут! Вперед! Вперед, Белый Всадник! Гэндальф, Гэндальф! — кричал он во всю мочь, невесть зачем и кому, как зритель на скачках.

Но и кружащие черные тени заметили нового всадника, и одна из них ринулась к нему, а всадник, видимо, поднял руку — и полыхнула белая молния. Назгул с исступленным воем метнулся прочь; за ним свернули четыре остальных — и витками умчались на восток, скрывшись в нависшей туче; и Пеленнорские пажити, казалось, чуть-чуть посветлели.

Пин следил, как верховой и Белый Всадник съехались и ожидали пеших. Подоспели ратники из города, и вскоре толпу не стало видно со стены — наверно, зашли во Врата. Пин рассудил, что они немедля поднимутся в Башню, к наместнику, и скорее побежал встречать их у входа в цитадель. Там уже собралось много народу — из тех, кто наблюдал со стен погоню и нечаянное спасение.

Ждать пришлось недолго: с ближних улиц послышался многоголосый приветственный гул, возглашали имена Фарамира и Митрандира. Пин увидел факелы и двух всадников, продвигавшихся в окруженье толпы: один был в белом, но потускнел, сияние его угасло или сокрылось; второй, темный, ехал опустив голову. Они спешились, препоручив конюхам Светозара и другого коня, и подошли к часовому у ворот: Гэндальф твердым шагом, серая хламида за плечами, с грозным отсветом в глазах; спутник его, в зеленом, медленно и немного пошатываясь, как смертельно усталый или раненый. Пин протеснился вперед, когда они подходили к фонарю под аркой, и, увидев бледное лицо Фарамира, затаил дыхание. Видно было, что он перенес смертный ужас и муку — перенес, преодолел и остался самим собой. Он задержался перемолвиться словом с часовым, спокойный и властный, а Пин глядел на него и думал, как он похож на своего брата Боромира, который Пину сразу же, еще в Раздоле, очень понравился и величавой осанкой, и ласковым обращением. Но Фарамир совсем иначе тронул его сердце — такого чувства он еще не испытывал. В нем было высокое благородство, напоминавшее Арагорна, ну, может, менее высокое, зато ближе и понятнее: властитель иного склада, других времен, он все же наследовал и древнюю мудрость, и древнюю скорбь. Недаром так любовно говорил о нем Берегонд. За таким хоть в огонь — и пойдут, и Пин пошел бы за ним даже в гибельную тень черных крыл.

— Фарамир! — звонко выкрикнул он. — Фарамир! — И Фарамир, расслышав странный голосок средь общих кликов, обернулся, увидел его и замер от изумления.

— Откуда ты взялся? — проговорил он. — Невысоклик, в наряде башенного стража! Откуда?..

На это ответил, шагнув к ним, Гэндальф.

— Со своей родины, из невысоклицкого края, — сказал он. — А привез его я. Пошли, пошли: дел впереди много, речей тоже, а ты еле живой. Он пойдет с нами. Да ему и надо с нами — совсем я забыл, и он, видно, тоже: хорош гусь, давно уж должен бы стоять возле своего повелителя. Идем, Пин, не отставай!

* * *

И они пришли в отдаленный дворцовый покой. Там близ жаровни с угольями расставлены были сиденья, принесли вино. Пин как бы невидимкой оказался за спиною Денэтора и забыл о своей усталости, жадно ловя каждое слово.

Фарамир преломил белый хлеб, пригубил вино и сел по левую руку отца; справа, поодаль, сидел Гэндальф в высоком резном кресле и сначала едва ли не дремал. Потому что Фарамир сначала поведал о том, как исполнено поручение десятидневной давности: рассказывал, что творится в Итилии, о передвиженьях войск Врага и его пособников, о придорожной битве, в которой истреблен был отряд хородримцев с громадным боевым зверем, — словом, вернулся с рубежа военачальник и, как водится, доносит государю про пограничные стычки, про заботы и тревоги, вчера еще насущные, а нынче ничтожные.

Затем Фарамир вдруг посмотрел на Пина.

— А теперь о делах диковинных, — сказал он. — Из северных сказаний к нам на юг явился не один лишь этот невысоклик.

Тут Гэндальф выпрямился, стиснув поручни кресла, но ни слова не промолвил и осадил взглядом Пина — в самую пору, тот едва не вскрикнул. Денэтор покосился на них и медленно кивнул — дескать, ему и так все понятно. Слушали молча, недвижно, и неторопливо рассказывал Фарамир, большей частью обращаясь к Гэндальфу и порою переводя глаза на Пина: припоминал, должно быть, тех двоих.

Фарамир рассказывал, как ему подвернулся Фродо со слугою, как те переночевали в Хеннет-Аннуне, и Пин заметил, что руки Гэндальфа дрожат, сжимая резные подлокотники. Руки были мучнисто-белые и очень дряхлые; Пин глядел на них и с ужасом понимал, что Гэндальф, сам Гэндальф не только встревожен, а прямо-таки испугался. Стояла затхлая духота. Фарамир закончил рассказ о проводах путников, которые решились идти к Кирит-Унголу; он смолк, покачал головой и вздохнул. Гэндальф вскочил на ноги.

— К Кирит-Унголу? Через Моргульскую долину? — повторил он. — Когда это было, когда? Когда ты с ними расстался? Сколько им ходу до этой гиблой долины?

— Расстался я с ними третьего дня утром, — отвечал Фарамир. — Идти им до Моргулдуина было пятнадцать лиг — это если прямиком на юг; а оттуда пять с лишком лиг на восток до проклятой башни. Раньше, чем сегодня, они дойти никак не могли, а может, и сейчас еще в пути. Я понял твои опасенья: нет, не из-за них нахлынула темень. Она поползла вчера вечером и за ночь окутала всю Итилию. У Врага все давным-давно расчислено, и он начал наступление день в день, час в час; наши путники тут ни при чем.

Гэндальф мерил пол шагами.

— Позавчера утром, почти три дня назад! А где вы распрощались, далеко отсюда?

— Птичьего полета лиг двадцать пять, — отозвался Фарамир. — Но я не мог вернуться скорее. Еще ввечеру мы стояли дозором на Каир-Андросе, это такой длинный речной островок, там у нас северная застава, а кони были на этом берегу, четыре коня. Когда надвинулась темь, я понял, что мешкать не след, взял с собою троих дружинников, а прочих послал укрепить отряд на осги-

106

лиатской переправе. Надеюсь, я верно распорядился? — Он посмотрел на отца.

— Верно ли? — воскликнул Денэтор, и глаза его засверкали. — Зачем ты меня об этом спрашиваешь? Люди были у тебя под началом. Разве ты привык советоваться со мной? Держишься ты почтительно, однако поступаешь всегда по-своему, не спрашивая моего совета. Вот и сейчас стелил мягко, но я-то видел, что ты глаз не сводишь с Митрандира — мол, не проговорился ли о чем невзначай? Давно уж он прибрал тебя к рукам.

Сын мой, твой отец стар, но из ума еще не выжил. Я, как прежде, слышу и вижу все — и легко разгадываю твои недомолвки и умолчания. Мало что можно от меня утаить. Ах, был бы жив Боромир!

— Видно, ты недоволен мною, отец, — спокойно сказал Фарамир, — и мне жаль, что, не ведая, как бы ты рассудил, я должен был сам принять столь важное решение.

— А то бы решил иначе? — насмешливо спросил Денэтор. — Наверняка поступил бы так же, я тебя знаю. Ты взял за образец властителей древности и стараешься выглядеть, как они, — величественным и благородным, милостивым и великодушным. Что ж, так и подобает потомку высокого рода, доколе он правит с миром. Но в роковую годину за великодушие можно поплатиться жизнью.

— Да будет так, — сказал Фарамир.

— Так и будет! — вскричал Денэтор. — И не только своей жизнью, любезный мой Фарамир: погибнет и твой отец, и твой народ, за который ты в ответе — теперь, когда нет Боромира.

— Ты хотел бы, — спросил Фарамир, — чтобы он был на моем месте?

— Конечно, хотел бы, — сказал Денэтор. — Боромир был предан мне, а не заезжему чародею. Уж он бы не забыл об отце, не отшвырнул бы подарок судьбы! Он принес бы мне этот великий дар.

— Прошу тебя, отец, — наконец не сдержался Фарамир, — прошу тебя, припомни, отчего в Итилии нынче вместо него оказался я. В свое время, и не так уж давно это было, решение принял ты: волею Градоправителя отправился в путь Боромир.

— Не подбавляй горечи в мою и без того горькую чашу, — сказал Денэтор. — Много бессонных ночей я вкушаю из нее отраву — и думаю: неужто осадок будет еще горше? Вот он и осадок. Что ж ты наделал! Ах, если бы *оно* досталось мне!

— Утешься! — сказал Гэндальф. — Не досталось бы *оно* тебе, Боромир не отдал бы его. Он умер смертью храбрых, мир его праху! Но ты обманываешься: он взял бы то, о чем ты говоришь, на погибель себе. Он стал бы *его* владельцем, и, если б вернулся, ты не узнал бы сына.

Твердо и холодно поглядел на него Денэтор.

— Должно быть, с тем было не так легко управиться? — тихо сказал он. — Я отец Боромира, и я ручаюсь, что он бы принес *его* мне. Ты, Митрандир, может, и мудр, но не перемудрил ли ты сам себя? Есть ведь иная мудрость, превыше чародейских ков и опрометчивых решений. И я сопричастен ей больше, нежели ты думаешь.

— В чем же твоя мудрость? — спросил Гэндальф.

— Хотя бы в том, что я вижу, чего делать нельзя. Нельзя *его* использовать — это опасно. Но в нынешний грозный час отдать *его* безмозглому невысоклику и отправить в руки к Врагу, как сделал ты и следом за тобою мой младший сын, — это безумие.

— А как поступил бы наместник Денэтор?

— По-своему. Но ни за что не отправил бы его наудачу, безрассудно обрекая нас на злейшую гибель, если Враг вернет свое всемогущество. Нет, *его* надо было схоронить, упрятать в темной, потаенной глуби. И не трогать, сказал я, не трогать помимо крайней нужды. Чтоб Тот не мог до *него* добраться, не перебив нас всех — а тогда пусть торжествует над мертвецами.

— Ты, государь, как обычно, помышляешь об одном Гондоре, — сказал Гэндальф. — Есть ведь другие края и другие народы, да и времени твоя смерть не остановит. А мне... мне жаль даже его послушных рабов.

— Кто поможет другим народам, если Гондор падет? — возразил Денэтор. — Будь *оно* сейчас укрыто в подземельях моей цитадели, мы не трепетали бы в потемках, ожидая неведомых ужасов, и был бы у нас совет, а не перебранка. Думаешь, такое искушение мне не по силам? Плохо ты меня знаешь.

— И все же думаю, что не по силам, — сказал Гэндальф. — Если б я так не думал, я просто прислал бы *его* сюда тебе на хранение, и дело с концом. А послушав тебя, скажу: Боромир и тот внушал мне больше доверия. Погоди, не гневись! Себе я тоже ничуть не доверяю, я отказался принять *его* в дар. Ты силен духом, Денэтор, и пока еще властен над собой, хоть и не во всем, но *оно* сильнее тебя. Схорони ты *его* в горной глуби под Миндоллуином, *оно* и оттуда испепелило бы твой рассудок, ибо велика *его* мощь в наступающей тьме, велика и еще растет с приближением тех, кто чернее тьмы.

Горящие глаза Денэтора были устремлены на Гэндальфа, и Пин вновь ощутил, как скрестились их взгляды, на этот раз сущие клинки, — казалось, даже искры вспыхивали. Ему стало страшно: чего доброго, гром грянет. Но Денэтор вдруг откинулся в кресле, и взор его потух. Он пожал плечами.

— Если бы я! Если бы ты! — сказал он. — Пустые речи начинаются с «если». *Оно* исчезло во тьме, со временем узнаем, что сталось с *ним* и что ожидает *нас*. Очень скоро узнаем... А пока что будем воевать с Врагом кто как умеет, доколе хватит надежды; потом хватило бы мужества умереть свободными. — Он обернулся к Фарамиру: — Крепка ли рать в Осгилиате?

— Мала, — сказал Фарамир. — Я, как ты помнишь, выслал им на подмогу свою итилийскую дружину.

— Еще надо послать людей, — сказал Денэтор. — Туда обрушится первый удар. Им бы нужен воевода понадежнее.

— Не только им, везде нужен, — сказал Фарамир и вздохнул. — Как тяжко думать о брате, которого я тоже любил! — Он поднялся. — Позволь мне идти, отец? — И, шатнувшись, оперся на отцовское кресло.

— Я вижу, ты устал, — сказал Денэтор. — Мне говорили, что ты примчался издалека и лютые призраки кружили над тобой.

— Не будем вспоминать об этом! — сказал Фарамир.

— Так не будем же, — подтвердил Денэтор. — Иди отдыхай, сколько время позволит. Завтра придется еще труднее.

Все трое удалились из покоя Градоправителя — и то сказать, времени на отдых оставалось немного. В беззвездной темноте Гэндальф с Пином, который нес маленький фонарь, брели к своему жилищу. По дороге ни тот, ни другой не промолвил ни слова, и, лишь притворив дверь, Пин робко тронул руку Гэндальфа.

— Скажи мне, — попросил он, — хоть какая-то надежда есть? Я про Фродо, ну, и про нас тоже, но сперва про него.

Гэндальф положил руку на голову Пина.

— Особой надежды никогда не было, — ответил он. — Только безрассудная, это Денэтор верно сказал И когда я услышал про Кирит-Унгол... — Он осекся и подошел к окну, будто хотел проникнуть взглядом сквозь мрак на востоке. — Кирит-Унгол! — пробормотал он. — Зачем они туда пошли, хотел бы я знать? — Он обернулся. — При этих словах, Пин, у меня дыханье перехватило. А вот подумавши, сдается мне, что вести Фарамира не так уж безнадежны. Сомненья нет: когда Враг начал войну, как наметил, Фродо ему еще не попался. Стало быть, теперь он день за днем будет шарить Багровым Оком по сторонам, за пределами Мордора. Но знаешь ли, Пин, я издали чую, что он поспешил и даже, как ни странно, испугался. Что-то все же случилось, что-то его встревожило...

Гэндальф задумался.

— Может быть, — проговорил он. — Может быть, дружок, и твоя дурость пригодилась. Погоди-ка: пять, кажется, дней назад он узнал, что мы разделались с Саруманом и завладели палантиром. Ну и что? Толку от него никакого, да тайком от Врага в Камень и не поглядишь. Ага! Уж не Арагорн ли? Время его приспело. А сила в нем, Пин, непомерная, и он тверже алмаза — отважный и решительный, хладнокровный и дерзновенный. Да, наверно, он. Должно быть, он поглядел в Камень, предстал перед Врагом и назвался — затем и назвался, чтоб Тот... Видимо, так. Но мы не узнаем, так или нет, пока не прискачут ристанийские конники — лишь бы не опоздали. Да, страшные ждут нас дни. Скорее на боковую!

— Только... — замялся Пин.

— Что «только»? — строго спросил Гэндальф. — Вот «только» этот вопрос — и все.

— Горлум-то при чем? — сказал Пин. — Как это могло случиться, что они идут с ним, что он у них провожатый? И Фарамиру это место, куда он их повел, нравится не больше твоего. В чем же дело?

— Чего не знаю, того не знаю, — отозвался Гэндальф. — Сердце мне подсказывало, что Фродо с Горлумом непременно встретятся: к добру ли, к худу ли — как обернется. Про Кирит-Унгол нынче больше ни слова. Предательства я боюсь, предательства: предаст их эта жалкая тварь. Но будь что будет. Может статься, предатель проведет самого себя и невольно совершит благое дело. Иной раз бывает и так. Доброй ночи!

Утро потонуло в бурых сумерках, и гондорцы, накануне обнадеженные появлением Фарамира, снова пали духом. Крылатые призраки не показывались, но высоко над городом то и дело разносился отдаленный вопль; заслышав его, одни на миг цепенели, другие, послабее, плакали от ужаса.

А Фарамир опять уехал.

— Передохнул бы хоть немного, — ворчали ратники. — Государь не жалеет своего сына: он воюет за двоих — за себя и за того, который не вернется.

И многие, глядя на север, вопрошали:

— Где же все-таки ристанийские конники?

Уехал Фарамир не по своей воле. Военный совет возглавлял Градоправитель, и был он в этот день неуступчив. Совет собрался рано утром. Общий глас присудил, что из-за угрозы с юга войска у них мало и отразить нашествие не удастся, разве что подойдут ристанийцы. Пока их нет, надо всех ратников собрать в городе и разместить по стенам.

— Однако, — возразил Денэтор, — нельзя же без боя покидать Раммас-Экор, великую крепь, раз уж мы ее такими трудами отстроили. И нельзя позволять им переправиться без урона. Войско для осады им нужно огромное, не смогут они переправить его ни к северу от Каир-Андроса — там болота, ни на юге — там Андуин широк, у них лодок не хватит. Стало быть, они пойдут на Осгилиат — как и прежде, когда Боромир их отразил.

— Тогда это был просто-напросто набег, — заметил Фарамир. — А нынче, если даже мы их положим десятерых на одного нашего — что им этот урон! Силы уж очень неравные: для них и тысяча не в счет, а для нас и сотня — огромная потеря. Да при отступлении к городу от крепи нам и вовсе несдобровать — могут отрезать и тогда перебьют всех до единого.

— А Каир-Андрос? — добавил князь Имраиль. — Оборонять Осгилиат — значит удерживать и этот островок, но слева-то он не прикрыт! Мустангримцы, может, подоспеют, а может, и нет. Фарамир говорит, за Черными Воротами собралось бесчисленное воинство. Они могут выставить не одну рать и ударить с разных сторон.

— Волков бояться — в лес не ходить, — сказал Денэтор. — Есть дружина на Каир-Андросе — вот пусть и удерживают остров. Повторяю: нельзя сдавать пеленнорскую крепь и переправу без боя, и хорошо бы нашелся воевода, у которого хватит отваги исполнить приказ государя.

Воеводы молчали. Наконец Фарамир сказал:

— Не мне перечить тебе, государь. И кому, как не мне, попытаться заменить Боромира. Итак, ты велишь мне отстаивать переправу и крепь?

— Да, велю, — подтвердил Денэтор.

— Тогда прощай! — сказал Фарамир. — Но ежели я вернусь, смени гнев на милость!

— Смотря с чем ты вернешься, — отозвался Денэтор.

Фарамира провожал Гэндальф и сказал ему на прощанье:

— Ты все-таки побереги себя, не кидайся в сечу на верную смерть. Война войной, а здесь, в городе, без тебя не обойтись. И отец твой любит тебя, Фарамир, он еще вспомнит об этом. Возвращайся же!

И вот Фарамир снова уехал, взяв с собой небольшой отряд добровольцев. В Минас-Тирите со стен вглядывались во мрак, застилавший руины древней столицы, и гадали, что там происходит, ибо видно ничего не было. А другие по-прежнему смотрели на север и высчитывали, далеко ли до них скакать Теодену Ристанийскому.

— Но он ведь придет на подмогу? Не изменит старинному союзу? — спрашивали они.

— Придет, — говорил Гэндальф, — даже если запоздает с подмогой. Но посудите сами: не раньше чем два дня назад вручили ему Багряную Стрелу, а от Эдораса до Минас-Тирита многие десятки миль.

Лишь к ночи примчался гонец с переправы; он сказал, что несметная рать вышла из Минас-Моргула и близится к Осгилиату, а с нею полчища рослых, свирепых хородримцев.

— Ведет ее, как встарь, — оповестил гонец, — Черный Повелитель Призраков, и смертный ужас предшествует ему.

Эти зловещие слова были последними, какие Пин услышал в свой третий день в Минас-Тирите. Почти всем было не до сна: мало оставалось надежды, что Фарамир отобьет или задержит врагов.

На следующий день темнота хоть больше и не сгущалась, но еще тяжелей давила на сердце, и страх не отпускал. Дурные вести не замедлили. Вражеская рать переправилась через Андуин. Сдерживая натиск, Фарамир отступал к пеленнорской крепи, к сторожевым башням, но врагов было десятеро на одного.

— Туго нам придется по эту сторону крепи, — сказал гонец. — От них не оторваться, идут по пятам. На переправе их много побили, но куда меньше, чем надо бы. Они хорошо подготовились: понастроили втайне на восточном берегу уймищу плотов и паромов. Воды было не видать — кишмя кишели. Но страшней всего Черный Главарь: один слух о нем цепенит самых стойких бойцов. Враги и те страшатся его пуще злой смерти, потому и лезут как очумелые.

— Тогда мое место там, а не здесь, — сказал Гэндальф и немедля умчался, исчезнув в темной дали серебристым промельком. И всю эту ночь Пин одиноко стоял на стене и глядел меж зубцов на восток.

Едва в сумраке — словно в насмешку — прозвонил утренний колокол, как за мутным простором Пеленнора показались огни — где-то там, у крепи. Тревожные возгласы караульных призвали к оружию всех ратников в городе. Красные вспышки зачастили, и в душной мгле прокатился глухой грохот.

— Штурмуют крепь! — слышалось кругом. — Проламывают стены! Сейчас прорвутся!

— Фарамир-то где? — в смятенье воскликнул Берегонд. — Не погиб же он, не может этого быть!

Первые вести доставил Гэндальф. Он приехал ближе к полудню с горсткою всадников, сопровождая повозки, забитые ранеными — не многих удалось вынести из боя у сторожевых башен. Гэндальф сразу же поднялся к Денэтору. Градоправитель сидел теперь в высокой палате над тронным чертогом Белой Башни, и Пин был при нем; Денэтор переводил взгляд с тусклых северных окон на южные, с южных — на восточные, словно его черные горящие глаза проницали завесы обступившей тьмы. Но чаще всего смотрел он все же на север, а иногда и прислушивался, точно до ушей его силою некой древней ворожбы мог донестись топот копыт с далеких равнин.

— Фарамир вернулся? — спросил он.

— Нет, — отвечал Гэндальф. — Но когда я его покинул, он был еще цел и невредим. Он остался с тыловым отрядом — прикрывать отступление через Пеленнор, только вряд ли они продержатся. Грозный у них противник — тот самый, кого я опасался.

— Неужели... неужели явился сам Черный Властелин? — в ужасе вскрикнул Пин, забыв о дворцовых приличиях.

— Нет, господин Перегрин, пока еще не явился! — с горьким смехом ответил ему Денэтор. — Он явится торжествовать надо мною, когда все будет кончено. А до поры до времени шлет воевать других. Так, сударь мой невысоклик, делают все великие владыки, не обделенные мудростью. Иначе зачем бы сидел я здесь на башне, наблюдал, размышлял, выжидал и жертвовал сыновьями? Мечом я владеть не разучился.

Он встал и распахнул свое длинное темное облачение, и под ним, к изумлению Пина, оказалась кольчуга и длинный двуручный меч в черно-серебряных ножнах.

— Уж много лет я даже и сплю в доспехе, — молвил он, — чтоб не давать поблажки старческому телу.

— Словом, для начала владыка Барад-Дура послал на тебя самого могучего из подвластных ему царственных мертвецов, и тот уже завладел твоей дальней крепью, — сказал Гэндальф. — Тысячу лет назад он был государем Ангмара — чародей, кольценосец, главарь назгулов, Сауроново черное жало ужаса и отчаяния.

— Что ж, Митрандир, вот тебе и достойный противник, — сказал Денэтор. — А я и без тебя давно знаю, кто возглавляет воинство Черной Твердыни. Ты затем и вер-

117

нулся, чтоб мне об этом сказать? Или просто сбежал с поля боя, потому что сражаться с ним тебе не по силам?

Пин вздрогнул, испугавшись, что Гэндальф разгневается, но испуг его был напрасен.

— Может быть, и не по силам, — тихо проговорил Гэндальф. — Мы еще силами не мерились. Если верно древнее прорицанье, ему суждено сгинуть не от руки мужа, но судьба его сокрыта от мудрецов. Да и сам этот Повелитель Ужасов, к слову сказать, еще не явился. В полном согласии с мудростью, о которой ты говорил, он гонит перед собой полчища обезумевших рабов.

Нет, я всего лишь охранял раненых, которых еще можно исцелить и вернуть в строй; Раммас-Экор повсюду взрывают и таранят, и скоро моргульское войско хлынет лавиной. С тем я и вернулся, чтобы сказать тебе: вот-вот битва переметнется на Пажити. Надо собрать на вылазку верховых ратников, на них вся наша надежда, потому что вражеской конницы мало: еще не подошла.

— У нас ее тоже мало. Вот бы подоспели сейчас ристанийцы! — сказал Денэтор.

— Прежде сюда пожалуют гости иного разбора, — сказал Гэндальф. — Беглецы с Каир-Андроса уже бьются там, у крепи. Остров захвачен. Второе войско вышло из Черных Врат и надвинулось с северо-запада.

— Видно, недаром винят тебя, Митрандир, в пристрастье к дурным вестям, — заметил Денэтор. — Но мне ты новостей не принес: я все это знаю со вчерашнего вечера. И о вылазке я уже подумал. Спустимся вниз.

Время шло, и вскоре со стен стало видно отступление передовых дружин. Сперва появились разрозненные кучки измученных, израненных людей; иные брели спотыкаясь, иные бежали сломя голову. На востоке все вспыхивали огоньки и точно ползли по равнине. Загорались дома и амбары. Потом потянулись огненные ручьи, извиваясь в сумраке и сливаясь на широкой дороге от городских ворот к Осгилиату.

— Идут, — переговаривались люди. — Заставу взяли. Лезут сквозь проломы крепи! Похоже, с факелами. А где же наши?

Надвигался вечер, потемки густели, и даже самые зоркие воины ничего не видели с крепостных стен: только множились пожары и длинные огненные ручьи текли все быстрее. Наконец за милю от города показалась толпа, а может, отряд: не бежали, а шли, сохраняя подобие строя. Со стен глядели затаив дыхание.

— Наверняка Фарамир, — говорили они. — Ему и люди, и кони покорны. Дойдут, вот увидите.

Дойти оставалось не более четверти мили. Вслед за пешим отрядом из сумрака вынырнули конники тылового прикрытия — их уцелело десятка два. Они развернулись и снова ринулись навстречу огненным струям. И вдруг раздался яростный, оглушительный рев. Тучей налетели вражеские всадники. Струи слились в огневой поток — толпа за толпой валили орки с факелами, озверелые южане с красными знаменами; все они дико орали, обгоняя, окружая отступающих. Но даже их ор заглушили пронзительные вопли из темного поднебесья: крылатые призраки, назгулы, устремились вниз — убивать.

Строй смешался, объятые ужасом люди метались, бросали оружие, кричали, падали наземь.

И тогда протрубила труба со стен цитадели: Денэтор наконец-то разрешил вылазку. Этого сигнала дожидались воины, притаившиеся у Врат и под стенами, — все верховые, какие были в городе. Они разом прянули вперед и помчались во весь опор с боевым кличем, лавой охватывая врага. Ответный клич послышался сверху, когда оттуда увидели, что впереди всех летят витязи Дол-Амрота и над ними реет голубой с серебряным лебедем стяг князя Имраиля.

— Амрот на выручку Гондору! — кричали со стен. — Амрот и Фарамир!

Они обрушились на врага по обе стороны отступающего отряда, и, опередив их, ураганом пронесся серебряно-белый всадник с воздетой рукой и лучезарным светочем.

Назгулы удалились, и стих озлобленный вой; еще не явился их Главарь, гаситель белого огня. Воинство Мордора, хищно накинувшееся на добычу, было захвачено врасплох — и, точно костер от вихря, разлетелось россыпью искр.

Гондорские дружины оборотились и с победным кличем ударили на преследователей. Охотники стали дичью, отступленье — атакой. Поле покрылось трупами орков и хородримцев; шипели, гасли и смердели брошенные факелы. А всадники мчались вперед, рубя и топча.

Но Денэтор наступленья не замышлял. Хотя врага остановили и отбросили, с востока по-прежнему надвигались многотысячные полчища. И снова запела труба, отзывая вылазку. Конница Гондора остановилась. Под ее защитой отступавшие выстроились, мерно зашагали к городу и вступили во Врата с гордо подняты-ми головами; и ратники Минас-Тирита приветствова-ли их, гордясь и печалясь, ибо многих недоставало. Фа-рамир потерял больше трети своих воинов. А где же он сам?

Он прибыл, когда прошагали дружины и въехала в город конница, последними — витязи под стягом Дол-Амрота; князь Имраиль вез на руках с поля брани тело своего родича, Фарамира, сына Денэтора.

— Фарамир! Фарамир! — кричали на улицах, и кри-ки прерывались рыданьями. Но он был недвижим и без-молвен; длинным извилистым путем провезли его в ци-тадель, к отцу. Шарахнувшись от Белого Всадника, один из назгулов успел метнуть смертоносный дротик, и Фа-рамир, который бился один на один с конным вожаком хородримцев, грянулся оземь. Лишь безудержный на-тиск витязей Дол-Амрота спас его от уже занесенных багровых мечей хородримцев.

Князь Имраиль внес Фарамира в Белую Башню и молвил:

— Твой сын воротился, государь, свершив великие подвиги, — и рассказал о том, чему был свидетелем. Но Денэтор не слушал его, он молча поднялся и взглянул сыну в лицо. Затем он велел приготовить постель в чер-тоге, возложить на нее Фарамира и всем удалиться. Сам же направился в тайный покой у вершины Башни; и многие видели этой ночью, как в узких окнах загорелся и мерцал слабый свет, вспыхнул напоследок и угас. И вновь спустился Денэтор, подошел к распростертому Фарамиру и безмолвно сел возле него; серым было лицо Правителя, мертвенней, чем у его сына.

* * *

Враги осадили город, плотно обложили его со всех сторон, Раммас-Экор был разрушен и захвачен весь Пеленнор. Последние вести принесли защитники северной заставы — те, кто успел добежать прежде, чем заперли Врата. Это был остаток стражи, охранявшей путь из Анориэна и Ристании. Воинов привел Ингольд, тот самый, что впустил Гэндальфа с Пином неполных пять дней назад, когда в небе еще светило солнце и утро лучилось надеждой.

— Про мустангримцев ничего не известно, — сказал он. — Нет, из Ристании никто не подойдет. А подойдут — тем хуже для них. Их опередили: едва донесли нам, что новое войско из-за реки идет на Каир-Андрос, а войско уж тут как тут. Тьма-тьмущая: многие тысячи здоровенных орков с Оком на щитах и шлемах и еще больше людей, каких мы прежде не видели. Невысокие, угрюмые и кряжистые, бородатые, как гномы, с бердышами. Наверно, из какого-нибудь дикого края на востоке. Северную дорогу перекрыли, и большая рать ушла в Анориэн. Нет, мустангримцам не пройти.

Врата были заперты. Ночь напролет слушали караульные на стенах, как внизу разбойничают враги: выжигают поля и рощи, добивают раненых, рубят на куски мертвецов. Впотьмах было не разобрать, сколько еще полчищ подошло из-за реки, но в утренних сумерках увидели, что их даже больше, чем страх подсказывал ночью. От конца до края копошилась почернелая равнина, и, сколько хватал глаз, во мгле повсюду густо, как поганки с мухоморами, выросли солдатские палатки, черные и темно-красные.

Деловито, по-муравьиному, сновали везде орки — и копали, копали рвы за рвами, огромным кольцом охватывая город, чуть дальше полета стрелы. Каждый вырытый ров вдруг наливался огнем, и неведомо было, откуда огонь этот брался, каким ухищреньем или колдовством он горел и не гас. Весь день прокапывались огненные рвы, а осажденные глядели со стен, не в силах этому помешать. Как только ров загорался, подъезжали фургоны, подходили новые сотни орков и быстро сооружали за огненными прикрытиями громадные катапульты. В городе таких не было; какие были, до рвов не достреливали.

Однако сперва осажденные посмеивались: не очень-то пугали их эти махины. Высокие и мощные стены города воздвигли несравненные строители, изгнанники-нуменорцы, еще во всей силе и славе своей. Как в Ортханке, черная каменная гладь была неуязвима для огня и стали, а чтобы проломить стену, надо было сотрясти и расколоть ее земную основу.

— Нет, — говорили гондорцы, — даже если Тот и сам явится, в город он не войдет, покуда мы живы.

Иные же возражали:

— Покуда мы живы? А долго ли живы будем? У него есть оружие, перед которым от начала дней ни одна крепость не устояла. Голод. Все дороги перекрыты. И ристанийцы не придут.

Но из катапульт не стали попусту обстреливать несокрушимую стену. Не разбойному атаману, не оркскому вожаку поручено было разделаться со злейшим врагом Мордора. Властная рука и злодейский расчет правили осадой. Наладили огромные катапульты — с криками, бранью, со скрипом канатов и лебедок, — и сразу полетели в город поверх стенных зубцов в первый ярус неведомые снаряды: глухо и тяжко бухались они оземь — и, на диво гондорцам, разрывались, брызжа огнем. Так переметнули колдовской неугасимый огонь за стену, и скоро все, кроме дозорных, кинулись тушить разраставшиеся пожары. А на них градом посыпались совсем другие, небольшие ядра. Они раскатывались по улицам и переулкам за воротами — и, увидев, что это за ядра, суровые воины вскрикивали и плакали, не стыдясь. Ибо враги швыряли в город отрубленные головы погибших в Осгилиате, в боях за Раммас-Экор, на Пеленнорских пажитях. Страшен был их вид — сплюснутые, расшибленные, иссеченные, с гнусным клеймом Недреманного Ока на лбу, и все же в них угадывались знакомые, дорогие черты, сведенные смертной мукой. Вглядывались, вспоминали и узнавали тех, кто еще недавно горделиво шагал в строю, распахивал поля, приезжал на праздник из зеленых горных долин.

Понапрасну грозили со стен кулаками скопищу кровожадных врагов. Что им были эти проклятья? Да они не понимали западных наречий, сами же словно бы не говорили, а рычали, каркали, клокотали и завывали. Впрочем, скоро даже на проклятья ни у кого не стало духу: чем морить осажденных голодом, Владыка Барад-Дура предпочел действовать побыстрее — донять их ужасом и отчаянием.

Снова налетели назгулы, и страшнее стали их пронзительные вопли — отзвуки смертоносной злобы торжествующего Черного Властелина. Они кружили над городом, как стервятники в ожидании мертвечины. На глаза не показывались, на выстрел не подлетали, но везде и всюду слышался их леденящий вой, теперь уже вовсе нестерпимый. Даже закаленные воины кидались ничком, словно прячась от нависшей угрозы, а если и оставались стоять, то роняли оружие из обессилевших рук, чернота полнила им душу, и они уж не думали о сраженьях, им хотелось лишь уползти, где-нибудь укрыться и скорее умереть.

А Фарамир лежал в чертоге Белой Башни, и лихорадка сжигала его: кто-то сказал, что он умирает, и «умирает» повторяли ратники на стенах и на улицах. Подле него сидел отец, сидел и молчал, не сводя с него глаз и совсем забыв о делах войны.

Наверно, даже в лапах у орков Пину было все-таки легче. Он должен был находиться при государе, и находился, хотя тот его вроде бы не замечал, а он стоял час за часом у дверей неосвещенного чертога, кое-как справляясь с мучительным страхом. Иногда он поглядывал на Денэтора, и ему казалось, что гордый Правитель дряхлеет на глазах, точно его непреклонную волю сломили и угасал его суровый разум. Может, скорбь тяготила его, а может, раскаяние. Первый раз в жизни катились слезы по его щекам, и было это ужаснее всякого гнева.

— Не плачь, государь, — пролепетал Пин. — Быть может, он еще поправится. Ты у Гэндальфа спрашивал?

— Молчи ты про своего чародея! — сказал Денэтор. — Его безрассудство нас погубило. Враг завладел ты знаешь чем, и теперь мощь его возросла стократ: ему ведомы все наши мысли, и что ни делай — один конец.

А я послал сына — без ободренья и напутствия — на бесполезную гибель, и вот он лежит, с отравой в крови. Нет, нет, пусть их дальше воюют, как хотят, род мой прерван, я последний наместник Гондора. Пусть правят простолюдины, пусть жалкие остатки некогда великого народа прячутся в горах, покуда их всех не выловят.

За дверями послышались голоса — призывали Градоправителя.

— Нет, я не спущусь, — сказал он. — Мое место возле моего сына. Вдруг он еще промолвит что-нибудь перед смертью. Он умирает. А вы повинуйтесь кому угодно — хоть Серому Сумасброду, которому теперь тоже надеяться не на что. Я останусь здесь.

Вот и пришлось Гэндальфу возглавить оборону столицы Гондора в роковой для нее час. Там, где он появлялся, сердца живила надежда и отступал страх перед крылатыми призраками. Без устали расхаживал он от цитадели до Врат, проходил по стенам от северных до южных башен; и с ним был владетель Дол-Амрота в сверкающей кольчуге. Ибо он и витязи его сохраняли мужество, как истые потомки нуменорцев. Любуясь им, воины перешептывались:

— Видно, правду молвят древние преданья: эльфийская кровь течет в их жилах, недаром же когда-то обитала там Нимродэль со своим народом.

И кто-нибудь запевал «Песнь о Нимродэли» или другую песню, сложенную в долине Андуина в давнишние времена.

Однако же Гэндальф и князь Имраиль уходили, и опять свирепый вой пронзал слух и леденил сердце, и слабела отвага воинов Гондора. Так минул исполненный ужаса сумрачный день и медленно сгустилась зловещая ночная тьма. В первом ярусе бушевали пожары, тушить их было некому, и многим защитникам наружной стены отступление было отрезано. Вернее сказать — немногим, потому что осталось их мало, большая часть уже перебралась за вторые ворота.

А вдалеке, на переправе, быстро навели мосты, и целый день шли по ним войска с обозами. Наконец к полуночи все было готово для приступа, и первые тысячи повалили через огненные рвы по оставленным для них хитрым проходам. Они подошли на выстрел густою толпой, давя и тесня друг друга. Огни высвечивали их, и промахнуться было трудно, тем более что Гондор издревле славился своими лучниками. Но редко летели стрелы, и, все еще скрытый позади, военачальник Мордора убедился, что дух осажденных сломлен, и двинул войско на приступ. Медленно подвозили во тьме огромные осадные башни, выстроенные в Осгилиате.

И снова явились посыльные к дверям чертога: им непременно был нужен Правитель, и Пин их впустил. Денэтор отвел глаза от лица Фарамира и молча поглядел на них.

— Весь нижний ярус в огне, государь, — доложили ему. — Какие будут твои приказанья? Ты ведь по-прежнему наш повелитель, ты наместник Гондора. Иные говорят: Митрандир-де им не указ — и бегут со стен, покидал посты.

— Зачем? Зачем они бегут, дурачье? — проговорил Денэтор. — Сгорят — и отмучаются, все равно ж гореть.

Возвращайтесь в огонь! А я? Я взойду на свой погребальный костер. Да, да, на костер! Ни Денэтору, ни Фарамиру нет места в усыпальнице предков. Нет им посмертного ложа. Не суждено упокоиться вечным сном их умащенным телам! Нет, мы обратимся в пепел, как цари древнейших времен, когда еще не приплыл с Запада ни один корабль. Все кончено: Запад побежден. Идите и гибните в огне!

Посыльные вышли молча, не отдав поклона государю. А Денэтор отпустил жаркую руку Фарамира и поднялся.

— Огонь пожирает его, — скорбно молвил он, — изнутри палит его пламя, уже спалило. — И, подойдя к Пину, взглянул на него сверху вниз. — Прощай! — сказал он. — Прощай, Перегрин, сын Паладина! Недолгой была твоя служба, и она подходит к концу. Конец наступит скоро, но я отпускаю тебя сейчас. Иди, умирай, как тебе вздумается. Умирай, с кем и где тебе угодно; ступай, ищи своего чародея, чье слабоумье обрекло тебя на смерть. Позови моих слуг и уходи. Прощай!

— Я не стану прощаться с тобой, государь, — сказал Пин, преклоняя колени. И вдруг в нем точно проснулся хоббит: он вскочил на ноги и поглядел в глаза самовластному старцу. — С твоего позволения я отлучусь, государь, — сказал он, — мне и правда очень бы надо повидаться с Гэндальфом. Только он вовсе не слабоумный; и коли он умирать не собрался, то и я еще погожу. А пока ты жив, я не свободен от своей клятвы и твоей службы. И если враги возьмут цитадель, я надеюсь сражаться рядом с тобой и, может быть, заслужить дарованный мне почет.

— Поступай как знаешь, сударь мой невысоклик, — отозвался Денэтор. — Я сказал: моя жизнь кончена. Позови слуг!

И он снова подошел к Фарамиру.

Пин привел слуг — шестерых рослых молодцов при оружии; вид у них был оробелый. Но Денэтор спокойно велел им укрыть Фарамира потеплее и взять ложе на плечи. Они повиновались: подняли ложе и вынесли его из чертога, шагая медленно и мерно, чтобы не потревожить умирающего. Денэтор следовал за ними, тяжело опираясь на свой жезл; скорбное шествие замыкал Пин.

Они вышли из Белой Башни во тьму; нависшую тучу озаряли снизу багровые отсветы пожаров. Пересекая широкий двор, они по слову Денэтора замерли возле иссохшего Древа.

Лишь отдаленный шум битвы нарушал тишину, и, разбиваясь о темную гладь озера, печально звенели капли с поникших голых ветвей. Они миновали ворота цитадели; часовой глядел на них с тревожным изумленьем. Свернули на запад и наконец подошли к двери в задней стене шестого яруса. Дверь называлась Фен-Холлен, Запертая, ибо отпирали ее только на время похорон и не было здесь входа никому, кроме наместника да служителей усыпален в их мрачном облаченье. За дверью дорога извилинами спускалась к уступу над пропастью, к гробницам былых властителей Гондора.

Возле двери был маленький домик, и оттуда вышел перепуганный привратник с фонарем. Повинуясь государю, он отпер дверь, и она беззвучно распахнулась. У него забрали фонарь и двинулись вниз темным, извилистым путем между древними стенами и многоколонной оградой, еле видной в колеблющемся свете. Глухо отдавались их медленные шаги; они спускались все ниже, ниже и наконец вышли на Улицу Безмолвия, Рат-Динен, к тусклым куполам, пустынным склепам и статуям царственных мертвецов; в Усыпальне Наместников они опустили свою ношу.

Пин, беспокойно озираясь, увидел, что пришли они в просторный сводчатый склеп; и, словно огромные завесы, по стенам колыхались тени вместе со слабым фонарным огоньком. Смутно видны были ряды мраморных столов, на каждом возлежал покойник, скрестив руки и навеки откинувшись к твердому изголовью. Вблизи пустовал один широкий стол. По знаку Денэтора на него положили Фарамира, и отец лег рядом с сыном под общее покрывало, а слуги стояли подле них, потупившись, точно плакальщики у смертного одра.

— Здесь мы и будем ждать, — тихо молвил Денэтор. — За умастителями не посылайте, а принесите сухих поленьев и обложите нас ими. Облейте поленья маслом, приготовьте факел. Когда я велю, подожжете. И больше ни слова. Прощайте!

— С твоего позволения, государь! — проговорил Пин, повернулся и в ужасе бросился вон из душного склепа. «Несчастный Фарамир! — думал он. — Надо скорее найти Гэндальфа. Ну, несчастный Фарамир! Его бы лечить, а не оплакивать. Ох ты, где же я Гэндальфа-то найду? Небось он в самом пекле, и уж наверняка ему не до безумцев и не до умирающих».

У дверей он обратился к слуге, который стал на часы.

— Господин ваш не в себе, — сказал он. — Вы слишком-то не торопитесь! Главное — с огнем погодите, пока Фарамир жив. Гэндальф придет — разберется.

— Кто правитель Минас-Тирита? — отозвался тот. — Государь наш Денэтор или Серый Скиталец?

— По-моему, Серый Скиталец либо никто, — сказал Пин и со всех ног помчался вверх петляющей дорогой, проскочил в открытую Запертую Дверь мимо пораженного привратника и не останавливался до самой цитадели. Часовой окликнул его, и он узнал голос Берегонда:

— Куда ты бежишь, господин Перегрин?

— Ищу Митрандира, — отвечал Пин.

— По порученью государя, наверно, — сказал Берегонд, — и негоже тебя задерживать, но все-таки скажи в двух словах: что происходит? Куда отправился государь? Я только что заступил на пост, и мне сказали, будто Фарамира пронесли в Запертой Двери, а Денэтор шел позади.

— Пронесли, — подтвердил Пин. — Они сейчас внизу, в Усыпальне.

Берегонд склонил голову, чтобы скрыть слезы.

— Я слышал, что он умирает, — сказал он. — Значит, умер.

— Да нет, — сказал Пин, — пока не умер. Я даже думаю, его еще можно спасти. Только знаешь ли, Берегонд, город-то еще держится, а Градоправитель сдался. — И он наспех рассказал о речах и поступках Денэтора. — Мне надо тотчас отыскать Гэндальфа.

— Здесь не отыщешь, разве что внизу.

— Я знаю. Государь отпустил меня. Слушай, Берегонд, ты, если что, попробуй вмешайся, а то просто ужас берет.

— Стражам цитадели строго-настрого запрещено отлучаться с постов иначе как по приказу самого государя.

— Ну, если тебе этот запрет важнее, чем жизнь Фарамира... — сказал Пин. — Да и какие там запреты-приказы, когда государь обезумел. Словом, я бегу. Жив буду — вернусь.

И он помчался вниз по улицам к наружной стене. Навстречу ему бежали опаленные пожаром люди; кое-кто останавливался и окликал коротышку в облаченье стража, но он ни разу не обернулся. Наконец он миновал вторые ворота, за которыми от стены до стены разливалось и полыхало пламя. Но почему-то было тихо: ни шума битвы, ни криков, ни лязга оружия. И вдруг раздался жуткий громовой возглас, а за ним тяжкий удар с оглушительным эхом. У Пина тряслись поджилки от нестерпимого ужаса, но он все же выглянул из-за угла на широкую внутреннюю площадь перед Великими Вратами. Выглянул — и на миг оцепенел. Он нашел Гэндальфа, и отпрянул назад, и забился в темный угол.

С полуночи продолжался общий приступ. Гремели барабаны. С севера и с юга стены сплошь осаждало многотысячное воинство. Повсюду в багровом полусвете двигались огромные, как дома, звери: это хородримские мумаки подвозили из-за огненных рвов осадные башни и стенобитные орудия. Наступали нестройно и гибли толпами; предводитель осады гнал рабов на смерть лишь затем, чтобы прощупать оборону и рассредоточить силы гондорцев. Настоящий удар он замышлял обрушить на Врата, мощные, чугунные, надежно скрепленные сталью; их защищали несокрушимые башни и бастионы, но все же они были ключом, единственным уязвимым местом неприступной твердыни.

Громче зарокотали барабаны. Взметнулись огненные языки. Осадные машины ползли по полю, и между ними покачивался на толстых цепях громадный таран, больше сотни футов длиною. Долго ковали его в темных кузнях Мордора; страховидная оконечина из вороненой стали являла подобие волчьей морды с ощеренной пастью, и на ней были начертаны колдовские, разрывные письмена. Именовался он Гронд, в память о древнем Молоте Преисподней. Везли его гигантские звери, с боков толпились орки, а позади тяжко шагали горные тролли.

Но у Врат кипела битва: там стояли накрепко витязи Дол-Амрота и лучшие из лучших минаститрицев. Тучей летели стрелы и дротики, осадные башни валились или вспыхивали, как факелы. По обе стороны ворот громоздились обломки и мертвые тела, однако же новые и новые толпы лезли вперед, словно одержимые.

Гронд подползал. Его кожух не загорался, огромные звери, тащившие его, то и дело вскидывались и бросались в стороны, топча бесчисленных орков, но убитых отшвыривали, и толпы снова смыкались.

Гронд подползал все ближе. Бешено загремели барабаны, и над горами трупов чудовищным виденьем возник высокий всадник в черном плаще с опущенным капюшоном. Медленно двигался он вперед, попирая трупы, и стрелы бессильно падали вокруг. Он поднял кверху длинный тусклый меч. Великий ужас объял всех — осажденных и осаждающих, и воины роняли оружие. На миг все стихло.

Опять загрохотали барабаны. Чешуйчатые лапищи рывком подтянули Гронд к воротам и с размаху ударили в них. Казалось, гром из поднебесья раскатился по городу. Но чугунные створы и стальные столбы выдержали удар.

Тогда Черный Предводитель привстал в стременах и громогласно выкрикнул заклятье на неведомом языке; жуткие слова его надрывали души и раскалывали камень.

Трижды возопил он, трижды грянул таран, и третий удар внезапно сокрушил Врата Гондора. Точно какая-то колдовская сила разломила их надвое — блеснула жгучая молния, и чугунные осколки усеяли плиты.

Главарь назгулов въезжал в город. За спиной надвигавшегося черного вестника смерти полыхало багровое зарево. Главарь назгулов въезжал под своды, куда от века не ступала вражеская нога, — и защитники Минас-Тирита опрометью разбегались.

Лишь один не отступил перед ним. На площади за Вратами безмолвно дожидался неподвижный всадник — Гэндальф на Светозаре: во всем Средиземье только этот конь мог вынести смертный ужас, подвластный Саурону, и он стоял, точно каменное изваянье Рат-Динена.

— Сюда тебе входа нет, — промолвил Гэндальф, и огромная тень застыла. — Возвращайся в бездну, тебе уготованную. Ступай назад, и да поглотит кромешная тьма тебя вместе с твоим Владыкою. Прочь отсюда!

Черный Всадник откинул капюшон, и — о диво! — был он в короне, но без головы, лишь красные языки пламени вздымались между могучими плечами. И незримые уста изрыгнули злорадный хохот.

— Глупый старик! — сказал он. — Глупый старик! Нынче мой час. Не узнал в лицо свою смерть? Умри же, захлебываясь проклятьями!

Он высоко поднял меч, и огонь сбежал по клинку.

Гэндальф не шелохнулся. И в этот самый миг где-то в городском дворике прокричал петух — звонко и заливисто, ничего не ведая ни о войне, ни о колдовских чарах, — прокричал, приветствуя утро, разгоравшееся высоко в небесах над сумраком побоища.

И будто в ответ петушьему крику издали затрубили рога, рога, рога. Смутное эхо огласило темные склоны Миндоллуина. А большие северные рога трубили все яростней. Мустангримцы подоспели на выручку.

Глава V
ПОХОД МУСТАНГРИМЦЕВ

Мерри лежал на земле, закутавшись в одеяло, и удивлялся, как это сокрытые мраком деревья шелестят в безветренной духоте. Потом он поднял голову и снова услыхал отдаленный рокот барабанов на лесистых холмах и горных уступах. Барабаны внезапно стихали и опять рокотали то дальше, то ближе. Неужели часовые их не слышат?

Было темно, хоть глаз выколи, но он знал, что кругом полным-полно конников. Пахло конским потом, лошади переступали с ноги на ногу и ударяли копытами в хвойную подстилку. Войско заночевало в сосняке близ Эйленаха, высокой горы посреди Друаданского леса, через который проходил главный тракт восточного Анориэна.

Хоть Мерри и устал, но ему не спалось. Они ехали уже целых четверо суток, и густевшие потемки все больше угнетали его. Он уж и сам не понимал, чего он так рвался ехать, когда ему не то что можно, а даже велено было остаться. Не хватало еще, чтобы старый конунг узнал об ослушанье и разгневался. Но это вряд ли. Дернхельм, похоже, договорился с сенешалем Эльфхельмом, начальником эореда. Ни сенешаль, ни воины его Мерри в упор не видели и не отвечали, если он заговаривал с ними. Дескать, навьючил Дернхельм зряшную поклажу — ну и ладно. А Дернхельм за все время ни с кем ни словом не перемолвился. Мерри чувствовал себя никчемной мелюзгой, и было ему очень тоскливо. А вдобавок и тревожно: войско оказалось в тупике. Дальняя крепь Минас-Тирита была от них за день езды. Выслали дозорных: одни не вернулись, другие примчались и сообщили, что дорога занята врагами, большая рать стала лагерем в трех милях к западу от маячной горы Амон-Дин, отряды идут по тракту, до передовых лиги три. Орки рыщут по придорожным холмам. Конунг с Эомером держали ночной совет.

Мерри жаждал с кем-нибудь поговорить; он вспомнил о Пине и еще пуще огорчился. Бедняга Пин, одинодинешенек в осажденном каменном городе: ужас, да и только. Мерри захотелось стать рослым витязем вроде Эомера, затрубить в какой-нибудь, что ли, рог и галопом помчаться на выручку Пину. Он сел и снова прислушался к рокоту барабанов, теперь уж совсем поблизости. Вскоре стали слышны негромкие голоса, мелькнули между деревьями полуприкрытые фонари. Конники зашевелились во мраке.

Высокий человек споткнулся об него и обругал проклятые сосновые корни. Мерри узнал по голосу сенешаля Эльфхельма.

— Я не сосновый корень, господин, — сказал он, — и даже не вьюк с поклажей, а всего-навсего ушибленный хоббит. Извиняться не надо, лучше скажи мне, что там такое стряслось.

— Пока ничего такого, спасибо растреклятому мороку, — отвечал Эльфхельм. — Но государь приказал всем нам быть наготове: тронемся в одночасье.

— Значит, враги наступают? — испуганно спросил Мерри. — Это их барабаны? Я уж подумал, мне мерещится, а то никто будто и не слышит.

— Да нет, нет, — сказал Эльфхельм, — враги на дороге, а не в горах. Ты слышишь барабаны лешаков, лесных дикарей: так они переговариваются издали. Живут они в Друаданском лесу, вроде бы с древних времен, немного осталось их, и таятся они хитро, точно дикие звери. Обычно-то им дела нет до войн Гондора или Ристании, но сейчас их встревожила темень и нашествие орков: испугались, что вернутся Темные Века — оно ведь и похоже на то. Хорошо хоть нам они не враги: стрелы у них отравленные и в лесу с ними не потягаешься. Предлагают помочь Теодену: как раз их вождя повели к нему. Вот с фонарями-то шли. Ну и будет с тебя — я и сам больше ничего не знаю. Все, я пошел выполнять приказ. А ты, вьюк не вьюк, а давай-ка вьючься!

И он исчез в темноте. Мерри очень не понравились хитрые дикари и отравленные стрелы: он и так-то не знал, куда деваться от страха. Дожидаться было совсем невтерпеж, лучше уж точно знать, что тебя ждет. Он вскочил на ноги и крадучись пустился вдогонку за последним фонарем.

Конунгу разбили палатку на поляне, под раскидистым деревом. Большой, прикрытый сверху фонарь висел на ветке, и в тусклом свете его видны были Теоден с Эомером, а перед ними сидел на корточках человечина, шишковатый, как старый пень, и, точно чахлый мох, свисал с его мясистого подбородка реденький клок волос. Коренастый, пузатый, толсторукий и коротконогий, в травяной юбочке. Мерри показалось, что он где-то его уже видел, и вдруг ему припомнились Пукколы в Дунхерге. Ну да, то ли один из тамошних болванчиков ожил, то ли явился дальний-предальний потомок тех людей, которых изобразили забытые умельцы давних веков.

Мерри подобрался поближе, но пока что все молчали, и наконец заговорил дикарь: должно быть, его о чемто спросили и он раздумывал. Голос его был низкий, гортанный, но, к удивлению Мерри, говорил он на всеобщем языке, хотя поначалу запинался и примешивал к речи диковинные слова.

— Нет, отец коневодов, — сказал он, — мы не воины, мы охотники. Мы стреляем *горгуны* в лесу, орколюды мы очень не любим. И тебе *горгуны* враги. Потому будем тебе помогать. Дикий народ далеко слышит, далеко видит, знает все тропы. Дикий народ давно-давно здесь живет, раньше, чем сделались камень-дома, раньше, чем из воды вылезали высокие люди.

— Да нам-то в помощь нужны воины, — сказал Эомер. — А от тебя и твоих какая же помощь?

— Помощь узнавать, — отвечал дикарь. — Мы глядим и все видим, смотрим с высоких гор. Камень-город трудно стоит, хода-выхода нет. Кругом огонь горит, теперь внутри горит пожар. Ты хочешь туда? Тебе надо быстро скочить. Большой лошадиной дорогой скочить нельзя, там *горгуны* и дальние люди оттуда. — Он махнул на восток узловатой короткой рукой. — Много-много, ваших много не столько.

— Откуда ты знаешь, что их больше? — недоверчиво спросил Эомер.

Ничего не выразилось ни на плоском лице, ни в темных глазах дикаря, но голос его зазвучал угрюмо.

— Мы — дикари, дикий, вольный народ, мы не глупый ребенок, — с обидой сказал он. — Я великий вождь Ган-бури-Ган. Я считаю звезды на небе, листья на ветках, людей в темноте. Ваших воинов десять раз и еще пять раз по сорок десятков. Их воинов больше. Будете биться долго, и кто кого одолеет? А вокруг камень-города много-много еще.

— Увы! Все это верно, — сказал Теоден. — И наши разведчики доносят, что дорогу преградили рвами и понатыкали кольев. С налету их смять не удастся.

— Все равно медлить нельзя, — сказал Эомер. — Мундбург в огне!

— Дайте молвить слово Ган-бури-Гану! — сказал дикарь. — Он знает другие дороги и поведет вас там, где нет рвов, где не ходят *горгуны,* только наш народ и дикие звери. Люди из камень-домов давно, когда были сильные, сделали много дорог. Они резали горы, как охотники дичину. Народ говорит, наверно, они кушали камни. Через Друадан к Мин-Риммону ездили большие повозки. Давно-давно не ездят и дорогу забыли. Мы одни помним: вон там она идет на гору, за горой прячется в траве, деревья ее прячут, а она обходит Риммон и мимо Дина ведет вниз, к большой лошадиной дороге. Мы вас проведем туда, а вы перебейте всех *горгунов* и прогоните дурную темноту ярким железом, и дикий народ будет тихо жить дальше в своих диких лесах.

Эомер переговорил с конунгом на ристанийском языке, и наконец Теоден обратился к дикарю.

— Ладно, пойдем в обход, — сказал он. — Оставляем большое войско у себя в тылу, но что из этого? Если каменный город падет, мы не вернемся. А выстоит, победим — худо придется оркам, отрезанным от своих. Тебя же, Ган-бури-Ган, мы щедро одарим и станем твоими верными друзьями.

— Мертвые не одаряют живых и в друзья им не годятся, — ответствовал дикарь. — Если темнота вас не съест, тогда после не мешайте диким людям бродить, где хотят, по лесам и не гоняйте их, как диких зверей. Не бойтесь, Ган-бури-Ган в ловушку не заведет. Он пойдет рядом с отцом коневодов, обманет — убейте.

— Да будет так! — скрепил Теоден.

— А когда мы выйдем на большую дорогу? — спросил Эомер. — Раз вы поведете нас, придется ехать шагом, и путь, наверно, узкий.

— Дикий народ ходит быстрым шагом, — сказал Ган. — По Каменоломной долине, — он махнул рукою на юг, — можно ехать четыре лошади в ряд; в конце и в начале путь узкий. Нашего ходу отсюда до Амон-Дина как от рассвета до полудня.

— Стало быть, передовые доедут за семь часов, — сказал Эомер, — а задние, пожалуй, часов за десять. Мало ли что может нас задержать, да и войско сильно растянется; потом, на дороге, всех не сразу построишь. Теперь-то который час?

— Кто его знает, — сказал Теоден. — Темень стоит беспросветная.

— Темень стоит, ночь проходит, — сказал Ган. — Когда солнце глаза не видят, кожа его чует. Уже оно выше Восточных гор. В небесных полях совсем светло.

— Тогда надо поскорее выступать, — сказал Эомер. — Сегодня-то никак не поспеем, но хоть к завтрему.

Мерри не стал дослушивать, тишком улизнул и побежал собираться. Ну вот, завтра уже и битва, в которой, похоже, немногим суждено уцелеть. Но он снова подумал о Пине, о пожаре в Минас-Тирите — и кое-как совладал со страхом.

День прошел спокойно: ни засад, ни дозоров на пути не обнаружилось. Обок охраняли войско дикари-охотники, и мимо них мышь бы не прошмыгнула, не то что вражеские лазутчики. Чем ближе к осажденному городу, тем сумрачней сгущалась мгла, и вереницею смутных теней казались люди и кони. У каждой колонны был провожатый, а старый вождь шел рядом с конунгом. Поначалу двигались медленно: нелегко было всадникам с лошадьми в поводу спускаться по заросшим косогорам в Каменоломную долину. Уже под вечер передовые углубились в серую чащобу близ восточного склона

Амон-Дина, в огромное ущелье, за которым расходились кряжи на запад и на восток. Сквозь это ущелье когда-то была проложена широкая дорога, выводившая на главный анориэнский тракт, но люди уже много веков здесь не ездили; деревья хозяйничали по-своему, и дорога заросла, исчезла под грудами лежалой листвы и валежника. Однако же чащоба эта была последним укрытием ристанийского войска: впереди простиралась ровная долина, а на юго-востоке высились скалистые хребты и, будто опираясь на них, воздвигся гигант Миндоллуин во всей своей каменной мощи.

Первая колонна остановилась, и, когда задние подтянулись и вышли ущельем из Каменоломной долины, в глубине серой чащобы разбили лагерь. Конунг призвал воевод на совет. Эомер хотел было выслать дозорных, но старый вождь Ган покачал головой.

— Не посылай своих коневодов, не надо, — сказал он. — В дурной темноте видно мало, лешаки уже все увидели. Скоро придут и мне расскажут.

Воеводы явились; потом, откуда ни возьмись, вынырнули Пукколы, точь-в-точь похожие на старого Гана: они, один за другим, говорили с ним на чудном, гортанном наречии. Ган выслушал их и обратился к конунгу:

— Лешаки рассказали. Говорят: позади опасно, стерегись! За час ходу, за Дином, — он указал на запад, на черневший маяк, — стоят чужелюды, большое войско. А впереди никого нет, пустая дорога до каменного вала. Там опять много. *Горгуны* ломают новый каменный вал огненным громом и железными черными дубинками. Не боятся и кругом не смотрят. Думают, заняли все-все дороги! — И у старого Гана заклокотало в горле: верно, он так смеялся.

— Добрые вести! — сказал Эомер. — Это просвет во мраке. Порой лиходея своя же злоба слепит. Напустили темень — будь она неладна! — и помогли нам укрыться. Теперь громят Гондор, чтоб не оставить камня на камне, — и сокрушили преграду, которой я больше всего опасался. Нас бы надолго задержали у дальней крепи. А теперь мы ее с ходу одолеем, дотуда бы добраться!

— И еще раз спасибо тебе, Ган-бури-Ган, лесной человек, — молвил Теоден. — Спасибо на доброй вести и на доброй службе. Доброй вам охоты!

— Вы знай убивать *горгуны!* Бейте орколюды! Слова не надо лесному народу! — отвечал Ган. — Прогоните ярким железом дурную, вонючую темноту!

— Затем и явились мы в здешние края, — сказал конунг. — Поглядим завтра, чья возьмет.

Ган-бури-Ган присел и коснулся земли шишковатым лбом в знак прощания. Потом, встав на ноги, он вдруг насторожился, будто что-то унюхал. Глаза его сверкнули.

— Свежий ветер задувает! — крикнул он, и все дикари вмиг исчезли во мгле, как нелепое наваждение. Только барабаны опять глухо зароотали на востоке, теперь, однако, ристанийцам и в голову не приходило опасаться брюханов-лешаков.

— Дальше обойдемся без провожатых, — сказал Эльфхельм, — в мирное время наши здесь ездили. Я, к примеру, ездил не раз и не два. Сейчас вот выедем на дорогу, она свернет к югу, и семь, не больше, лиг останется до пеленнорской крепи. Обочины дороги травянистые:

тут, бывало, вестники Гондора мчались во весь опор. И мы проедем быстро, без лишнего шума.

— Нас ждет жестокая сеча, и надо собраться с силами, — сказал Эомер. — Давайте-ка отдохнем здесь и тронемся ночью; у крепи будем к рассвету, ежели рассветет, а нет — ударим на врага по знаку государя, потемки не помеха.

Конунг одобрил его совет, и воеводы разошлись. Но Эльфхельм вскоре возвратился.

— Мы разведали окрестности, государь, — сказал он. — Кругом и правда ни души, нашли у дороги двух убитых всадников вместе с конями.

— Вот как? — сказал Эомер. — Ну и что же?

— Видишь ли, государь, убитые-то эти — посланцы Гондора. Один из них вроде бы Хиргон — в руке Багряная Стрела, а головы нету. И вот еще что: убили их, по всему судя, когда они скакали *на запад*. Должно быть, увидели, что враги уже осадили крепь, и повернули коней. Было это два дня назад: кони небось свежие, с подстав, как у них водится. Доехать до города и вернуться они бы не успели.

— Нет, никак бы не успели! — сказал Теоден. — Значит, Денэтор про нас ничего не знает и вряд ли нас ждет.

— Хоть поздно, да годно, и лучше поздно, чем никогда, — молвил Эомер. — Может быть, на этот раз старинные присловья окажутся вернее верного.

Глубокой ночью ристанийское войско в молчанье двигалось по обочинам дороги, огибавшей подножия Миндоллуина. Далеко впереди, на краю темного небосклона, багровело зарево, и черными громадами выступали из сумрака утесистые склоны великой горы. До Пеленнора было уже недалеко, и близился предрассветный час. Конунг ехал в первой колонне, окруженный своей дружиной. За ними следовал эоред Эльфхельма, но Мерри заметил, что Дернхельм старается незаметно пробраться в темноте поближе к передовым, и наконец они примкнули к страже Теодена. Конники приостановились, Мерри услышал негромкие голоса. Воротились дозорные: они доскакали почти до самой стены.

— Везде пылает огонь, государь, — доложил один из них конунгу. — И город горит, и Пажити; войско, похоже, огромное. Но почти всех увели к стенам, на приступ. А какие остались здесь, рушат крепь и по сторонам не смотрят.

— Ты помнишь, что сказал тот лешак, государь? — спросил другой ратник. — Меня зовут Видфара, в мирные дни я жил на равнине и тоже чутьем не обделен, привык чуять ветер. А ветер меняется: повеяло с юга, чуть-чуть припахивает морем. Словом, утро сулит рассвет, и, когда мы минуем крепь, чадная темень рассеется!

— Если правдива твоя весть, Видфара, то да сбережет тебя судьба нынче и на многие годы! — сказал Теоден. Он обратился к ближним дружинникам и молвил так звучно, что его услышали воины первого эореда: — Конники Ристании, сыны Эорла, настает роковой час! Перед вами море огня и вражеское войско, а дома ваши остались далеко позади. Но хоть и суждено вам сражаться в чужом краю, добытая в бою слава будет вашей вовеки. Исполните клятву верности государю и родине, исполните обет нерушимой дружбы!

Ратники ударили копьями о щиты.

— Эомер, сын мой! Ты поведешь первый эоред следом за дружиной и хоругвью конунга, — сказал Теоден. — Эльфхельм, за крепью отойдешь направо, а ты, Гримблад, — налево. Остальные полки пусть держатся за этими тремя согласно боевому разуменью. Громите скопища врага. Больше пока ничего не придумаешь: мы ведь не знаем, что творится на Пажитях. Вперед, и да сгинет мрак!

И конники помчались вскачь: Видфара хоть и обещал рассвет, но покамест было темным-темно. Мерри сидел позади Дернхельма, уцепившись за него левой рукой, а правой пытаясь проверить, легко ли ходит меч в ножнах. Теперь-то он понимал, до чего был прав старый конунг, когда говорил ему: «Что тебе делать в таком бою, сударь мой Мериадок?» «Разве что мешать всаднику, — подумал он, — и как-нибудь усидеть верхом, а то ведь стопчут — не заметят!»

Проскакать оставалось всего-навсего лигу, и проскакали ее, по разумению Мерри, чересчур уж быстро. Послышались дикие вопли, лязг оружия, и снова все стихло. Орков на стене и правда было немного: застали их врасплох и мигом перебили. Перед развалинами северных ворот Раммас-Экора конунг остановил коня. Первый эоред подтянулся. Мерри с Дернхельмом подъехали еще ближе к конунгу, хотя их полк отошел далеко вправо. Слева, на востоке, конники Гримблада стали у широкого пролома в стене.

Мерри выглянул из-за спины Дернхельма. Миль за десять от них бушевал пожар в стенах Минас-Тирита, и огромным огневым серпом отрезали город от Пажитей пылающие рвы. Равнину покрывала душная мгла — ни просвета, ни ветерка.

Молчаливая рать Мустангрима выдвинулась за крепь — медленно и неодолимо, как проникает прилив сквозь рассевшуюся плотину, будто бы столь надежную. Но Черный Предводитель безоглядно сокрушал твердыню Гондора, и тревожные вести с тыла еще не дошли до него.

Конунг повел свою рать на восток, в обход огненных рвов и вражеских войск. Обошли удачно и скрытно, однако же Теоден медлил. Наконец он снова остановился. Город стал виден вблизи. Тянуло гарью и трупным смрадом. Лошади фыркали и прядали ушами. Но конунг недвижно сидел на своем Белогриве и взирал на гибнущий Минас-Тирит; казалось, он был охвачен смятеньем и ужасом — и дряхло понурился под бременем лет. Мучительный страх и сомнения точно передались Мерри. Сердце его стеснилось. Время как будто замерло. Они запоздали, а поздно — хуже, чем никогда! Вот-вот Теоден попятится, склонив седую голову, повернет коня, поведет войско прятаться в горах.

Внезапно Мерри почуял: что-то переменилось. Ветер дунул ему в лицо! И забрезжил рассвет. Далеко-далеко на юге посерели, заклубились, раздвинулись тучи: за ними вставало утро. Но тут полыхнуло так, будто молния вырвалась из-под земли и расколола город. Слепящая вспышка на миг озарила черно-белую крепость, серебряным клинком в высоте сверкнула башня. Потом темень сомкнулась и земля вздрогнула от тяжкого сокрушительного грохота.

Но, заслышав его, согбенный конунг вдруг распрямился и снова стал высоким, статным всадником. Он поднялся в стременах и ясным, неслыханно звонким голосом воскликнул:

Оружие к бою, конники Теодена!
Вперед, в лютую сечу, в свирепый огонь!
Копья наперевес и под удар щиты!
Мечами добудем день, на клинках принесем рассвет!
На бой, на смертный бой, на битву за Гондор!

Затем он выхватил большой рог у знаменосца Гутлафа и протрубил так зычно, что рог раскололся надвое. Отозвались рога во всем ристанийском войске, будто гром прокатился по равнине и загрохотал в горах.

На бой, на смертный бой, на битву за Гондор!

Конунг что-то крикнул Белогриву, тот сорвался с места и опередил плеснувшую по ветру хоругвь с Белым Конем на зеленом поле. За ним понеслись дружинники, немного поотстав. Следом скакал Эомер с белым конским хвостом на шлеме. Его эоред мчался, точно пенный бурун, но Белогрив летел далеко впереди. Грозно сиял лик Теодена: видно, в нем возгорелась неистовая отвага предков, и на белом своем коне он был подобен древнему небожителю, великому Оромё в битве Валаров с Морготом, на ранней заре Средиземья.

Его золотой щит засверкал, словно солнце, и ярким зеленым пламенем занялась трава у белых ног скакуна. Ибо настало утро, и дул ветер с Моря, разгоняя черную мглу, и полчища Мордора дрогнули, объятые ужасом; орки бросались врассыпную и гибли на копьях и под копытами разъяренных коней. А воины Ристании в один голос запели; они пели, разя врага в упоении битвы, и песнь их, страшная и прекрасная, ласкала слух осажденных.

Глава VI
БИТВА НА ПЕЛЕННОРСКОЙ РАВНИНЕ

Но не оркскому вожаку, не разбойному атаману поручено было ниспровергнуть Гондор. Тьма разредилась прежде срока, назначенного Властелином, — судьба в этот раз обманула, и мир вышел из повиновенья. Победа была упущена, выскользнула из-под рук. Но руки не утратили силы, и по-прежнему страшен и могуч был предводитель осады — король, кольценосец, главарь назгулов: велика была его власть. Он отступил от ворот и исчез.

Конунг Ристании Теоден выехал на дорогу между рекой и Вратами и обернулся к городу, который был за милю от него. Он осадил скакуна, ища взором недобитых врагов; его окружила дружина, и Дернхельм был в их числе. По правую руку, ближе к стенам, Эльфхельмовы конники ломали осадные машины, рубили, кололи и загоняли орков в огненные рвы. Северную половину Пеленнора почти всю отбили, там горели палатки, орки метались и бежали к реке, точно зверье от охотников, а ристанийцы рубили их направо и налево. Однако же осадное войско стояло густо, как прежде, и заслоняло ворота. И там врагов была тьма-тьмущая, и с юга подходили все новые и новые полчища. Хородримцы занимали дорогу, всадники их съезжались под стягом вождя. А вождь поглядел вперед и увидел в рассветном сиянии хоругвь конунга, увидел, что конунг с малой дружиной далеко оторвался от своих. Темнокожий исполин взъярился, издал боевой клич — и над лавиной всадников, понесшихся к зеленой хоругви с Белым Конем, развернулось алое знамя с черным змием, и холодным блеском заиграли обнаженные ятаганы.

Но Теоден не замешкался: он молвил слово Белогриву и мустангримцы с места в карьер помчались навстречу врагам. Сшиблись на всем скаку; и, хотя северян было гораздо меньше, сердца их пламенели неистовой отвагой и без промаха разили длинные копья. Точно клин лесного пожара, врезались они в гущу врагов, и Теоден, сын Тенгела, пронзив копьем вождя южан, выхватил меч, перерубил древко знамени и рассек до седла знаменосца. Бессильно поникло полотнище с черным змием, а уцелевшие хородримцы бросились бежать без оглядки.

Но увы! Когда конунг торжествовал победу, его золотой щит померк, затмились утренние небеса и сумрачно стало вокруг. Лошади ржали и метались, сбрасывая седоков, а те, стеная, приникали к земле.

— Ко мне! Ко мне! — крикнул Теоден. — Не страшитесь злой тьмы, эорлинги!

Но Белогрив в ужасе вздыбился, высоко вскинув копыта, протяжно заржал и рухнул на бок, сраженный черным дротиком. Рухнул — и придавил конунга.

Тяжкой тучею сверху надвинулась тень. О диво! Это была крылатая тварь: птица не птица — чересчур велика и голая, с огромными когтистыми перепончатыми крыльями; гнилой смрад испускала она. Исчадье сгинувшего мира; ее предки давным-давно пережили свое время, угнездившись где-нибудь на льдистых подлунных высях неведомых гор, и там плодились их гнусные последыши, на радость новым лиходеям. Черный Владыка отыскал эту тварь, щедро выкармливал ее падалью, покуда она не стала больше самой огромной птицы, и отдал ее своему прислужнику. Все ниже и ниже спускалась она и наконец, сложив перепончатые крылья и хрипло каркая, опустилась на мертвого Белогрива, вонзила в него когти и вытянула длинную голую шею.

Могуч и страшен был ее седок в черной мантии и стальной короне; из пустоты над его плечами мертвенно светился взор главаря назгулов. Еще прежде, чем рассеялась тьма, он призвал свое крылатое чудище и теперь вернулся на поле брани, обращая надежду в отчаяние и победу в погибель. Он взмахнул черною булавой.

Однако не все покинули поверженного Теодена. Кругом лежали мертвые витязи-гридни; других далеко умчали испуганные кони. Но один остался: юный Дернхельм, чья преданность превозмогла страх. Он стоял и плакал, ибо любил государя, как отца. Мерри удержался на коне во время атаки и был цел и невредим, хотя, когда налетел призрак, Вихроног сбросил обоих седоков и теперь носился по равнине. Мерри по-звериному отполз на четвереньках, задыхаясь от слепящего ужаса.

«Оруженосец конунга! Оруженосец конунга! — взывала его совесть. — Ты должен защитить его. Помнишь, сам говорил: "Теперь ты мне вместо отца"?» Но его обмякшее тело лишь бессильно содрогалось. Он не смел ни поднять голову, ни открыть глаза, и вдруг из черной, непроглядной тьмы заслышал он голос Дернхельма, только голос был будто и не его, но все же очень знакомый:

— Убирайся, гнусный вурдалак, поганая нежить! Оставь погибших в покое!

И другой, леденящий голос отозвался:

— Не спорь с назгулом о его добыче! А то не видать тебе смерти в свой черед: он унесет тебя в замогильные обиталища, в кромешную тьму, где плоть твою сгложут муки, а душонку будет вечно терзать взор Недреманного Ока!

Лязгнул меч, покидая ножны.

— Грози, чем хочешь: я все равно сражусь с тобой.

— Ты — со мной сразишься? Глупец! Ни один смертный муж мне не страшен.

И тут Мерри услышал совсем уж нежданный звук. Казалось, Дернхельм рассмеялся, и сталью зазвенел его чистый голос.

— А я не смертный муж! Перед тобою женщина. Я — Эовин, дочь Эомунда, и я спорю с тобой о своем государе и родиче. Берегись, если ты не бессмертен! Я зарублю тебя, черная нежить, если ты тронешь его.

Крылатая гадина зашипела и рявкнула на нее, но Кольценосец безмолвствовал, точно вдруг усомнился в

152

себе. А Мерри был так удивлен, что страх его приотпустил. Он открыл глаза и, понемногу прозревая, увидел за десяток шагов чудище в черной мгле и на спине его жуткую тень главаря назгулов. По левую руку, поодаль от Мерри, стояла та, кого он называл Дернхельмом. Теперь на ней не было шлема, и золотистые пряди рассыпались по плечам. Сурово и прямо глядели ее светло-серые глаза, но по щекам катились слезы. В руке она держала меч и заслонялась щитом от мертвящего взора призрака.

Да, это была Эовин, это был Дернхельм. Мерри припомнилось юное лицо, которое он увидел при выезде из Дунхерга: лицо без проблеска надежды, затененное смертью. Он и жалел ее, и восхищался ею, и в нем пробудилась упорная хоббитская храбрость. Он сжал кулаки. Нельзя, чтоб она погибла — такая прекрасная, такая отважная! А уж если суждено ей погибнуть...

Враг не смотрел на него, но он опасался шелохнуться: как бы не пригвоздил его к земле ужасный взгляд. И пополз медленно-медленно, однако же для Черного Главаря он был что червяк в грязи — тому надо было жестоко расправиться с дерзкой противницей.

Внезапно чудище простерло крылья, источая зловоние. Оно снова взвилось высоко в воздух и с воплем ринулось вниз, на Эовин, выставив зубастый клюв и когти.

Но ни на шаг не попятилась она — ристанийская дева-воительница из рода конунгов, гибкая, как булатный клинок, блистающая грозной красой. Свистнул острый меч и единым махом разрубил вытянутую шею; отсеченная голова камнем брякнулась оземь. Эовин отпрянула назад, и рухнуло перед нею безглавое чудище, корчась и распластав широкие крылья. Черная мгла рассеялась; златокудрую царевну ярко озарило солнце.

Из праха вырос, воздвигся Черный Всадник, с остервенелым криком обрушил он булаву на ее щит, и щит разлетелся вдребезги, и обвисла сломанная рука, колени ее подогнулись. А назгул навис, словно туча; сверкнули его глаза, и он занес булаву для смертельного удара.

Но вдруг он шатнулся, испустив крик боли, — и удар пришелся мимо, булава угодила в землю. Ибо меч хоббита прорезал сзади черный плащ и вонзился пониже кольчуги в подколенную жилу.

— Эовин! Эовин! — крикнул Мерри. И она из последних сил выпрямилась и взмахнула мечом, как бы отсекая корону от мантии, от могучих, склоненных над нею плеч. Меч раскололся, как стеклянный. Корона, звякнув, откатилась. Эовин ничком упала на труп поверженного врага... но пусты были плащ и кольчуга. Груда тряпья и железа осталась на земле; неистовый вопль стал протяжным, стихающим воем, ветер унес его, и вой захлебнулся вдали, и на земле его больше не слышали.

А хоббит Мериадок стоял среди мертвых тел и мигал на свету, будто совенок; слезы слепили его, и как в тумане видел он лучистые волосы недвижно простертой Эовин, потом посмотрел на лицо конунга, погибшего в час победы. Белогрив в предсмертных судорогах высвободил седока, но прежде невольно погубил его.

Мерри склонился и поднес к губам его руку. И вдруг Теоден открыл незамутненные глаза и с трудом, но твердо вымолвил:

— Прощай, господин хольбитла! Настал мой черед отойти к праотцам. Надеюсь, я не посрамил их памяти. И черного змия низверг я своей рукой. Рассвет был хмурый, день яснеет, и будет золотой закат!

Мерри слова не шли на язык, и он опять заплакал.

— Прости, государь, — проговорил он, — прости, я нарушил твое веление — и только и смог, что оплакать нашу вечную разлуку.

Старый конунг улыбнулся.

— Не печалься. Верность в вину не ставят. Живи и радуйся, а как станешь на покое дымить своей трубкой, припомни меня. Не приведется, увы, нам пировать в Медусельде, как я тебе обещал, и не расскажешь ты мне про ваше ученье о травах... — Он смолк и смежил веки. Мерри подался к нему, боясь дышать, и наконец услышал: — Где Эомер? Глаза мои застилает тьма, надо бы повидать его перед смертью. Ему быть конунгом. И пусть передаст мой прощальный привет Эовин. Она... она ведь не хотела со мной расставаться, и вот мы больше не свидимся, а она была мне милее дочери.

— Государь, государь, — начал было Мерри, запинаясь, — она... ее... — Но в это время послышались крики и топот и кругом затрубили рога. Мерри огляделся: он и думать забыл о сраженье, ему казалось, будто много часов назад конунг помчался к победе и гибели, а было это совсем недавно. И он увидел, что стоит посреди поля брани, где вот-вот разыграется новая битва.

От Реки по дороге спешили свежие рати врага, из-под стен подходили моргульские полчища, с юга надвигалась пехота и конница хородримцев, и за ними шествовали огромные мумаки с боевыми башнями на спинах.

А с севера приближался развернутый конный строй во главе с Эомером в хвостатом шлеме; он вновь собрал, сомкнул и повел в бой ристанийское войско. Все до единого вышли из города гондорские ратники, впереди их развевалось знамя Дол-Амрота с серебряным лебедем, и враг бежал от ворот.

«А где же Гэндальф? — мелькнуло в голове у Мерри. — Он разве не здесь? Неужели он не мог спасти Эовин и конунга?»

Но тут к ним подскакали Эомер и гридни конунга — те, что уцелели и совладали с конями. Изумленно смотрели они на мертвое чудище; лошади пятились от него. Эомер спрыгнул с седла, подошел к телу Теодена и замер, ошеломленный горем.

Один из витязей поднял хоругвь, разжав мертвую руку знаменосца Гутлафа. Теоден медленно открыл глаза, увидел хоругвь и сделал знак передать ее Эомеру.

— Привет тебе, конунг Ристании! — молвил он. — Иди, побеждай! И простись за меня с Эовин!

Так он и умер, не ведая, что Эовин лежит возле него. Воины плакали, восклицая:

— Конунг Теоден! Конунг Теоден!

И сказал им Эомер:

> Не предавайтесь скорби! В битве погиб великий,
> Погиб, как подобает. Когда насыплем курган,
> Тогда будет время плача. Сейчас нас зовет брань!

Но он и сам, говоря это, плакал.

— Пусть останутся с ним его гридни, — сказал он, — и с почетом отнесут его тело к городу. Других тоже отнесите.

Он окинул взглядом убитых, припоминая их по-именно, и увидел среди них сестру свою Эовин, и узнал ее. Он вздрогнул, точно стрела пронзила ему сердце; смертельно бледный, оледенев от ярости и муки, он слова не мог вымолвить. И свет перед ним затмился.

— Эовин, Эовин! — воскликнул он наконец. — Эовин, как ты здесь оказалась? Что это — безумие или чародейство? Смерть, смерть, смерть! Смерть выпала нам!

И, не созывая воевод, не дожидаясь гондорцев, он вскочил на коня, помчался назад к войску и затрубил атаку. Над полем разнесся его громогласный клич:

— Смерть! Вперед, на гибель, разите без пощады!

И войско двинулось, но мустангримцы больше не пели. «Смерть!» — в один голос грянули воины, и конная лавина, устремившись на юг, с грохотом пронеслась мимо убитого конунга.

А хоббит Мериадок все стоял и смигивал слезы, и никто с ним не заговорил, никто его даже не заметил. Он отер глаза, наклонился за своим зеленым щитом, который вручила ему Эовин, и повесил его на спину. И поискал взглядом оброненный меч: когда он нанес удар, рука его отнялась и теперь висела как плеть. Да, вот оно, его оружие... но что это? Клинок меча дымился, будто ветка на костре, и Мерри смотрел, как он стал тонкою светлой струйкой, а потом и вовсе исчез.

Таков был конец меча из Могильников, откованного на древнем Западе. И возрадовался бы тот оружейник Великого Северного княжества, что трудился над ним в незапамятные времена, ибо не было тогда у дунаданцев злее врага, чем ангмарский король-ведьмак, ставший Главным Назгулом. Иной клинок, пусть и в самой могучей руке, был бы ему нипочем, а этот жестоко ранил, вонзившись в призрачную плоть и разрушив лиходейское заклятие.

Плащи были настелены на древки копий; на эти носилки гридни возложили конунга. Эовин бережно подняли и понесли за ним. Но других убитых пришлось оставить на поле, ибо там погибли семь витязей, и среди них — первейший из гридней, Деорвин. Их отнесли подальше от вражеских трупов и мерзкой падали, оградив частоколом копий. Когда же отгремела битва, гридни воротились, развели костер и спалили смрадную тушу, а над могилой Белогрива насыпали холм и поставили камень с надписью по-гондорски и по-ристанийски:

Был верен конунгу конь Белогрив
И с ним погиб, его погубив.

Высокой и пышной травою порос этот холм, а на месте сожжения чудища навсегда осталась черная проплешина.

Медленно и уныло брел Мерри подле носилок, и не было ему дела до сражения. Он очень устал, руку грызла боль, все тело сотрясал озноб. Дождевая туча налетела с Моря: казалось, небеса оплакивают Эовин и Теодена, роняя серые слезы на пылающий город. Сквозь мутную пелену Мерри увидел, что к ним приближаются гондорские всадники. Имраиль, владетель Дол-Амрота, подъехал и осадил коня.

— Что у вас за ноша, ристанийцы? — крикнул он.

— Мы несем конунга Теодена, — отвечали ему. — Он пал в бою. А войско ведет конунг Эомер — узнаешь его по белому чупруну на шлеме.

Имраиль спешился и скорбно преклонил колена у носилок, чествуя воителя, чья доблесть спасла Гондор в роковой час. Поднявшись, он взглянул на Эовин и изумился.

— Но ведь это женщина? — сказал он. — Неужто жены и мужи Ристании бьются ныне бок о бок?

— Нет! — отвечали ему. — Одна лишь царевна Эовин, сестра Эомера, была с нами, и горе нам, что мы об этом не знали.

И князь подивился красоте мертвенно-бледной Эовин и, склонившись над нею, тронул ее руку.

— Ристанийцы! — вскричал он. — Нет ли меж вами лекарей? Она ранена, и, быть может, смертельно, однако, мнится мне, еще жива.

Он поднес к ее холодным губам свой налатник — и слегка замутилась сверкающая сталь.

— Торопитесь! — сказал он и отправил конника в город за помощью. А сам в знак прощанья низко поклонился павшим и, вскочив на коня, умчался в бой.

Все яростней разгоралась битва на Пеленнорской равнине, и далеко был слышен грозный гул сраженья: неистово кричали люди и бешено ржали кони, трубили рога, гремели трубы, ревели разъяренные мумаки. У южной стены города пешее гондорское воинство билось с моргульцами — их полку прибыло. Конница вся поскакала на восток, на помощь Эомеру: и Гурин Высокий, Хранитель ключей Минас-Тирита, и владетель

Лоссарнаха, и Гирлуин с Изумрудных Холмов, и князь Имраиль со своими витязями.

А Эомеру помощь была нужнее нужного: опрометью, безоглядно бросил он войско в атаку, и неистовый натиск пропадал попусту. Ристанийцы с налету врезались в ряды южан, разогнали конницу и разметали пехоту. Но от мумаков лошади шарахались, и громадные звери стояли, несокрушимые, словно башни, а хородримцы заново собирались вокруг них. Одних южан было втрое больше, чем всех ристанийцев, и подходили новые полчища из Осгилиата — запасные карательные войска, которые ожидали повеления вождя грабить взятый Минас-Тирит и опустошать Гондор. Вождя прикончили, но теперь начальствовал управитель Моргула Госмог: он-то и погнал их в бой. Были тут бородачи с бердышами, и дикари-воряги из Кханда, и темнокожие воины в багряных плащах, и черные троллюди с юга — белоглазые, с длинными красными языками. Одни устремились в тыл ристанийцев, другие — на запад, чтобы перекрыть путь подмоге.

И как раз когда счастье изменило Гондору и его соратникам, когда снова померкла надежда, с городских стен послышались крики. Время было полуденное, дул порывистый ветер, дождь унесло на север, и сияло солнце. В ясной дали взорам сторожевых предстало страшное зрелище.

За излучиной Харлонда Андуин тек напрямик, широко и плавно, и корабли бывали видны за несколько лиг. На этот раз городские стражи в ужасе и смятении увидели темную армаду на блещущей Реке: галеры и другие большие гребные суда шли под раздутыми ветром черными парусами.

— Умбарские пираты! — кричали люди. — Умбарские пираты! Смотрите! Плывут умбарские пираты! Значит, Бельфалас взят, захвачены устья, и Лебеннин во власти врага. Пираты плывут сюда! Это приговор судьбы!

И без приказа — приказы отдавать было некому — кинулись к колоколам и ударили в набат; трубы затрубили сигнал к отступлению.

— Бегите к стенам! — кричали сверху. — К стенам бегите! Скорее спасайтесь в город, пока вас всех не перебили!

И ветер, который подгонял корабли, относил их призывы в сторону.

Но что там набат, что тревожные клики! Мустангримцы и сами уже увидели черные паруса. Эомер был за милю от Харлонда, с гавани наступали взбодрившиеся хородримцы, и вражеская рать уже отрезала его от дружины Дол-Амрота. Он поглядел на Реку, и надежда умерла в его сердце, и он проклял прежде благословенный ветер. А воинство Мордора с воплями дикой радости ринулось вперед.

Суров стал взор Эомера; гнев его больше не пьянил. По знаку его затрубили рога, призывая ристанийцев сплотиться вокруг хоругви конунга: он решил биться до последнего, спешившись и оградившись стеною щитов, и свершить на Пеленнорской равнине подвиги, достойные песен, хоть и некому будет воспеть последнего конунга Ристании. Он взъехал на зеленый холм и там водрузил хоругвь; и Белый Конь, казалось, поскакал на ветру.

Выехав из тумана, из тьмы навстречу рассвету,
Пел я солнечным утром, обнажая свой меч.
Теперь надежде конец, и сердце мое точно рана.
Остались нам ярость, и гибель, и кровавый закат!

Такие сказал он стихи, сказал — и рассмеялся. Ибо
вновь охватило его упоение битвы: он был еще невредим, был молод, и был он конунг, достойный своего воинственного народа. С веселым смехом отчаяния он снова взглянул на черную армаду, грозя ей мечом.

Взглянул — и вдруг изумился и вне себя от радости
высоко подбросил меч, блеснувший на солнце; поймал
его и запел. И все посмотрели на Реку: над передним
кораблем взвилось черное знамя, а корабль повернул к
Харлонду, и ветер расплеснул полотнище. На знамени
было Белое Древо, как и на стягах Гондора, но вокруг
его кроны семь звезд, а поверх — венец. Такого знамени, знамени Элендила, уже тысячи лет не видел никто.
А звезды лучились на солнце, ибо жемчугом вышила их
Арвен, дочь Элронда, и ярко блистал в полуденном свете венец из мифрила с золотом.

Так явился Арагорн, сын Арахорна, Элессар, наследник Элендила: он прошел Стезей Мертвецов и с попутным ветром приплыл в свое княжество Гондор от морских берегов. Ристанийцы заливались радостным смехом и потрясали мечами; в ликующем городе гремели трубы и звонили колокола. А мордорские полчища растерянно взирали, как — по волшебству, не иначе — на
черных пиратских кораблях Умбара подплывают враги
Властелина, и в ужасе понимали, что настала неминучая гибель, что участь их решена.

162

Гондорские дружины ударили с запада на троллю-
дов, ворягов и орков, ненавидящих солнце. Конники
Эомера устремили копья на юг, и бежали от них хородримцы, угодив между молотом и наковальней. Ибо
на Харлондские пристани прыгали воины за воинами и с ходу бросались в бой. Был среди них Леголас,
был Гимли, крутивший секирой, и Гальбарад-знаме-
носец, и Элладан с Элроиром, и суровые витязи, северные Следопыты, а следом — тысячи ратников из
Лебеннина, Ламедона и с гондорского приморья. Но
впереди всех мчался Арагорн — на лбу его сиял алма-
зом венец Элендила, в руке сверкал меч, нареченный
Андрилом: издревле он звался Нарсил, был сломан в
бою и теперь, перекованный заново, пламенел грозно, как встарь.

И съехались посреди поля брани Эомер с Арагорном;
они соскочили с коней, оперлись на мечи и радостно
взглянули друг на друга.

— Вот мы и встретились, прорубившись сквозь полчища Мордора, — сказал Арагорн. — Помнишь, я предсказывал тебе это в Горнбурге?

— Да, предсказывал, — отозвался Эомер, — однако
надежда обманчива, а я не ведал, что ты прозреваешь грядущее. Но вдвойне благословенна нежданная помощь, и
никогда еще не было встречи отрадней. — И они крепко
пожали друг другу руки. — В самую пору встретились
мы, — прибавил Эомер. — Еще бы немного, и ты запоз-
дал. Нас постигли горестные утраты.

— Что ж, сперва расплатимся, поговорим потом! —
сказал Арагорн, и они поехали в битву бок о бок.

***

Сражаться пришлось еще долго, и жестокое было сраженье: суровые, отважные южане дрались отчаянно, да и дюжие воины-бородачи с востока пощады не просили. У обгорелых усадеб и амбаров, на холмах и пригорках, за стенами и в открытом поле — повсюду скапливались они и везде отбивались, покуда хватало сил; бои не утихали до самого вечера.

Наконец солнце скрылось за Миндоллуином, и все небо запылало: точно окровавились горные склоны, огненно-красной стала Река и закатный багрянец разлился по траве Пеленнорской равнины. К этому часу закончилась великая битва за Гондор, и в пределах Раммас-Экора не осталось ни одного живого недруга. Перебиты были все; беглецов догоняли и приканчивали, а другие тонули в алой пене андуинских волн. Может, кому и удалось добраться до Моргула или до Мордора, но хородримской земли достигли лишь отдаленные слухи о беспощадной карающей деснице Гондора.

Арагорн, Эомер и Имраиль ехали к городским воротам, все трое утомленные до изнеможения. И все трое невредимые: то ли судьба их оберегала, то ли богатырская сила и воинское уменье; правда, редкий недруг дерзал сразиться с ними, от их гнева бежали, как от огня. А раненых и изувеченных было множество, и многие пали в этой битве. Изрубили бердышами Форлонга: он пеший бился в одиночку с толпою врагов; Дуилина с Мортхонда и брата его растоптали мумаки, когда мортхондские лучники стреляли чудовищам в глаза. Не вернулся к себе на Изумрудные Холмы Гирлуин Белокурый, воевода Гримблад не вернулся в Гримдол, и в свой северный край не вернулся Гальбарад Следопыт. Жестокая это была сеча, и никто не счел павших — вождей и простых воинов, прославленных и безымянных. И спустя много лет вот как пел ристанийский сказитель о могилах у Мундбурга:

Затрубили рога в предгорьях перед рассветом,
Засверкали мечи на великой южной равнине,
В Каменную страну примчались быстрые кони,
Точно утренний ветер. И завязалась битва.
Теоден, сын Тенгела, пал среди первых.
Не вернулся могучий вождь ристанийского ополченья
К своим золотым чертогам, в свои зеленые степи,
В северные просторы. Гардинг и Гутлаф,
Дунгир, и Деорвин, и доблестный Гримблад,
Гирфара и Герубранд, Хорн и дружинник Фастред —
Все они пали, сражаясь в чужедальнем краю,
И лежат в могилах у Мундбурга, засыпаны тяжкой землею,
А рядом лежат их соратники, гондорские вожди.
Гирлуин Белокурый не принес победную весть
На холмы побережья; и к своим цветущим долинам,
В свой Лоссарнах не вернулся старый вояка Форлонг.
Высокорослые лучники, Деруфин с Дуилином,
Не возвратятся к Мортхонду, что приосенен горами,
Не заглянут в темные воды своей родимой реки.
Смерть собирала жатву утром и на закате,
Острым серпом срезая ратников и воевод.
Спят они беспробудно, и на холмах могильных
Колышутся тучные травы у Великой Реки.
Струит она серые воды, точно серые слезы,
Они серебром отливают, а тогда были точно кровь,
И волны ее клубились и брызгали алою пеной,
И маяками горели на закате вершины гор.
Красная пала роса в тот вечер на Пеленнор.

Глава VII
ПОГРЕБАЛЬНЫЙ КОСТЕР

Призрак исчез, и зияли пустые Врата, но Гэндальф оставался неподвижен. А Пин вскочил на ноги: его словно отпустило, и он стоял, внимая звонкой перекличке рогов, и сердце его, казалось, вот-вот разорвется от радости. До конца своей жизни он замирал со слезами на глазах, заслышав издали звук рога. Но вдруг он вспомнил, зачем прибежал, и кинулся вперед. В это время Гэндальф шевельнулся, что-то сказал Светозару и поехал к Вратам.

— Гэндальф, Гэндальф! — закричал Пин, и Светозар стал.

— Ты что тут делаешь? — сказал Гэндальф. — Не знаешь разве здешнего закона — стражам в черно-серебряном запрещено отлучаться из цитадели без позволения Градоправителя!

— А он позволил, — сказал Пин. — Он меня прогнал. Только вот как бы там ни случилось чего-нибудь ужасного. По-моему, правитель не в своем уме. Боюсь, он и себя убьет, и Фарамира. Может, ты его как-нибудь вразумишь?

Гэндальф посмотрел в пролом ворот: с поля все громче доносился шум битвы.

— Мне надо туда, — сказал он. — Черный Всадник, того и гляди, вернется, и беды не миновать. Нет у меня времени.

— Но Фарамир-то! — вскрикнул Пин. — Он же не умер, а его сожгут заживо, если никто не помешает!

— Сожгут заживо? — повторил Гэндальф. — Что еще за новости? Быстрей выкладывай!

— Денэтор отправился в Усыпальню, — заторопился Пин, — и с ним понесли Фарамира, и он сказал, что все мы сгинем в огне, а он дожидаться не будет, пусть приготовят костер и сожгут его вместе с Фарамиром. И послал за поленьями и маслом. Я сказал Берегонду, но он вряд ли уйдет с поста, он на часах. Да и куда ему против Денэтора? — Пин выложил все вперемешку и трогал дрожащей рукой Гэндальфа за колено. — Ты не можешь спасти Фарамира?

— Наверно, могу, — сказал Гэндальф, — но пока я буду его спасать, боюсь, погибнут другие. Что ж, пошли — тут никто больше, пожалуй, не сумеет помочь. Но помощь моя наверняка худо обернется. Да, от лиходейской порчи никакие стены не защитят. Враг проникает изнутри.

Приняв решенье, он не мешкал: подхватил Пина, посадил его перед собой и переговорил со Светозаром. Они поскакали вверх по улицам Минас-Тирита, а гул за спиною нарастал. Повсюду люди, очнувшись от ужаса и отчаяния, хватали оружие и кричали друг другу: «Мустангримцы пришли!» Слышались команды, ратники строились и спешили к разбитым Вратам.

Им встретился князь Имраиль, он их окликнул:

— Куда же ты, Митрандир? Мустангримцы уже сражаются на гондорской равнине! Нам надо собрать все силы!

— Выводи ратников всех до единого, — сказал Гэндальф. — И не теряй ни минуты. Я буду, как только смогу, но сейчас у меня неотложное дело к Градоправителю. Прими войско под начало!

На высоте, близ цитадели, в лицо им подул ветер, вдали забрезжило утро, и озарился южный небосклон. Но им от этого было мало радости: они предчувствовали недоброе и боялись опоздать.

— Темень рассеивается, — сказал Гэндальф, — но город все еще в сумраке.

У ворот цитадели стража не оказалось.

— Ага, Берегонд пошел туда, — сказал Пин, и у него полегчало на сердце. Они свернули на дорогу к Запертой Двери. Дверь была распахнута настежь, привратник лежал убитый: должно быть, у него отобрали ключи.

— То-то Враг порадуется! — сказал Гэндальф. — Ему как раз такие дела по нутру: свой разит своего и оба по-своему верны долгу.

Он спешился и отослал Светозара в конюшню.

— Друг мой, — сказал он, — нам бы с тобою давно надо скакать в поле, да вот пришлось задержаться. Я скоро позову тебя!

Они вошли в дверь и спустились крутой извилистой дорогой. Светало, высокие колонны и статуи казались шествием привидений.

Внезапно тишину нарушили крики и звон мечей — такого здесь, в священной обители покоя, не бывало никогда со времен построения города. Наконец они вышли на Рат-Динен и поспешили к Усыпальне Наместников: ее высокий купол смутно виднелся в полумраке.

— Стойте! Стойте! — крикнул Гэндальф, подбегая к каменному крыльцу. — Остановитесь, безумцы!

На верхней ступени Берегонд в черно-серебряном облачении стража цитадели отражал слуг Денэтора с факелами и мечами в руках. Двоих он уже зарубил, и кровь их обагрила крыльцо Усыпальни; остальные, нападая, выкрикивали проклятья мятежнику и предателю.

И Гэндальф с Пином услышали из склепа голос Денэтора.

— Скорее, скорее! В чем там дело? Убейте изменника! Без меня, что ли, не справитесь? — И дверь, которую Берегонд придерживал левой рукой, распахнулась; появился Градоправитель, величественный и грозный, с обнаженным мечом. Глаза его сверкали.

Но взбежал по ступеням Гэндальф, и казалось, будто вспыхнула ослепительно белая молния; слуги попятились, заслоняя глаза. Он гневно воздел руку, и занесенный меч Денэтора отлетел и упал позади, в могильной тени, а сам Денэтор изумленно отступил на шаг.

— Это как же, государь мой? — вопросил маг. — Живым не место в склепах. И почему здесь блещут мечи, когда все ратники выходят на поле боя? Или Враг уже здесь, пробрался на Рат-Динен?

— С каких это пор повелитель Гондора в ответе перед тобой? — отозвался Денэтор. — Может, и слуги мои мне неподвластны?

— Подвластны-то они подвластны, — сказал Гэндальф. — Но если тобою владеют безумье и злоба, то власть твою можно и оспорить. Где твой сын Фарамир?

— Лежит в Усыпальне, — сказал Денэтор, — и его сжигает огонь, огонь палит его изнутри. И все мы скоро сгорим. Запад обречен: его пожрет великий огонь и все-

169

му конец. Останется лишь пепел! Пепел и дым разнесет ветер!

И Гэндальф увидел, что наместник Гондора поистине утратил рассудок; опасаясь за Фарамира, он двинулся вперед, и Берегонд с Пином шли следом за ним, а Денэтор отступал до самого стола. Фарамир по-прежнему лежал в лихорадочном забытьи. Под столом и вокруг него громоздились поленья, обильно политые маслом, и маслом были облиты одежды Фарамира и покрывало. Тогда Гэндальф явил сокрытую в нем силу, подобно тому как являл он свою светоносную власть, откинув серую хламиду. Он вскочил на груду поленьев, легко поднял Фарамира, спрыгнул вниз и понес его к дверям. А Фарамир застонал, в бреду призывая отца.

Денэтор словно очнулся, огонь погас в его глазах, полились слезы, и он промолвил:

— Не отнимай у меня сына! Он зовет меня.

— Да, он зовет тебя, — сказал Гэндальф, — но подойти к нему тебе нельзя. Он ищет целительной помощи на пороге небытия — не знаю, найдет ли. А тебе надлежит сражаться за свой осажденный город, выйти навстречу смерти. И сам ты все это знаешь.

— Нет, ему уже не помочь, — сказал Денэтор. — И сражаться незачем. Чего ради растягивать ненужную жизнь? Не лучше ли умереть вместе, с ним заодно?

— Не волен ты, наместник, предуказывать день и час своей смерти, — отвечал ему Гэндальф. — Одни лишь владыки древности, покорствуя темным силам, назначали этот час и, одержимые гордыней и отчаянием, убивали себя, а заодно и родню, чтоб легче было умирать.

И Гэндальф вынес Фарамира из склепа и положил его на ложе, на котором его принесли: оно стояло у сводчатых дверей. Денэтор вышел вслед за ним и, содрогаясь, глядел на распростертого сына, не отрывая глаз от его лица. Все замерли, все молчали в ожидании слова правителя, а он колебался.

— Пойдем же! — сказал Гэндальф. — Пойдем, нас давно ждут. Ты нужен на поле брани.

И вдруг Денэтор расхохотался. Он выпрямился, высокий и горделивый, быстрыми шагами отошел к мраморному столу, взял свое подголовье, вынес его к дверям, раскутал — и все увидели, что в руках у него *палантир*. Он поднял его, и камень озарил огненным светом впалое лицо правителя: казалось, оно высечено из гранита, жесткое, надменное и устрашающее. И снова зажглись его глаза.

— Гордыней, говоришь, и отчаянием! — воскликнул он. — Ты, верно, думаешь, что окна Белой Башни — незрячие бельма? Откуда знать тебе, Серый Глупец, сколь много я отсюда вижу? Надежды твои — от неведенья. Иди исцеляй полумертвых! Иди сражайся с победителями! Все понапрасну. Ну, может, и одержите вы победу в сраженье — на день-другой. Но удар, занесенный над вами, не отразить. Лишь один малый коготок протянулся к Минас-Тириту. Несчетны воинства Востока. И даже сейчас ты сдуру радуешься ветру, который влечет вверх по Андуину армаду под черными парусами. Запад обречен! И тем, кто не хочет умереть в рабстве, надо скорей расставаться с жизнью.

— Такие речи на руку Врагу и взаправду сулят ему победу, — сказал Гэндальф.

— Что ж, тешься надеждой! — захохотал Денэтор. — Я вижу тебя насквозь, Митрандир! Ты надеешься править вместо меня, хочешь исподтишка подчинить себе престолы Севера, Юга и Запада. Но все твои замыслы я разгадал. Думаешь, я не знаю, что ты строго-настрого велел этому вот невысоклику держать язык за зубами? Что ты приставил его шпионить за мной у меня во дворце? Однако же я выведал у него всю подноготную про всех твоих спутников. Так-то! Ты, значит, левой рукою подставлял меня, точно щит, заслоняясь от Мордора, а правой манил сюда северного Следопыта, чтобы посадить его на великокняжеский престол!

Нет, Митрандир, или Гэндальф, или как тебя там! Я — наместник, поставленный потомком Анариона, и негоже мне становиться слабоумным прислужником какого-то выскочки. Если даже он и впрямь наследник, то всего лишь дальний наследник Исилдура. Что мне до этого последыша захудалого рода, давным-давно лишенного власти и достоинства?

— А будь воля твоя, чего бы ты хотел? — спросил Гэндальф.

— Я хочу, чтобы все и дальше оставалось так, как было при мне, — отвечал Денэтор, — как было исстари, со времен моих далеких предков: хочу править Гондором в мире и покое — и чтобы мне наследовал сын, который будет сам себе хозяином, а не подголоском чародея. Если же мне в этом отказано судьбою, то я не хочу *ничего* — ни униженной жизни, ни умаленной любви, ни попранной чести.

— Не пойму я, как это возвращенье законного Государя унижает, умаляет и бесчестит верного наместни-

172

ка, — сказал Гэндальф. — Да и сын твой пока что жив — ты не вправе решать за него.

При этих словах глаза Денэтора запылали пуще прежнего: он взял камень под мышку, выхватил кинжал и шагнул к ложу. Но Берегонд бросился вперед и заслонил Фарамира.

— Ах, вот как! — воскликнул Денэтор. — Мало тебе украсть у меня половину сыновней любви, ты еще и слуг моих соблазнил, и теперь у меня нет сына. Но в одном ты не властен мне помешать: я умру, как должно!.. Ко мне! — приказал он слугам. — Ко мне, кто из вас не предатели!

И двое из них взбежали к нему по ступеням. Он выхватил факел у первого и ринулся назад, в склеп. Гэндальф не успел остановить его: поленья с треском вспыхнули, взвилось и загудело пламя.

А Денэтор одним прыжком вскочил на стол, поднял свой жезл, лежавший в изножье, и преломил его о колено. Потом он швырнул обломки в костер, поклонился — и лег навзничь, обеими руками прижимая к груди *палантир*. Говорят, если кому случалось потом заглянуть в этот Зрячий Камень и если не был он наделен особой властью подчинять себе палантиры, то видел в нем лишь скрюченные старческие руки, обугливающиеся в огне.

Негодуя и скорбя, Гэндальф отступил и затворил двери. Он молча стоял в раздумье у порога: все слушали завыванье пламени, доносившееся из склепа. Потом раздался страшный выкрик, и больше на земле Денэтора не видели и не слышали.

* * *

— Таков был конец Денэтора, сына Эктелиона, — промолвил Гэндальф и обернулся к Берегонду и к застывшим в ужасе слугам. — И вместе с ним навеки уходит в прошлое тот Гондор, в котором вы жили: к добру ли, к худу ли это, но дни его сочтены. Здесь пролилась кровь, но вы отриньте всякую злобу и не помышляйте о мести: вашей вины в том нет, это лиходейские козни. Даже верность присяге может оказаться пагубной, запутать в хитрых сетях Врага. Подумайте вы, верные слуги своего господина, слепо ему повиновавшиеся: ведь если бы не предательство Берегонда, то Фарамир, верховный начальник стражи Белой Башни, сгорел бы вместе с отцом.

Унесите погибших товарищей с этой злосчастной улицы Безмолвия. А мы отнесем Фарамира, ныне наместника Гондора, туда, где он, быть может, очнется или уснет навеки.

И Гэндальф с Берегондом подняли ложе и понесли его прочь от склепов, к Палатам Врачеванья, а Пин, понурившись, брел следом. Но слуги Правителя стояли как вкопанные, не в силах оторвать глаз от Усыпальни. Когда Гэндальф и спутники его миновали Рат-Динен, послышался гулкий треск. Обернувшись, они увидели, что купол склепа расселся, извергая клубы дыма. С грохотом обрушилась каменная груда в бушующий огонь, но пламя не угасло, и языки его плясали и взвивались посреди развалин. Лишь тогда слуги встрепенулись и, подняв трупы, поспешили вслед за Гэндальфом.

* * *

У Фен-Холлена Берегонд скорбно поглядел на убитого привратника.

— Никогда себе этого не прощу, — сказал он. — Но я себя не помнил от спешки, а он даже слушать не стал и обнажил меч.

И, вынув ключ, отобранный у мертвеца, он затворил и запер дверь.

— Ключ теперь надо отдать государю нашему Фарамиру, — сказал он.

— Пока что его заменяет правитель Дол-Амрота, — сказал Гэндальф, — но он при войске, и здесь распоряжаться буду я. Оставь ключ у себя и храни его, пока в городе не наладят порядок.

Наконец они вышли на верхние ярусы и в еще неверном утреннем свете направились к Палатам Врачеванья, красивым особнякам, где прежде лечили тяжелобольных, а теперь — опасно и смертельно раненных. Они находились недалеко от ворот цитадели, в шестом ярусе у южной стены, и возле них были сад и роща — для Минас-Тирита диво дивное. Хозяйничали там женщины, которым позволили остаться в городе, ибо они помогали врачевать и были хорошими сиделками.

Когда Гэндальф с Берегондом поставили ложе у главного входа в Палаты, с поля битвы, из-за нижних Врат, вдруг послышался, раздирая уши, исступленный, пронзительный вопль; ветер унес его, и он стих где-то в поднебесье. Вопль был ужасен, и все трое на миг замерли, но, когда он отзвучал, они вздохнули полной грудью, как не дышалось ни разу после нашествия тьмы с востока, и засияло утро, и солнце пробилось сквозь тучи.

* * *

Но лицо Гэндальфа было сурово и печально, он велел Берегонду с Пином отнести Фарамира в Палаты, а
сам взошел на ближнюю стену; словно белое изваянье,
стоял он, озаренный солнцем, и всматривался в даль. Его
взгляду, не по-земному зоркому, открылось все, что произошло; и когда Эомер, оставив войско, подъехал и спешился возле простертых тел, Гэндальф тяжко вздохнул,
завернулся в плащ и спустился со стены. Берегонд и Пин
вскоре вышли; он задумчиво дожидался их у дверей.

Они поглядели на него, и наконец он прервал молчанье.

— Друзья мои! — сказал он. — Ты, защитник столицы Гондора, и ты, маленький житель западного края! Великий подвиг свершился ценою великого горя. Плакать
нам или радоваться? Мы и надеяться не смели, что лютый наш недруг сгинет; но этот неистовый вопль возве-
стил о его погибели. Однако же и нас постигла тяжкая
утрата. Я мог отвратить ее, когда б не безумие Денэтора. Нет, от Врага в крепостях не укроешься. Но теперь-
то я знаю, как ему удалось проникнуть в глубь самой
мощной крепости.

Я давно догадался, что здесь, в Белой Башне, сокрыт
хотя бы один из Семи Зрячих Камней, и напрасно наместники мнили, будто это великая тайна. До поры до времени у Денэтора хватало мудрости не трогать палантир,
не соперничать с Сауроном: он трезво ценил свои силы.
Но с годами мудрости у него поубавилось, и, когда над
Гондором нависла угроза, он, должно быть, в Камень заглянул — и заглядывал и обманывался, и боюсь, после
ухода Боромира заглядывал слишком часто. Барад-Дур
не мог подчинить его своей злой воле, но видел он толь-

ко то, что ему позволялось видеть. Узнавал он немало, и многое очень кстати, однако зрелище великой мощи Мордора довело его до отчаянья и подточило рассудок.

— Теперь-то я понимаю, а тогда как испугался! — воскликнул Пин, содрогнувшись при этом воспоминании. — Он тогда вышел из чертога, где лежал Фарамир, и вернулся не скоро, а я подумал, какой он совсем другой — дряхлый, надломленный.

— Когда Фарамира внесли в Башню, многие у нас часом позже видели, как вдруг засветилось верхнее окно Башни, — сказал Берегонд. — Но такое и раньше бывало, и слух шел давно, что правитель порою единоборствует с Врагом.

— Верны, стало быть, мои догадки, — сказал Гэндальф. — Вот так и проник Саурон в Минас-Тирит, и сумел меня задержать. Придется мне здесь пока и остаться: вслед за Фарамиром принесут других раненых.

Надо спуститься к воротам и встретить их. Горестно мне то, что увидел я на равнине, и как бы ни стало еще горестнее. Пойдем со мною, Пин! А ты, Берегонд, иди в цитадель и доложи своему начальнику обо всем, что случилось. Стражем Белой Башни, боюсь, тебе уж не быть; скажи ему, однако ж, что, если он не против, я ему советую послать тебя в Палаты Врачеванья — здесь тоже нужна охрана и нужно будет выхаживать правителя Гондора. Если он очнется, хорошо бы ты был рядом, ибо ты, и никто другой, спас его от огненной смерти. Ступай! Я скоро вернусь.

И он пошел с Пином вниз по улице; в это время брызнули серые дождевые струи, смиряя пожары. Дымное облако застлало город.

Глава VIII
ПАЛАТЫ ВРАЧЕВАНЬЯ

Глаза Мерри застилали слезы и туманила усталость, когда впереди показались разбитые ворота Минас-Тирита. Он пробирался между грудами мертвых тел и обломков, не замечая их. Носился дым, воняло гарью; догорали и тлели башни в огненных рвах вместе с трупами людей и орков и останками громадных зверей из южного края, которых закидали камнями или застрелили, целясь в глаза, храбрые лучники Мортхонда. Дождь кончился, сверкало солнце, однако же город был окутан понизу дымным смрадом.

Люди выходили из города, расчищали поле, закапывали отбросы битвы. Прибыли паланкины: Эовин бережно возложили на подушки, а тело конунга укрыли златотканым покровом. Впереди шли факельщики, и бледный в солнечном свете огонь метался по ветру.

Так внесли Теодена и Эовин в столицу Гондора, и все встречные склонялись, обнажив головы. Прошли сквозь дым и пепел первых ярусов и стали подниматься по нескончаемым каменным улицам. Мерри казалось, что так всегда и будет, что его затягивает безысходное сновидение, что так ему будто и надо идти, идти и идти к неведомому концу, где никакая память не поможет.

Далеко-далеко еще раз мелькнули и исчезли факельные огни; он брел в темноте и думал: «Этот узкий путь ведет в могилу, там и отдохну». Но вдруг его мертвящий сон нарушил живой голос:

— Мерри, ну наконец-то! Нашелся все-таки!

Он поднял взгляд, и туман немного рассеялся. Перед ним стоял Пин! Узкая улочка, их двое, и никого больше. Он протер глаза.

— Где конунг? — сказал он. — И где Эовин? — Он споткнулся, присел на крыльцо и снова заплакал.

— Они там, в цитадели, — сказал Пин. — Я уж подумал, ты заснул на ходу и забрел невесть куда. Мы когда увидели, что тебя нет, Гэндальф послал меня: ищи, говорит, без него не возвращайся. Ну, Мерри, ну, старина! Да как же я рад тебя видеть! Но ты на ногах едва держишься, а я языком болтаю. Погоди, тебе плохо, ты раненый?

— Да нет, — сказал Мерри. — Вроде бы и не раненый. Только, понимаешь, Пин, правая рука отнялась, как я его ударил. И меч истлел, будто веточка.

Пин тревожно глядел на него.

— Слушай, пойдем-ка, да побыстрее, — сказал он. — Не унесу я тебя, а жаль: ходок из тебя неважный. Тебе вообще-то и ходить нельзя, но ты уж прости. Такие дела в городе, просто ужас что творится — мудрено ли ненароком упустить из виду раненого хоббита.

— Иной раз не худо, ежели тебя упустят из виду, — сказал Мерри. — Меня как раз из виду упустил... нет, нет, об этом не надо. Помоги, Пин! Рука совсем оледенела, и темень перед глазами.

— Ты обопрись на меня, дружище! — сказал Пин. — Пойдем, пойдем! Потихонечку, шаг за шагом. Тут недалеко.

— До кладбища, что ли, недалеко? — осведомился Мерри.

— До какого там кладбища! — сказал Пин веселым голосом, чуть не плача от страха и жалости. — Нет, мы пойдем в Палаты Врачеванья.

* * *

Они вышли из проулка между высокими домами и стеной четвертого яруса на главную улицу, ведущую к цитадели. Шли они, и то сказать, шаг за шагом: Мерри шатался и бормотал, как во сне.

«Не доведу я его, — подумал Пин. — Хоть бы кто помог! Не оставлять же его посреди улицы».

И тут — вот чудеса! — сзади послышался топоток, и выскочил мальчишка; это был Бергил, сын Берегонда.

— Привет, Бергил! — крикнул Пин. — Куда спешишь? Я вижу ты жив-здоров, на радость отцу!

— Я на посылках у врачевателей, — отозвался Бергил. — Некогда мне с тобой.

— Да и беги себе! — сказал Пин. — Только скажи им там, что раненый хоббит — ну, периан, вроде меня — кой-как доплелся с поля брани, а дальше идти не может. Митрандиру, если он там, скажи, он обрадуется.

И Бергил убежал.

«Здесь и подожду», — подумал Пин. Он опустил Мерри на мостовую в солнечном месте и уселся возле него, положив его голову себе на колени. Потом ощупал его с ног до головы и взял его руки в свои. Правая рука была ледяная.

Очень скоро явился не кто-нибудь, а сам Гэндальф. Он склонился над Мерри, погладил его по лбу, потом бережно поднял.

— Его надо было встречать с почестями, — сказал он. — Да, я в вас не обманулся, и, если бы Элронд меня не послушал, не пустил бы вас обоих в поход, куда печальней был бы нынешний день. — Он вздохнул. — Однако же вот и еще один раненый у меня на руках, а битва кто знает, чем кончится.

* * *

В Палатах Врачеванья за Фарамиром, Эовин и Мериадоком ухаживали как нельзя лучше. Ибо хотя многие древние науки и искусства были утрачены, гондорские лекари по-прежнему не знали себе равных: они умело заживляли всевозможные раны и целили все болезни, какими люди хворали в здешних краях, от Минас-Тирита до Моря. Только от старости не лечили: от нее средства найдено не было, да и жить стали гондорцы немногим дольше прочих. Редкие из них, не одряхлев, доживали до ста лет — разве что чистокровные потомки самых старинных родов. А нынче искуснейшие врачеватели стали в тупик перед новым тяжким недугом, который назван был Черной Немочью, ибо его причиняли назгулы. Пораженные этим недугом засыпали все крепче и крепче и во сне цепенели и умирали. Этот недуг, как видно, и поразил доставленных в Палаты невысоклика и ристанийскую царевну: их сразу признали безнадежными. Правда, они, когда день прояснился, заговорили сквозь сон, и сиделки ловили каждое их слово — вдруг скажут что-нибудь нужное. Однако по мере того, как солнце клонилось к западу, они все глубже впадали в забытье, и серая тень наползала на их лица. А Фарамира трясла лихорадка, не отпуская ни на миг.

Гэндальф ходил от постели к постели; сиделки ему обо всем докладывали. Так миновал день: великая битва под стенами города разгоралась и затихала, слухи были путаные и тревожные, а маг все ухаживал за ранеными, не решаясь оставить их; наконец небо окрасил алый закат, и отсвет его озарил серые лица. Казалось, они чуть-чуть порозовели, но это был лишь призрак надежды.

Старейшая из оставшихся женщин, знахарка Иорета, взглянула на прекрасное лицо умирающего Фарамира и заплакала, ибо все любили его. И сказала сквозь слезы:

— Да неужели же он умрет! Ах, если бы Государь воротился к нам в Гондор — были же когда-то у нас Государи! Есть ведь старинное речение: «В руках Государя целебная сила». Так и распознается истинный Государь.

А Гэндальф, который стоял рядом, промолвил:

— Золотые твои слова, Иорета, долго их будут помнить! Ибо они вселяют надежду: а вдруг и правда Государь воротится в Гондор? До тебя не дошли диковинные слухи?

— Мало ли чего говорят, а кричат еще больше, мне слушать недосуг, — сказала она. — Лишь бы эти разбойники до нас не добрались, не потревожили раненых!

И Гэндальф поспешно ушел, а закат догорал, и угасали огненные груды на равнине, и спускались пепельно-серые сумерки.

Солнце заходило, и у городских ворот съехались Арагорн, Эомер и Имраиль; с ними были воеводы и витязи. И Арагорн сказал:

— Смотрите, какой огненный закат! Это знамение великих перемен: прежнее становится прошлым. Однако же этим городом и подвластным ему краем многие сотни лет правили наместники, и не след мне въезжать в Минас-Тирит самозванцем, побуждая к розни и кривотолкам. Нет, не войду я в свой город и не объявлюсь, доколе идет война с Мордором, исход которой неведом. Шатры мои поставят близ ворот, и здесь я буду дожидаться приглашения Градоправителя.

Но Эомер возразил:

— Ты же поднял знамя великих князей, ты явился в венце Элендила! И теперь хочешь посеять сомнения?

— Нет, — сказал Арагорн. — Просто мое время еще не приспело, я не хочу раздоров перед лицом Врага.

И тогда сказал князь Имраиль:

— Мудро ты рассудил, Государь, говорю тебе как родич Денэтора. Он старец гордый и своевольный, и темны его думы с тех пор, как погиб его сын. Однако негоже тебе и оставаться нищим у дверей.

— Почему же нищим? — сказал Арагорн. — Пока что я — северный Следопыт, а мы не привыкли ночевать в каменных домах.

И он велел свернуть знамя и снял алмазный венец, отдав его на хранение сыновьям Элронда.

Вдвоем поехали в город Имраиль с Эомером, и шумная толпа провожала их по улицам до ворот цитадели. Они вошли в тронный чертог Белой Башни, ожидая увидеть наместника. Но кресло его было пусто, а у ступеней трона под балдахином покоился Теоден, конунг ристанийский; двенадцать светильников горели вокруг, и стояли двенадцать витязей, ристанийских и гондорских. Балдахин был бело-зеленый, а конунг укрыт по грудь златотканым покровом. На груди его лежал обнаженный меч, а в ногах щит. И, подобно солнечным бликам на струях фонтана, играли отсветы факелов на густых сединах; лицо у старого конунга было прекрасное и юное, но просветленное покоем, юности недоступным; казалось, он всего лишь уснул.

Они постояли в молчании, и потом Имраиль спросил:

— А где же наместник? И где Митрандир?

Один из стражей ответил ему:

— Наместник Гондора в Палатах Врачеванья.

И тогда спросил Эомер:

— А где моя сестра, царевна Эовин? Ей должно покоиться рядом с конунгом, и подобают ей равные почести. Куда ее отнесли?

И отозвался Имраиль:

— Там, близ городских ворот, царевна Эовин была еще жива. Ты разве не знал об этом?

В сердце Эомера вспыхнула надежда, а вместе с нею такая мучительная тревога, что он, ни слова не говоря, повернулся и быстро вышел из Башни. Имраиль следовал за ним. Смеркалось, на небе высыпали звезды. У дверей Палат Врачеванья они встретили Гэндальфа, и с ним был некто в сером плаще. Они отдали магу поклон и обратились к нему:

— Мы ищем наместника, нам сказали, он здесь. Неужели он ранен? А царевна Эовин — где она, ты не знаешь?

И Гэндальф отвечал им:

— Царевна здесь, и она жива, хоть и близка к смерти. Фарамир, как вы знаете, ранен отравленным дротиком, и теперь он наместник Гондора, ибо Денэтора нет в живых и прах его испепелен.

Они внимали ему скорбно и удивленно. И сказал Имраиль:

— Не в радость нам стала победа: она куплена горькой ценой, коли нынче Гондор с Ристанией лишились своих государей. Эомер будет править мустангримцами, но как же Минас-Тирит? Не послать ли за Государем Арагорном?

— Он уже пришел, — сказал человек в плаще.

И выступил вперед; свет фонаря над дверями озарил его, и они узнали Арагорна, надевшего лориэнский плащ поверх кольчуги. Венца на нем не было, но брошь, подарок Галадриэли, осталась у него на груди.

— Я пришел сюда по слову Гэндальфа, — сказал он. — Но сейчас я не более и не менее, чем вождь арнорских дунаданцев; препоручаю Град Имраилю, покуда не очнется Фарамир. И советую ему в главном довериться Гэндальфу — да будет он нашим общим правителем в эти грозные дни.

Все были согласны, и Гэндальф сказал:

— Не будем же медлить у дверей, время не ждет. Пойдемте! Для раненых нет надежды помимо Арагорна. Ибо сказала гондорская знахарка Иорета: *В руках Государя целебная сила, и так распознается истинный Государь.*

Арагорн вошел первым; за дверями стояли двое часовых в облачении стражей цитадели — один рослый, другой сущий мальчик. При виде Арагорна он подскочил и вскрикнул от радости и удивленья:

— Бродяжник! Вот это да! Я ведь сразу понял, что там, на черных кораблях, ты и плывешь, а кому же еще! А все орут: «Пираты! Пираты!» — разве их перекричишь? Как это у тебя получилось-то?

Арагорн рассмеялся и пожал хоббиту руку.

— Рад тебя видеть! — сказал он. — Погоди, потом расскажу.

А Имраиль сказал Эомеру:

— Подобает ли так говорить с Государем? Впрочем, может статься, он будет царствовать под другим именем!

Арагорн услышал его и сказал, обернувшись:

— Да, имя будет другое, ибо по-древнему я зовусь *Элессар,* Эльфийский Берилл, и еще *Энвиньятар,* Обновитель. — И он явил взорам зеленый самоцвет, блеснувший у него на груди. — Однако если мне суждено основать царственный дом — что ж, так и быть, я нарекусь Бродяжником. Не так уж страшно это и звучит на языке былых времен: буду я зваться *Телконтаром* и завещаю это имя наследникам.

Они прошли в Палаты, и по пути Гэндальф поведал о подвиге Эовин и Мериадока.

— Долгие часы, — сказал он, — склонялся я над ними, внимая бессвязным речам, пока их не затянула предсмертная темнота. Правда, я и раньше многое увидел издали.

Арагорн сперва подошел к Фарамиру, потом к Эовин и Мерри. Он осмотрел их, поглядел на бескровные лица и тяжело вздохнул.

— Не знаю, сумею ли я помочь и хватит ли у меня сил, — сказал он. — Сделаю все, что смогу. Элронда бы сюда, старейшего из дунаданцев, он великий целитель.

Видя, как он устал и удручен, Эомер спросил:

— Может, тебе сначала отдохнуть или немного подкрепиться?

Но Арагорн ответил:

— Нет, для этих троих время истекает; для Фарамира как бы уже не истекло. Тут медлить нельзя.

И он обратился к Иорете:

— Запасены у вас в Палатах снадобья и целебные травы?

— Конечно, ваша милость, — сказала она, — только маловато осталось, разве напасешься. Да и где их сейчас взять, повсюду безобразие, огонь, пожары, посыльных раз-два и обчелся, и куда их посылать, дороги-то перекрыты! Уж, право, не помню, когда был подвоз из Лоссарнаха. Справляемся с тем, что есть, но, может, чего и недостает, сами посмотрите.

— Посмотрю, — сказал Арагорн. — Больше всего недостает у нас времени на разговоры. *Целема* у вас есть?

— Может быть, и есть, не знаю, сударь, — отвечала она, — но названье мне незнакомо. Сейчас позову нашего травоведа: он знает все старинные названья.

— По-простому ее в Гондоре, кажется, называют *княженицей,* — сказал Арагорн. — Ну?

— Ах, вот вы о чем! — сказала Иорета. — Сразу бы назвали как следует, я бы сразу вам и ответила. Нет, этой травы у нас нет, я совершенно уверена. Ну что вы, тем более нет в ней и никакой целебной силы, травка и травка, только что листья большие: бывало, мы с сестрами набредали на нее в лесу, и я говорила: «Это надо же, княженица — вот уж назвали, не пойму отчего: была бы я княгиней, не такие бы травы росли у меня в саду!» Духовитая, правда, если ее растереть. Духовитая, может, не то слово; у нее такой, знаете, живительный запах.

— Вот-вот, живительный, — сказал Арагорн. — И если вы, сударыня, взаправду любите правителя своего Фарамира, то без лишних слов и так же быстро, как они у вас вылетают, обыщите весь город и добудьте мне княженицы, хоть один листок.

— А если в городе ее нет, — добавил Гэндальф, — придется мне ехать в Лоссарнах с Иоретой: сестер ее навещать не будем, а княженицу найдем. Вот сядет она на Светозара — поймет, что значит «быстрее».

* * *

Иорета ушла, и Арагорн велел женщинам вскипятить воды. Потом взял руку Фарамира и потрогал его лоб, обильно увлажненный холодной испариной. Но Фарамир не шелохнулся, он уже почти не дышал.

— Отходит, — сказал Арагорн, повернувшись к Гэндальфу. — И не в ране его беда. Погляди, рана подживает. Если бы его поразил дротик назгула, он бы умер прошлой ночью. Наверно, дротик был хородримский. Кто его выдернул? Его сохранили?

— Выдернул я, — сказал Имраиль, — и рану я перевязывал. А дротик выбросил, хранить его мне и в голову не пришло, не до того было. Теперь я вспоминаю: да, обыкновенный хородримский дротик. Но я-то подумал, что его метнули сверху — с чего бы иначе Фарамир так занемог? Рана была неглубокая. В чем же тогда, по-твоему, дело?

— Смертельная усталость, душа не на месте из-за отца. Тут еще рана, а главное — Черная Немочь, — сказал Арагорн. — Он противился ей с железным упорством: ведь мертвенная тень нависала над ним задолго до битвы у крепи. Ну, и одолела все-таки Немочь, когда он бился из последних сил. Да, похоже, что я опоздал!

Тут явился травовед.

— Ваша милость изволили спрашивать *княженицу*, как ее называют в народе, — сказал он, — иначе говоря, *ацэлас*, или *целему*, которая звалась по-валинорски...

— Именно ее я изволил спрашивать, — перебил Арагорн, — и неважно, где она звалась *ацеа аранион*, а где *княженицей*; есть она у вас?

188

— С вашего позволения, сударь! — сказал тот. — Я вижу, ваша милость не только воитель, но и знаток древних сказаний. Но увы, сударь, нет у нас в Палатах Врачеванья упомянутой травы, ведь мы здесь пользуем лишь тяжелобольных или тяжелораненых. Между тем упомянутая трава особой целебной силы не имеет, она лишь очищает воздух, источая легкое благоухание, ну, пожалуй, еще бодрит немного. Не судить же о ней по старинным стишкам, которые, может статься, помнит и наша добрая Иорета:

Если похолодеет день,
Если смерть подступит, как тень,
Спасенье в целеме — она
Поможет тебе одна
И, дана Государя рукой,
Дарует целебный покой.

Смысла в них, сами изволите видеть, ни на грош, но мало ли что застревает в памяти старух знахарок. Впрочем, кое-кто — верно, тоже по старой памяти — пользует настоем целемы головную боль.

— Именем Государя заклинаю, — воскликнул Гэндальф, — пройдитесь скорее по домам: быть может, у какого-нибудь не столь многомудрого старца она и правда сыщется!

Арагорн опустился на колени у ложа Фарамира, положил руку ему на лоб — и те, кто был в палате, стали свидетелями тяжкого боренья. Лицо Арагорна посерело от усталости, время от времени он призывал Фарамира, но зов его звучал все тише, как бы издалека, будто он уходил в какую-то темную узкую долину, искал того, кто там заблудился.

Впопыхах прибежал Бергил с шестью длинными листьями в тряпице.

— Вот княженица, сударь, — сказал он, — только не очень-то свежая, недели уж две как сорвана. Такая годится или нет? — И, поглядев на Фарамира, он расплакался.

— Сгодится и такая, — сказал Арагорн, улыбаясь ему. — Кажется, худшее позади. Оставайся в палате и приободрись!

Он взял два длинных листа, подышал на них, растер в ладонях — и в палате повеяло живительной свежестью, точно самый воздух заискрился и затрепетал. Затем он опустил листья в принесенную чашу с кипятком, и у всех посветлело на душе: пахнуло росистым утром в том лазурном краю, о котором даже сиянье земной весны — лишь бледное напоминанье. Арагорн легко поднялся на ноги и с улыбкой в глазах поднес чашу к бледному лицу Фарамира.

— Ну и ну! Кто бы мог подумать? — обратилась Иорета к сиделке. — Травка-то, оказывается, не простая. Мне вспомнился Имлот-Мелуи — я ведь там выросла, и розы там такие, хоть Государя ими венчай.

Вдруг Фарамир пошевелился, открыл глаза, увидел склоненного над ним Арагорна — и взгляд его засветился радостью узнаванья, и он тихо промолвил:

— Государь, ты вызвал меня из тьмы. Приказывай — я повинуюсь.

— Очнись и бодрствуй, не блуждай более в сумраке, — сказал ему Арагорн. — Перемогай усталость, отдохни, подкрепись и жди моего прихода.

— Исполню все, как велишь, — отвечал Фарамир. — Государь воротился в Гондор, и с ним одоленье немочей!

— Так до свидания же! — сказал Арагорн. — Я пойду к другим раненым.

И он вышел из палаты с Имраилем и Гэндальфом, а Берегонд и сын его остались возле Фарамира, они себя не помнили от счастья. Пин пошел за Гэндальфом и, притворяя дверь, услышал возглас Иореты:

— Государь! Нет, вы слышали? А я что говорила? Я же сказала: «В руках Государя целебная сила».

И вскоре по городу разнеслась молва, что в Минас-Тирит явился Государь, что он не только воитель, но и целитель.

Подойдя к Эовин, Арагорн сказал:

— Страшный удар был ей нанесен, и жестокое она получила увечье. Но сломанную руку перевязали искусно, и рука срастется — стало бы сил выжить. Перебита левая рука, однако смертью грозит ей правая — та, в которой был меч. Она хоть и цела, но омертвела.

Злой рок выпал царевне: чтобы сразиться с таким могучим и ужасным противником, надо быть тверже стали, иначе непомерное усилие сгубит тебя самого. А она вступила в гибельный поединок — она, прекрасная дева, украшение царственного рода. И мнится мне, что она искала испытанья превыше сил. Когда я впервые увидел ее, я был поражен: она сияла, как лилия, стройная и горделивая, но не хрупкая, а точно выкованная из стали эльфийскими искусниками. Или, может быть, подобная оледенелому цветку, скорбно-пленительному и обреченному смерти. Ведь скорбь снедала ее давно, не так ли, Эомер?

— Дивлюсь я, Государь, что ты обратился ко мне, — отвечал тот. — Я ничуть не виню тебя, ты и здесь безупречен; однако же сестра моя Эовин, покуда не довелось ей увидеть тебя, вовсе не была подобна оледенелому цветку. Мы разделяли с нею тревоги и заботы в те злосчастные времена, когда Гнилоуст правил именем конунга; конечно, ей приходилось горевать. Но скорбь ее не снедала!

— Друг мой, — сказал ему Гэндальф, — ты разъезжал на любимом коне по ристанийским полям и сражался с врагами, а она, хоть и родилась женщиной, не уступит тебе ни отвагой, ни силою духа. И однако же она осуждена была ухаживать за стариком, которого любила, как отца, и видеть, как он впадает в жалкое слабоумие. Незавидной, наверно, казалась ей участь клюки дряхлого старца, а такова и была ее участь.

Ты думаешь, Гнилоуст отравлял только слух Теодена? «Слабоумный выродок! Твой Дом Эорла — навозный хлев, где пьяные головорезы вповалку храпят на блевотине, а их вшивое отродье ползает среди шелудивых псов!» Помнишь эти слова? Их произнес Саруман, наставник Гнилоуста. О, конечно, Гнилоуст выражался хитрее и осмотрительнее. А сестра твоя молчала из любви к тебе, из преданности долгу — иначе с губ ее могли бы сорваться очень жестокие речи. Но кто знает, какие слова повторяла она в одиночестве, в глухие ночные часы, когда вся жизнь ее казалась ей загубленной, а дворец — темницей или золоченой клеткой?

Эомер промолчал, глядя на сестру и заново перебирая в памяти прошедшие годы. Арагорн же сказал:

— Я знаю, о чем ты говоришь, Эомер. И поверь мне, горестно и мучительно видеть любовь, которой из-за

192

тебя суждено остаться безответной. Тоска грызла мое сердце, когда я оставил опечаленную царевну в Дунхерге и ступил на Стезю Мертвецов; и на страшном этом пути страшнее всего мне было за нее. Но все-таки скажу тебе, Эомер, что тебя она любит по-настоящему, знает и любит, а я лишь пробудил в ней взлелеянные мечты о славе, о подвигах, о дальних краях.

Быть может, я и смогу вернуть ее из долины мрака. Но что ее ждет здесь — надежда, забвение или отчаяние, этого я не знаю. Если отчаяние, то она все равно умрет, его исцелить я не властен. Увы! Неужели она исчахнет, овеянная славой!

Арагорн склонился и поглядел ей в лицо, и оно было белее лилии, холоднее снега, тверже каменного изваяния. Но он поцеловал ее в лоб и тихо промолвил:

— Эовин, дочь Эомунда, очнись! Враг твой повержен!

Сперва она не шелохнулась, потом задышала глубоко и ровно, и грудь ее вздымалась под белым полотном покрывала. И снова Арагорн растер два листа целемы, опустил их в кипяток и настоем увлажнил ее чело и правую руку, безжизненную и оцепенелую.

То ли Арагорн и вправду владел забытым волшебством древнего Запада, то ли неслышный отзвук сказанного о царевне Эовин таинственно смешался с парами дивного настоя, только вдруг в окно дохнуло свежестью, и дуновенье было столь первозданно чистое, словно ветер повеял со снеговых вершин, из-под звезд или с дальних серебристых берегов, омытых пенным прибоем.

— Очнись, Эовин, ристанийская царевна! — повторил Арагорн и взял ее правую руку, чуть-чуть потеплевшую. — Очнись! Призрак исчез, и темнота рассеялась как дым. — Он передал ее руку Эомеру и отступил назад. — Позови ее! — сказал он и вышел из палаты.

— Эовин, Эовин! — позвал Эомер, сглатывая слезы. А она открыла глаза и молвила:

— Эомер! Какая радость! А я слышала, будто тебя убили. Нет, нет, это шептали злые голоса во сне. И долго я спала?

— Нет, сестра, спала ты недолго, — ответил Эомер. — Не думай больше об этом!

— Я почему-то страшно устала, — сказала она. — Мне надо, наверно, немного отдохнуть. Одно скажи: что конунг? Нет! Молчи, я знаю, это уж не сон. Он умер, и он предвидел свою смерть.

— Он умер, да, — сказал Эомер, — и последним словом его было твое имя, ибо он любил тебя больше дочери. Окруженный великими почестями, он покоится в тронном чертоге, в крепости гондорских владык.

— Печально мне это слышать, — сказала она, — печально и все же радостно. Смела ли я надеяться, что Дом Эорла воспрянет, в те черные дни, когда он был жалок, точно убогий хлев? А что с оруженосцем конунга, с тем невысокликом? Эомер, он доблестен и достоин быть витязем Ристании!

— Он здесь, в соседней палате, сейчас я к нему пойду, — сказал Гэндальф. — Эомер побудет с тобой, но не заводите речи о войне и о вашем горе: тебе сперва надо поправиться. Да возвратятся к тебе поскорее силы вместе с надеждой!

— Силы? — повторила Эовин. — Силы, может, и возвратятся, и найдется для меня оседланный конь из-под убитого всадника: война ведь не кончена. Но надежда? На что мне надеяться?

* * *

Гэндальф с Пином пришли в палату, где лежал Мерри, и застали Арагорна у его постели.

— Мерри, бедняга! — крикнул Пин и кинулся к другу. Тот выглядел куда хуже прежнего: серое лицо осунулось и постарело, и Пин с ужасом подумал, а вдруг он умрет?

— Не волнуйся, — успокоил его Арагорн. — Вовремя удалось отозвать его из мрака. Он очень устал, он подавлен горем и, подобно царевне Эовин, поднял руку на смертоносца. Но скоро он придет в себя: он крепок духом и унынье ему чуждо. Горе его не забудется, но оно не омрачит, а умудрит его.

И Арагорн возложил руку на голову Мерри, погладил его густые каштановые кудри, тронул веки и позвал по имени. Когда же палату наполнило благоуханье целемы — казалось, пахнуло фруктовым садом и солнечным вересковым полем в гуденье пчел, — Мерри вдруг очнулся и сказал:

— Я голодный. А сколько времени?

— Ужинать поздновато, — отозвался Пин. — Но я, пожалуй, сбегаю принесу тебе чего-нибудь на ужин, авось дадут.

— Дадут, дадут, — заверил Гэндальф. — Чего бы ни пожелал этот ристанийский конник, ему тут же принесут, весь Минас-Тирит обрыщут, лишь бы нашлось. Он здесь в большом почете.

— Вот и хорошо! — сказал Мерри. — Стало быть, поужинаю, а потом выкурю трубочку. — Лицо его затуманилось. — Нет, не выкурю трубочку. Вообще, наверно, больше курить не буду.

— Это почему? — поинтересовался Пин.

— Да как бы тебе объяснить, — медленно произнес Мерри. — Он ведь умер, вот и весь сказ. Сейчас мне сразу все припомнилось. Он сказал перед самой смертью, мол, жаль ему, что не придется послушать про наше ученье о травах. И теперь я, если закурю, стану о нем думать: помнишь, Пин, как он подъехал к воротам Изенгарда, какой был учтивый.

— Что ж, закуривай и думай о нем! — сказал Арагорн. — Вспоминай о его доброте и учтивости, о том, что он был великий воитель, о том, как он сдержал клятву верности и в свое последнее утро вывел ристанийское войско из мрака навстречу ясному рассвету. Недолго ты служил ему, но память об этом озарит твою жизнь до конца дней.

Мерри улыбнулся.

— Ладно, — сказал он, — не откажи мне, Бродяжник, в зелье и трубке, а я покурю и подумаю. У меня у самого в котомке было отличное зелье из Сарумановых запасов, да куда эта котомка подевалась в бою — леший ее знает.

— Сударь мой Мериадок, — отвечал ему Арагорн, — если ты думаешь, что я проскакал через горы и все гондорское княжество, расчистив путь огнем и мечом, затем, чтобы поднести табачку нерадивому солдату, бросившему снаряжение на поле боя, то ты сильно ошибаешься. За неимением котомки попроси позвать здешнего травоведа. Он объяснит, что в траве, которая тебе вдруг понадобилась, никакой пользы, насколько он знает, нет, но что зовется она по-простому *западное зелье,* а по-ученому *галенас,* приведет и еще с десяток названий на самых редких языках, припомнит какие-нибудь полузабытые стишки, смысла в которых он не видит. И наконец с прискорбием сообщит, что таковой травы в Палатах Врачеванья не запасено. С тем ты и останешься размышлять об истории языков Средиземья. Вот и я тебя оставляю — поразмышляй. А то я в такой постели не спал после Дунхерга и не ел со вчерашнего вечера. Мерри схватил и поцеловал его руку.

— Извини, пожалуйста, — сказал он. — Иди скорей есть и спать! Навязались же мы еще в Пригорье на твою голову. Но, понимаешь, наш брат хоббит, коли дело серьезное, нарочно мелет вздор, лишь бы не пустить петуха. Когда не до шуток, у нас нужные слова не находятся.

— Прекрасно я это знаю, а то бы и сам иначе с тобой разговаривал, — сказал Арагорн. — Да цветет Хоббитания во веки веков! — Он вышел, поцеловав Мерри, и Гэндальф последовал за ним.

Пин остался в палате.

— Нет, такого, как он, на всем свете не сыщешь! — сказал он. — Кроме, конечно, Гэндальфа: да они небось родственники. Лопух ты лопух: котомка твоя вон она, ты ее притащил за плечами. Он говорил и на нее поглядывал. Да и у меня зелья на двоих-то хватит. На вот тебе, чтоб не рыться: то самое, из Длиннохвостья. Набивай трубку, а я сбегаю насчет еды. Вернусь — поболтаем на свой манер. Ух! Все ж таки нам, Кролам и Брендизайкам, непривычно жить на этаких высотах: уж больно все возвышенно.

— Да, — сказал Мерри. — Оно конечно, непривычно — может, как-нибудь притерпимся? Но вот в чем дело, Пин: мы теперь знаем, что эти высоты есть, и поднимаем к ним взгляд. Хорошо, конечно, любить то, что тебе и так дано, с чего-то все начинается, и укорениться надо, благо земля у нас в Хоббитании тучная. Но в жизни-то, оказывается, есть высоты и глубины: какой-нибудь старик садовник про них ведать не ведает, но потому и садовничает, что его оберегают вышние силы и те, кто с ними в согласии. Я рад, что я это хоть немного понял. Одного не понимаю — чего это меня понесло? Где там твое зелье? И достань-ка ты все-таки из мешка мою трубку, вдруг да она цела.

Арагорн и Гэндальф отправились к Смотрителю Палат и велели ему ни под каким видом еще много дней не выпускать Эовин и Фарамира и не спускать с них глаз.

— Царевна Эовин, — сказал Арагорн, — скоро пожелает ехать в поход — так или иначе задержите ее хотя бы дней на десять.

— Что до Фарамира, — сказал Гэндальф, — то не сегодня завтра он узнает, что его отец умер. Но про безумие Денэтора он знать не должен, пока не исцелится вполне и не будет занят по горло. Берегонду и *периану*-стражнику я скажу, чтоб они держали язык за зубами, но все-таки надо за ними присматривать.

— А насчет *периана* Мериадока, того, что ранен, распоряжений не будет? — осведомился Смотритель.

— Он, наверно, уже завтра вскочит с постели, — сказал Арагорн. — Ладно уж, пусть немного погуляет с друзьями.

— Диковинный народец, — понимающе кивнул Смотритель. — Вот ведь крепыши какие!

У входа в Палаты собрались люди — поглядеть на Арагорна, и толпа следовала за ним; когда же он отужинал, его обступили с просьбами вылечить раненых, увечных или тех, кого поразила Черная Немочь. Арагорн послал за сыновьями Элронда, и вместе они занимались врачеванием до глубокой ночи. Весь город облетел слух: «Поистине явился Государь». И его нарекли Эльфийским Бериллом, ибо зеленый самоцвет сиял у него на груди; так и случилось, что предсказанное ему при рождении имя избрал для него сам народ.

Наконец, донельзя утомленный, он завернулся в плащ, тайком вышел из города и перед рассветом заснул у себя в шатре. А утром над шпилем Белой Башни развевалось знамя Дол-Амрота, голубое с белым кораблем, подобным лебедю; люди смотрели на него и думали — неужто приснилось им явленье Государя?

Глава IX
НА ПОСЛЕДНЕМ СОВЕТЕ

Наутро по светлому небу плыли высокие, легкие облака; веял западный ветер. Леголас и Гимли встали рано и отпросились в город повидаться с Мерри и Пином.

— Спасибо хоть они живы, — проворчал Гимли, — а то все-таки обидно было бы: ну и набегались же мы по их милости!

Эльф и гном рука об руку вошли в Минас-Тирит, и встречные дивились таким невиданным и непохожим спутникам: прекраснолицый, легконогий Леголас звонко распевал утреннюю эльфийскую песню, а Гимли чинно вышагивал, поглаживая бороду и озираясь.

— Вот здесь недурная кладка и камень хорош, — говорил он, разглядывая стены, — а там вон никуда не годится, и улицы проложены без понятия. Когда Арагорн взойдет на престол, пришлем ему сюда наших подгорных каменщиков, и они так ему отделают город, что любо-дорого будет посмотреть.

— Садов им здесь не хватает, — заметил Леголас. — Что ж так: один голый камень, а живой зелени почти нету. Если Арагорн взойдет на престол, наши лесные эльфы насадят здесь вечнозеленые деревья и разведут певчих птиц.

Наконец они явились к князю Имраилю, и Леголас, взглянув на него, низко поклонился, ибо распознал в нем потомка эльфов.

— Привет тебе, господин! — сказал он. — Давнымдавно покинула Нимродэль лориэнские леса, однако же, как я вижу, не все, кто был с нею, уплыли на запад из Амротской гавани.

— Да, многие остались, если верить нашим преданьям, — сказал князь, — но с незапамятных времен не забредали сюда наши дивные сородичи. Глазам не верю: эльф в Минас-Тирите, в годину войны и бедствий! Что тебя сюда привело?

— Я — один из тех Девяти, что вышли из Имладриса во главе с Митрандиром, — сказал Леголас. — А это гном, мой друг; мы приплыли с Государем Арагорном. Нам хотелось бы видеть наших друзей и спутников Мериадока и Перегрина. Говорят, они на твоем попечении.

— Да, вы их найдете в Палатах Врачеванья, я сам вас туда провожу, — сказал Имраиль.

— Лучше дай нам провожатого, господин, — сказал Леголас. — Ибо Арагорн просил передать тебе, что он более не хочет появляться в городе, однако вам нужно безотлагательно держать военный совет, и он призывает тебя вместе с Эомером Ристанийским к себе в шатер. Митрандир уже там.

— Мы не промедлим, — сказал Имраиль, и они учтиво раскланялись.

— Величавый государь и доблестный военачальник, — сказал Леголас гному. — Если и теперь, во времена увяданья, есть в Гондоре такие правители, то каков же был Гондор во славе своей!

— Да, древние строенья добротней, — сказал Гимли. — Так и все дела людские — весной им мешает мороз, летом — засуха, и обещанное никогда не сбывается.

— Зато вызревает нежданный посев, — возразил Леголас. — Из праха и тлена внезапно вздымается свежая поросль — там, где ее и не чаяли. Нет, Гимли, людские свершенья долговечнее наших.

— И однако несбыточны людские мечтанья, — заметил гном.

— На это эльфы ответа не знают, — сказал Леголас.

Посланец князя отвел их в Палаты Врачеванья; они нашли своих друзей в саду, и отрадна была их встреча. Они гуляли и беседовали, наслаждаясь недолгим отдыхом и ясным покоем ветреного утра. Когда Мерри притомился, они устроились на стене, к которой примыкала больничная роща. Широкий Андуин, блистая под солнцем, катил свои волны к югу и терялся — даже от острого взора Леголаса — в зеленоватой дымке, застилавшей широкие долины Лебеннина и Южной Итилии.

И Леголас умолк, вглядываясь в солнечную даль; он увидел над Рекою стаю белых птиц и воскликнул:

— Смотрите, чайки! Далеко же они залетели! Они изумляют меня и тревожат мне сердце. Впервые я их увидел и услышал в Пеларгире, во время битвы за корабли: они вились над нами и кричали. И я тогда замер, позабыв о сраженье, ибо их протяжные крики были вестями с Моря. Моря, увы, я так и не видел, но у всякого эльфа дремлет в душе тоска по Морю, и опасно ее пробуждать. И из-за чаек я теперь не узнаю покоя под сенью буков и вязов.

— Скажешь тоже! — возразил Гимли. — И в Средиземье глазам раздолье, а дела — непочатый край. Если все эльфы потянутся к гаваням, поскучнеет жизнь у тех, кому уезжать некуда.

— Ужас как станет скучно! — сказал Мерри. — Нет уж, Леголас, ты держись подальше от гаваней. И людям вы нужны, и нам тоже; да что говорить, нужны и гномам — умным, конечно, вроде Гимли. И всегда будете нужны, если только все не погибнут, а теперь я надеюсь, что нет. Хотя, похоже, это были еще цветочки, а ягодки впереди: что-то конца не видно проклятой войне.

— Да не каркай ты! — воскликнул Пин. — Солнце, как видишь, на небе, и денек-другой мы еще пробудем вместе. Меня вот любопытство разбирает. Ну-ка, Гимли! Вы уже сто раз за утро успели помянуть свой поход с Бродяжником, а толком ничего не рассказали.

— Солнце-то солнцем, — сказал Гимли, — да лучше бы, наверно, и не вспоминать об этом походе, не ворошить темноту. Знал бы я, как оно будет, нипочем и близко не подошел бы к Стезе Мертвецов.

— К Стезе Мертвецов? — переспросил Пин. — Арагорн про нее обмолвился, а я думаю — о чем это он? Так что, развяжешь язык?

— Очень уж не хочется, — сказал Гимли. — Тем более что на этой Стезе я опозорился: я, Гимли, сын Глоина, мнил себя выносливее всякого человека, а под землей — отважнее всякого эльфа. Оказалось, что мнил понапрасну — я осилил путь лишь по воле Арагорна.

— И из любви к нему, — добавил Леголас. — Его все любят — каждый на свой лад. Ледяная мустангримская дева и та полюбила. Мы покинули Дунхерг, Мерри, в предрассветный час накануне вашего прибытия, и народ там был в таком страхе, что никто нас и не провожал, кроме царевны Эовин — как она, выздоравливает? Печальные были проводы, я очень огорчился.

— Увы! — сказал Гимли. — А я никого от страха не замечал. Нет, не стану я про все это рассказывать.

И он замолк, точно воды в рот набрал; но Пин и Мерри не отставали, и наконец Леголас молвил:

— Так и быть, давайте уж я расскажу. Мне вспоминать не страшно: ничуть не испугали меня человеческие призраки. Напротив, они показались мне жалкими и бессильными.

И он коротко поведал им о зачарованной пещерной дороге, о сборище теней у горы Эрек и о переходе длиною в девяносто три лиги до Пеларгира-на-Андуине.

— Четверо с лишним суток ехали мы от Черного Камня, — сказал он. — И поверите ли? Чем гуще чернела тьма, насланная из Мордора, тем больше я проникался надеждой — ибо в этом сумраке Призрачное Воинство словно окрепло и стало куда ужаснее с виду. Воинство мчалось за нами, и пешие не отставали от конных. Ни звука не было слышно, лишь мерцали тысячи глаз. На Ламедонском нагорье они нас нагнали, окружили как бы холодным облаком и пролетели бы мимо, но Арагорн их остановил и велел им следовать позади.

«Даже привидения повинуются ему, — подумал я. — Что ж, может статься, они и сослужат нам службу!»

Лишь в первый день рассвело, потом уж рассветов не было; мы пересекли Кирил и Рингло и на третий день подъехали к Лингиру за устьем Гилраина. Там ламедонцы отбивались от свирепых пиратов и южан, приплывших вверх по реке. Но и защитники города, и враги — все побросали оружие и разбежались, крича, что на них напал сам Король Мертвецов. Один только Ангбор, правитель Ламедона, сохранил мужество и предстал перед Арагорном, а тот велел ему собрать ополчение и следовать за нами, не страшась Серого Воинства.

«Наследник Исилдура зовет вас к оружию», — сказал он.

И мы пересекли Гилраин, рассеивая полчища союзников Мордора; наконец решено было передохнуть, однако вскоре Арагорн вскочил на ноги с возгласом: «Вставайте! Минас-Тирит уже осажден. Боюсь, он падет, если мы не поспеем на выручку!» И мы сели на коней среди ночи и во весь опор помчались по Лебеннинской равнине.

Леголас прервался, вздохнул и, обратив взгляд к югу, тихо запел:

> Живым серебром струятся Келос и Эруи
> В зеленых лугах Лебеннина!
> Высокие травы колышутся. Ветром повеяло с Моря,
> И колеблются белые лилии.
> Колокольчиками золотыми
> Звенят, звенят на рассвете мэллос и альфирин

В зеленых лугах Лебеннина.
Если ветром повеяло с Моря!

В наших песнях эти луга всегда зеленеют, но тогда они виделись пустошью, серою пустошью под черными небесами. И по этим широким лугам, топча траву и цветы, мы день и ночь гнали врагов до самого устья Великой Реки.

Там я почуял, что мы совсем близко от Моря: перед нами простерлась темная водная гладь и стаи морских птиц оглашали кликами берега. О возгласы быстрых чаек! Предрекала ведь мне Владычица, что я покой потеряю — вот и потерял.

— А я этих чаек даже и не заметил, — сказал Гимли, — я ждал большого сраженья. Там ведь стояла главная армада Умбара, пятьдесят больших кораблей, а малых и не счесть. Беглецы, которых мы гнали, уже достигли гавани и напустили там страху. Корабли побольше снимались с якоря и уходили вниз по Реке или к другому берегу, а поменьше — вспыхивали, как факелы. Но хородримцы, зная, что отступать некуда, со свирепым отчаянием изготовились к бою, а когда увидели нас, разразились хохотом. Еще бы — нас три десятка, а их видимо-невидимо.

Но Арагорн остановил коня и громовым голосом крикнул: «Теперь вперед! Заклинаю вас Черным Камнем!» И внезапно Призрачное Воинство, до того скрывавшееся позади, обрушилось серой волной, сметая все на своем пути. Я услышал дальние крики, глухо затрубили рога, прокатился смутный многоголосый гул — будто донеслось эхо давным-давно минувшей битвы.

Мелькали тусклые клинки; может, они и рубили, не знаю, только незачем было рубить, мертвые побеждают страхом. Никто не устоял.

Они хлынули на корабли у причалов и метнулись по воде к тем, что стояли на якорях: моряки и воины, обезумев от ужаса, прыгали за борт; остались лишь рабы, прикованные к веслам. Мы промчались к берегу сквозь толпы бегущих врагов, разметав их, как вороха листьев. На каждый большой корабль Арагорн отправил одного из своих северян: они освобождали и увещевали пленных гребцов-гондорцев.

Еще до исхода этого темного дня врагов не осталось и в помине: одни потонули, другие без оглядки удирали восвояси. То-то я подивился, как исчадия ужаса и тьмы сокрушили злодейские козни Мордора. Враг побит его же оружием!

— Было чему дивиться, — подтвердил Леголас. — А я тогда, глядя на Арагорна, подумал, каким великим, страшным и всемогущим властелином стал бы он, присвоив Кольцо. Недаром в Мордоре так его испугались. Но чистота души превосходит разумение Саурона; Арагорн разве не потомок Лучиэни? Это род без страха и упрека, таким он и пребудет во веки веков.

— Гномы так далеко не заглядывают, — сказал Гимли. — Но воистину властителен был в тот день Арагорн. Захватив черную армаду, он взошел на мостик огромного корабля и велел трубить во все трубы, брошенные врагом. Призрачное Воинство выстроилось на берегу и стояло в безмолвии, почти что невидимое, только взоры их горели красными отсветами пылающих кораблей. И Арагорн, обратившись к мертвецам, громогласно молвил:

«Внимайте наследнику Исилдура! Вы исполнили клятву, которую преступили. Возвращайтесь в свой край и более не тревожьте тамошних жителей. Покойтесь с миром!»

И тогда Князь Мертвецов выступил вперед, преломил копье и уронил обломки. Потом низко поклонился, повернулся — и все Серое Воинство вмиг умчалось, исчезло, словно туман, рассеянный ветром. А я будто очнулся от сна.

В ту ночь мы отдыхали, а другие работали не покладая рук. Ибо мы освободили тысячи пленников-гондорцев, галерных рабов, а вскоре потянулись толпы из Лебеннина и с дельты, и Ангбор Ламедонский привел всю свою конницу. Мертвецов больше не было, страх отпустил, и люди стекались помогать нам и посмотреть на наследника Исилдура — молва о нем проложила огненный след в ночи.

Ну, вот почти что и конец нашей повести. Вечером и ночью корабли готовили к отплытию, набирали моряков, отбирали ратников; утром отплыли. Кажется, как уж давно это было, а всего-то позавчера утром, на шестой день похода из Дунхерга. Но Арагорн все тревожился, как бы не опоздать.

«От Пеларгира до Харлондских пристаней сорок две лиги, — говорил он. — И если мы назавтра не приплывем в Харлонд, все пропало».

Добровольцы сели на весла и гребли изо всех сил, но поначалу мы плыли медленно: против течения все-таки, в низовьях оно, правда, не быстрое, да ветра, как назло, не было никакого. Я уж совсем приуныл — победить победили, а что толку? — но тут Леголас вдруг рассмеялся.

«Выше бороду, отпрыск Дарина! — сказал он. — Говорят ведь: как будешь к пропасти катиться, надежда заново родится». С чего бы ей заново родиться — этого он объяснять не стал. Ночью было не темнее, чем днем, только тоскливо до смерти; далеко на севере в тучах играло зарево, и Арагорн сказал: «Минас-Тирит горит».

А к полуночи надежда и впрямь заново родилась. Моряки с дельты поглядывали на юг и говорили, что пахнет свежим ветром с Моря. В глухой час подняли паруса, плыли мы все скорее, и на рассвете засверкала пена у водорезов. А дальше вы знаете: в солнечный полдень мы примчались с попутным ветром и развернули боевое знамя. Великий это был день в незабвенный час, что бы ни случилось после.

— Что ни случится после, подвиги не тускнеют, — сказал Леголас. — Поход Стезей Мертвецов — это был подвиг, и он не потеряет величья, даже если Гондор опустеет и обезлюдеет.

— Увы, похоже на то, — сказал Гимли. — Очень угрюмые лица у Гэндальфа и Арагорна. Вот бы узнать, о чем они там в шатре совещаются! Я, как и Мерри, не чаю конца проклятой войне. Но как бы то ни было, я готов сражаться и дальше ради чести гномов Одинокой Горы.

— А я — за эльфов Дремучего Леса, — сказал Леголас, — и ради любви к Государю Белого Древа.

Друзья замолчали и долго еще сидели на высокой стене, раздумывая каждый о своем; между тем вожди совещались.

Расставшись с Леголасом и Гимли, князь Имраиль немедля послал за Эомером; они спустились по улицам притихшего Града и вышли на равнину, где Арагорн разбил шатер невдалеке от места гибели конунга Теодена. И Арагорн, и Гэндальф, и сыновья Элронда их уже дожидались.

— Государи мои, — сказал Гэндальф, — вот что сказал перед смертью наместник Гондора: «Может быть, и одержите вы победу у стен Минас-Тирита, но удар, занесенный над вами, не отразить». Он говорил это в отчаянии, и все же слова его правдивы.

Зрячие Камни не лгут, и заставить их лгать не под силу даже властелину Барад-Дура. Он может, пересилив противника, отвести ему глаза или придать увиденному ложный смысл. Однако, разумеется же, Денэтор взаправду и воочию видел несчетные полчища Мордора, растущие день ото дня.

У нас едва хватило сил отбиться от первого нашествия. Скоро будет новое, куда пострашнее. На победу надежды нет, в этом Денэтор прав. Все равно — оставаться ли здесь и выдерживать, истекая кровью, осаду за осадой или погибнуть в неравной битве за Рекой. Можно лишь выбирать из двух зол меньшее; и, конечно, благоразумнее запереться в своих крепостях и хоть ненадолго, но отсрочить всеобщую гибель.

— Стало быть, ты советуешь укрыться в Минас-Тирите, Дол-Амроте, Дунхерге и сидеть там, как дети в песочных замках во время прилива? — спросил Имраиль.

— Такой совет недорого стоит, — отвечал Гэндальф. — Разве мало отсиживались вы при Денэторе? Нет! Я сказал, что благоразумнее, но я вас не призываю к благоразумию. Я сказал, что на победу надежды нет, однако мы можем и победить — только не оружием. Дело решит Кольцо Всевластья — залог незыблемости Барад-Дура и великое упованье Саурона.

Вы, государи мои, знаете о Кольце достаточно, чтобы понять то, что я говорю. От него зависит и наша судьба, и судьба Саурона. Если он им вновь завладеет, то тщетна ваша доблесть: победа его будет молниеносной и сокрушительной, такой сокрушительной, что он безраздельно воцарится в этом мире — должно быть, до конца времен. Если же Кольцо будет уничтожено, то Саурон сгинет — и сгинет столь бесследно, что до конца времен, должно быть, не восстанет. Ибо он утратит всю силу, которой владел изначально, и разрушится все, что было создано его властью, а он пребудет во тьме кромешной безобразным исчадием мрака, будет грызть самого себя от бессилия воплотиться. И великое зло исчезнет из мира.

Неминуемо явится в мир иное зло, может статься, еще большее: ведь Саурон всего лишь прислужник, предуготовитель. Но это уж не наша забота: мы не призваны улучшать мир и в ответе лишь за то время, в которое нам довелось жить, — нам должно выпалывать зловредные сорняки и оставить потомкам чистые пахотные поля. Оставить им в наследство хорошую погоду мы не можем.

Саурон знает, что ему грозит, и знает, что его потерянное сокровище нашлось. Он только не знает, где оно, — будем надеяться, что не знает. Поэтому его и гложут сомнения. Ведь иным из нас под силу совладать с Кольцом. Это он тоже знает. Я верно понял, Арагорн, что ты показался ему в Ортханкском палантире?

— Да, перед самым выездом из Горнбурга, — подтвердил Арагорн. — Я рассудил, что время приспело, что затем и попал этот Камень ко мне в руки. Тогда было десять дней, как Хранитель пошел на восток от Рэроса, и

Око Саурона — так я подумал — надо бы отвлечь за пределы Мордора. А то его в Черной Башне давно уж никто не тревожил. Но знал бы я, как он всполошится и как быстро двинет готовое войско, я бы, может, и поостерегся. Чуть не опоздал я к вам на выручку.

— Но как же так? — спросил Эомер. — Ты говоришь, Гэндальф, все пропало, если он завладеет Кольцом. Почему же он нас не боится, если думает, что Кольцо у нас?

— Он в этом не вполне уверен, — отвечал Гэндальф, — и не привык дожидаться, как мы, покуда враг нападет. Кольцом, он знает, враз не овладеешь, и владелец у него может быть лишь один; стало быть, нам не миновать раздоров. Кому оно достанется, тот перебьет соперников. А Кольцо его предаст и возвратится к Саурону.

Он следит за нами, он многое видит и слышит. Повсюду летают его дозорные-назгулы. Перед рассветом пролетали они над Пеленнором, хотя почти никто из усталых и сонных ратников их не увидел. Тревожные замечает он знаки: Меч, которым отрублен был его палец вместе с Кольцом, выкован заново; ветер переменился, развеял тучи, пригнал корабли, и огромное войско нежданно-негаданно разбито наголову, а вдобавок погиб его могучий предводитель.

Он с каждым часом укрепляется в своих подозрениях. Око его устремлено на нас, все прочее он минует невидящим взором. И мы должны приковать его Око к себе. В этом вся наша надежда. Так что совет мой вот каков. Кольца у нас нет: мудро это было или безрассудно, однако оно отослано с тем, чтобы его уничтожить, иначе оно уничтожит нас. А без Кольца мы не сможем одолеть Саурона. Но Око его не должно прозреть истинную опасность. Своей отвагой победы мы не достигнем, но удача Хранителя — почти невероятная — все же зависит от нашей отваги.

Как Арагорн начал, так и надо продолжать, не давая Саурону времени оглянуться. Надо, чтобы он собрал все силы для решающего удара, чтобы стянул к Черным Вратам все свое воинство и Мордор остался бы без охраны. Надо немедля выступать в поход. Мы должны послужить для него приманкой, и приманкой неподдельной. Он пойдет на приманку, он жадно схватит ее: подумает, что наша поспешность — признак гордыни нового хозяина Кольца. Он скажет себе: «Ах, вот как! Быстро же он высунулся, только чересчур уж осмелел. Пусть-ка подойдет поближе — и угодит в ловушку. Тут-то я его и прикончу, и то, на что он покусился, станет моим навеки».

Мы должны попасться в его ловушку — намеренно и безоглядно, не надеясь остаться в живых. Ибо, вернее всего, нам придется погибнуть в битве вдали от родной земли; если даже и будет низвергнут Барад-Дур, мы этого не увидим. Но такая уж нам выпала участь. И не лучше ль это, чем покорно дожидаться гибели — ее мы все равно не избегнем — и, умирая, знать, что грядущего века не будет?

Воцарилось молчание. Наконец Арагорн сказал:

— Пути назад я не вижу. Мы у края пропасти, и надежда сродни отчаянию. А колебаться — значит упасть наверняка. Пусть все прислушаются к совету Гэндальфа: он давно уж ведет борьбу с Сауроном и нынче решается ее исход. Если б не Гэндальф, спасать было бы уже нечего. Впрочем, я никого не хочу неволить. Каждый пусть выбирает сам.

И Элроир сказал:

— Для этого мы и явились с севера, и наш отец Элронд советует то же, что Гэндальф. Мы не отступим.

— Что до меня, — сказал Эомер, — то я мало смыслю в этих сложных делах, но мне и так все ясно. Я знаю одно: мой друг Арагорн выручил из беды меня и весь мой народ и, коли ему теперь нужна моя помощь, я пойду с ним куда угодно.

— Ну а я, — сказал Имраиль, — признаю себя вассалом Государя Арагорна, хоть он пока и не взошел на престол. Воля его для меня закон. Я тоже пойду с ним. Однако ж он сам назначил меня наместником Гондора, и мне надлежит прежде всего позаботиться о гондорцах. Немного благоразумия все-таки не помешает. Надо предусмотреть и тот и другой исход. Если возможно, что мы победим, если есть на это хоть малейшая надежда, то Гондор нуждается в защите. Не хотелось бы мне вернуться с победой в разрушенный город и разоренную страну. Между тем я знаю от мустангримцев, что с севера нам грозит большое войско.

— Это верно, — сказал Гэндальф. — Но у меня и в мыслях не было оставить город без защиты. Нам нужна не очень многочисленная рать: мы ее поведем не на приступ Мордора, а затем, чтобы погибнуть в сражении. И выйти надо не сегодня завтра. Я как раз хотел спросить: сколько ратников мы сможем собрать в поход через два дня, не больше? Ведь это должны быть стойкие воины, и притом добровольцы, которые знают, на что идут.

— Все еле держатся в седлах, — сказал Эомер, — и почти все изранены. Так скоро я вряд ли и две тысячи наберу — ведь надо и здесь оставить не меньше.

— Войска у нас больше, чем кажется, — сказал Арагорн. — С юга идут подкрепления — ратники береговой охраны. Два дня назад я отправил из Пеларгира через Лоссарнах четыре тысячи; их ведет бесстрашный Ангбор. Если мы тронемся в путь через два дня, то они будут на подходе. Тысячи три отправлено вверх по Реке на кораблях, баркасах и лодках; ветер все еще попутный, и в Харлонд уже приплыли несколько кораблей. Словом, я думаю, мы соберем тысяч семь пехоты и конницы, а защитников города прибавится по сравнению с началом осады.

— Врата разрушены, — сказал Имраиль. — Кто сумеет их восстановить, нет у нас таких мастеров!

— В Эреборе, в Подгорном Царстве Даина, такие мастера есть, — сказал Арагорн. — И если сбудутся наши надежды, то я со временем попрошу Гимли, сына Глоина, привести сюда самых искусных гномов. Но люди надежней ворот, и никакие Врата не устоят перед вражеским натиском, если у них недостанет защитников.

На этом кончился совет вождей; решено было, что послезавтра утром семь тысяч воинов, если столько наберется, двинутся в поход — большей частью пеших воинов, ибо путь их лежал через неизведанный, дикий край. Арагорн обещал набрать две тысячи ратников из тех, что приплыли с ним от устья Андуина. Имраилю же надлежало выставить три с половиной тысячи, Эомеру — пятьсот мустангримцев в пешем строю, сам же он поведет отборную дружину из пятисот конников, и будут еще пятьсот, в том числе сыны Элронда, дунаданцы и витязи из Дол-Амрота, — общим счетом шесть тысяч пеших и тысяча конных. Но большую часть мустангримских всадников, три тысячи под началом Эльфхельма, отсылали на Западный Тракт против вражеского воинства в Анориэне. И следовало немедля отправить дозоры на север и на восток — за Осгилиат, к дороге на Минас-Моргул.

Они разочли и распределили войска, наметили и обсудили пути их продвиженья — и вдруг Имраиль громко рассмеялся.

— Право же, — воскликнул он, — хороша шутка, за всю историю Гондора смешнее не бывало: семи тысяч воинов и для передового отряда маловато, а мы их поведем к воротам неприступной крепости. Ни дать ни взять мальчишка грозит витязю в броне игрушечным луком с тростинкой-стрелою! Ты же сам говоришь, Митрандир, что Черный Властелин все видит и все знает, — может, он не насторожится, а лишь усмехнется и раздавит нас одним мизинцем, как назойливую осу?

— Нет, он попробует поймать осу и вырвать у нее жало, — сказал Гэндальф. — И есть среди нас такие, что стоят доброй тысячи витязей в броне. Думаю, ему будет не до смеху.

— Нам тоже, — сказал Арагорн. — Может, оно и смешно, да смеяться что-то не тянет. Настает роковой час: мы свой выбор сделали, очередь за судьбой. — Он обнажил и поднял кверху Андрил; солнце зажгло клинок. — Не быть тебе в ножнах до конца последней битвы, — промолвил он.

Глава X
ВОРОТА ОТВОРЯЮТСЯ

Через два дня отборное войско западных стран выстраивалось на Пеленнорской равнине. Орки и вастаки вторглись было из Анориэна, мустангримцы их встретили и без особого труда разгромили, отбросив за Реку, на Каир-Андрос. Защитников Минас-Тирита стало куда больше прежнего, со дня на день ждали подкреплений с юга. Разведчики воротились и доложили, что вражеских застав на восточных дорогах нет, никого нет до самого перекрестка, до поверженной статуи древнего государя. Путь навстречу гибели был свободен.

Леголас и Гимли, уж конечно, не отстали от Арагорна с Гэндальфом, возглавлявших передовой отряд, в котором были и дунаданцы, и сыновья Элронда. Как ни просил Мерри, его в поход не взяли.

— Ну где ж тебе ехать? — говорил Арагорн. — Да ты не печалься, ты уже свое совершил, это никогда не забудется. Перегрин пойдет с нами и постоит за Хоббитанию; он хоть и молодец молодцом, но до тебя ему далековато. Смерти искать не надо, она над всеми висит. Мы, должно быть, погибнем первыми у ворот Мордора, а ты в свой черед — здесь или где придется. Прощай!

И Мерри, тоскливо понурившись, глядел, как строятся дружины. Рядом стоял Бергил: он тоже был до слез огорчен тем, что отец его, до времени разжалованный из крепостной стражи, ведет отряд простых воинов. Среди них был и Пин, ратник Минас-Тирита; и Мерри смотрел и смотрел на маленькую фигурку в строю высоких гондорцев.

Наконец грянули трубы, и войско двинулось. Дружина за дружиною, рать за ратью уходили они на восток. И скрылись вдали, на дороге к плотине, а Мерри стоял и смотрел им вслед. Последний раз блеснуло утреннее солнце на шлемах и жалах копий, но никак не мог он уйти — стоял, повесив голову, и больно сжималось сердце. Очень ему стало одиноко. Все друзья ушли во мрак, нависавший с востока, и свидеться с ними надежды не было почти никакой.

И словно пробужденная отчаянием, боль оледенила правую руку; он ослабел, зашатался, и солнечный свет поблек. Но тут Бергил тронул его за плечо.

— Пойдем, господин периан! — сказал он. — Я вижу, тебе плохо. Ничего, я доведу тебя до Палат. И ты не бойся, они вернутся! Наших министиритцев никто никогда не одолеет: один Берегонд из крепостной стражи стоит десятерых, а теперь с нами Государь Элессар!

К полудню вошли они в Осгилиат. Там уже вовсю хозяйничали мастеровые — чинили паромы и наплавные мосты, которые враги второпях не успели разрушить, отстраивали и заполняли склады; быстро возводили укрепления на восточном берегу Реки.

Они миновали развалины древней столицы и за Великой Рекой поднимались по той длинной прямой дороге, которая некогда соединяла Крепость Заходящего Солнца с Крепостью Восходящей Луны, превратившейся в Минас-Моргул, Моргул, страшилище околдованной долины. Остановились на ночлег в пяти милях за Осгилиатом, но передовые конники доехали до Развилка и древесной колоннады. Повсюду царило безмолвие:

враги не показывались, не перекликались, ни одной стрелы не вылетело из-за скал или из придорожных зарослей, однако все чуяли, что земля настороже, что за ними следит каждый камень и дерево, каждый листок и былинка. Темень отступила, далеко на западе горел закат, озаряя долину Андуина, и розовели в ясном небе снеговые вершины гор. А Эфель-Дуат окутывал обычный зловещий сумрак.

Арагорн выслал от Развилка трубачей на все четыре стороны, и под звуки труб герольды возглашали: «Властители Гондора возвратились на свои исконные земли!» Валун с мерзостной рожей сбросили с плеч изваяния и раскололи на куски, на прежнее место водрузили голову каменного государя в золотисто-белом венце из жив-травы и повилики, со статуи смыли и счистили гнусные оркские каракули.

Имраиль предложил взять Минас-Моргул приступом и уничтожить эту злодейскую твердыню.

— К тому же, — сказал он, — не вернее ли будет вторгнуться в Мордор через тамошний перевал, чем идти к неприступным северным воротам?

Но Гэндальф отговорил его: Моргульская долина по-прежнему грозила ужасом и безумием, да и Фарамир рассказывал, что Фродо направлялся сюда, — а если так, то Око Мордора нужно отвлечь в иную сторону. Наутро, когда войско подтянулось, решено было оставить у Развилка большой отряд на случай вылазки через перевал или подхода новых полчищ с юга. Отрядили большей частью лучников — здешних, итилийских, — и они рассыпались по склонам и перелескам. Гэндальф и Арагорн подъехали с конным отрядом к устью долины и поглядели на темную, пустующую крепость: орков и прочую мордорскую нечисть истребили у стен Минас-Тирита, а назгулы были в отлучке. Но в удушливом воздухе долины застоялся запах смерти. Они разрушили колдовской мост, запалили ядовитые луга и уехали.

На третий день похода войско двинулось по северной дороге: от Развилка до Мораннона было сто с лишним миль и путь этот не сулил ничего доброго. Они шли не таясь, но осторожно: вперед были высланы конные дозоры, направо и налево — пешие. С востока угрюмо нависали Изгарные горы; их книзу пологие, избороженные склоны ощетинились темными зарослями. Погода была по-прежнему ясная, и дул западный ветер; но Эфель-Дуат, как всегда, устилали густые туманы, а за гребнем клубились и тучей висели дымы.

Время от времени по приказу Гэндальфа трубили в трубы и герольды возглашали: «Властители Гондора возвратились! Покидайте эти земли или сдавайтесь на милость победителя!» А Имраиль сказал:

— Не о властителях Гондора возвещайте, но о Государе Элессаре. Ибо это правда, хоть он еще и не вступил на царство. Пусть Враг почаще слышит его имя!

И трижды на день герольды объявляли о возвращенье Государя Элессара. Но глухое молчание было им ответом.

Враги не показывались, но все — от военачальников до последнего ратника — были угрюмы и озабоченны, и с каждой милей темнее и темнее становилось на душе. К концу второго дня похода от Развилка наконец обнаружились и враги: целая орда вастаков и орков устроила засаду в том самом месте, где Фарамир подстерег хородримцев. Дорога там шла глубоким ущельем, рассекавшим отрог Эфель-Дуата. Но дозорные — итильские Следопыты под началом Маблунга — не сплоховали, и засаду взяли в клещи. Конники обошли ее слева и с тылу и перебили почти всех, уцелевшие скрылись в Изгарных горах.

Но военачальники не слишком радовались легкой победе.

— Это подставка, — сказал Арагорн, — должно быть, затем, чтобы мы уверились в слабости врага и не вздумали отступить. Это они нас заманивают.

В тот вечер над ними появились назгулы и сопровождали войско. Летали они высоко, и видел их лишь Леголас, однако тени стали гуще, и солнце потускнело. Хотя Кольценосцы пока не снижались и воплей не издавали, все же страх цепенил сердца.

Близился конец безнадежного похода. На четвертый день пути от Развилка — на шестой от Минас-Тирита — они вышли к загаженной пустоши у ворот, преграждавших теснину Кирит-Горгор. На северо-западе до самого Привражья простирались болота и голая степь. Так жутко было в этом безжизненном краю, что многие ратники, обессиленные страхом, не могли ни ехать, ни идти дальше.

Жалостливо, без всякого гнева поглядел Арагорн на молодых табунщиков из далекого Вестфольда, на землепашцев из Лоссарнаха; с детства привыкли они страшиться Мордора, но это было для них лишь зловещее имя, не больше — их простая жизнь текла своим чередом. А теперь словно ужасный сон сбывался наяву, и невдомек им было, что это за война и какими судьбами их сюда занесло.

— Идите! — сказал Арагорн. — Но в бегство не обращайтесь, поберегите воинскую честь. А чтобы потом вас не мучил стыд, вот вам заданье по силам. Держите путь на юго-запад, на Каир-Андрос. Должно быть, он занят врагами — отбейте его и там уже стойте насмерть, во имя Гондора и Ристании!

Одних устыдило его суровое милосердие, и они, подавив страх, вернулись в свои дружины; другие же были рады избегнуть позора, а может, еще и отличиться в бою — те ушли к юго-западу. Войско убавилось — ведь у Развилка тоже осталось немало. Государи западных стран вели к Черным Воротам несокрушимого Мордора менее шести тысяч воинов.

Они продвигались медленно, ежечасно ожидая нападения, и держались как можно плотнее — высылать дозоры было теперь уже незачем. Истек пятый день пути от Моргульской долины; они устроили последний привал и развели костры из скудного сушняка и вереска. Никому не спалось, кругом шныряли и рыскали еле видные неведомые твари и слышался волчий вой. Ветер стих, и воздух словно застыл. Ночь была безоблачная, и уже четверо суток минуло с новолунья, но бледный молодой месяц заволакивало мутной пеленою: земля дымилась.

Похолодало. К утру подул, крепчая, северный ветер. Ночные лазутчики исчезли, и пустошь казалась мертвенней прежнего. На севере среди зловонных ямин виднелись груды золы, щебня и шлака, кучи выжженной земли и засохшей грязи — всего, что изрыгал Мордор. А на юге, уже вблизи, возвышались громадные утесы

Кирит-Горгора — с Черными Воротами между ними и башнями по бокам. На последнем переходе, накануне, войско свернуло в сторону со старой дороги, подальше от бдительных глаз бесчисленной стражи, и теперь они подходили к Мораннону с северо-запада, тем же путем, что и Фродо.

Гигантские чугунные створы Черных Ворот под массивной аркой были наглухо сомкнуты, на зубчатых стенах никого не видать. Царило чуткое безмолвие. Они уперлись в тупик и теперь стояли, растерянные и продрогшие, в сером свете раннего утра перед могучими башнями и стенами, которые не прошибли бы никакие тараны, даже если б они у них были. Любой их приступ шутя отбила бы горстка защитников, а черному воинству на горах возле Мораннона, верно, и счету не было, да и в ущелье небось таились несметные полчища врагов пострашнее, чем орки. Они подняли глаза и увидели, что назгулы слетелись к башням — Клыкам Мордора — и кружат над ними как стервятники, кружат и выжидают. Враг почему-то медлил.

А им надо было волей-неволей доигрывать роль до конца. Арагорн расположил войско на двух больших холмах, где земля слежалась со щебнем: орки нагромоздили их за многие годы. От Мордора их отделяла рвом широкая ложбина; на дне ее среди зыбкой дымящейся слякоти чернели вонючие лужи. Когда всех построили, вожди отправились к Черным Воротам с большой конной свитой, с герольдами и трубачами. Во главе их ехал Гэндальф, за ним Арагорн и сыновья Элронда, Эомер Ристанийский и Имраиль. Леголаса, Гимли и Перегрина они тоже взяли с собой, чтобы все народы — противники Мордора были свидетелями переговоров.

Они подъехали к Мораннону, развернули знамя и затрубили в трубы; герольды выступили вперед и возгласили:

— Выходите на переговоры! Пусть выйдет сам Властелин Сумрачного Края! Он подлежит наказанию, ибо злодейски напал на Гондор и захватил чужие земли. Великий князь Гондора требует, чтобы он во искупленье содеянного навсегда покинул свой престол. Выходите!

Долго длилось ответное молчанье: ни звука, ни крика не донеслось со стен и из-за ворот. Но Саурон уже все рассчитал, и ему вздумалось сперва жестоко поиграть с мышками, а потом захлопнуть мышеловку. И когда вожди собирались повернуть назад, тишину внезапно нарушил грохот огромных барабанов, будто горный обвал; оглушительно взревели рога, сотрясая камни под ногами. Наконец с лязгом распахнулась дверь посредине Черных Ворот, и оттуда вышло посольство Барад-Дура.

Возглавлял его рослый всадник на черном коне, если только это был конь — громадный, уродливый, вместо морды жуткая маска, похожая на лошадиный череп, пышущий огнем из глазниц и ноздрей. Всадник в черном плаще и высоком черном шлеме был не Кольценосец, а живой человек — Подручник Владыки Барад-Дура. Имени его сказания не сохранили. Он и сам его забыл и говорил о себе: «Я — глашатай Саурона». Говорят, он был потомком тех предателей рода людского, которые назывались Черными Нуменорцами: они перебрались в Средиземье во времена полновластного владычества

Саурона и предались ему, соблазнившись чернокниж-
ной наукой. А он, безымянный, стал приспешником Черного Властелина, когда Тот вернулся в Мордор из Лихолесья. Коварство его пришлось по нраву хозяину, он
вошел к нему в доверие и приобщился чародейству; и
орки страшились его жестокости.

За ним следовал десяток-другой охранников в черных доспехах, несли черное знамя с багровым Недре-
манным Оком. Спешившись в нескольких шагах от западных вождей, Глашатай Саурона смерил их взглядом
одного за другим и расхохотался.

— Это кто же из вашей шайки достоин говорить со
мной? — спросил он. — Кто способен понимать мои слова? Уж наверно, не ты! — с презрительной ухмылкой обратился он к Арагорну. — Нацепил эльфийскую стекляш-
ку, окружил себя сбродом и думает, что он государь! Да у
любого разбойничьего атамана свита почище твоей!

Арагорн ничего не ответил, лишь устремил на него
пристальный взгляд, глаза в глаза, и вскоре, хотя Арагорн стоял неподвижно и не касался оружия, тот задрожал и попятился, будто на него замахнулись.

— Я герольд и посланец, меня трогать нельзя! —
крикнул он.

— Да, это у нас не принято, — сказал Гэндальф. — Но
у нас и посланцы не столь дерзки на язык. Впрочем, тебе
никто не угрожал: пока ты герольд и посланец, можешь
нас не бояться. Но если хозяин твой не образумится, тогда тебе несдобровать, как и прочим его холопам.

— Ах, вот как! — сказал Глашатай. — Стало быть, ты
у них главный, седая борода? Наслышаны мы о том, как
ты бродишь по свету и всюду строишь козни, ловко ухо-

дя от расплаты. Но на этот раз, господин Гэндальф, ты зарвался — и скоро узнаешь, что бывает с теми, кто злоумышляет на Великого Саурона. У меня есть трофеи, которые велено тебе показать — тебе прежде всех, если ты осмелишься подойти.

Он сделал знак охраннику, и тот поднес ему черный сверток. Глашатай развернул его и, к изумленью и смятенью вождей, показал им сперва короткий меч Сэма, затем серый плащ с эльфийской брошью, наконец, мифрильную кольчугу Фродо и его изорванную одежду. В глазах у них потемнело, и казалось, замерло все вокруг: надеяться больше было не на что. Пин, стоявший за князем Имраилем, рванулся вперед с горестным криком.

— Спокойно! — сказал Гэндальф, оттянув его на прежнее место, а Глашатай расхохотался.

— Да у тебя целый выводок этих недомерков! — воскликнул он. — Не знаю, зачем они тебе нужны, но глупей, чем засылать их в Мордор, ты придумать ничего не мог. Однако ж спасибо крысенку: ему, как видно, эти трофеи знакомы. Теперь, может статься, и ты не будешь хитрить.

— Мне хитрить незачем, — отозвался Гэндальф. — Да, мне они тоже знакомы, я о них знаю все, в отличие от тебя, гнусный подголосок Саурона. Не знаю только, зачем ты их принес.

— Гномья кольчуга, эльфийский плащ, кинжал с погибшего Запада и крысеныш-лазутчик из Хоббитании — да, да, нам все известно! Заговор обреченных — и он раскрыт. Осталось лишь узнать, дорого ли ты ценишь пойманного лазутчика. Если дорого — то живее шевели своим убогим умишком. Саурон лазутчиков не любит, и судьба его теперь зависит от вас.

Никто ему не ответил, но он видел их посерелые лица и полные ужаса глаза и снова захохотал, почуяв, что не ошибся.

— Ну-ну! — сказал он. — Видно, вы его дорого цените. Или ты дал ему важное поручение? Поручения он не выполнил. И теперь его ждет нескончаемая, многолетняя пытка — мы хорошо умеем пытать в застенках Великой Башни: медленно, страшно, мучительно. А может, пытка и кончится — мы вывернем его наизнанку, покажем тебе, и ты сам увидишь, что наделал. Да, так оно и будет, если ты не примешь условия моего Властелина.

— Назови условия, — спокойно проговорил Гэндальф, но те, кто стоял рядом, видели муку в его лице, и он показался им древним, согбенным старцем, которого наконец сломила судьба. Никто не сомневался, что любые условия будут приняты.

— Условия таковы, — сказал посланец, с ухмылкой оглядывая их. — Гондор и его обманутые союзники немедля уведут весь свой жалкий сброд за Андуин, поклявшись, что впредь никогда не поднимут и не замыслят поднять оружие против Великого Саурона. Все земли к востоку от Андуина отныне и во веки веков принадлежат Саурону. Жители правобережья до Мглистых гор и Врат Ристании станут данниками Мордора и не будут носить оружия, но править своими делами им не возбраняется. Они обязуются лишь отстроить Изенгард, преступно разрушенный ими, и отдать его Саурону. Туда он поставит наместника, достойного доверия более, нежели Саруман.

Глаза выдавали умысел: он-то и будет наместником и приберет к рукам все прочие страны Запада. Будущий владыка говорил со своими рабами.

Но Гэндальф сказал:

— Не дорого ли вы просите за жизнь одного слуги? В обмен на нее твой хозяин хочет без единого боя выиграть добрый десяток войн! Должно быть, после разгрома на гондорской равнине он предпочитает не воевать, а торговаться? Но если бы мы и ценили этого пленника так высоко, где залог, что Саурон, у которого в чести подлость и вероломство, нас не обманет? Приведите пленника, верните его нам — тогда и поговорим.

Гэндальф следил за ним, затаив дыхание, как за противником в смертельном поединке, — и ему показалось, что Глашатай на миг растерялся, но тут же снова презрительно захохотал.

— Как ты смеешь оскорблять недоверием Глашатая Саурона! — крикнул он. — Залог тебе нужен? Саурон не дает залогов. Вы ищете его милости? Сперва заслужите ее. Исполняйте его условия, иначе ничего не получите!

— Не получим, так сами возьмем! — Внезапно Гэндальф скинул плащ — и, казалось, яркий клинок засверкал в полумраке. Он воздел руку, и черный посланец попятился; Гэндальф, шагнув, отобрал у него кольчугу, плащ и меч. — Это мы возьмем в память о нашем друге! — объявил он. — А что до твоих условий, то мы их все отвергаем, убирайся, все сказано, ты больше не герольд и не посланец. Еще слово — и ты умрешь. Не затем пришли мы сюда, чтобы попусту перекоряться с лживым выродком Сауроном или с его презренным холопом. Убирайся!

Посланец Мордора больше не смеялся. Черты его дико исказились: он был ошеломлен, точно готовый к прыжку зверь, которому вдруг ткнули в морду горящим факелом. Злоба душила его, пена выступила на губах, и в горле клокотало от сдавленного бешенства. Но он видел перед собой суровые лица и беспощадные глаза врагов, и страх пересилил ярость. Он издал громкий возглас, повернулся, вскочил на свое чудище — и мордорское посольство побежало вслед за ним к Кирит-Горгору. На бегу они трубили в рога, должно быть подавая условный сигнал. И не успели они добежать до ворот, как Саурон захлопнул мышеловку.

Прогрохотали барабаны, взметнулись языки пламени. Огромные створы Черных Ворот широко распахнулись, и воинство Мордора хлынуло неудержимым железным потоком.

Гэндальф и все остальные вспрыгнули на коней и поскакали к своим под злорадный хохот и вопли. Поднимая облака пыли, выдвинулись полчища вастаков, дотоле скрытые позади дальней башни, за сумрачным отрогом Эред-Литуи. По обе стороны Мораннона спускались с гор бесчисленные орки. Вскоре серые холмы стали островками в бушующем море: врагов было в десятки раз больше, чем ратников Запада. Саурон схватил приманку стальными челюстями.

Арагорн распорядился как можно быстрее. Над холмом, где были они с Гэндальфом, реяло дивное, гордое знамя с Белым Древом в кольце звезд. На другом холме развевались рядом знамена Ристании и Дол-Амрота, Белый Конь и Серебряный Лебедь. Каждый холм живой стеной окружали воины, и ряды их ощетинились жалами копий и клинками мечей. Впереди всех, готовясь принять на себя первый удар и самый жестокий натиск, стояли слева сыновья Элронда с дунаданцами, а справа князь Имраиль, могучие витязи Дол-Амрота и дружина стражей Белой Башни.

Дул ветер, гремели трубы, и свистали стрелы, но солнце, светившее с юга, застилали смрадные дымы, и оно померкло в тумане, стало дальним и мутно-багровым, словно клонилось к закату, возвещая конец света. Из дымной мглы вынырнули назгулы; смертный ужас вселяли их леденящие вопли, и последний проблеск надежды угас.

Пин едва не завыл от горя, услышав, как Гэндальф обрек Фродо на вечную пытку; теперь, он немного опомнился и стоял возле Берегонда в первых рядах, вместе с витязями Имраиля. Жизнь ему опостылела, и он хотел, чтобы его убили поскорее.

— Жалко, Мерри со мною нет, — услышал он свой собственный голос и, глядя на приближавшихся врагов, торопился додумать: «Ну-ну, выходит, бедняга Денэтор был не так уж неправ. Мы могли бы умереть вместе с Мерри, раз все равно умирать. А вот приходится врозь; желаю ему легкой смерти. Что ж, а теперь надо не осрамиться».

Он обнажил меч и поглядел на сплетение красных и золотых узоров: нуменорские руны проступили на клинке огненной вязью. «На этот случай его и выковали, — подумал он. — Эх, нельзя было рубануть этого гада Глашатая, тогда бы мы с Мерри примерно сравнялись. Ну ладно, рубану кого-нибудь из этих черных скотов. Жаль, не видать мне больше ясного солнца и зеленой травы!»

В это самое время на них обрушился первый натиск. Орки завязли в слякотной ложбине перед холмами, остановились и выпустили тучу стрел. А сквозь их толпу, давя упавших, шагали, рыча, как звери, горные тролли из Горгорота: высокие, выше людей, и кряжистые, в плотной чешуйчатой броне — или, может, это шкура у них такая? — с круглыми черными щитами, с громадными молотами в узловатых лапищах. Лужи и слякоть были им нипочем, с ревом ворвались они в ряды гондорцев, круша шлемы и черепа, дробя щиты, обламывая руки — тяжко и мерно, точно ковали податливое железо. Страшный удар свалил с ног Берегонда, и огромный тролль-вожак нагнулся к нему, протянув когтистую лапу: эти свирепые твари выгрызали горло у повергнутых наземь.

Пин ударил его мечом снизу: древний узорный клинок пронзил чешую и глубоко впился в брюхо тролля. Хлынула черная, густая кровь. Тролль пошатнулся и всей тяжестью рухнул на Пина, придавив его, точно скала. Захлебываясь зловонной жижей, теряя сознание от нестерпимой боли, Пин успел напоследок подумать: «Ну вот, все и кончилось довольно-таки плоховато», и мысль эта, как ни странно, была веселая: конец, значит, страхам, терзаньям и горестям. В предсмертном затмении послышались ему голоса, как будто из другого, забытого мира:

— Орлы! Орлы летят!

На краю беспамятства подумалось: «Бильбо! Ах да, это из той, давнишней сказки. А моей сказке конец. Прощайте!»

И глухая тьма поглотила его.

КНИГА 6

Корабль, серокрылый корабль!
Слышишь ли дальние зовы,
Уплывших прежде меня
  призывные голоса?
Прощайте, прощайте, густые
  мои леса,
Иссякли дни на земле, и века
  начинаются снова.

Глава I
БАШНЯ НА ПЕРЕВАЛЕ

Сэм с трудом поднялся на ноги и никак не мог понять, куда его занесло, потом вдруг вспомнил и чуть не заплакал с горя. Ну да, это он здесь, в беспросветной тьме у подбашенной скалы, у закрытых бронзовых ворот оркской крепости. Наверно, он о них сгоряча расшибся, а уж сколько пролежал, это не ему знать. Тогда-то он прямо горел, подавай врагов, да побольше, а теперь озяб и съежился. Он подобрался к створам и приложил к ним ухо.

Издали послышался вроде бы оркский галдеж, потом он смолк, и все утихло. Голова уж очень болела, и мелькали вспышки перед глазами, но он встряхнулся, надо было подумать — дальше-то что же? Думай не думай, а ворота заперты, не проберешься, когда-нибудь, конечно, откроют, да ждать-то некогда, каждый час на счету. А что ему делать, это он понимал: ну как, выручать хозяина, коли получится, а нет — погибать самому.

— Погибать так погибать, дело нехитрое, — мрачно сказал он сам себе, вложил Терн в ножны и отошел от бронзовых ворот.

Медленно, ощупью брел он назад по темному проходу — эльфийский фиал засветить поопасился — и по пути все ж таки раздумывал, соображал, что случилось с тех пор, как они пошли от Развилка. Времени-то сколько прошло? А кто его знает сколько: если нынче не сегодня, значит, завтра, дням все равно счет потерян. В такой темноте что один день, что другой, тут и себя потеряешь — не найдешь.

— Может, хоть они нас вспоминают, — сказал он. — А сами-то как? И где? Там, что ли? — Он махнул рукой, куда пришлось, а пришлось на юг, он ведь к югу вышел из логова Шелоб: на юг, а не на запад. А на западе близился к полудню четырнадцатый мартовский день по хоббитскому счислению, и Арагорн вел черную армаду от Пеларгира, Мерри ехал с мустангримцами по Каменоломной долине, в Минас-Тирите бушевали пожары, и Пин испугался безумного взора Денэтора. Но за страхами и заботами они друзей не забывали и все время думали о Фродо и Сэме. Думать думали, а помочь никак не могли, никто теперь не смог бы помочь Сэммиуму, сыну Хэмбриджа: он был один-одинешенек.

Он вернулся к каменной двери-перегородке, поискал и не нашел ни засова, ни запора, опять протиснулся в лаз между дверью и сводом и ловко упал на руки. Потом прокрался к выходу из логова Шелоб, где обрывки ее рассеченной паутины мотались на холодном ветру — очень даже холодным показался он Сэму после вонючей духоты, но зато и бодрящим. Он осторожно вылез наружу.

Было по-страшному тихо. И темновато — ну, вроде как в пасмурные сумерки. Дымные, тяжелые тучи, снизу окрашенные мутным багрянцем, клубились над Мордором и уползали на запад.

Сэм взглянул на орскую башню, и вдруг ее узкие окна зажглись, точно красные зрачки. «Сигнал, что ли, какой», — подумал он, и страх перед орками, подавленный было гневом и отчаянием, овладел им снова. Путь-то у него был, как видно, один: надо искать главный вход в эту треклятую башню — только вот колени подгибались и дрожь не отпускала. Он отвел глаза от башни, от каменных рогов Ущелины и, волоча непослушные ноги, медленно-медленно, вслушиваясь в каждый шорох, вглядываясь в тени под скалами, пошел обратным путем мимо того места, где лежал Фродо и до сих пор воняло гноем Шелоб, потом наверх, до самого гребня, где он надевал Кольцо и пропускал мимо орков Шаграта.

Умные ноги дальше идти отказывались, и он решил все-таки посидеть подумать. Ну да, вот сейчас он перейдет за этот гребень, шагнет — и очутится в Мордоре, а оттуда пути назад нету. Сам не зная зачем, он вытянул Кольцо и надел его. И сразу же на него обрушилась непомерная тяжесть, и злобное Око Мордора загорелось совсем вблизи, во сто крат ярче прежнего: оно пронизывало темень, которою само же окуталось и которая теперь мешала Властелину избавиться от тревог и сомнений.

Как и в тот раз, обострился слух и помутилось зрение, выпуская из виду здешнее, земное. Побледнели, словно потонули в тумане, утесы, зато донеслись клокочущие стенания Шелоб, и совсем уж четко, резко, чуть что не рядом, послышались яростные крики и лязг оружия. Он вскочил на ноги, прижался ухом к скале и порадовался, что невидим: вот-вот нагрянут орки. Так ему, во всяком случае, показалось. А потом он понял, что зря показалось: просто уж очень громкими были ихние крики из башни, верхний рог которой торчал прямо над ним, за левой кромкой Ущелины.

Сэм встряхнулся и снова прикинул, что делать дальше. Как-то оно худо: похоже, орки совсем озверели, наплевали на все приказы и теперь мучают Фродо, а может, уже и на куски его изрубили. Он снова прислушался: вдруг забрезжила какая-то надежда. Это уж точно — в башне дерутся, орки передрались. Шаграт и Горбаг чего-то не поделили. Надежда была крошечная, но ему и этого хватило. А мало ли, а вдруг? Что там все остальное, сильнее всего была любовь к Фродо, и он забыл о себе и воскликнул:

— Господин Фродо, сударь, иду, иду!

И побежал за гребень невозвратной тропой. Она свернула налево, потом круто вниз. Сэм вошел в Мордор.

Он снял Кольцо, нутром почуяв опасность, но снял всего лишь затем, чтобы лучше было видно.

— Оглядеться-то надо как следует, — пробормотал он. — Не все же в тумане блуждать!

Увидел он суровую, истерзанную и скудную страну. Он стоял на вершине высочайшего гребня Изгарных гор, над крутым откосом и темной котловиной; по ту сторону котловины тянулся хребет пониже, острые скалы торчали, как черные зубья, в огневеющем небе. Это был Моргвей, внутренняя горная ограда. Далеко за нею, за озером тьмы, усеянной огоньками, светилось багровое зарево и столбами вставал дым, внизу темно-красный; он сливался поверху в черную тучу, и тяжкий свод нависал над зачумленным краем.

Сэм глядел на Ородруин, на Огненную гору. Высилась ее остроконечная пепельная вершина, близ подножия полыхали горнила, и расселины по склонам извергали бурные потоки магмы: одни струились, плеща огнем, по протокам к Барад-Дуру, другие, виясь, достигали каменистой равнины и там застывали подобьями сплющенных драконов, выползших из-под земли. Багровое озаренье кузни Мордора было невидимо с запада, из-за Эфель-Дуата, а Сэму оно слепило глаза, и голые скалы Моргвея были словно окровавлены.

Сэм взглянул налево — и ужаснулся, увидев башню на Кирит-Унголе во всем ее сокрытом могуществе. Рог над гребнем Изгарных был всего лишь ее верхним отростком, а с востока в ней было три яруса; и ее бастионы, внизу огромные, кверху все у́же и у́же, обращены были на северо- и юго-восток. Кладка была на диво искусная. Нижний ярус и дворик, футов за двести под ногами Сэма, были обнесены зубчатой стеною с воротами на широкую дорогу, парапет которой тянулся по самому краю пропасти. Потом дорога сворачивала на юг и крутыми излучинами уходила во тьму, к торному пути с Моргульского перевала. Между зубьями Моргвея, равниною Горгорота путь этот приводил в Барад-Дур. Узенькая тропа, где стоял Сэм, ступенчатыми сходами спускалась на дорогу под стеною близ башенных ворот.

Глядя на башню, Сэм как-то вдруг сообразил, что эта твердыня изначально служила не Мордору, а против Мордора. В самом деле, ее воздвигли гондорцы для защиты Итилии — давным-давно, когда Последний Союз победил Саурона, а в Сумрачном Краю еще бродили остатки его недобитого воинства.

Но как было с Наркостом и Каркостом, башнями-клыками у Мораннона, так и здесь. Обманув нерадивую охрану, Главарь Кольценосцев захватил твердыню, и многие века владела ею черная нечисть. Еще нужнее стала эта башня, когда Саурон возвратился: верных слуг у него почти не было, а запуганных рабов не след выпускать из Мордора. Если же сюда попытается тайком проникнуть враг — обойдет Минас-Моргул и ускользнет от Шелоб, — то его встретит неусыпная стража.

Яснее ясного было Сэму, что никак не проберешься вниз мимо сотен бдительных глаз, никак не минуешь ворота. И все равно недалеко уйдешь по дороге, которую стерегут пуще зеницы ока. Как ни прячься в черной тени от багровых отсветов, от орков не спрячешься, они в темноте видят не хуже кошек. И это бы ладно — так ведь ему же надо было не удирать и не прятаться, а соваться в самые ворота.

«Кольцо? Да Кольцо-то, — подумал он с ужасом, — опаснее всякого врага». Заполыхала вдали треклятая гора, и ноша его так и налилась тяжестью. Видно, вблизи от горнил, где Кольцо было некогда выковано, таинственная власть его возрастала, и могучая нужна была сила, чтобы с ним совладать. Сэм не трогал Кольцо, оно висело у него на шее; однако ему чудилось, что он вырос и преобразился, что не сам он, а величественный его призрак вступает в пределы Мордора. И обманный выбор вставал перед ним: либо отказаться от Кольца и обречь себя на муку, либо же стать его владельцем и бросить вызов Тому, сокрытому в черной башне за морем сумрака. Кольцо искушало его, подтачивало волю, расшатывало рассудок. Мечтания овладевали им: он точно воочию видел, как Сэммиум Смелый, герой из героев, грозно шагает по темной равнине к Барад-Дуру, воздев пламенеющий меч, и со всех сторон стекаются войска на его зов. И рассеиваются тучи, блещет яркое солнце, а Горгорот превращается в цветущий, плодоносный сад. Стоит ему лишь надеть Кольцо, сказать: Оно — мое, и мечтания сбудутся наяву.

В этом тяжком испытании ему помогла выстоять любовь к хозяину, но, кроме того, в нем крепко сидел простой хоббитский здравый смысл: в глубине души он твердо знал, что такое бремя ему не по силам, пусть даже видения и не совсем обманные. Хватит с него и собственного сада, незачем превращать в свой сад целое царство; есть у него свои руки — и ладно, а чужими руками нечего жар загребать.

— И чего я сам себе голову морочу? — пробурчал он. — Да он меня как увидит, так и сцапает, я и пикнуть не успею. А он увидит, и скоренько, ежели я здесь, в Мордоре, вздумаю надеть Кольцо. Словом, как ни кинь, все клин. Это ж надо: в самый раз бы мне пробраться невидимкой — а Кольцо не тронь. Мало того, оно дальше — больше будет мне мешать, вот навязалась обуза! Ну и что же делать?

Это Сэм просто так спрашивал: он знал, что надо побыстрее идти к воротам. Он пожал плечами, встряхнул головой, как бы отгоняя видения, и стал медленно спускаться, делаясь меньше и меньше: через сотню шагов он снова превратился в маленького, перепуганного хоббита. Из башни слышны были без всякого Кольца крики, лязг оружия, да и не только из башни — похоже, дрались во дворе.

Сэм наполовину спустился, когда из темных ворот на дорогу, озаренную багровым светом, выскочили два орка. По счастью, бежали они не к нему и недалеко убежали, а свалившись, не двигались. Должно быть, их подстрелили из бойницы или со двора. Сэм осторожно продвигался, левым боком прижимаясь к стене; он взглянул наверх: да нет, не взобраться, куда там. Тридцать футов гладкого-прегладкого камня — ни трещинки, ни выступа — до гребня стены, нависавшего перевернутыми ступеньками. Только через ворота.

Он крался к воротам и соображал, сколько орков в башне у Шаграта, сколько привел Горбаг и с чего они разодрались. В Логове с Шагратом было около сорока, а с Горбагом, пожалуй, вдвое больше, но Шаграт не всех же вывел из башни. А поцапались, конечно, из-за Фродо, из-за добычи. Сэм даже остановился: он сразу все понял, точно увидел своими глазами. Мифрильная кольчуга! Ну конечно же — раздели Фродо, увидели кольчугу, и Горбаг наложил на нее лапу: они ведь его первые нашли! И выходит так, что жизнь Фродо висит на волоске, ее охраняет лишь приказ из Черной Башни, а если они ослушаются...

— Ну же, ты, негодный слизняк! — закричал сам на себя Сэм. — Беги скорей!

Он выхватил Терн и ринулся к открытым воротам. Однако у входа под арку его что-то задержало, в точности как паутина Шелоб, только невидимая. Вроде бы проход свободен, а не пройдешь — и все тут. Он огляделся и по обеим сторонам прохода в тени увидел Соглядатаев.

Это были две фигуры на тронах, у каждой по три тулова и три головы, обращенные вперед, назад и поперек прохода. Головы как у стервятников, на коленях когтистые лапы. Высеченные из камня, недвижные, они, однако, следили — зорко, злобно, цепко — и распознавали врагов. Видимый или невидимый — никто их не мог миновать. Они и впускали — и не выпускали.

Сэм изо всех сил рванулся вперед — и больно ушибся лицом и грудью. Тогда с отчаянной смелостью — больше ему просто ничего на ум не пришло — он вынул из-за пазухи фиал Галадриэли и поднял его над головой. Светильник вспыхнул, разгорелся серебряной звездой — и отступили тени из-под темной арки, а Соглядатаи, выхваченные из тьмы во всем своем жутком уродстве, казалось, заново оцепенели. Черные камни-глаза блеснули леденящей ненавистью. Сэм даже вздрогнул; но блеск угас, и он почуял их страх.

Когда же он проскочил мимо, пряча фиал на груди, за ним как железный засов задвинулся: опомнились, будут стеречь еще строже. И испустили дикий, пронзительный вопль — эхом загудели высокие стены. Сверху, отозвавшись, резко ударил колокол.

— Готово дело! — сказал Сэм. — Позвонил у парадного! Ну, давайте сюда, где вы там! — крикнул он. — Скажите своему Шаграту, что огромный богатырь-эльф тут как тут, и эльфийский меч при нем!

Ответа не было, и Сэм пошел вперед; в руке его сверкал ярко-голубой Терн. Темным-темно было во дворе, но он видел, что всюду валялись мертвецы. Возле его ног скорчились два лучника с ножами в спинах. Трупы за трупами, поодиночке, изрубленные или подстреленные, по двое, резали, душили, кусали — и издохли, вцепившись друг в друга. По скользким камням струилась черная кровь.

Доспехи, заметил Сэм, у одних были с Багровым Оком, у других — с Луной, оскаленной, как череп; он, впрочем, приглядываться не стал. Большая дверь у подножия башни была приоткрыта, на пороге лежал здоровенный орк. Сэм перепрыгнул через него и зашел внутрь, растерянно озираясь.

Дальний конец широкого, гулкого коридора, тускло освещенного торчавшими по стенам факелами, терялся в сумраке. По обе стороны виднелись двери и проходы, и всюду было пусто; лежали два или три трупа. Сэм помнил из разговора вожаков, что Фродо, живого или мертвого, надо искать «в потайной каморке на самом верху» — но проискать можно было и целый день.

— Наверно, где-нибудь в той стороне, — пробормотал Сэм. — Башня вроде как наискось построена, прислонена к горе. Ладно, вперед, не в темень же соваться.

Он шел по коридору все медленнее и медленнее, еле волоча ноги. Ему опять стало очень страшно. Тишину нарушал только звук его осторожных шагов, которые эхо превращало в шлепки огромных рук по каменным плитам. Мертвые тела, пустота, сырые стены, при свете факелов точно сочившиеся кровью, смерть за каждой дверью и в темных простенках, да еще неотвязная память о чудищах, поджидавших его у ворот, — словом, немудрено было и оробеть. Но ему даже хотелось, чтоб на него скорей напали — один-два орка, не больше, — лучше все-таки драться, чем трястись со страху. Он старался думать о Фродо, который лежит где-то в этой жуткой башне, связанный, раненый или мертвый. И не останавливался.

Ряды факелов кончились, он добрел почти до самых дверей в конце коридора — это, верно, и были задние ворота башни, только теперь изнутри. И вдруг откуда-то сверху донесся безумный сдавленный крик. Он замер и услышал топот: кто-то быстро сбегал по гулкой лестнице.

Удержать свою руку было не под силу, она невольно схватилась за цепочку с Кольцом. Но не успел Сэм надеть его, как из темного прохода справа выскочил орк и вслепую побежал прямо на него. Шагов за шесть, подняв голову, он заметил Сэма, а тот уже слышал его пыхтенье и видел воспаленные, выпученные глаза. Орк в ужасе остановился: перед ним был вовсе не маленький перепуганный хоббит с мечом в дрожащей руке, а огромная безмолвная фигура в сером облаченье, заслонявшая неверный факельный свет; в одной руке у пришельца был меч, яростным блеском выжигавший глаза, другую он держал на груди, скрывая неведомую, властную, убийственную угрозу.

Орк съежился, дико завопил и метнулся обратно в проход. А Сэм взбодрился, как щенок, нежданно-негаданно испугавший большого пса, и погнался за ним с победным криком:

— Ага! Видал эльфийского богатыря! Вот он я. А ну, показывай дорогу на самый верх, а то шкуру спущу!

Но ловкий и сытый орк был у себя дома, а голодный, изможденный Сэм спотыкался на каждом шагу, взбегая по высоким ступенькам крутой винтовой лестницы. Он запыхался; вскоре орк скрылся из виду, и все глуше доносился сверху его топот; правда, время от времени он подвывал от ужаса, и эхо гудело на лестнице. Но потом все стихло.

Сэм поднимался дальше. Он чуял, что он на верном пути, и сил у него прибыло.

— Ну-ну! — сказал он сам себе, как следует упрятав кольцо и подтянув пояс. — Если они все будут так шарахаться от меня при виде Терна, то, может, я с ними как-нибудь и управлюсь. Вообще-то похоже, что Шаграт, Горбаг и их молодцы славно поработали за меня. Кроме этого трусливого ублюдка, никого и в живых, кажется, не осталось.

Сказал — и словно ударился лбом о каменную стену. А вдруг и в самом деле — никого в живых?.. Чей это был отчаянный крик?

— Фродо, Фродо! Хозяин! — воскликнул он, давясь слезами. — Что мне делать, если они вас убили? Иду, все равно иду — эх, кабы не опоздать!

Выше и выше вела лестница, которую изредка освещали факелы на поворотах или над зияющими проходами в верхние ярусы. Сэм принялся считать ступеньки, досчитал до двухсот и сбился. Шел он крадучись: вроде бы сверху послышались голоса. Видно, ублюдок-то был не один.

И когда ноги уже не гнулись, а дышать стало совсем невмочь, лестница кончилась. Он остановился (голоса были слышны отчетливо и близко) и осмотрелся. Он был на плоской крыше третьего яруса, на круглой площадке шириною футов шестьдесят, с низким парапетом. Лестница выходила посредине площадки в сводчатую комнатку шатром: низкие дверные проемы глядели на восток и на запад. На востоке, далеко внизу, простиралась темная пустыня Мордора, полыхал Ородруин. Из кипящих недр яростней прежнего извергались огненные потоки — такие раскаленные, что даже здесь, за много миль, верхушку башни озарял багровый свет. Впрочем — Сэм поглядел на запад, — это была не верхушка, а дворик у подножия верхней сторожевой башни, того самого рога над горным гребнем. Оконная прорезь светилась. Дверь в башню — футов за тридцать от Сэма — была отворена, и оттуда, из черноты, и слышались голоса.

Сэм не стал прислушиваться; он вышел из восточной дверцы и окинул взглядом площадку — да, здесь, видать, была главная драка. Мертвецы лежали грудами, повсюду валялись отрубленные головы, руки, ноги. Застоялся смертный смрад. Вдруг кто-то рявкнул, кого-то ударили, раздался злобный крик, и Сэм кинулся назад, к лестнице. Орк заорал, и это был голос Шаграта: резкий, сиплый, начальственный.

— Ты что, Снага, очумел, как это ты не пойдешь? Да я тебя, гаденыша! Думаешь, я ранен, так и можно отбрехаться? Иди-ка сюда, я тебе глаза выдавлю, как Радбугу — слышал, он вопил? Вот подойдут парни, я с тобой разберусь: скормлю тебя Шелоб!

— Не подойдет никто, ты прежде сдохнешь, — угрюмо отвечал Снага. — Два раза уж сказал тебе: моргульская сволочь перекрыла ворота, из наших никто не выбрался. Проскочили Лагдуф и Музгаш — и тех подстрелили. Говорю же: я сам из окошка видел. А всем остальным — каюк.

— Вот, значит, ты и пойдешь. Мне все равно надо быть здесь; к тому же Горбаг, подлюга, ранил меня, чтоб ему сгнить в Черной Яме! — Шаграт разразился долгой и гнусной руганью. — Пока я его душил, он, вонючка, успел меня ножом пырнуть. Иди давай, живьем ведь слопаю. Надо скорее обо всем доложить в Лугбурз, а то угодим в Черную Яму. Да, да, с тобой на пару, не отвертишься, не отсидишься!

— Не пойду я на лестницу, — буркнул Снага, — плевать я хотел, что ты начальник. Хрен тебе! И не хватайся за нож, получишь стрелу в брюхо. Да и начальником тебе не бывать, когда Там узнают, что ты натворил. Моргульцев-гнид правильно всех перебили, но вы же и долбаки с Горбатом: сцепились из-за добычи!

— А ну, заткнись! — рявкнул Шаграт. — У меня был ясный приказ, а Горбаг хотел захапать кольчужку.

— Ты тоже хорош: сразу пошел выпендриваться — я, мол, здесь хозяин! У него в голове-то было побольше твоего: он тебе сколько повторял, что главного шпиона мы не видели, а ты уши затыкал. И сейчас как глухой — говорят тебе, прав был Горбаг. Главный этот у нас под боком ходит — не то эльф-кровопийца, не то поганый тарк*. Сюда он идет, говорю же тебе. Колокол слышал? Он прорвался мимо Соглядатаев: тарки это умеют. И гнался за мной по лестнице. Покуда он здесь, не пойду я вниз. Будь ты хоть сам назгул, не пойду.

— Ах, ты так? — взревел Шаграт. — Туда не пойдешь, сюда не желаешь? А когда он придет, удерешь и бросишь

---

* На орксском наречии — гондорец. — *Примеч. автора.*

меня? Нет, не выйдет! Сперва я из тебя кишки с дерьмом вытряхну!

Из башенной двери выскочил орк небольшого роста, а за ним гнался дюжий Шаграт, скрючившись и загребая ручищами чуть не до полу: одна, окровавленная, болталась, а в другой он держал большой черный сверток.

Прячась за лестничной дверцей, Сэм увидел в багровом свете его злобную морду, изорванную когтями, испятнанную кровью, с ощеренных клыков капала слюна.

Шаграт гонялся за Снагой по дворику, а тот ускользал, увертывался — наконец с визгом нырнул обратно в башню и скрылся. Из восточной дверцы Сэм видел, как Шаграт стал у парапета, задыхаясь, сжимая и разжимая когти на левой, свисавшей лапе. Он опустил сверток на пол, вытащил длинный красный нож и сплюнул на него. Потом перегнулся через парапет, разглядывая нижний двор, и зычно заорал раз-другой, но ответа не было.

Вдруг Сэм с изумленьем заметил, как один из распростертых мертвецов зашевелился, пополз, ухватил сверток за спиною склоненного над парапетом Шаграта и, шатаясь, поднялся на ноги. В другой руке у него был обломок копья с широким плоским наконечником; он занес его для удара, но в последний миг зашипел — от боли или от злобы. Шаграт отпрянул по-змеиному, извернулся — и вонзил нож в горло врагу.

— Здорово, Горбаг! — крикнул он. — Ты что, не сдох? Ладно, сейчас помогу!

Вскочив на рухнувшее тело, он бешено топтал и пинал его, нагибался, колол и кромсал ножом, наконец закинул голову и испустил надсадный ликующий вопль.

Потом облизал нож, взял его в зубы, поднял сверток и заковылял к ближней лестничной дверце.

Раздумывать не приходилось. Сэм, конечно, мог выскочить в другую дверцу, но вряд ли незаметно, а затевать с этим выродком игру в прятки — дело дохлое. Наверно, он поступил правильнее всего: с криком выпрыгнул навстречу Шаграту. Теперь он Кольцо в руке не сжимал, но оно никуда не делось, и всякий мордорский раб чуял его страшную власть и смертельную угрозу. Нестерпимо сверкал Терн — отблеском звезд эльфийского края, страшнее которого для орков ничего нет. И наконец Шаграт не мог драться, не выпустив сверток. Он пригнулся, зарычал и оскалил клыки. Потом отпрыгнул в сторону и, когда Сэм на него бросился, выставил тяжелый сверток, словно щит, ткнув им врага в лицо. Сэм отшатнулся и опомниться не успел, как Шаграт уже сбегал по лестнице.

Сэм с проклятьем кинулся за ним, но быстро остыл. Он подумал о Фродо, о том, что другой орк вернулся в сторожевую башню. Опять надо было выбирать, не мешкая. Если Шаграт удерет, то скоро вернется с подмогой. Но если бежать за ним — тот, другой, может такое вытворить... Шаграта еще поди догони, а догонишь — кто кого убьет. Сэм повернулся и взбежал наверх.

— Опять небось маху дал, — вздохнул он. — Но будь что будет, сперва доберусь до этой каморки на верхотуре.

А Шаграт тем временем сбежал по лестнице, пересек двор и выскочил из ворот со своей драгоценной ношей. Знал бы Сэм, сколько скорби вызовет его бегство, он бы, может, еще подумал. Но он думал только о том, где ему искать Фродо. Он с оглядкой подошел к башенной двери и сунулся внутрь: вроде бы совсем темно, но потом глаза привыкли, и он завидел справа тусклый свет — из прохода к узкой винтовой лестнице у стены. Оттуда сверху мерцал факел.

Сэм стал осторожно подниматься. Факел оказался над дверью слева, напротив оконной прорези, обращенной на запад: это небось и было то красное окно, которое они с Фродо увидели, выйдя из Логова. Сэм прошмыгнул мимо двери и поспешил на третий этаж, каждый миг опасаясь, что сзади схватят его за горло. Снова прорезь, теперь на восток, и опять факел над дверью напротив. Дверь была открыта: темный коридор скудно освещали отблески факела и багрового зарева за окном. Но лестница кончилась, и Сэм прокрался в коридор. С двух сторон были низкие двери; обе заперты. Ниоткуда ни звука.

— Добрался, нечего сказать, — пробормотал Сэм, — было зачем добираться! Но это вроде бы не самая верхотура. А дальше-то куда?

Он сбежал на второй этаж, попробовал дверь. Заперта. Он снова взбежал наверх, пот лил с него ручьем. Каждая минута была дорога, и минута за минутой уходили попусту. Он уж и думать забыл про Шаграта, Снагу и всех прочих орков; он не чаял найти хозяина, посмотреть ему в лицо, потрогать его за руку.

И наконец, усталый и разбитый, он сел на ступеньку пониже третьего этажа и уронил голову на руки. Стояла жуткая тишина. Факел, догорая, затрещал и погас; темнота, как волна, захлестнула его с головой. И вдруг, себе на удивление, Сэм, у которого не осталось надежды и не было сил горевать, тихонько запел, повинуясь тайной подсказке сердца.

Его слабый, дрожащий голосок был еле слышен в черной холодной башне; никакой орк не принял бы это жалобное пение полуживого хоббита за звонкую песнь эльфийского воина. Он тихонько напевал детские песенки Хоббитании, стихи господина Бильбо — напевал все, что приходило в голову и напоминало родные края. Внезапно сил у него прибавилось, голос окреп, и сами собой сочинились слова, как простенький мотив:

> Там солнце льет свои лучи
> На вешние сады,
> Цветут луга, журчат ручьи,
> В лесах поют дрозды.
> А может, льется звездный свет,
> И я бы увидал,
> Как тихо светится в листве
> Жемчужная звезда.
>
> А здесь темно, и ни души,
> В углах таится смерть.
> Но выше сумрачных вершин
> Сияющая твердь.
> Лучится ласковая синь,
> Блистает звездный свод —
> Ведь он прочнее всех твердынь,
> И темнота пройдет.

— Но выше сумрачных вершин, — затянул он снова — и замолк. Ему словно бы отозвался чей-то слабый голос. Да нет, показалось: ничего не слыхать. А потом стало слыхать, только не голос, а шаги. Тихо отворилась дверь в верхнем коридоре, заскрипели петли. Сэм съежился, затаив дыхание. Дверь хлопнула, и злобный голос орка прогнусил:

— Ну ты, гаденыш, там, наверху! Только пискни еще, я тебе так пискну! Понял?

Ответа не было.

— То-то, — буркнул Снага. — А все-таки слазаю посмотрю, чего это ты распищался.

Снова скрипнули петли, и Сэм, выглядывая из-за косяка, увидел в дверях полосу света и фигуру орка: он, кажется, нес лестницу. Сэма осенило: каморка-то не иначе как над коридором, а вход в нее через люк. Снага приставил лестницу, взлез к потолку и загремел засовом. И снова послышался мерзостный, гнусавый голос:

— Тихо лежать, пока цел! А цел ты пробудешь недолго — тебе что, невтерпеж? Хлебало заткнуть! Вот получи на память!

Свистнув, хлестнула плеть. Сэм затрясся от ярости и в три прыжка взлетел на лестницу, по-кошачьи бесшумно. Люк был посредине большой круглой комнаты. На цепях свисал красный светильник, чернело высокое и узкое западное окно. У стены под окном кто-то лежал, возле него черной тенью раскорячился орк. Он снова занес плетку, но ударить не успел.

Сэм с криком подскочил к нему, орк быстро обернулся, и яростно сверкнувший Терн отсек ему правую руку. Взвыв от боли и страха, он озверело бросился на Сэма, увернулся от меча, сшиб его с ног и упал сам. Послышался вопль и глухой удар. Мгновенно поднявшись и отпрыгнув, Сэм понял, что орк запнулся о лестницу и свалился вниз головой в люк. Сэм тут же забыл о нем, подбежав к фигурке, скорчившейся на полу. Это был Фродо.

* * *

Он лежал нагишом — как видно, без чувств — на куче грязного тряпья, рукой заслоняя голову; бок был исполосован плетью.

— Фродо! Господин Фродо, хозяин мой дорогой! — кричал Сэм, заливаясь слезами. — Это я, это Сэм!

Он прижал его голову к своей груди. Фродо открыл глаза.

— Опять я сплю? — проговорил он. — Что ж, спасибо за такой сон.

— Нет, хозяин, это вовсе не сон, — сказал Сэм. — Это наяву. Это я вас нашел.

— Да не может быть, — сказал Фродо, хватая его за плечи. — Только что здесь был орк с плетью, и он превратился в Сэма! Значит, я и тогда не спал, когда слышал пение снизу и стал подпевать? Это ты пел?

— Кто ж, как не я, сударь. Я уж совсем, можно сказать, отчаялся. Ищу, ищу, а вы не находитесь.

— Вот я и нашелся, Сэм, дорогой ты мой Сэм, — сказал Фродо и снова, закрыв глаза, откинул голову на ласковые руки Сэма, как ребенок, чьи ночные страхи прогнали любимый голос и касание.

Так бы сидеть да радоваться, но Сэм понимал, что радоваться рано. Найти-то он хозяина нашел, а теперь надо было его спасать. Он поцеловал Фродо в лоб.

— Просыпайтесь, просыпайтесь, господин Фродо! — позвал он, стараясь, чтобы голос его звучал повеселей — как в Торбе, когда он раздвигал занавеси летним утром.

Фродо вздохнул и сел.

— А где это мы? Как я здесь оказался? — спросил он.

— Все расскажу, только сперва давайте окажемся подальше отсюда, — сказал Сэм. — Короче говоря, мы с вами на самом верху той башни, что видели, когда вышли из Логова, перед тем, как вас сцапали орки. А давно ли это было — не знаю. День да ночь — сутки прочь, не больше.

— Только-то? — сказал Фродо. — По мне, так целая неделя прошла. Да, да, потом расскажешь, если будет случай. Меня сшибло с ног, верно? И я точно провалился в темноту, мне чудились всякие ужасы, а когда очнулся — увидел ужасы наяву. Кругом были орки, они вливали мне в горло какую-то жгучую гадость, и голова прояснилась, только болела, и руки-ноги не двигались. Раздели меня догола — все-все отобрали, — и двое огромных зверюг принялись меня допрашивать, и конца этому не было; я думал, с ума сойду, а они стояли надо мною, грозили, измывались, поплевывали на свои ножи. Век не забуду их когтей и огненных глазищ!

— Не станете вспоминать, так, может, и забудете, сударь, — сказал Сэм. — Главное дело — ноги отсюда поскорее унести, а то увидимся с кем не надо. Вы идти-то сможете?

— Смогу, — сказал Фродо, медленно распрямляясь. — Я ведь не ранен, Сэм. Только трудно как-то двигаться и вот здесь побаливает. — Он приложил руку к шее над левым плечом.

Красный свет заливал его с головы до пят, будто облекал пламенем. Он прошелся по комнате.

— Да вроде уже получше! — сказал он, немного повеселев. — Я и шелохнуться боялся, когда лежал тут один и все время заходил караульщик. Потом поднялся дикий ор и началась драка. Кажется, эти двое зверюг повздорили из-за меня и добычи. Ужас что творилось! А когда все стихло, стало еще страшней.

— Да, они, видать, крепко повздорили, — подтвердил Сэм. — Здесь этой сволочи собралось сотни две. Многовато на одного Сэма Скромби. Но они, спасибо, не стали дожидаться, пока я их всех укокошу, и сами между собой разобрались. Это нам с вами здорово повезло, не худо бы и песню сочинить, да уж очень длинная получится песня, отложим на потом. Сейчас-то что делать будем? В здешних местах, сударь, хоть и темновато, но голышом расхаживать не принято.

— Они все забрали, Сэм, — отозвался Фродо. — Все до последней нитки. Ты понимаешь? Все! — И он снова тяжело опустился на пол, свесив голову, будто и сам только что это понял и его придавило отчаяние. — Все пропало, Сэм. Если мы даже отсюда выберемся, спасенья нам нет. Одни эльфы могут спастись, и не в Средиземье, а далеко-далеко за Морем. Да еще и там — спасутся ли?..

— Нет, сударь, не все они забрали. И еще не все пропало. Я снял его с вас, уж извините великодушно. И оно цело — висит у меня на шее, сущий камень, я вам скажу! — Сэм полез за пазуху. — Теперь небось надо его вам на шею перевесить.

Сэму вовсе не хотелось отдавать Кольцо — ну куда хозяину таскать такую тяжесть!

— Оно у тебя? — ахнул Фродо. — Здесь, у тебя? Вот чудо-то! — И вдруг, вскочив на ноги и протягивая дрожащую руку, выкрикнул каким-то чужим голосом: — Давай его сюда! Сейчас же отдавай! Оно не твое!

— Конечно, сударь, — удивленно сказал Сэм. — Берите! — Он нехотя вынул Кольцо и снял цепочку через голову. — Только ведь мы, как бы сказать, в Мордоре: вот выберемся из башни, сами увидите Огненную гору и все такое прочее. Кольцо ого-го как потяжелело, и с ним здесь, похоже, шутки плохи. Может, будем его нести по очереди?

— Нет, нет! — крикнул Фродо, выхватив Кольцо с цепочкой у него из рук. — Нет, и думать не смей, проклятый ворюга!

Он, задыхаясь, смотрел на Сэма с испугом и ненавистью. Потом вдруг, сжав Кольцо в кулаке, точно сам себя услышал. Он провел рукою по лбу: голова по-прежнему болела, но жуткое виденье исчезло, а привиделось ему совсем как наяву, что Сэм снова обратился в орка, в гнусную маленькую тварь с горящими глазками, со слюнявой оскаленной пастью и жадно вцепился в его сокровище. Теперь он увидел, что Сэм стоит перед ним на коленях и горько плачет от мучительной обиды.

— О Сэм! — воскликнул Фродо. — Что я сказал! Что со мной! Прости меня! И это тебе вместо благодарности. Страшная власть у этого Кольца. Лучше бы его никогда, никогда не нашли. Но ты пойми, Сэм, я взялся нести эту ношу, и тут уж ничего не поделаешь. Это моя судьба, и даже ты не можешь ее разделить.

— Ладно, чего там, сударь, — сказал Сэм, утирая глаза рукавом. — Все понятно. Разделить не могу, а помочь попробую — первым делом скоренько вывести вас отсюда, тут место гиблое. Стало быть, надо вам одеться и подкрепиться. Одеть я вас как-нибудь одену: по-мордорски, раз уж нас занесло в Мордор. Да и выбирать не из чего. Так что, боюсь, придется вам, сударь, нарядиться орком; мне, конечно, тоже — за компанию и для порядку. Покамест вот — наденьте!

Сэм снял свой серый плащ и накинул его на плечи Фродо. Потом положил котомку на пол и вынул из ножен Терн: клинок его едва искрился.

— Поглядите, сударь! — сказал он. — Нет, не всё они забрали. Терн я у вас одолжил, а звездинку Владычицы вы, помните, сами мне дали. Очень пригодились. Если можно, сударь, одолжите их еще ненадолго — я схожу на добычу. А вы покуда пройдитесь, разомните ноги. Я быстро — здесь недалеко.

— Только осторожно, Сэм! — сказал Фродо. — И правда, побыстрее! Вдруг где-нибудь еще прячутся недобитые орки.

— Стало быть, добьем, — сказал Сэм. Он скользнул в люк и вниз по лестнице, но через минуту голова его снова появилась, а рука зашвырнула длинный нож.

— Возьмите-ка на всякий случай, — сказал он. — Подох этот — который вас плетью стегал. Шею сломал, уж очень торопился. А вы вот что, сударь: лестницу сможете сами втянуть? И не спускайте ее, пока я не позову. Я скажу «Элберет» — эльфийское имя, ни один орк его не знает.

Фродо немного посидел, невольно вспоминая пережитые ужасы и вздрагивая при каждом шорохе. Потом он встал, запахнулся в эльфийский плащ и, чтобы отогнать черные мысли, принялся кругами расхаживать по своей темнице и обшаривать все углы.

Ждать пришлось недолго, хоть со страху и показалось, что больше часу; голос Сэма тихо позвал снизу:

«Элберет, Элберет». Фродо спустил в люк легкую лестницу. Сэм поднялся, пыхтя, с большим узлом на голове и брякнул его об пол.

— Ну, сударь, чур не мешкать! — сказал он. — Да, снаряди тут попробуй нашего брата невысоклика. Ладно, уж как-нибудь обойдемся, а то некогда. Орки все мертвые, ничего такого я не заметил, но что-то мне, понимаете, не по себе, вроде как под надзором. Может, оно и кажется, только боюсь, ох шныряет поблизости летучий мертвяк, а в небе черно, не разглядишь.

Он развязал узел. Фродо поежился от омерзения, но делать и правда было нечего — либо как ни на есть одевайся, либо ходи голый. Он натянул длинные косматые штаны из козлиной, что ли, шкуры и засаленную кожаную рубаху, а поверх нее — частую кольчугу, для среднего орка короткую, для Фродо длинную и тяжеловатую. Потом затянул пояс, на котором висел короткий широкий тесак. Шлемов Сэм притащил пяток на выбор, и один из них Фродо подошел: черная шапка из железных ободьев, обтянутых кожей, со злобным Красным Оком, намалеванным над клювастым наносником.

— Моргульские доспехи, с молодчиков Горбага, нам бы лучше сгодились, да они и подобротнее, — сказал Сэм, — только с их пометками в Мордоре, наверно, лучше не разгуливать, после здешней-то бойни. Ну, сударь, вот вы и одеты — этакий складненький орк, с вашего позволения... да нет, не совсем, вам бы еще маску, руки подлиннее и ноги врастопырку. А мы, пожалуй, сверху прикроемся. Теперь готово дело. Щит подберете по дороге.

— А ты как же, Сэм? — спросил Фродо. — За компанию и для порядку?

— Да я, сударь, тут между делом пораскинул мозгами, — сказал Сэм. — Оставлять-то мою одежду нельзя, а куда мы ее денем? Неужто мне поверх нее напяливать оркский доспех? Нет, опять же прикроемся сверху.

Он опустился на колени и бережно свернул эльфийский плащ: сверточек получился малюсенький. Сэм припрятал его в котомку, закинул котомку за плечи, надел оркский шлем и завернулся в черный плащ.

— Вот так сойдет! — сказал он. — Теперь вроде бы гожусь вам в компанию. Пошли, пошли!

— Только не бегом, Сэм, — сказал Фродо с грустной улыбкой. — Да, а ты разузнал, как там с трактирами по дороге? Или вообще забыл про еду и питье?

— Батюшки, а ведь забыл! — присвистнул Сэм. — Вы тоже, сударь, хороши: напомнили и я сразу захотел есть и пить! Давно уж во рту маковой росинки не было — покуда я вас искал. Но не так уж плохи наши дела: когда я последний раз шарил в котомке, там и хлебцев, и Фарамировой снеди оставалось недели на две — на одного, правда, едока, и то в обрез. С водой хуже, — может, во фляге и есть еще глоток, но уж второго нет, это точно. На двоих маловато. А орки что — не едят и не пьют? Только дышат гнилым воздухом и лопают отраву?

— Нет, Сэм, они едят и пьют. Злодейству творить не дано, оно может лишь издеваться и уродовать. И орки — не его творение, это просто порченые твари, а стало быть, живут, как все живые. Пьют гнилую воду, едят гнилое мясо, если ничем другим не разживутся, но отравы не лопают. Меня они кормили и поили, так что я рядом с тобой именинник. И наверняка где-нибудь здесь и еда, и питье есть.

— Только времени-то нет разыскивать, — вздохнул Сэм.

— Ладно, ладно, дела наши даже лучше, чем ты думаешь! — сказал Фродо. — Пока ты ходил на добычу, я тоже кое-что промыслил: свою котомку среди тряпья. Они ее, конечно, распотрошили, да путлибы им, видать, были еще противней, чем Горлуму. Побросали их, потоптали, но я собрал все до крохи, и порядком набралось — думаю, почти столько же, сколько у тебя. Вот только Фарамирову снедь они забрали и флягу изрезали в клочья.

— Такие, значит, пироги, — сказал Сэм. — С голоду пока что не помрем. Без воды, правда, худо нам придется. Но пошли, пошли, сударь, а то нам и целое озеро будет без надобности!

— Нет уж, Сэм, пока ты не перекусишь, я с места не двинусь, — сказал Фродо. — Возьми-ка вот хлебец и допей глоток из своей фляги! Худо нам придется так и так, и нечего беречь глоток на завтра. Может, и завтра-то никакого не будет.

Наконец они спустились, задраив люк, и Сэм положил лестницу в коридоре подле скрюченного трупа орка. В малой башне было темно, а крышу все еще озаряли отсветы зарева над Ородруином, хоть оно и потускнело. Они подобрали щиты полегче и ступили на главную лестницу.

Гулко отдавались их шаги. Круглая комната, где они встретились, теперь казалась чуть не домом родным, а здесь даже обернуться было страшно. Может, и не осталось никого в живых во всей башне на Кирит-Унголе, но тишина стояла зловещая до ужаса.

Подошли к дверям во двор, и перед ними встала невидимым и плотным заслоном черная злоба Соглядатаев — безмолвных чудищ по сторонам багровеющих ворот. Побрели через двор между мертвыми телами, идти было все труднее. Неподалеку от арки остановились, пошатываясь, оцепененные тяжкой болью.

Фродо бессильно повалился на камни.

— Дальше не могу, Сэм, — выговорил он коснеющим языком. — Кажется, вот-вот умру. Не знаю, что это на меня накатило.

— Дело понятное, сударь. Главное — крепитесь! Тут ворота малость заколдованные. Но я сюда через них прошел, и я не я буду, если не выйду. Я на них управу знаю. Ну-ка!

Он вынул звездинку Галадриэли, и в честь его мужества, в награду немудрящей хоббитской верности светильник ослепительно вспыхнул в заскорузлой руке Сэма, словно молнией осияв сумрачный двор, и сияние не угасало.

— Гилтониэль, о Элберет! — выкликнул Сэм: ему вдруг вспомнилась Хоббитания и песня эльфов, от которой шарахнулся в лес Черный Всадник.

— Айийя эленион анкалима!* — воскликнул позади него Фродо.

И чары вдруг распались, точно лопнувшая цепь; Фродо и Сэм, спотыкаясь, стремглав пробежали в ворота, мимо Соглядатаев, злобно сверкнувших мертвыми глазами. Раздался треск: замковый камень арки грянулся оземь, чуть не придавив беглецов, и, рассыпаясь, обрушилась стена над воротами. Хоббиты уцелели чудом. Ударил колокол, и дико взвыли Соглядатаи. Эхом ото-

---

*О Владычица звезд! — титулование Элберет Гилтониэли на верхнеэльфийском языке. — *Примеч. автора.*

звались темные небеса: оттуда коршуном устремилась вниз крылатая тень и жуткий вопль ее, казалось, разрывал тучи.

Глава II
В СУМРАЧНОМ КРАЮ

Сэм едва успел спрятать на груди светильник.

— Бежим, сударь! — крикнул он. — Нет, не туда! Там под стеной обрыв. За мной бегите!

И они побежали прямо по дороге. Шагов через пятьдесят их скрыл спасительный выступ; кое-как отдышались, прижимаясь спиной к утесу. От разрушенной арки доносились сверлящие вопли назгула, и скалы вздрагивали.

Ужас погнал их дальше, за поворотом снова надо было перебежать на виду. Мельком увидели они черную тень над стеною — и юркнули в ущелье, на крутой спуск к Моргульской дороге. Вскоре очутились на перекрестке — никого нигде, но, конечно, вот-вот примчатся со всех сторон на яростный зов назгула.

— Плохо наше дело, Сэм, — сказал Фродо. — Были б мы орки, бежали бы к башне, а мы куда? Сразу нас сцапают. Нельзя по дороге.

— Нельзя-то нельзя, да куда деваться? — сказал Сэм. — Мы же летать не умеем.

Сбоку, над черною котловиной, громоздились утесистые восточные склоны Эфель-Дуата. За перекрестком дорога опять ныряла и выводила на висячий мост над пропастью, к ущельям и кручам Моргвея. Фродо и Сэм опрометью кинулись по мосту; уже далеко позади, на уступе, высилась башня Кирит-Унгола, поблескивавшая каменной чешуей. Внезапно вновь ударил колокол и загремел, не смолкая. Затрубили рога. Из-за моста донеслись ответные крики. Меркнущие отсветы Огненной горы в котловину не проникали, и пока никого не было видно, только все ближе слышался грохот кованых сапог и топот копыт.

— Живо, Сэм! С моста вниз! — крикнул Фродо. Они перелезли через перила. По счастью, склоны Моргвея уже подступили к дороге, и зев пропасти остался позади, но прыгать все равно надо было в темноту, наудачу.

— Эх, где наша не пропадала, — сказал Сэм. — На всякий случай прощайте, сударь!

Он прыгнул, Фродо за ним, и тут же над головой у них на мост ворвались всадники и толпа орков. Но Сэм чуть не расхохотался. Не в бездну упали они, не на острые невидимые скалы, а футов через двенадцать с треском врезались в гущу — это надо же! — терновника. И Сэм лежал тихо-тихо, зализывая расцарапанную руку.

Когда шум погони стих, он осмелился шепнуть:

— Ну, сударь, не знал я, что в Мордоре что-нибудь растет, но уж коли растет, то это самое оно. Ничего себе колючки, чуть не в два пальца длиной! Как они меня насквозь не проткнули. Дурак я, что не надел кольчуги.

— Да от этой орской кольчуги никакого толку, — отозвался Фродо. — Они и рубаху пропороли.

Насилу выдрались из зарослей: жесткие, как проволока, кусты вцеплялись, точно когтями. Плащи их были изорваны в клочья.

— Спускаемся вниз, Сэм, — прошептал Фродо, — к самому дну котловины, и сразу свернем на север.

За пределами Мордора наступало утро, и над покровом мглы всходило солнце из-за восточного края Средиземья; но здесь ночная темнота еще сгустилась. Тлела пригасшая Гора. Прежде обагренные скалы почернели. Восточный ветер, который дул с той поры, когда хоббиты были еще в Итилии, теперь улегся. Медленно, с трудом пробирались они на ощупь, спотыкаясь и падая, по камням, грудам хвороста, сквозь колючие заросли, все вниз и вниз.

Наконец, выбившись из сил и обливаясь потом, они уселись рядом возле огромного валуна.

— За кружку воды я бы самому Шаграту лапу пожал, — сказал Сэм.

— Насчет воды лучше помалкивай! — посоветовал Фродо. — Не береди душу.

Он устало вытянулся и надолго замолчал: дурнота одолевала его. Потом он, к изумлению своему, обнаружил, что Сэм крепко спит.

— Сэм, ты проснись! — позвал Фродо. — Идти надо! Передохнули — и будет.

Сэм вскочил на ноги.

— Ой, батюшки! — сказал он. — Вздремнул ненароком. Давненько, сударь, я толком не спал, вот глаза и слиплись.

Фродо пошел впереди, стараясь держать путь на север среди камней, загромоздивших сухое русло. Но вскоре он остановился.

— Да нет, Сэм, — сказал он. — Вот как хочешь, не получится. То есть я это про орскую кольчугу. Может, в другой раз, а сейчас — нет. Мне и моя-то, мифрильная, бывала тяжеловата. А эта куда тяжелее. Да и что от нее проку? Мы ведь не с боем будем пробиваться.

— А без драки-то, может, и не обойдемся, — возразил Сэм. — Ножом в спину ткнут, стрела невзначай попадет, мало ли. Да и Горлум, коли на то пошло, где-то рядом ошивается. Не, неохота мне думать, что у вас одна защита — кожаная рубаха!

— Сэм, дорогой ты мой, — сказал Фродо, — я устал, я с ног падаю, я совсем уж ни на что не надеюсь. И все равно надо, понимаешь, надо тащиться к Огненной горе — хоть на брюхе. Хватит с меня Кольца. А это лишнее, это меня давит. Но ты не подумай, я понимаю, каково тебе было копаться среди мертвецов, отыскивать ее для меня...

— Да это, сударь, вздор, делов-то! Я вас на спине донесу, было б куда. Пес с ней, с кольчугой!

Фродо скинул плащ, снял кольчугу, отбросил ее в сторону и поежился.

— Потеплее бы что-нибудь, — сказал он. — То ли холодно стало, то ли я простудился.

— А возьмите-ка, вы, сударь, мой плащ, — сказал Сэм. — Он скинул котомку с плеч и вытащил оттуда сверточек. — Честное слово, неплохо получится! Закутайтесь поплотнее в эту оркскую хламиду, затянитесь поясом, а сверху вот накиньте. Орк из вас теперь липовый, ну да ладно, зато согреетесь, а пожалуй что оно и безопаснее. Как-никак сама Владычица руку приложила.

Фродо застегнул брошь.

— Да, гораздо легче стало! — сказал он. — И в ногах силы прибавилось. Только темень как тисками сжимает. Знаешь, Сэм, в башне я лежал и вспоминал Брендидуим, Лесной Угол, реку возле мельницы в Норгорде. А теперь ничего не вспоминается.

— Здрасьте, сударь, теперь уж не я, а вы на воду намекаете! — сказал Сэм. — Могла бы Владычица нас увидеть или услышать, я сказал бы ей: «Ваше Сиятельство, нам нужны только свет и вода, чистая вода и дневной свет, а каменьев никаких, прощенья просим, и даром не надо». Но далеко отсюда Лориэн.

Сэм со вздохом махнул рукой в сторону Изгарных гор — черноты в непроглядном небе.

Через сотню шагов Фродо опять остановился.

— Черный Всадник кружит над нами, — сказал он. — Что другое, а это я чувствую. Переждем.

Они залезли под огромный валун, сидели лицом к западу и молчали. Потом Фродо облегченно вздохнул:

— Улетел.

Они выбрались — и обомлели от удивления. По левую руку, на юге, небосклон посерел и стала видна в высоте крутоверхая горная цепь. За нею разливался свет, и мгла отступала к северу: казалось, в небесах идет битва. Тучи Мордора клубились и редели, рассеиваясь клочьями под напором ветра из мира живых; чадный туман втягивался назад, в глубь Сумрачного Края. И как сквозь грязное тюремное окно сочились бледные утренние лучи.

— Гляньте, сударь! — сказал Сэм. — Нет, вы гляньте! Ветер переменился. Похоже, не все у него, лиходея, ладится. Темень-то разметало. Эх, знать бы, как оно там.

Это было утро пятнадцатого марта, солнце поднималось из восточного сумрака над Андуином, дул юго-западный ветер. Теоден лежал при смерти на Пеленнорской равнине.

Ширилась полоса света над гребнями Эфель-Дуата, и вдруг хоббиты увидели пятнышко в ясном небе; вблизи оно стало черной тенью, а тень врезалась в сумрак и промчалась высоко над головой. Послышался протяжный, надсадный вопль назгула, но вопль их почему-то не испугал: была в нем тоскливая злоба и весть о своей гибели. Главарь Кольценосцев исчез с лица земли.

— А я что говорил? Где-то обмишулился лиходей! — воскликнул Сэм. — «Война хорошо идет!» — говорил Шаграт, а Горбаг хмыкал, и, видно, недаром. Может, не так уж все и худо, а, сударь? Может, будем надеяться?

— Да нет, Сэм, нам с тобою надеяться не на что, — вздохнул Фродо. — Это все за горами, за долами. И мы идем не на запад, а на восток. Я очень устал, Сэм, и Кольцо все тяжелее. И перед глазами у меня словно огненное колесо.

Сэм снова поник. Он тревожно взглянул на хозяина и взял его за руку.

— Пойдемте, сударь! — сказал он. — Все ж таки посветлело, идти будет легче, хоть и опаснее. Чуток пройдем, потом полежим отдохнем. Съешьте-ка вы эльфийского хлебушка, подкрепитесь.

Они разломили путлиб на двоих и побрели дальше, старательно жуя пересохшими ртами. Темноту сменил серый полумрак; впереди, по дну глубокой, отлого поднимавшейся к северу котловины тянулось пустое каменистое русло. У обрывистых подножий Эфель-Дуата вилась торная тропа. Они могли свернуть на нее еще с

Моргульской дороги, перед мостом: спустились бы длинными лестницами, выбитыми в скалах. Здесь ходили дозоры и бегали гонцы в малые крепости между Кирит-Унголом и тесниной Изенмаута, железными челюстями Карак-Ангрена.

Опасно было идти этой ближней тропой, зато легче, а Фродо знал, что ему не под силу пробираться валунами или по ущельям Моргвея. К тому же и погоня, наверно, будет сперва искать их не здесь, а на восточной дороге или западных перевалах. Отойдут они подальше от башни, попробуют выбраться из котловины на восток, а там... а там всему конец. Они пересекли сухое русло и пошли по орочьей тропе. Над нею нависали скалы, так что сверху бояться было вроде бы нечего, но тропа то и дело петляла, и у каждого поворота брались они за рукояти мечей.

Светлей не становилось: Ородруин по-прежнему изрыгал тяжкие дымные облака, не уступавшие ветру. Мощный столп поднимался в надветренную высь и расползался, нависая огромным туманным куполом. Они брели уже час с лишним — и вдруг оба замерли, не веря своим ушам. Наконец поверили: слышалось журчанье воды. Слева, из узкой, точно прорубленной в черном утесе канавки, струились, должно быть, остатки душистой дождевой влаги, скопленной над солнечным Морем и впустую окропившей скалистую ограду бесплодного края. Струйка лилась на тропу, и крохотный ручеек сбегал под откос, теряясь среди голых каменьев.

Сэм кинулся к струйке.

— Непременно скажу Владычице, если увижу ее! — воскликнул он. — Свет — пожалуйста, а вот и вода! — Он замялся. — Позвольте, сударь, прежде я напьюсь.

— Пей на здоровье, только нам и вдвоем места хватит.

— Да я не про то, — сказал Сэм. — Просто ежели от этой водички сразу ноги протянешь, так уж давайте испробуем на мне.

— Ах, ты вот о чем. Нет, Сэм, пробовать будем вдвоем — вдруг да обоим повезет. Глотнем для начала самую капельку — а ну как она ледяная, моргульская!

Вода была вовсе не ледяная, но прохладная, с неприятным привкусом — маслянистая и горьковатая. То есть это бы дома им так показалось, а здесь они этой водой нахвалиться не могли и пили без опаски.

Напились вволю, и Сэм наполнил флягу. Фродо полегчало; они прошли несколько миль, и тропа стала шире, а справа появилось грубое подобие стены. Должно быть, где-то неподалеку был лагерь орков.

— Сворачиваем, Сэм, — сказал Фродо. — На восток надо сворачивать. — Он вздохнул и окинул взглядом сумрачные гребни за котловиной. — Авось хватит у меня сил туда перебраться, а там забьемся в какую-нибудь ложбинку и отдохнем.

На четвереньках спустились по осыпи к руслу — и набрели, как ни странно, на темные лужи: видно, ручеек был не один. И еще не все омертвело у западных склонов Моргвея. Убогие, искореженные и хваткие растения упорно цеплялись за жизнь. В ущельях как бы тайком росли кривобокие карликовые деревца, жесткие серые пучки травы выбивались из-под камней, чахлый мох облеплял валуны, и повсюду стелился, извивался, торчал дикий терновник-чемыш, щетинясь длинными и острыми, порой крюковатыми колючками. Шуршали и шелестели жухлые прошлогодние листья; полуоткрытые почки изъедены были червями. Жужжали и жалили мухи — рыжие, серые и черные с красными пятнышками, точно орки; над зарослями толклись тучи голодного комарья.

— Оркские доспехи тут не помогут, — сказал Сэм, отмахиваясь обеими руками. — Мне бы оркскую шкуру!

Фродо совсем выбился из сил. Они карабкались вверх узким уступчатым ущельем, и до гребня было еще очень далеко.

— Я отдохну, Сэм, и попробую уснуть, — сказал Фродо. Он поглядел вокруг, но среди голых скал и зверьку было бы негде укрыться. Наконец они пристроились под терновым кустом, каким-то чудом выросшим на обрыве.

Путлибы они решили поберечь про черный день и съели половину Фарамировой снеди из котомки Сэма: сушеные яблоки и кусочек солонины. Отпили из фляги по глотку-другому воды. Вообще-то они напились в котловине, но воздух в Мордоре был точно прогорклый, и все время пересыхало во рту. Сэм подумал о воде — и сразу приуныл: ведь с Моргвея надо было спускаться на выжженную равнину Горгорота.

— Давайте-ка спите, сударь, — сказал он. — Вон опять темнеет, на этот раз вроде по вечернему случаю.

Фродо уснул прежде, чем он успел договорить. Не поддаваясь усталости, Сэм взял руку Фродо и сидел молча до глубокой темноты. Потом, чтобы не заснуть, выполз из-под тернового укрытия и прислушался. Похрустывало, потрескивало, поскрипывало, но ни голосов, ни шагов. Ночное небо на западе за Эфель-Дуатом еще светилось. В разрыве туч над черным пиком засияла звезда. Глядя на нее из прокаженной страны, Сэм залюбовался ее красотой — и словно очнулся. Чистым, ясным лучом озарило его душу, и он подумал, что владычеству мрака раньше или позже придет конец, что светлый и прекрасный мир не подвластен злу. В башне он пел об этом скорее от безнадежности, потому что печалился о себе. А теперь он вдруг стал спокоен и за свою судьбу, и даже за судьбу хозяина. Он заполз обратно под колючий полог, улегся рядом с Фродо и, забыв всякий страх, крепко и безмятежно уснул.

Проснулись они рука в руке. Сэм отоспался неплохо; Фродо тяжело вздыхал. В его тревожных снах бушевало пламя, и пробудился он с той же тревогой. Но все же отдых его освежил; надо было тащить свою ношу дальше. Время было, похоже, дневное, а сколько проспали, столько проспали; перекусили, глотнули воды и, карабкаясь вверх по ущелью, добрались до осыпей и обвалов, где уже ничего не росло и мрачно возвышались впереди голые, гладкие каменные зубья.

Наконец одолели и эти отвесные кручи, последнюю сотню футов ползли над пропастью, цепляясь за каждый выступ. Отыскали расселину между черными утесами — и очутились на краю внутренней ограды Мордора. Под обрывом тысячи в полторы футов простиралась, теряясь во мгле, пустошь Горгорота. Порывистый западный ветер угонял и рассеивал громадные тучи, но здесь, на унылой равнине, царил мертвенный полусвет. Дымы выползали из трещин, стелились по земле, оседали во всякой впадине.

По-прежнему далеко, миль за сорок, Роковая гора, пепелистая у подножий, высоко вздымала могучую вершину, окутанную клубами дыма. Ее недра не дышали огнем, она дремотно тлела, грозная и страшная, как сонное чудище. А за нею тяжкой черной тучей нависла тень, скрывавшая Барад-Дур, воздвигнутый на дальнем отроге северной ограды Мордора, хребта Эред-Литуи. Недреманное Око не блуждало; Черный Властелин погрузился в раздумье над тревожными, смутными вестями: он увидел сверкающий меч и суровый царственный лик и на время забыл обо всем остальном. Поэтому и сгустился угольно-черный мрак вокруг исполинской многобашенной, многовратной твердыни.

Фродо и Сэм оглядывали ненавистную страну с изумленьем и трепетом. Между ними и дымящимся вулканом, к северу и к югу от него все казалось гиблой, выжженной пустыней. Как это здешний Властелин содержит и чем кормит своих бесчисленных рабов и несметные полчища? А полчища были и вправду несметные. Подножия Моргвея облепили лагеря, палаточные и глинобитные. Прямо под обрывом был один из самых больших. Он раскинулся на целую милю, точно гнездилище мерзких насекомых; ровно, как по линейке, стояли ряды казарменных бараков и длинных складских сараев. И лагерь, и широкая дорога на юго-восток к Моргулу кишмя кишели солдатами.

— Как-то мне вся эта петрушка не нравится, — сказал Сэм. — Я бы даже сказал, дохлое наше дело — ну, правда, где столько народу, там должны быть какие-нибудь колодцы, уж не говорю, что еды навалом. Ведь это, как я понимаю, вовсе не орки, а люди.

Они с Фродо, конечно, ничего не знали об огромных рабских плантациях далеко на юге этого обширного края — за дымным вулканом, возле горько-соленых вод озера Нурнен; не знали о том, что по большим дорогам с юга и востока, из покорившихся Мордору стран днем и ночью тянутся вереницы груженых повозок и гонят толпы рабов. Здесь, на севере, были копи и кузни, здесь готовилась давно задуманная война, и сюда Черный Властелин подводил войско за войском, точно двигал шашки на доске. Сперва он прощупал противника на западной границе; теперь перебросил силы и стягивал все новые полчища к Кирит-Горгору, чтобы раздавить дерзких врагов. И если к тому же он хотел закрыть все подступы к Ородруину, то это удалось ему как нельзя лучше.

— Ну ладно! — продолжал Сэм. — Может, у них и вдоволь еды и питья, но нам-то что с этого? Тут ведь и вниз никак не спустишься. А если все-таки ухитримся, то как мимо них пробраться к горе, хотел бы я знать?

— Что ж делать, попробуем, — сказал Фродо. — Я ничего другого и не ожидал. Разве можно было надеяться, что мы проберемся к горе? Я и сейчас на это не надеюсь, но пути назад для меня нет. Пока что надо как можно дольше не угодить им в лапы. Пойдем мы, пожалуй, на север, где равнина поуже, и поглядим, что там делается.

— Я и так знаю, что там делается, — сказал Сэм. — Где равнина поуже, там орки и люди сбились в кучу; там небось яблоку негде упасть. Сами увидите, сударь.

— Увижу, если живы будем, — сказал Фродо и отвернулся.

* * *

Ни гребнем, ни возле гребня овражистого Моргвея пройти было никак нельзя; они спустились по тому же ущелью обратно в котловину и побрели среди камней, опасаясь вернуться на западную орскую тропу. Через милю-другую они, притаившись в выбоине скалы, разглядывали на той стороне котловины лагерь орков, близ которого свернули накануне: грубую стену, глинобитные казармы, черное жерло пещеры. Там никого не было видно, и все же хоббиты крались, как мыши, от куста к кусту, благо обе стороны сухого русла густо обросли терновником.

Прокрались две-три мили, и лагерь орков скрылся из виду; но едва они перевели дыхание, как заслышали громкие, грубые голоса и юркнули за раскидистый бурый куст. Голоса звучали все ближе, показались два орка. Один — в драном порыжелом плаще, с луком из рогов — был низкорослый и темнокожий, наверно, мелкой, сыскной породы; он принюхивался, раздувая широкие ноздри. За ним шел солдат-здоровила вроде молодчиков Шаграта в доспехах, меченных Оком; в руке у него было короткое копье с широким наконечником, за спиной — лук и колчан. Само собой, они переругивались — и, конечно, на всеобщем языке, иначе бы не поняли друг друга из-за разницы наречий.

Шагов за двадцать от куста, под которым спрятались хоббиты, орк-сыщик остановился.

— Все! — тявкнул он. — Я пошел домой. — Он показал назад, на орский лагерь. — Даже нос заболел камни без толку нюхать. Из-за тебя след потеряли. Говорил я тебе, в горы он ведет, а ты — низом, низом.

— Что, утерлась твоя сопливая нюхалка? — хохотнул здоровила. — Глазами лучше смотри, чем носом землю рыть!

— Ну, и много ты углядел своими лупетками? — огрызнулся другой. — Долбак! Ты ж даже не знаешь, кого ищешь!

— Не вяжись! Что положено, то я и знаю! Сперва сказали — ищите эльфа в блестящем доспехе, потом — ищите гнома, теперь говорят — урукхайцы взбунтовались и разбежались; ищите, говорят, а там видно будет кого.

— Тьфу! — плюнул сыщик. — Трехнулись они там от большого ума. Ну, им мозги вправят, да заодно и шкуру снимут, если правда, что я слыхал: что башню взяли приступом, три сотни ублюдков вроде тебя искрошили, а пленник смылся. Эх вы, вояки-забияки! И на войне, говорят, тоже обделались.

— Кто говорит? — заорал здоровила.

— Чего орешь-то? Нет, что ли?

— Да за такие слова я тебя, бунтовщика, в лепешку расшибу! Заткнись, понял?

— Ладно, не разоряйся! — сказал сыщик. — Я-то заткнусь, мне что, могу и про себя думать. А вот ты лучше скажи, при чем тут этот хмырь болотный? Черный, с перепончатыми лапами?

— Откуда я знаю? Может, и ни при чем. Тоже небось лазутчик, чтоб ему околеть! Дал он от нас деру, а тут приказ — мигом доставить живым.

— Хорошо б его поскорей сцапали да разняли по косточкам, — скрипнул зубами сыщик. — Он, падло, меня со следу сбил: мало того, что увел кольчугу, еще и натоптал вокруг.

272

— Да, кабы не кольчуга, был бы он мертвяк мертвяком, — похвастался здоровила. — Я тогда еще не знал, что его живьем требуют, и с полсотни шагов впиндюрил ему стрелу в спину; отскочила, а он только ходу прибавил.

— Иди врать! Промазал ты, и все, — сказал сыщик. — Стрелять не умеешь, бегаешь, как жаба, а сыщики за вас отдувайся. Ну тебя знаешь куда! — И он побежал прочь.

— Назад, зараза! — рявкнул солдат. — А то доложу!

— Кому это ты доложишь, не Шаграту ли своему драгоценному? Хрена, он откомандовался.

— Доложу твое имя и номер бляхи назгулу, — пообещал солдат свистящим шепотом. — Недалеко ходить, он теперь у нас в башне главный.

— Ах ты, сучий потрох, доносчик недоделанный! — завопил сыщик с ужасом и злобой. — Нагадит, а потом бежит продавать своих! Иди, иди к вонючему Визгуну, он тебе повытянет жилы, если его самого прежде не ухлопают. Первого-то, слышно, уже прикончили, а?

Здоровила кинулся на него с копьем, но сыщик отскочил за камень и всадил ему в глаз стрелу; грузный орк тяжело рухнул навзничь. А невеличка припустился через котловину — и был таков.

Хоббиты сидели молча, не двигаясь. Наконец Сэм шевельнулся.

— Чистая работа, — сказал он. — Ну и дружный же народец в Мордоре — да этак они за нас полдела сделают!

— Тише, Сэм, — шепнул Фродо. — Они, может, не одни были. Нам здорово повезло — погоня-то шла по пятам. Но в Мордоре, это верно, все такие дружные, от Барад-Дура до окраин. Хотя орки всегда грызлись между собой, припомни любое сказание. Только ты на их грызню не слишком надейся. Друг с другом они живут по-волчьи, а нас ненавидят всех до единого смертной ненавистью. Попадись мы на глаза этим двоим, они тут же бросили бы грызться — и начали бы снова над нашими мертвыми телами.

Помолчали-помолчали, и Сэм спросил, теперь уже шепотом:

— А насчет хмыря-то болотного слышали, сударь? Я же говорил вам, что наш Горлум жив-живехонек, помните?

— Помню. Я тогда удивился, откуда ты знаешь, — сказал Фродо. — Ну, давай выкладывай! Я думаю, нам отсюда лучше не вылезать, пока не стемнеет. Вот и расскажи, откуда знаешь, и про все остальное расскажи. Только постарайся потише.

— Да уж постараюсь, — обещал Сэм, — хотя, как подумаю про Вонючку этого, во всю глотку охота орать.

Тусклый мордорский вечер давно уж померк, настала глухая, беззвездная ночь, а хоббиты все сидели под терновым кустом, и Сэм в коротких словах рассказывал на ухо Фродо про подлость Горлума, про гадину Шелоб и про то, как он пошел за орками. Дослушав, Фродо ничего не сказал, только крепко пожал Сэму руку. И зашевелился.

— Ну что ж, посидели, и хватит, — сказал он. — Теперь уж нас сцапают накрепко — и кончится эта мука, эти дурацкие прятки, тем более все понапрасну. — Он встал. — Ух, как темно, а светильник Владычицы не зажжешь. Ты, Сэм, побереги его пока что для меня. Я его и взять-то у тебя не могу: куда его деть? В руке, что ли, держать — так побредем ведь ощупью, тут обе руки нужны. Да, еще Терн — Терн ты возьми себе, Сэм. У меня есть оркский кинжал, но вряд ли мне еще понадобится оружие.

Трудно и опасно было идти ночью по каменистому бездорожью; однако же хоббиты медленно, спотыкаясь на каждом шагу, пробирались восточной окраиной котловины. И когда серый рассвет сполз по западным склонам Моргвея — за горами давно уже прояснился день, — они нашли, куда спрятаться, и спали по очереди. Сэм, просыпаясь, задумывался: есть-то все-таки надо, никуда не денешься. И когда наконец Фродо проснулся как следует и сказал, что, мол, хорошо бы чего-нибудь поесть и пошли дальше, Сэм рискнул задать вопрос, который давно уж вертелся у него на языке:

— Прошу прощения, сударь, а вы как думаете, сколько нам еще идти?

— Да никак я не думаю, Сэм, — ответил Фродо. — В Раздоле мне, помнится, показывали карту Мордора, составленную задолго до того, как Враг стал здесь хозяином; но что-то она у меня в памяти расплывается. Отчетливо помню, что есть такое место, где сходятся отроги северной и западной цепи. От моста, что возле башни, лиг* двадцать. Там бы и свернуть на восток, но от Горы-то мы будем дальше, будем, пожалуй, за все шестьдесят миль. Мы с тобой прошли от моста двенадцать с лиш-

---

* Напоминаем: лига — около трех миль, точнее — 2,736. — Примеч. ред.

ком лиг. Как ни старайся, а не дойдем до Горы раньше чем через неделю. И знаешь, Сэм, ведь чем ближе к Ородруину, тем Оно тяжелей на шее, а значит, и пойдем медленнее.

— Ну, как я и думал, — грустно сказал Сэм. — Так вот, сударь, о воде уж не говоря, есть придется поменьше — или хоть сейчас прибавим ходу, быстренько выберемся из этой проклятой котловины. А то ведь еще позавтракаем — и все, одни эльфийские хлебцы остались.

— Я попробую, постараюсь побыстрее, — тяжко вздохнул Фродо. — Ладно, перекусили и пойдем, чего уж там.

Еще не совсем стемнело, но они пустились в путь и брели всю ночь, оскользаясь, натыкаясь на камни, пробираясь сквозь колючие заросли; раза три-четыре понемногу отдыхали. Едва лишь серый свет забрезжил у края небосклона, они снова укрылись в тени под нависшей скалой.

Однако на этот раз светало по-новому: сильный западный ветер разгулялся в высоте и откинул дымный полог над Мордором. Миля за милей открывались перед глазами хоббитов. Котловина сходила на нет, превращаясь в борозду под обрывами Эфель-Дуата, а неприступные кручи Моргвея придвинулись и еще угрюмее заслоняли Горгорот. Сухое русло кончалось изломами скал высокого, голого, как стены, отрога, навстречу которому с севера, от туманных вершин Эред-Литуи, протянулась зубчатая гряда. Между ними было узкое ущелье: Карак-Ангрен, Изенмаут, а за ущельем — глубокая падь Удуна, туннели и оружейни до самого Мораннона, до Черных Ворот Сумрачного Края. Туда властелин его поспешно стягивал войска, чтобы сокрушить западное ополчение. Горы были сплошь застроены башнями и крепостями, пылали сторожевые огни. Ущелье преграждал земляной вал, и через глубокий ров был перекинут один мост.

Милях в десяти к северу у вершины горного узла высился старинный гондорский замок Дуртханг, ныне ставший одной из оркских крепостей вокруг Удуна. От него спускалась извилистая дорога, серевшая в утренних лучах; за милю-другую от хоббитов она сворачивала на восток и вела по уступу голого отрога в низину и дальше на Изенмаут.

Как видно, зря они так далеко прошли на север; правда, на дымной равнине Горгорота не было заметно ни лагерей, ни движущихся войск, но уж там-то их наверняка углядят тысячеглазые крепости Карак-Ангрена.

— Все, Сэм, деваться нам некуда, — сказал Фродо. — Впереди оркская башня, и никак не миновать дороги от нее вниз — разве что повернем обратно. Пути на запад нет, и на восток не спустишься.

— По дороге так по дороге, сударь, — отозвался Сэм. — А вдруг нам повезет — если в Мордоре кому-нибудь везет. Чем идти назад или шастать по горам, лучше прямо к оркам в лапы, на даровые хлеба — свои-то не сегодня завтра кончатся. Попробуем — может, проскочим!

— Ладно, Сэм, — сказал Фродо. — Веди, коли тебя надежда не покинула. У меня ее не осталось. Но «проскочим» — не то слово, Сэм. Я за тобой потащусь.

— Потащимся вместе, сударь, только сперва надо вам поесть и вздремнуть. Ну-ка, чего там у нас осталось в закромах?

Он протянул Фродо флягу и, подумавши, выделил ему добавочный хлебец; потом снял плащ и сделал из него какую ни на есть подушку. Утомленный Фродо спорить не стал, да он и не заметил, что допил из фляги последнюю каплю и позавтракал за двоих. Когда Фродо уснул, Сэм склонился к нему, прислушался к его дыханию и вгляделся в лицо — осунувшееся, изрезанное морщинами и все же во сне спокойное и ясное.

— Ну, хозяин, была не была! — пробормотал Сэм. — Придется мне вас оставить на часок-другой — авось опять-таки повезет. Без воды мы далеко не уйдем.

Сэм выполз из-под скалы и, таясь, как заправский хоббит, перебегал между камнями. Он спустился в русло и пошел на север, к тем скалам, с которых, должно быть, поток некогда низвергался водопадом. Теперь там было сухо и стояла тишь, но Сэм прислушивался долго и упорно. Наконец уловив слабое журчанье, он вскарабкался по скалам и обнаружил темный ручеек, стекавший по откосу в лужицу и затем пропадавший в голых камнях.

Сэм опробовал воду, кивнул, от души напился и наполнил фляжку. Он обернулся, взглянул на скалу, под которой спал Фродо, — и вдруг увидел, что возле нее шмыгнула какая-то черная тень. Сэм чуть не вскрикнул — и помчался вниз, прыгая по камням. Тень — или тварь — больше не показывалась, но уж Сэм точно знал, что это за тварь, и ему не терпелось ее придушить. Однако она его учуяла, метнулась прочь и исчезла за краем восточной пропасти.

— Пронести-то пронесло, — буркнул Сэм, — да едва не задело. Мало нам ста тысяч орков, так еще эта Вонючка! Да что же они его не подстрелили?

Фродо он будить пожалел, но сам не смыкал глаз, пока они не стали слипаться. Чуя, что вот-вот заснет, он тихо тронул хозяина за плечо.

— Похоже, сударь, что Горлум опять шныряет кругом, — сказал он. — Если это не он, значит, Горлум раздвоился. Я пошел по воду — смотрю, он к вам подбирается. Так что на пару нам спать неладно, а я, с вашего позволения, очень уж носом клюю.

— Да что ты, Сэм! — сказал Фродо. — Ложись, отсыпайся пока чего. Но Горлум — это не беда, лишь бы не орки. И он нас им не выдаст, разве что сам попадется: тогда, конечно, выпытают.

— Он и без них сумеет убить и ограбить, — проворчал Сэм. — Глядите в оба, сударь! Вот фляга с водой — пейте на здоровье. Мы ее потом по дороге наполним.

И Сэм заснул как убитый.

Когда он проснулся, уже снова темнело. Фродо сидел, прислонившись к стене, и спал. Фляга была пуста. Горлума не видать и не слыхать.

В Мордор вернулась тьма, и яростно пламенели сторожевые огни на горах, когда хоббиты двинулись в путь — наудачу, очертя голову. Завернули к ручейку и оттуда выкарабкались по откосам на дорогу: до Изенмаута было добрых двадцать миль. Узковатая дорога — ни ограды, ни парапета — шла над обрывом, который скоро стал бездонной пропастью. Хоббиты замерли — нет, шагов ниоткуда не слыхать — и что было сил припустились прочь от замка, на восток.

Остановились миль через двенадцать; миновали крутой северный изгиб, и большой кусок дороги пропал из виду. Оттого-то все и приключилось. Они чуть-чуть отдохнули и пошли дальше, но почти сразу услышали то самое, что больше всего боялись услышать: мерный топот солдатских сапог. Он донесся издалека, однако уже мелькали отсветы факелов из-за поворота. Орки наверняка шли быстро, убежать от них по дороге нечего было и думать.

— Вот и попались мы, Сэм, — сказал Фродо. — Нет, видно, в Мордоре никому не везет.

Он взглянул на гладкий, как темное зеркало, отвесный утес: древние строители военных дорог знали свое дело. Потом перебежал дорогу и стал у края сумрачной пропасти.

— Попались наконец! — Он вернулся, сел к стене и уронил голову на грудь.

— Похоже на то, — сказал Сэм. — Делать нечего, подождем — увидим, что будет.

И он уселся рядом с Фродо под утесом.

Ждать пришлось недолго: орки не шли, а бежали рысцой. В первых шеренгах несли факелы, их огненно-красные языки извивались во тьме все ближе. Сэм тоже склонил голову, чтобы скрыть лицо, и заслонил их ноги щитами.

«Второпях-то, — подумал он, — может, и пробегут мимо двух усталых солдат!»

Казалось, так оно и будет. Орки бежали, мотаясь и пыхтя, свесив головы; это Черный Властелин гнал на войну мелких тварей, и забот у них было две: скорей бы добраться и не отведать плети. Но с боков взад-вперед пробегали два огромных свирепых урукхайца, покрикивая и щелкая бичами. Уже далеко впереди были факельщики, и Сэм затаил дыхание. Осталось меньше половины отряда. И вдруг погонщик заметил, что какие-то двое сидят у дороги. Взметнулся бич, и грубый голос гаркнул:

— Эй, вы! А ну, встать!

Хоббиты смолчали, и он остановил отряд.

— Живо в строй, слизняки! — заорал он. — Лентяйничать вздумали? — Он шагнул к ним и даже в темноте различил отметины на щитах. — Ага, дезертиры? Стрекача хотели задать? Все ваши давно в Удуне, со вчерашнего вечера! Приказ не вам, что ли, объявляли? В строй, да поживее, а то бляхи отберу и доложу!

Они встали и, скрючившись, хромая, как солдаты, сбившие ноги, поплелись в хвост отряда.

— Нет, нет, не выйдет! — рявкнул погонщик. — На три шеренги вперед! И не отставать, я проверю, тогда все!

Длинный бич просвистел над их головами, потом громко хлопнул, сопровождая команду: «С места бегом марш!»

Бедняга Сэм и без того-то еле на ногах держался, а Фродо был как под пыткой или в страшном сне. Он стиснул зубы: лишь бы ни о чем не думать, бежать, бежать во что бы то ни стало. Он задыхался от потной вонищи орков, его мучила жажда. Конца этому не было видно, и он сверх всяких сил старался дышать ровнее и быстро передвигать ноги, а думать о том, куда он бежит и что его ждет, не смел. Ускользнуть — какое там! То и дело погонщик приотставал поиздеваться над ними.

— Шевелись, шевелись! — хохотал он, хлеща их по ногам. — Не можешь так — значит, хошь кнута! Бодрее, слизнячки! Получайте в задаток — а в лагере доберете за опоздание сполна. И поделом. Забыли, что вы на войне? Ничего, вам напомнят!

* * *

Пробежали несколько миль, и дорога отлогим склоном спустилась на равнину. Силы у Фродо кончились, воля отказывала. Он дергался и спотыкался; Сэм кое-как помогал ему, хоть и сам бежал из последних сил — откуда они взялись? И готовился к смерти: хозяин вот-вот упадет без чувств, все откроется и всему конец, все было зря. «Но уж этого-то погонялу я прикончу как пить дать», — подумал он.

Он уже взялся за меч, но тут им выпало нежданное облегчение. Отряд подбегал к ущелью Карак-Ангрена. Неподалеку от предмостных ворот сходились три дороги: западная, южная и восточная, от Барад-Дура. По всем дорогам двигались войска, ибо западное ополчение наступало и Черный Властелин спешил стянуть все силы в Удун. На перекрестке, куда не достигал свет сторожевых огней с земляного вала, несколько отрядов набежали друг на друга. Все старались пролезть вперед, толкались и переругивались. Погонщики орали, махали бичами, но без драки дело не обошлось, и залязгали обнаженные клинки. Латники-урукхайцы из Барад-Дура смяли и отбросили их отряд.

Измученный, полумертвый от усталости Сэм словно очнулся и случая не упустил, повалившись наземь и потянув за робой Фродо. Об них спотыкались и с руганью падали орки. Ползком, потом на четвереньках хоббиты выбрались из свалки и ухитрились незаметно нырнуть за дальнюю обочину дороги, за высокий парапет, служивший путеводным знаком войскам ночью и в тумане. Вдобавок и дорога возвышалась над равниной на несколько футов.

Они лежали, затаившись: где было искать укрытия в такой темноте? Но Сэм понимал, что надо хотя бы отползти подальше от дороги и от факелов.

— Сударь, сударь! — шепнул он. — Еще немного, а уж там полежите.

Последним отчаянным усилием Фродо приподнялся на локтях и прополз футов с полсотни, скатившись в неглубокую ямину, которая точно поджидала их. И распростерся без чувств.

Глава III
РОКОВАЯ ГОРА

Сэм скинул оркское отрепье и устроил хозяину подушку, а потом укрылся вместе с ним серым лориэнским плащом, живо припомнив дальний эльфийский край; а что, подумал он, может, тамошняя ткань каким-нибудь волшебством и спрячет их здесь, в этом царстве дикого страха. Драка кончилась, крики стихли, — верно, все зашли в Изенмаут. А про них в суматохе и неразберихе, надо думать, пока что позабыли. Сэм глотнул воды, заставил глотнуть сонного Фродо и, когда хозяин немного пришел в себя, сунул ему в рот драгоценный путлиб — целый хлебец! — и присмотрел, чтобы хлебец был съеден толком. Устали они так, что было уж не до страха, лишь бы отдохнуть. Но спали неспокойно: холодила пропотевшая одежда, кусались жесткие камни; хоббиты вздрагивали и ворочались. Холод, шелестя, наползал от черных ворот, через Кирит-Горгор.

Утром опять посерело — все еще дул в высоте западный ветер, но здесь, на камнях, за черными заслонами Сумрачного Края, кругом было мертвенно и холодным удушьем стеснился воздух. Сэм выглянул из ямины: плоскую равнину подернуло тусклым сумраком. Дороги поблизости пустовали, но Сэм опасался бдительных стражей на стенах Изенмаута, всего-то футах в семистах к северу. А на юго-востоке, точно черная тень, воздвиглась Роковая гора. Она изрыгала клубы дыма: верхние уходили ввысь и плыли на восток, а те, что сползали по склонам, исподволь заволакивали равнину. Угрюмыми серыми призраками высились в северной дали вершины Эред-Литуи, а за ними туман хоронил другие вершины, черные в черном небе. Сэм на всякий случай прикинул, сколько докуда, хотя уж им-то было понятно, куда идти.

— Все, сколько их есть, пятьдесят миль, не будь я хоббит, — угрюмо пробормотал он, глядя на курящуюся Гору, — и неделю идти, ни днем не меньше: господина Фродо небось не поторопишь.

Он покачал головой, задумался, и на ум взбрела новая черная мысль. Прежде он ни на миг не отчаивался: туда-то оно туда, а потом все-таки обратно. Но тут ему вдруг открылась горькая истина: до цели они, может, как-нибудь и доберутся, хотя вряд ли, но потом делу конец, куда деваться — некуда, и есть тоже нечего. Нет, куда ни кинь, а делу крышка.

«Вот, оказывается, на что я подрядился, — думал Сэм. — Дело-то, стало быть, маленькое — помочь господину Фродо погибнуть и сгинуть вместе с ним, а что? Так — значит, так. Только вот жалко, не увижу я боль-

284

ше Приречья, Рози Кроттон с ее братишками, не увижу своего Жихаря, Бархатку не увижу, эх! Вряд ли Гэндальф отправил господина Фродо на погибель, на жестокую смерть, да нет, едва ли. Как его шарахнули в Мории, так и пошло вкривь и вкось. Вот незадача-то: он бы обязательно что-нибудь придумал».

Но Сэм хотя и терял всякую надежду — то есть казалось, что он ее теряет, — а обретал новые силы: суровой, почти угрюмой сделалась его добродушная хоббитская физиономия, а сам он стал тверже камня и крепче всякой стали и знал, что справится с тоской и усталостью, что уж как-нибудь да пройдет нескончаемый выжженный путь.

Новыми глазами окинул он окрестность, раздумывая, как идти дальше. Посветлело; он, к удивлению своему, увидел, что равнина вовсе не гладкая, а вся изрытая. Да что там, весь Горгорот изъязвлен был ямами — ну, точно в грязь попали горстью камушков и камней. Вокруг огромных ям торчали каменья, и расселины от них ползли во все стороны. Здесь можно было перебираться из ямины в ямину и не попасться на глаза, разве что уж очень присмотрятся. Оно конечно, если силы при тебе и торопиться некуда. А для голодных, которые с ног падают, для тех, кому еще идти и идти, зрелище это очень печальное. Так-то раздумывая, и спустился Сэм к хозяину. Будить его не пришлось: Фродо лежал на спине с открытыми глазами и глядел в туманные небеса.

— Стало быть, что же, сударь, — сказал Сэм. — Я тут огляделся и подумал. На дорогах никого не видно, и надо нам пока чего драпать. Вы как?

— Я так, — сказал Фродо. — Я должен.

И снова они побрели, а вернее, поползли от ямины к ямине, прячась, где удавалось, и все время с оглядкой. До поры их точно преследовала восточная дорога, но потом она вильнула в сторону и угорьем ушла в темень. Ни людей, ни орков не было на ее серых излучинах; Властелин перебросил почти все войска на север, а сам еще плотнее окутал мраком свою твердыню. Видно, смутил его враждебный ветер, изодравший полог чадного тумана, и встревожили вести о дерзких лазутчиках, которые все-таки проникли в Мордор.

Хоббиты одолели милю-другую. Фродо едва тащился: нет уж, где ему эдак-то, ползком и пригибаючись, таясь и перебегая, — нет, эдак они далеко не уйдут.

— Пойдемте-ка, сударь, на дорогу, пока светло, — сказал Сэм. — Может, опять нас кривая выведет! Она, конечно, чуть было не завела, да в последний миг поднатужилась. А по дороге-то мы хоть несколько миль запросто пройдем.

Сэм и представить себе не мог, как это опасно; однако ж Фродо, измученному тяжкой ношей и смертельной тоской, было уже почти все равно. Они вскарабкались на насыпь и побрели по утоптанной дороге, ведущей в Барад-Дур. Но уж везло так везло, и до вечера дорога была пустынна; когда же настали сумерки, они снова укрылись на темной равнине. В Мордоре царило зловещее затишье, ибо Западное ополченье миновало Развилок, и бушевал пожар на мертвенных лугах Имлад-Моргула. Туда и устремлялось Всевидящее Око.

Тянулись дни; Фродо нес Кольцо на юг, и на север двигались стяги обреченного воинства. С каждым шагом убывали силы одиноких путников. Днем врагов на дороге не было; по ночам, когда хоббиты прятались в ямах близ обочины и беспокойно дремали, иногда слышались крики, топот сапог, стук копыт и храп нещадно погоняемого коня. Это все их не очень пугало, куда страшней была тяжкая, смертоносная и бессонная злоба всемогущего Властелина, скрывшего во мраке свой черный трон. Все ближе и грозней надвигалась она, точно стена кромешной тьмы на краю мирозданья.

Настала самая жуткая ночь; Западное ополчение дошло до выжженной земли, а два обессиленных путника изнемогали от беспросветного отчаяния. Четверо суток назад спаслись они от орков, но минувшие дни и ночи слились в сплошной темный морок. За весь последний день Фродо не вымолвил ни слова; он брел, согнувшись и спотыкаясь, не разбирая пути. Сэм понимал, что хозяину тяжелее, что всему виною Кольцо, которое пригнетало его к земле и не давало ему ни минуты покоя. Он с тревогой замечал, как Фродо то и дело поднимает левую руку, будто защищаясь от удара или заслоняя полуослепшие глаза от ужасного, ищущего их Ока. А иногда правая рука ползла по груди, хватая цепочку, и медленно опускалась — пока что воля одолевала искушение.

Быстро смеркалось; Фродо сидел, склонив голову между колен, плечи обвисли, руки упирались в землю, и судорожно подергивались пальцы. Сэм горестно смотрел на него, покуда их не скрыла друг от друга непроглядная темнота. Слова на язык не шли, и он вернулся к своим невеселым мыслям. Усталый, измученный страхом, из сил он, однако, не выбился. Конечно, думал он, оба они давно протянули бы ноги, кабы не эльфийские хлебцы. Есть-то, конечно, все равно хотелось — ох, не отказался бы Сэм от каравая хлеба на придачу к сковороде жаркого! — но, когда ешь одни путлибы, так оно, может, и лучше. И то сказать, они придавали духу, и окрепшее тело подчинялось власти, какой не дано смертным. Думалось же ему о том, что по дороге дальше идти нельзя — она уводила во мрак, — а Гора возвышалась справа, на юге; пора было сворачивать. Только путь до нее далекий, и все по голой, дымящейся, обгорелой земле.

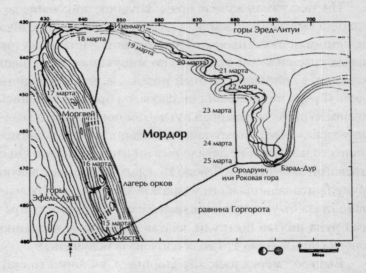

— Воды надо, воды! — пробормотал Сэм. Он крепился, как мог; язык распух и, казалось, не помещался в пересохшем рту; но все равно воды оставалось немного, меньше половины фляги, а идти еще дня два-три. Фляга давно бы опустела, если б они не отважились выйти на оркскую дорогу: там изредка попадались каменные водоскопы — затем, наверно, чтобы войска не погибли от жажды среди выжженной равнины. В одном из них на дне была вода — затхлая, загаженная орками, но на худой конец сгодилась и такая. Однако с тех пор прошли сутки, и больше воды не сыщешь.

Наконец, ни до чего не додумавшись и отложив заботы на завтра, Сэм забылся прерывистым сном. Ему мерещились злобно мигающие огоньки, какие-то ползучие тени, слышались звериные шорохи и мучительные крики; он вздрагивал, открывал глаза: никого и ничего, глухая темень. Только один раз, когда он, дико озираясь, вскочил на ноги, уже вроде бы наяву привиделись бледные огоньки-глаза — мелькнули и тут же погасли.

Медленно, как бы нехотя отступила тревожная ночь. Тускло забрезжило утро; здесь, невдалеке от Горы, землю обволакивал дымный туман, тень завесы, которой окутался Властелин Черной Башни. Фродо неподвижно лежал на спине. Сэму очень не хотелось его будить, но он знал, что придется, что он-то и должен помочь хозяину собраться с силами. Он склонился к Фродо, погладил его по лбу и сказал ему на ухо:

— Просыпайтесь, хозяин! Опять нам пора в путь.

И Фродо вскочил на ноги, будто колокол грянул над ним, поглядел на юг, увидел Гору за пустошью и снова поник.

— Нет, Сэм, не дойду я, — сказал он. — Тяжело мне очень, ужас как тяжело.

Еще прежде чем рот раскрыть, Сэм знал, что скажет не то, что слова его зряшные, что лучше бы он смолчал, но уж очень было жалко хозяина.

— Давайте, сударь, я его немного понесу, — сказал он. — Понесу, сколько хватит сил, а вы пока отдохнете.

Глаза Фродо яростно сверкнули.

— Отойди! Не тронь меня! — крикнул он. — Оно мое, говорю тебе. Прочь! — И рука его потянулась к кинжалу. Через миг он печально промолвил: — Нет, нет, Сэм. Ты пойми, ты должен понять. Это моя ноша, я не могу избавиться от нее, даже на время. Дорогой мой Сэм, ты раз мне помог, но больше это не выйдет. Я не могу отдать его тебе, я с ума сойду, если ты его коснешься.

— Я понимаю, — кивнул Сэм. — Но я вот что надумал, сударь: избавимся-ка мы от всякой лишней тяжести. Мы же теперь пойдем напрямик. — И он указал на Гору. — Что нам больше не нужно, можно здесь бросить.

Фродо снова взглянул на Гору.

— Да, — сказал он, — коли так, то нам почти ничего не нужно. Сейчас — почти, а там и вовсе ничего.

Он отшвырнул оркский щит и шлем. Потом снял серый плащ, отстегнул тяжелый пояс с тесаком, уронил его наземь и сорвал с себя черные лохмотья.

— Вот так, — сказал он, — побыл я орком, и хватит. И не хочу я никакого оружия, ни нашего, ни ихнего. Попадусь так попадусь.

Сэм тоже освободился от оркского доспеха и разобрал свою котомку. Жалко было до слез — сколько он все это протащил и как все пригодилось! Но когда дело дошло до кухонной утвари — тут уж полились слезы.

— Тушеного кролика помните, сударь? — всхлипнул он. — А тот пригорок, где нас нашел господин Фарамир и где я видел олифанта?

— Нет, Сэм, не помню, — сказал Фродо. — То есть я знаю, что все это было, но представить себе этого не могу. Я не помню вкуса яблок или воды, не помню, как веет ветер, какие бывают деревья, цветы и травы, ни звезд, ни луны не помню. Я голый, Сэм, в темноте, лишь огненное колесо передо мной. Его я вижу с открытыми и закрытыми глазами, а все остальное исчезло, будто стерлось.

Сэм подошел и поцеловал ему руку.

— Вот управимся с ним — и сразу потом отдохнете, — неловко проговорил он, не зная, что сказать. «Словами делу не поможешь, — сказал он себе, собирая выброшенные вещи: не оставлять же здесь, на виду, мало ли кому они попадутся на глаза? — Вонючка-то, слышно, кольчугу подобрал, но уж меч ему шиш. Он и так, без меча, зверюга страшная. И чтобы он, гадина, кастрюльки мои хоть пальцем тронул?»

Он оттащил весь тюк к дымящейся расселине и сбросил его вниз. Загремели кастрюльки, и это уж, честное слово, было слишком — хоть сейчас умирай.

Он вернулся к Фродо, отрезал кусок эльфийской веревки на опояску хозяину — плащ тем более тоже эльфийский. Еще много осталось веревки, он бережно ее свернул и положил обратно в котомку. Веревка, эльфийские хлебцы с крошевом да фляга. Терн висел у него на поясе, и еще в кармане рубашки были фиал Галадриэли и маленькая шкатулка, ему самому подаренная.

Наконец они обернулись лицом к Горе и тронулись в путь, уже не прячась — лишь бы дойти, а там посмотрим. Хоть здесь и следили все за всеми, но вряд ли бы кто их заметил — разве что вблизи. Из всех бесчисленных рабов Черного Властелина одни лишь назгулы могли бы учуять этих маленьких и неотступных врагов, пробравшихся в глубь запретной страны. Но назгулы на своих чернокрылых чудищах были далеко: Властелин послал их следить за ополчением Запада, и Око Барад-Дура было обращено туда же.

Сэму в этот день показалось, что к хозяину пришло второе дыхание: им, конечно, полегчало без оркских доспехов, но уж не настолько. Они сразу пошли куда быстрее, чем рассчитывал Сэм, а шли-то по непроходимой, неровной пустоши. Гора придвигалась как бы сама собой. Но к концу дня — а тусклый свет стал меркнуть рано — Фродо снова ссутулился и что ни шаг спотыкался: похоже, растратил весь остаток сил.

На последнем привале он, едва опустившись наземь, выговорил: «Пить хочу, Сэм» — и больше не сказал ни слова. Сэм дал ему воды; последний глоток бултыхался во фляге. Сам он даже губы не смочил, и, когда мордорская темень сгустилась, он только и думал что о воде. Припоминались речки, ручьи, родники в солнечных крапинах, в зеленой ивовой тени, вода журчала и брызгала, а он изнемогал, глядя на нее ослепшими от темноты глазами. Ноги его вязли в прохладном иле на приреченском пруду, он был там с дружками Кроттонами — Джолли, Томом, Нибсом и сестричкой их Розой. «Но это ведь давно было, — вздохнул он, — и далеко до них отсюда. Может, и вернусь назад, но сперва надо на Гору». Ему не спалось, и затеялся спор с самим собой.

— Ну что ж, сказать не соврать, для начала неплохо, — утвердил он. — Прошли чуть не полпути. Еще денек — и доберемся.

Больше сказать было нечего.

— Ты не дури, Сэм Скромби, — услышал он собственный голос. — Он если и встанет, так на четвереньки, а еще один день, как сегодня, — ты что? Куда ты денешься, когда он допьет воду, когда ты скормишь ему все путлибы?

— Куда мне деваться, пойду куда надо.

— Куда это?

— На Гору, куда же еще.

— Ну а там, Сэм Скромби, а там что? Ну, ты дойдешь, а что будешь делать? Сам-то он ничего не сделает.

Сэм огорчился: он не знал, что делать, — ну то есть напрочь не знал. Фродо не объяснил ему, и Сэм так примерно представлял, что Кольцо надо вроде бы бросить в огонь.

— Ага, в Роковую Расселину, — пробормотал он, припомнив слова Гэндальфа, что ли. — Может, хозяин знает, как ее найти, я-то не знаю.

— То-то и оно-то! — ответил ему его собственный голос. — Чепуха это все, зря, сам же он говорит. А ты выходишь дурак дураком — чего-то надеешься, зачем-то тужишься. Был бы поумнее — давно бы лежал, спал и на все наплевал. Убьют тебя — это спасибо, как бы хуже не было. Ложись-ка, братец, спать, ну их в болото. До вершины все равно не доберешься.

— Доберусь, кости дотащу, а прочее так и ладно, — сказал Сэм. — И господина Фродо, уж будьте уверены, до места доставлю, хоть тресну. Кончай разговоры!

Но тут земля под ним задрожала от глубинного, подземного грохота. Плеснул, озарив тучи, красный язык пламени. Гора тоже спала неспокойно.

* * *

Остаток пути до Ородруина был сплошной невыносимой пыткой. Тело разламывало, горло у Сэма так пересохло, что пришлось голодать — не глоталось. Шли в полутьме: Гора дымила, а к тому же, как видно, собиралась страшная гроза, и на юго-востоке в темных небесах вспыхивали молнии. Воздух был чадный, дышать больно и трудно, голова кружилась, мутилось в глазах. Они то и дело падали, из последних сил поднимались и брели дальше. Гора приближалась, и вот, с трудом подняв головы, они увидели нависшую над ними тяжкую громаду: груды пепла и шлака, выжженные скалы. За откосами высилась, исчезая в тучах, крутобокая вершина. Прежде чем мутный сумрак сменился ночной темнотой, они добрались до самого подножия.

Фродо, задыхаясь, повалился наземь. Сэм уселся подле него. Он очень устал, но, как ни странно, ему полегчало и голова прояснилась. Больше не о чем было спорить с самим собой. Что бы там ни подсказывало отчаяние, он сделал выбор — не на жизнь, а на смерть. Его даже в сон не клонило: не до сна, надо быть начеку. Все ужасы и опасности сошлись воедино, и завтра их судьбу решит последний рывок — к спасению или к гибели.

Только вот наступит ли завтра? Казалось, время замерло, и цепенел один и тот же глухой час. «Наверно, — подумал Сэм, — Тот снова наслал темноту, и теперь утра не жди». Он потрогал Фродо за руку, холодную и дрожащую. Озяб хозяин.

— Эх, зря я одеяло выкинул, — пробурчал Сэм. Он улегся рядом с Фродо, покрепче прижал его к себе и все-таки уснул. И в обнимку спали они, когда занялся тусклый рассвет последнего дня их пути. Западный ветер стих накануне, крепчая, подул северный, и лучи незримого солнца просочились в тень, где лежали хоббиты.

— Ну что ж! Значит, последний рывок! — сказал Сэм, поднимаясь на ноги. Он склонился над Фродо и ласково разбудил его. Фродо застонал; собрав все силы, он встал — и тут же повалился на колени. С трудом он поднял глаза, увидел сумрачные склоны Роковой горы и пополз на четвереньках.

Сэм глядел на хозяина, и сердце его обливалось кровью, но сухи были воспаленные глаза.

— Сказал же, что хоть тресну, на себе его понесу, пока ноги держат, — пробормотал он, — и понесу!.. Вот что, сударь! — сказал он. — Нельзя мне нести его — это пусть, но вас-то вместе с ним можно? Ну-ка, садитесь! Садитесь, дорогой хозяин! Сэм вас подвезет, вы только скажите куда!

Сэм усадил Фродо на закорки, выпрямился и очень удивился — было вовсе не так уж тяжело. Он думал, что и хозяина-то едва поднимет, а уж растреклятое Кольцо их обоих пригнет к земле. Нет, ничего подобного. То ли Фродо совсем исхудал от страданий, кинжальной раны, паучьего яда, горестей, страха и жизни впроголодь, то ли сил у Сэма вдруг под конец прибавилось, но Фродо показался ему легче хоббитят, которых он, бывало, катал на спине по свежескошенному лугу. Он глубоко вздохнул и пустился в путь.

Они подошли к подножию Горы с северо-запада: здесь ее серые, растрескавшиеся откосы были довольно пологими. Фродо не сказал, куда идти, а Сэм допытываться не стал — решил подняться как можно выше, брести, пока не свалится. Он поднимался и поднимался, огибая кручи, падал ничком, вставал, наконец полз, как улитка с тяжелой раковиной на спине. Когда упорство иссякло, а руки и ноги перестали слушаться, он бережно уложил хозяина на землю.

Фродо открыл глаза и перевел дыхание. На высоте дышать было легче: чадные туманы остались у подножия.

— Спасибо тебе, Сэм, — хрипло прошептал он. — Нам еще далеко?

— Не знаю, — сказал Сэм, — я ведь не знаю, куда нам.

Он оглянулся, потом посмотрел наверх: однако они уже высоко забрались. Издали одинокая и грозная Гора казалась выше, а на самом деле была гораздо ниже, чем перевал Эфель-Дуата. Неровное угорье тысячи на три футов громоздилось над широкой подошвой, и еще на полстолько возвышался срединный конус, точно огромная труба с обломанным верхом — зубчатым кратером. Но Сэм одолел больше половины угорья, и далеко внизу дымилась сумрачная равнина Горгорота. Он снова поднял глаза — и вскрикнул бы, если б не пересохшая глотка: наверху, за обломками скал и буграми застывшей лавы, ясно была видна не то тропа, не то дорога. Она подымалась с запада и обвивала Гору, восходя к восточному подножию конуса.

Сэм не видел, как к ней пройти, он стоял под обрывом, но понятно было, что если вскарабкаться наверх, то ее не минуешь. И снова затеплилась надежда. «А что, — подумал он, — на Гору-то, пожалуй, и взлезем. Прямо как нарочно для меня ее проложили! — сказал он сам себе. — Не было бы ее здесь, я бы, чего доброго, под конец сдал».

Проложили ее, конечно, вовсе не для Сэма. Ему и невдомек было, что он смотрит на Сауронову дорогу от Барад-Дура к Саммат-Науру, Негасимым Горнилам. От огромных западных ворот Черной Башни она вела по исполинскому железному мосту, протянувшемуся через глубокий ров и на целую лигу над равниной, между двумя клубящимися безднами, а потом по насыпи к восточному склону Горы. Охватив ее во всю ширину с юга на север, дорога поднималась к верхнему конусу, посредине которого были черные двери, обращенные на восток, прямо напротив Зрячего Окна сумрачной твердыни Саурона. Дорогу то и дело сметали огненные потоки и загромождала застывшая лава, но бесчисленные орки отстраивали ее и расчищали.

Сэм печально вздохнул. Дорога-то вон она, да как до нее добраться по этим кручам: спину он, похоже, перетрудил. Он растянулся на земле рядом с Фродо. Оба молчали. Понемногу становилось светлее. И вдруг непонятное беспокойство охватило Сэма, словно его позвали: «Скорей, скорей, а то будет поздно!» Он кое-как поднялся на ноги. Наверно, зов услышал и Фродо, который перевернулся и подтянул колени.

— Я поползу, Сэм, — выдохнул он.

Фут за футом ползли они вверх по обрыву, как два серых жучка, и наконец очутились на дороге — широкой, утоптанной, усыпанной щебенкой и золой. Фродо выкарабкался на нее и медленно обернулся к востоку. Вдалеке черным пологом от небес до земли висела тьма; может, налетел ветер, а может, что-то встревожило Саурона, но завеса всколыхнулась и на миг приоткрыла чернейшую громаду верхней башни Барад-Дура с витыми шпилями и железной короной. Сверкнуло окно в поднебесье, метнулся на север красный луч — Огненное Око пронизывало мрак; потом завеса сомкнулась, и жуткое видение исчезло. Око не их искало, оно было обращено туда, где стояли у ворот ополченцы Запада, где им была уготована жестокая гибель; но в этот страшный миг и Фродо заглянул смерти в лицо. Рука его судорожно искала цепочку.

Сэм опустился возле него на колени. Фродо едва слышно прошептал:

— Помоги мне, Сэм! Сэм, помоги! Удержи мою руку, у меня нету сил.

Сэм сложил руки хозяина ладонь к ладони, поцеловал их и бережно сжал. Ему вдруг подумалось: «Выследил. Ну все, теперь держись. Попался наш Сэммиум Скромби».

Но он упрямо поднял Фродо, взвалил его на спину, ухватив за руки, склонил голову и побрел вверх по дороге. Идти было труднее, чем казалось снизу. К счастью, огненные потоки, которые Гора извергала, когда Сэм глядел на нее с Кирит-Унгола, сбежали по южному и западному склонам, на северо-востоке дорога уцелела, хотя кое-где осыпалась и растрескалась. Она поднималась косогором к востоку, потом круто сворачивала назад, на излучине прорезая огромный камень, некогда извергнутый вулканом. Пыхтя под ношей, Сэм выбрался из ущелины и краем глаза увидел, что сверху, со скалы, на него падает черный обломок.

Он не успел увернуться, упал ничком и ободрал себе руки, не выпуская рук хозяина. Тут он понял, что случилось; над его головой послышался ненавистный голос.

— Сскверный хозяин! — просипел он. — Сскверный хозяин насс обманул, обманул Смеагорла, горлум. Нельзя ссюда идти. Нельзя обижать Прелессть. Отдайте ее нам, пусть она будет у Смеагорла, у насс!

Сэм разом поднялся и обнажил меч, но от меча толку не было. Горлум и Фродо катались по земле. Горлум рвал хозяина когтями, добираясь до Кольца. Наверно, только это и могло воспламенить угасшую волю и остывшее сердце Фродо: посягнули на его единственное сокровище. Он отбивался с яростью, изумившей Сэма, да и Горлума тоже. Но все равно неизвестно, чем бы это кончилось, будь Горлум таков, как прежде. Однако его тоже извели мучительные скитанья, вечный голод и жажда, нестерпимый ужас и алчная, гложущая тоска. От него и остались-то кожа да кости, только глаза горели по-прежнему, но не было сил под стать дикой злобе. Фродо отшвырнул его и, весь дрожа, выпрямился.

— Прочь, прочь! — воскликнул он, прижимая руку к груди и ухватив Кольцо, скрытое под кожаной рубахой. — Прочь с дороги, ползучая мелюзга! С тобой все кончено. Ни убить, ни предать меня ты больше не сможешь.

Внезапно, так же как у скал Приврыжья, Сэм увидел обоих совсем иначе. Полумертвая, побежденная и поверженная, но все еще злобная и жадная тварь извивалась у ног сурового властелина в белом одеянье. На груди его сверкал огненный круг, и оттуда исходил повелительный голос.

— Пошел прочь, не приближайся ко мне! Если ты меня еще коснешься, будешь низвергнут в Роковую Расселину, в негасимый огонь.

Прибитая тварь попятилась, в моргающих глазах ее был ужас — и все та же ненасытная тоска.

Виденье рассеялось, и Сэм увидел, что Фродо стоит, тяжело дыша и держа руку у груди, а Горлум раскорячился на коленях, упершись в землю перепончатыми лапами.

— Берегитесь! — крикнул Сэм. — Он прыгнет на вас! — Он подступил, взмахнув мечом. — Быстрее, хозяин! — проговорил он. — Идите, идите! Время на исходе. Я с ним тут разберусь. Идите!

Фродо взглянул на него, словно бы издалека.

— Да, мне надо идти, — сказал он. — Прощай, Сэм! Теперь и правда конец всему. На Роковой горе слово скажет судьба. Прощай!

Он повернулся и медленно пошел вверх по дороге.

— Ну вот! — сказал Сэм. — Наконец-то я с тобой разделаюсь! — И он прыгнул с мечом наготове. Но Горлум не стал ни нападать, ни убегать; он лег на брюхо и заскулил.

— Не надо насс убивать! — хныкал он. — Не надо колоть насс ссквepным холодным железом. Дайте нам еще немного пожить, ссовсем немножечко. Ссмерть, смерть, нам осталась одна смерть. Прелесть сгинет, и мы рассыпемся в прах, да-сс, в прах. — Он зарылся в золу длинными костистыми пальцами. — Рассыпемся! — простонал он.

У Сэма дрогнула рука. Он был в гневе, он помнил, сколько зла принес этот гад. Его, предателя и убийцу, обязательно надо было заколоть: сто раз заслужил, да и как иначе от него убережешься? Но в глубине души Сэм знал, что не сделает этого, не убьет он жалкого, простертого в пыли, лишенного всего на свете пропащего мерзавца. Он сам, хоть и недолго, был хранителем Кольца и смутно догадывался, как мучается иссохший от вожделения Горлум, порабощенный Кольцом. Только у Сэма не было слов, чтобы все это выразить.

— Да чтоб ты околел, мразь вонючая! — сказал он. — Убирайся! Проваливай! Ни на грош я тебе не верю, и все равно — проваливай! А то вот заколю тебя, да-сс, скверным холодным железом.

Горлум привстал на четвереньки, попятился, потом повернулся задом и, спасаясь от пинка Сэма, пустился бежать. Сэм тут же забыл о нем, на дороге Фродо уже не было видно, и он изо всех сил заторопился наверх. Если б он оглянулся, то увидел бы, что Горлум крадется позади, черной тенью скользя меж камней, и дико сверкают его безумные глаза.

Дорога шла наверх. Она опять круто свернула к востоку, потом сквозь утес вывела к черным дверям пещеры, дверям Саммат-Наура. Далеко на юге в дымном тумане виднелось солнце, зловещее, мутно-багровое, и простерся кругом сумрачный, онемелый, мертвенный Мордор, словно в ожидании страшной грозы. Сэм подошел и заглянул в пещеру. Жаркая темнота трепетала от рокота горных недр.

— Фродо! Хозяин! — позвал он, но ответа не было. Он постоял немного — сердце колотилось от нестерпимого ужаса — и зашел внутрь. Тень юркнула за ним.

Сперва ничего не было видно. В отчаянии он вынул звездинку Галадриэли, но холодный фиал едва-едва засветился в его дрожащей руке. Он был в сердце владений Саурона, у горнила его древней мощи, величайшей в Средиземье, и здесь властвовала тьма. Он опасливо шагнул раз-другой, вдруг впереди полыхнуло, и кровавым отблеском озарились высокие черные своды. Сэм увидел, что он в длинной пещере. Пол и стены рассекала широкая скважина, то наливаясь огнем, то затухая, и мерно рокотал вулкан, точно в глубине его работали могучие машины.

Снова полыхнула расселина, и на краю огненной бездны в багровом свете стал виден Фродо — он стоял, прямой и неподвижный, как черное изваяние.

— Хозяин! — вскрикнул Сэм.

И Фродо молвил звучным и властным, совсем незнакомым Сэму голосом, заглушившим гулы Роковой горы, раскатившимся под сводами пещеры:

— Я пришел. Но мне угодно поступить по-иному, чем было задумано. Чужой замысел я отвергаю. Кольцо — мое!

Он надел Кольцо на палец и исчез. Сэм захлебнулся отчаянным криком; сильный удар в спину сбил его с ног, отбросил в сторону, он расшиб голову о каменный пол и лишился чувств, а черная тень перепрыгнула через него. И еще многое случилось в этот миг.

Когда в Саммат-Науре, в самом сердце сумрачного края, объявился новый хозяин Кольца, повелитель Барад-Дура вздрогнул, и содрогнулась его твердыня от горных подножий до венчавшей ее железной короны. Внезапно опомнился Черный Властелин, и Око его, пронизывая сумрак, воззрилось через равнину в черное жерло пещеры — заветной пещеры владыки Мордора. Будто при взблеске молнии увидел он, как глупо просчитался, и понял все расчеты своих врагов. Ярость его взметнулась, как пламя, и черной тучей склубился удушливый страх. Ибо он знал, что в этот роковой миг участь его висит на волоске.

Он отрешился от всех своих козней, от хитросплетений страха и обмана, от войн и завоеваний, и зашаталось все его необъятное царство, ужаснулись рабы, дрогнули полчища, и вожди, которых вела к победе единая воля, растерянно опустили оружие. Они были забыты. Все помыслы их повелителя обратились к Роковой горе. По зову его взвились и отлетели с поля битвы Кольценосцы-назгулы, и крылатые вихри вперегонки помчались к Ородруину.

Сэм поднялся. Голова кружилась, глаза заливала кровь. Отерши ее, он увидел странное и жуткое зрелище. У края бездны Горлум схватился с невидимкой. Он извивался то возле самой скважины, то поодаль, падал, вскакивал, снова падал. И не говорил ни слова, только злобно сипел.

Огонь заклокотал в глубине, дохнуло палящим жаром, багровый свет залил пещеру. Вдруг длинные руки Горлума протянулись ко рту, блеснули и щелкнули острые белые клыки. Фродо вскрикнул — и появился, стоя на коленях у огненной скважины. А Горлум бешено плясал, воздев кверху Кольцо с откушенным пальцем. Кольцо сверкало ярче солнца.

— Прелесть, прелесть, прелесть! — ликовал Горлум. — Моя прелесть! О моя прелесть!

И, пожирая глазами свою сияющую добычу, он оступился, качнулся на краю бездны и с воплем упал в нее; из глубины донесся вой «Пре-е-лесть!» — и Горлума не стало.

Вулкан взревел, пламя вырвалось из расселины под самые своды пещеры. Гул превратился в тяжкий грохот, и Гора задрожала. Сэм кинулся к Фродо, подхватил его на руки и побежал к дверям. За черным порогом Саммат-Наура, с вершины Горы его взору предстал весь Мордор, и он окаменел от изумленья и ужаса.

На месте Барад-Дура крутился смерч, и посредине заверти виднелись башни выше гор и зубчатые стены, воздвигнутые на могучих кряжах над глубокими ущельями, площади и безглазые громады темниц, стальные и алмазные ворота — и все это исчезло. Падали башни, и обваливались горы, в прах рассыпались стены, дым и пары сползались огромными клубами, и мутный вал, вздымаясь до небес, вскипел и обрушился на равнину. Прокатился гул, нарастая, разражаясь ревом и грохотом. Земля потрескалась. Ородруин содрогнулся, и его расколотая вершина извергла пламенный поток. Грянул гром, заполыхали молнии, хлестнул темный ливень. И в середину огненного месива, вспарывая тучи надрывным воем, вонзились, как черные стрелы, примчавшиеся Кольценосцы, вспыхнули, истлели и сгинули.

— Да, это и вправду конец, Сэм Скромби, — промолвил голос рядом с ним. Он обернулся и увидел Фродо, бледного, изможденного и спокойного. В глазах его не было ни смертной натуги, ни безумия, ни страха. Бремя с него свалилось, и он глядел, как в Хоббитании, в былые светлые дни.

— Хозяин! — воскликнул Сэм и упал на колени. Он забыл, что рушится мир, и сердце его переполнила радость. Нет больше страшной ноши, хозяин спасен, он снова стал самим собой, он освободился! И тут Сэм заметил его искалеченную, окровавленную руку. — Бедная рука! — всхлипнул он. — И главное, нечем перевязать, да и лекарств никаких нет. Пусть бы лучше откусил у меня целую руку. Но с него теперь не спросишь, от него, поди, и пепла не осталось.

— Да, — сказал Фродо. — А помнишь, Гэндальф говорил: *Погодите, может, Горлум еще зачем-то понадобится*. И понадобился: ведь сам бы я не смог уничтожить Кольцо, и все было б напрасно, хоть мы и достигли цели. Не надо поминать его лихом! Поручение выполнено, и я больше всего рад, что ты со мной. Вот и конец нашей сказке, Сэм.

Глава IV
НА КОРМАЛЛЕНСКОМ ПОЛЕ

Кругом бушевали полчища Мордора. Западное войско тонуло в безбрежном море. Тускло светило багровое солнце, но и его затмевали крылья назгулов, смертною тенью реявшие над землей. Арагорн, безмолвный и строгий, стоял у знамени с думою то ли о прежних днях, то ли о дальних краях; и глаза его сверкали, как звезды, разгоревшиеся во тьме. На вершине холма стоял белоснежный Гэндальф, и тени обегали его. Вал за валом откатывался от холмов, но все сильней и сокрушительней был натиск Мордора, все громче яростные крики и бешеный лязг стали.

Вдруг встрепенулся Гэндальф, будто ему что-то привиделось, и обратил взгляд на север, к бледным и чистым небесам. Он вскинул руки и громогласно воскликнул, заглушая битвенный гул:

— Орлы летят! Орлы летят!

И недоуменно уставились на небо мордорские рабы, холопы и наемники.

А в небе явились Гваигир Ветробой и брат его Быстрокрыл, величайшие орлы северного края, могущественнейшие потомки пращура Торондора, который свил гнездо у неприступных вершин Окраинных гор — когда Средиземье еще справляло праздник юности. И за ними двоими мчались стройные вереницы родичей, орлов северных гор: мчались с попутным ветром. Из поднебесья они обрушились на назгулов, и вихрем прошумели их широкие крылья.

Но назгулы, взметнувшись, скрылись во мраке Мордора, заслышав неистовый зов из Черной Башни; и в этот миг дрогнули полчища Мордора, внезапно утратив напор, — и замер их грубый хохот, и руки их затряслись, роняя оружие. Власть, которая гнала их вперед, которая полнила их ненавистью и бешенством, заколебалась, единая воля ослабла, и в глазах врагов они увидели свою смерть.

А ополченцы Запада радостно вскрикнули, ибо в глубине тьмы просияла им новая надежда. И с осажденных холмов ринулись сомкнутым строем гондорские ратники, ристанийские конники и северные витязи, врезаясь, врубаясь в смятенные вражеские орды. Но Гэндальф снова воздел руки и звучно возгласил:

— Стойте, воины Запада! Помедлите! Бьет роковой час!

Еще не отзвучал его голос, как земля страшно содрогнулась. Над башнями Черных Ворот, над вершинами сумрачных гор взметнулась в небеса необъятная темень, пронизанная огнем. Стеная, дрожала земля. Клыки Мордора шатнулись, закачались — и рухнули; рассыпались в прах могучие бастионы, и низверглись ворота; издали глухо, потом все громче и громче слышался тяжкий гул, превращаясь в раскатистый оглушительный грохот.

— Царствование Саурона кончилось! — молвил Гэндальф. — Хранитель Кольца исполнил поручение.

Ополченцы Запада взглянули на юг: в Мордоре чернее черных туч воздвиглась огромная Тень, увенчанная молниями. Казалось, на миг она заслонила небеса и царила над миром — и протянула к врагам грозную длань, страшную и бессильную, ибо дунул навстречу Тени суровый ветер, и она, расползаясь, исчезла; и все стихло.

Ополченцы склонили головы, а подняв глаза, с изумленьем увидели, что вражеские полчища редеют, великая рать Мордора рассеивается, как пыль на ветру. Когда гибнет потаенное и разбухшее существо, которое изнутри муравейника заправляет этой копошащейся кучей, муравьи разбегаются кто куда и мрут, жалкие и беспомощные; так разбегались и твари Саурона — орки, тролли и зачарованные звери: одни убивали себя, другие прятались по ямам или с воем убегали напропалую, чтобы укрыться в прежнем безбрежном мраке и где-нибудь тихо издохнуть. А вастаки и южане из Руна и Хорода, закоренелые в злодействе, давние, свирепые и неукротимые ненавистники Запада, увидели суровое величие своих заклятых врагов, поняли, что битва проиграна, и сомкнули строй, готовясь умереть в бою. Однако же многие их сородичи толпами бежали на восток или бросали оружие и сдавались на милость победителя.

Гэндальф предоставил Арагорну и другим вождям довершать сраженье; сам же он воззвал с вершины холма — и к нему спустился великий орел Гваигир Ветробой.

— Дважды вынес ты меня из беды, друг мой Гваигир, — сказал Гэндальф. — Помоги же, прошу тебя, в третий и последний раз. Я не буду тебе в тягость более, чем тогда, в полете с Зиракзигила, где отгорела моя прежняя жизнь.

— Я донесу тебя, коли надо, на край света, — отвечал Гваигир, — будь ты хоть каменный.

— Летим же, — сказал Гэндальф. — Возьми с собой брата и еще одного орла — такого, что не отстанет. Ибо надо нам обогнать любой ветер и опередить назгулов.

— Северный ветер могуч, но мы переборем его, — обещал Гваигир. И с Гэндальфом на спине он помчался на юг, а за ним летели Быстрокрыл и юный Менельдор. Над Удуном и Горгоротом летели они, над бурлящими руинами, а впереди полыхала Роковая гора.

— Как я рад, что ты со мною, Сэм, — сказал Фродо. — Ну вот и конец нашей сказке.

— Конечно, я с вами, хозяин, еще бы нет, — отозвался Сэм, бережно прижимая к груди искалеченную руку Фродо. — И вы со мною, а как же. Да, вроде кончилось наше путешествие. Только что же это выходит — шли, шли, пришли, а теперь ложись да помирай? Как-то это, сами понимаете, не по-нашему, сударь.

— Что поделаешь, Сэм, — сказал Фродо. — Так оно и бывает. Всем надеждам приходит конец, и нам вместе с ними. Еще чуть-чуть — и все. Где уж нам уцелеть в этом страшном крушенье!

— Что верно, то верно, сударь, а все-таки давайте хотя бы отойдем подальше от этой, как ее, Роковой, что ли, Расселины. Ноги-то у нас пока не отнялись? Пошли, сударь, благо дорога еще цела!

— Ладно, Сэм, пошли. Куда ты, туда и я, — согласился Фродо; они встали, и побрели по извилистой дороге, и едва свернули вниз, к дрожащему подножию, как Саммат-Наур изрыгнул огромный клуб густого дыма. Конус вулкана расселся, и кипящий поток магмы, грохоча, понесся по восточному склону.

Путь был отрезан. Фродо и Сэм теряли последние силы. Кое-как добрались они до груды золы близ подножия, но уж оттуда деваться было некуда. Груда эта была островком, который вот-вот сгинет в корчах Ородруина. Кругом разверзлась земля и вздымались столбы дыма. Гора в содроганьях истекала магмой, и медленно ползли на них пологими склонами огненные потоки, наползали со всех сторон. Густо сыпал горячий пепел.

Они стояли бок о бок, и Сэм не выпускал руку хозяина, нежно поглаживая ее. Он вздохнул.

— А что, неплохая была сказка, сударь? — сказал он. — Эх, послушать бы ее! Скажут как-нибудь так: внимайте *Повести о девятипалом Фродо и о Кольце Всевластья!* — и все притихнут, вроде как мы, когда слушали в Раздоле Повесть об одноруком Берене и Волшебном Сильмарилле. Да, вот бы послушать! К тому же не мы первые, не мы последние, дальше ведь тоже что-нибудь да будет.

Так он говорил наперекор предсмертному страху, а глаза его устремлялись к северу, туда, где ветер далеко-далеко прояснял небо, ураганными порывами разгоняя тяжкие тучи.

И зорким орлиным оком увидел их обогнавший ветер Гваигир, кружа над Ородруином и гордо одолевая смертоносные вихри, увидел две крохотные фигурки, стоявшие на холмике рука об руку; а вокруг, трясясь, разверзалась земля и разливалось огненное море. И в тот самый миг, как он их увидел и устремился к ним, они упали: то ли стало совсем невмочь, то ли задушил чад, то ли, наконец отчаявшись, они скрыли глаза от смерти.

Они лежали рядом; и ринулись вниз Гваигир Ветробой и брат его Быстрокрыл, а за ними смелый Менельдор. И в смутном забытьи, ни живы ни мертвы, странники были исторгнуты из темени и огня.

Сэм очнулся в мягкой постели; над ним покачивались разлапистые ветви бука, и сквозь юную листву пробивался зелено-золотой солнечный свет. Веяло душистой свежестью.

Запах-то этот он вмиг распознал: запах был итилийский. «Батюшки! — подумал он. — Вот уж заспался-то!» Он перенесся в тот день, когда разводил костерок под солнечным пригорком, а все остальное забылось. Он потянулся и глубоко вздохнул.

— Чего только не приснится! — пробормотал он. — Надо же, спасибо хоть проснулся!

Он сел в постели и увидел, что рядом с ним лежит Фродо — лежит и спит, закинув руку за голову, а другую — правую — положив на покрывало. И среднего пальца на правой руке не было.

Нахлынула память, и Сэм вскрикнул:

— Да нет, какой там сон! Где ж это мы очутились?

И тихо промолвил голос над ним:

— Вы теперь в Итилии, под охраною Государя, и Государь ожидает вас.

И перед ним возник Гэндальф в белом облачении; белоснежную его бороду освещало переливчатое солнце.

— Ну, сударь мой Сэммиум, как твои дела? — сказал он.

А Сэм откинулся на спину, разинул рот и покамест, от радости и удивления, не знал, что и ответить. Потом наконец выговорил:

— Гэндальф! А я-то думал, тебя давным-давно в живых нет! Хотя и меня тоже вроде бы в живых быть не должно. Всех ужасов, что ли, будто и не было? Да что вообще случилось?

— Рассеялась Тень, нависавшая над миром, — сказал Гэндальф и засмеялся, и смех его был как музыка, точно ручей зазвенел по иссохшей земле, и Сэм долго-долго слышал этот живительный смех. Он услышал в нем радость, нескончаемую и звонкую, звонче знакомых радостей. И расплакался. Слезы его пролились, словно весенний дождь, после которого ярче сияет солнце; он засмеялся и, смеясь, вскочил с постели.

— Как мои дела? — воскликнул он. — Да я уж и не знаю, как мои, а вообще-то, вообще... — он раскинул руки, — ну, как бывает весна после зимы, как теплое солнце зовет листья из почек, как вдруг затрубили все трубы и заиграли все арфы! — Он запнулся и взглянул на хозяина. — А господин Фродо — он что? Руку ему испортили — это надо же! Ну ладно, хоть прочее все цело. Вот уж кому туго пришлось!

— Прочее все цело, Сэм, — сказал Фродо, смеясь и усаживаясь в постели. — Соня ты, Сэм, и я, глядя на тебя, уснул, даром что проснулся спозаранку. А теперь уж чуть не полдень.

— Полдень? — повторил Сэм, задумавшись. — Какого дня полдень?

— Нынче полдень четырнадцатого дня новой эры, — сказал Гэндальф, — или, если угодно, восьмого апреля по хоббитанскому счислению. А в Гондоре с двадцать пятого марта новая эра — со дня, когда сгинул Саурон, а вас спасли из огня и доставили к Государю. Он вас вылечил и теперь ожидает вас. С ним будете нынче трапезовать. Одевайтесь, я вас к нему поведу.

— К нему? — сказал Сэм. — А что это за Государь?

— Великий князь гондорский и властитель всех западных земель, — отвечал Гэндальф. — Он возвратился и принимает под державу свою все древнее царство. Скоро поедет короноваться, только вас дожидается.

— Надевать-то нам что? — спросил Сэм, глядя на кучу старого рваного тряпья — их бывшие одежды, лежавшие у изножия постелей.

— Наденете, что было на вас, когда вы шли в Мордор, — отвечал Гэндальф. — Храниться как святыня будет, Фродо, даже твое оркское отрепье. Здесь, в западных странах, а стало быть, и во всем Средиземье, оно станет краше шелков и атласов, почетней любого убранства. Но мы потом подыщем вам другую одежду.

Он простер к ним руки, и заблистал тихий свет.

— Как, неужели? — воскликнул Фродо. — Это у тебя...

— Да, здесь оба ваших сокровища. Сэм их сберег, и они были найдены. Дары владычицы Галадриэли: твой светильник, Фродо, и твоя шкатулка, Сэм. Радуйтесь — вот они.

Хоббиты неспешно умылись и оделись, слегка подзакусили — и не отставали от Гэндальфа. Из буковой рощи вышли они на продолговатый, залитый солнцем луг, окаймленный стройными темнолиственными деревьями в алых цветах. Откуда-то сзади слышался рокот водопада, а впереди между цветущих берегов бежал светлый поток, скрывавшийся в роще за дальней окраиной луга, где деревья, стеснившись, потом расступились и образовали аллею, и снова мерцала вдали бегущая вода.

А за рощей они так и замерли, увидев строй витязей в сверкающих кольчугах и рослых черно-серебряных стражей; и все они склонились перед ними. Один из стражей затрубил в длинную трубу, а они шли и шли светлой просекой возле звенящего потока. И вышли на зеленый простор; вдали серебрилась в легкой дымке широкая река и виден был длинный лесистый остров, у берегов которого стояли бесчисленные корабли. А поле обступило войско, блистая ровными рядами. Когда хоббиты приблизились, сверкнули обнаженные мечи, грянули о щиты копья, запели рога и фанфары, и воскликнули люди многотысячным голосом:

Да здравствуют невысоклики! Хвала им превыше хвал!
Куйо и Перийан аннан! Аглар-ни перианнат!
Восхвалим же их великой хвалой — Фродо и Сэммиума!
Даур а Бергаэль, Конин эн Аннун! Эглерио!
Честь им и хвала!

Эглерио!

А лайта те, лайта те! Андаве лаитувальмет!

Честь и хвала!

Кормаколиндор, а лайта тариэнна!

Восхвалим же их, восхвалим Хранителей Кольца!

Фродо и Сэм закраснелись, глаза их сияли изумленьем; выйдя на поле, они увидели, что посредине гудящего войска были воздвигнуты, дерн на дерне, три высоких трона. За троном направо реяло бело-зеленое знамя, и на нем скачущий конь; налево, на голубом знамени, плыл кораблем в дальнее море серебряный лебедь; а над самым высоким троном на огромном плещущем черном знамени сияло белое цветущее древо, осененное короной с семью блистающими звездами. На троне сидел витязь, облаченный в броню, и громадный меч лежал у него на коленях, а голова его была не покрыта. Они подошли, и он встал; и они узнали его, хоть он и изменился: лицо у него было горделивое и радостное, царственное лицо повелителя, и был он по-прежнему темноволосый и сероглазый.

Фродо кинулся ему навстречу, и Сэм ненамного отстал.

— Ну, дела! — крикнул он. — Бродяжник, он самый, не будь я хоббит!

— Да, он самый, — отвечал Арагорн. — Далекая, видишь, оказалась дорога от Пригорья, где я тебе не понравился! Да, трудновато нам всем пришлось, но тебе-то, пожалуй, труднее всех.

И затем, к изумлению и великому смущению Сэма, он преклонил перед ним колено, а потом взял их за руки — Фродо за правую, Сэма за левую — и повел к трону; посадил, обернулся к воинству и вождям и промолвил громче громкого:

— Воздайте им великую хвалу!

А когда отзвучал, разнесся и смолк восторженный клик, Сэм был поражен пуще прежнего и счастлив, как никогда, ибо выступил вперед гондорский песнопевец и, преклонив колена, испросил позволенья пропеть новую, небывалую песнь. Но прежде сказал он:

— Внимайте! Внимайте, доблестные витязи, вожди и воины, князи и правители; вы, воители Гондора, и вы, конники Ристании; вы, сыны Элронда, и северные дунаданцы; вы, эльф и гном, и вы, великодушные уроженцы Хоббитании, и весь свободный народ Запада — внимайте и слушайте. Ибо я спою вам о девятипалом Фродо и о Кольце Всевластья.

Не веря своим ушам, Сэм звонко и радостно рассмеялся, вскочил и воскликнул:

— О чудеса из чудес и слава небывалая! Да я и мечтать не смел, чтобы такое сбылось!

И все воины тоже смеялись и плакали; над смехом их и плачем вознесся чистый, ясный голос песнопевца — звончатый, серебряный, золотой. Звенела эльфийская речь, звучали наречия Запада, сладостный напев блаженно ранил сердца, и гореванье сливалось с восторгом, и блаженным хмелем пьянили слезы.

Наконец, когда солнце склонилось за полдень и протянулись тени деревьев, песнопевец закончил песнь.

— Воздайте ж им великую хвалу! — воскликнул он и опустился на колени. Встал Арагорн, заволновалось войско, и все пошли к накрытым столам, пошли провожать пиршеством разгоревшийся день.

Фродо и Сэма отвели в шатер; они сняли истасканную, грязную одежду; ее бережно свернули и унесли, и новое нарядное платье было дано им взамен. Пришел Гэндальф, держа в руках, к удивлению Фродо, северный меч, эльфийский плащ и мифрильную кольчугу — все, что забрали орки в Мордоре. А Сэму он принес позолоченную кольчугу и почищенный, заштопанный плащ; и положил перед ними оба меча.

— Никакого меча мне больше не нужно, — сказал Фродо.

— Нынче вечером придется быть при мече, — отозвался Гэндальф.

Фродо взял прежний кинжал Сэма, который в Кирит-Унголе сочли его оружием.

— А Терн — тебе, Сэм, — сказал он.

— Нет, хозяин! Вы его получили от господина Бильбо вместе с этой серебристой кольчугой; он бы сильно удивился, если б вы меч кому-нибудь отдали.

Фродо уступил, и Гэндальф, словно оруженосец, преклонил колена, опоясал его и Сэма мечами и надел им на головы серебряные венцы.

Так облаченные, явились они на великое пиршество — к главному столу возле Гэндальфа, конунга Эомера Ристанийского, князя Имраиля и других военачальников Западного ополченья; и тут же были Гимли и Леголас.

Постояли в молчании, обратившись лицом к западу; затем явились два отрока-виночерпия, должно быть оруженосцы: один в черно-серебряном облачении стража цитадели Минас-Тирита, другой в бело-зеленом. Сэм подивился, как это такие мальцы затесались среди могучих витязей, но, когда они подошли ближе, протер глаза и воскликнул:

316

— Смотрите-ка, сударь! Ну и дела! Да это же Пин, то бишь, прошу прощенья, господин Перегрин Крол, и господин Мерри! Ну и выросли же они! Батюшки! Видно, не нам одним есть чего порассказать!

— Нет, Сэм, не вам одним, — сказал Пин, радостно ему улыбаясь. — И уж как мы станем рассказывать, так вы только держитесь — погодите, вот кончится пир. А пока что возьмите в оборот Гэндальфа, он теперь вовсе не такой скрытный, хотя больше смеется, чем говорит. Нам с Мерри недосуг — как вы, может, заметили, мы при деле, мы — витязи Гондора и Ристании.

Долго длился веселый пир; когда же солнце закатилось и поплыла луна над андуинскими туманами, проливая сиянье сквозь трепетную листву, Фродо и Сэм сидели под шелестящими деревьями благоуханной Итилии и далеко за полночь не могли наговориться с Мерри, Пином и Гэндальфом, с Леголасом и Гимли. Им рассказывали и рассказывали обо всем, что случилось без них с остальными Хранителями после злополучного дня на Парт-Галене близ водопадов Рэроса; и не было конца их расспросам и повести друзей.

Орки, говорящие деревья, зеленая нескончаемая равнина, блистающие пещеры, белые замки и златоверхие чертоги, жестокие сраженья и огромные корабли под парусами — словом, у Сэма голова пошла кругом. И все же, внимая рассказам о чудесах, он нет-нет да и оглядывал Пина и Мерри, наконец не выдержал, поднял Фродо и стал с ними мериться спина к спине. Потом почесал в затылке.

— Да вроде не положено вам расти в ваши-то годы! — сказал он. — А вы дюйма на три вымахали, гном буду!

— До гнома тебе далеко, — отозвался Гимли. — Чего тут удивляться — их же поили из онтских источников, а это тебе не пиво лакать!

— Из онтских источников? — переспросил Сэм. — Все у вас онты да онты, а что за онты — в толк не возьму. Ну ладно, недельку-другую еще поговорим, глядишь, все и само разъяснится.

— Вот-вот, недельку-другую, — поддержал Пин. — Дойдем до Минас-Тирита и запрем Фродо в башне — пусть записывает, не отлынивает. А то забудет потом половину, и старина Бильбо ужас как огорчится.

Наконец Гэндальф поднялся.

— В руках Государя целебная сила, оно так, дорогие друзья, — сказал он. — Но вы побывали в когтях у смерти, оттуда он и вызволил вас, напрягши все силы, прежде чем вы погрузились в тихий сон забвенья. И хотя спали вы долго и, похоже, отоспались, пора опять вам укладываться.

— Сэму-то и Фродо само собой, — заметил Гимли, — но и тебе, Пин, тоже. Ты мне милей брата родного — еще бы, так уж я по твоей милости набегался, век не забуду. И не забуду, как отыскал тебя на холме после битвы. Кабы не гном Гимли, быть бы тебе в земле. Зато я теперь ни с чем не спутаю хоббитскую подошву — только она и виднелась в груде тел. Отвалил я здоровенную тушу, которая тебя придавила, смотрю — а ты как есть мертвый. Я чуть себе бороду не вырвал от досады. А теперь ты всего-то день как на ногах — давай, пошел спать. Я тоже пойду.

— А я, — сказал Леголас, — пойду бродить по здешнему прекрасному лесу, то-то отдохну. Если позволит царь Трандуил, я приведу сюда лесных эльфов — тех, кому захочется пойти со мной, — и край ваш станет еще краше. Надолго ли? Ненадолго: на месяц, на целую жизнь, на человеческий век. Но здесь течет Андуин и катит свои волны к Морю. В Море!

В Море, в морской простор! Чайки кричат и реют,
И белопенный прибой набегает быстрей и быстрее.
На западе, в ясной дали, закатное солнце алеет.
Корабль, серокрылый корабль! Слышишь ли дальние зовы,
Уплывших прежде меня призывные голоса?
Прощайте, прощайте, густые мои леса,
Иссякли дни на земле, и века начинаются снова.
А я уплыву за моря и брега достигну иного.
Там длинные волны лижут Последние Берега,
На Забытом острове слышен солнечный птичий гам —
В Эрессее, предвечно эльфийской, куда нет доступа людям,
Где листопада нет и где мы навеки пребудем.

И с этой песней Леголас спустился под гору.

Все разошлись, а Фродо и Сэм отправились спать. Проснулись — и в глаза им глянуло тихое, ласковое утро, и потянулся душистый итилийский апрель. Кормалленское поле, где расположилось войско, было неподалеку от Хеннет-Аннуна, и по ночам доносился до них гул водопадов и клокотанье потока в скалистой теснине, откуда он разливался по цветущим лугам и впадал в Андуин возле острова Каир-Андрос. Хоббиты уходили далеко, прогуливались по знакомым местам, и Сэм все мечтал, что где-нибудь на лесной поляне или в укромной ложбине вдруг да увидит снова хоть одним глазком громадного олифанта. А когда ему сказали, что под стенами Минас-

Тирита их было хоть отбавляй, но всех перебили и сожгли, Сэм не на шутку огорчился.

— Да оно понятно, сразу там и здесь не будешь, — сказал он. — Но похоже, мне здорово не повезло.

Между тем войско готовилось двинуться назад, к Минас-Тириту. Проходила усталость, залечивались раны. Ведь еще пришлось добивать и рассеивать заблудшие остатки южан и вастаков. Вернулись наконец и те, кого послали в Мордор — разрушать северные крепости.

Но вот приблизился месяц май, и вожди Западного ополчения взошли на корабли вслед за своими воинами, а корабли поплыли от Каир-Андроса вниз по Андуину к Осгилиату; там они задержались и днем позже появились у зеленых полей Пеленнора, у белых башен близ подножия высокого Миндоллуина, возле гондорской столицы, последнего оплота Запада, оплота, выстоявшего в огне и мраке на заре новых дней.

И среди поля раскинули они шатры свои и разбили палатки в ожидании первомайского утра: с восходом солнца Государь войдет в свою столицу.

Глава V
НАМЕСТНИК И ГОСУДАРЬ

Столица Гондора жила в смятении и страхе. Чистое небо и ясное солнце будто смеялись над людьми, которым уповать было не на что, которые каждое утро ожидали роковых вестей. Градоправитель их сгинул в огне, прах ристанийского конунга лежал неупокоенный в цитадели, новый же Государь, явившийся ночью, наутро исчез — говорят, уехал воевать со всевластными силами тьмы и ужаса, а разве их одолеет чья бы то ни было мощь и доблесть? Тщетно ждали они вестей. Знали только, что войска свернули от Моргульской долины на север, скрылись в черной тени омертвелых гор — и больше не прислали ни одного гонца с угрюмого востока, ни слуху ни духу от них не было.

Всего через два дня после ухода войска царевна Эовин велела сиделкам принести ее облачение и уговоров слушать не пожелала; ей помогли одеться, возложили больную руку на холщовую перевязь и проводили к Смотрителю Палат Врачеванья.

— Сударь, — сказала она, — на сердце у меня неспокойно, и не могу я больше изнывать от праздности.

— Царевна, — возразил Смотритель, — ты еще далеко не излечилась, а мне строго-настрого велено довести дело до конца с особым тщанием. Еще семь дней — так мне сказали — ты не должна была вставать с постели. Прошу тебя, иди обратно в свой покой.

— Я излечилась, — сказала она, — от телесного недуга, левая рука только плоха, а это пустяки. Но недуг одолеет меня снова, если мне будет нечего делать. Неужели нет вестей с войны? Я спрашивала у сиделок — они не знают.

— Вестей нет, — отвечал Смотритель, — известно лишь, что войско наше очистило Моргульскую долину и двинулось дальше. Во главе его, говорят, наш новый полководец с севера. Это великий воин, а вдобавок целитель; никогда бы не подумал, что рука целителя может владеть мечом. У нас в Гондоре все иначе; правда, если верить древним сказаньям, бывало и так. Однако же многие века мы, целители, лишь врачевали раны, нанесенные мечом. Хотя и без этих ран дела бы нам хватило: сколько в мире болезней и немощей, а тут еще войны и всякие сражения.

— Да нет, господин Смотритель, во всякой войне один — зачинщик, другой же воюет поневоле, — возразила Эовин. — Но кто за меч не берется, от меча и погибнет. Ты что, хотел бы, чтобы народ Гондора собирал травы, пока Черный Властелин собирает войска? А бывает, что исцеленье вовсе не нужно. Иной раз лучше умереть в битве, принять жестокую смерть. Я бы ее и выбрала, будь мой выбор.

Смотритель поглядел на нее. Высокая и стройная, со сверкающими глазами на бледном лице, она сжала в кулак здоровую руку и повернулась к окну, выходившему на восток. Он вздохнул и покачал головой. Наконец она снова обратилась к нему.

— Что толку бездельничать! — сказала она. — Кто у вас в городе главный?

— Право, не знаю, царевна, — замялся он. — Не по моей это части. Над мустангримцами, которые остались, начальствует их Сенешаль, городом ведает наш Хранитель ключей Турин. А вообще-то правитель, новый наместник, у нас, само собой, Фарамир.

— Где его искать?

— Искать его не надо, царевна, он здесь, в Палатах. Он был тяжело ранен, теперь поправляется. Только я вот не знаю...

— Может, ты меня к нему отведешь? Тогда и узнаешь.

* * *

Фарамир одиноко прогуливался по саду возле Палат Врачеванья; под теплыми лучами солнца его тело понемногу оживало, но на душе было тяжко, и он то и дело подходил к восточной стене. Обернувшись на зов Смотрителя, он увидел Эовин и вздрогнул от жалости — так печально было ее измученное лицо.

— Государь, — сказал Смотритель, — это ристанийская царевна Эовин. Она сражалась вместе с конунгом, была жестоко ранена и оставлена на моем попечении. Но моим попечением она недовольна и хочет говорить с Градоправителем.

— Не ошибись, государь, — сказала Эовин. — Я не жаловаться пришла. В Палатах все как нельзя лучше — для тех, кто хочет излечиться. Мне же тягостны праздность, безделье, заточение. Я искала смерти в бою и не нашла ее, но ведь война не кончилась...

По знаку Фарамира Смотритель с поклоном удалился.

— Чем я могу помочь тебе, царевна? — спросил Фарамир. — Как видишь, я тоже узник наших врачевателей.

Он снова взглянул на нее: его всегда глубоко трогала чужая скорбь, а она была прекрасна в своем горе, и прелесть ее пронзала сердце. Она подняла глаза и встретила тихий, нежный взгляд; однако же Эовин, взращенная среди воинов, увидела и поняла, что перед нею стоит витязь, равного которому не сыщешь во всей Ристании.

— Чего же ты хочешь, царевна? — повторил он. — Говори; что в моей власти, я все сделаю.

— Я бы хотела, чтоб ты велел Смотрителю отпустить меня, — сказала она, и хотя слова ее по-прежнему звучали горделиво, но голос дрогнул, и она усомнилась в себе — впервые в жизни. Она подумала, что этот высокий воин, ласковый и суровый, принимает ее за несчастного, заблудшего ребенка, и неужели же ей не хватит твердости довести безнадежное дело до конца?

— Не пристало мне указывать Смотрителю, я и сам ему повинуюсь, — отвечал Фарамир. — И в городе я пока что не хозяин. Но будь я даже полновластным наместником, по части лечения последнее слово остается за лекарем, а как же иначе?

— Но я не хочу лечиться, — сказала она. — Я хочу воевать вместе с братом, с Эомером, и погибнуть, как конунг Теоден. Он ведь погиб — и обрел вечный почет и покой.

— Если тебе это уже по силам, царевна, все равно поздно догонять наше войско, — сказал Фарамир. — Гибель в бою, наверно, ждет нас всех, волей-неволей. И ты встретишь смерть достойнее и доблестнее, до поры до времени покорившись врачеванию. Нам выпало на долю ожидать, и надо ожидать терпеливо.

Она ничего не ответила, но лицо ее немного смягчилось, будто жестокий мороз отступил перед первым слабым дуновением весны. Слеза набухла и скатилась по щеке, блеснув дождинкою. И гордая голова поникла. Потом она вполголоса промолвила, как бы и не к нему обращаясь:

— Мне велено еще целых семь дней оставаться в постели. А окно мое выходит не на восток.

Говорила она, словно обиженная девочка, и, как ни жаль ее было, Фарамир все же улыбнулся.

— Окно твое — не на восток? — повторил он. — Ну, это поправимо. Что другое, а это в моей власти: я скажу Смотрителю, он распорядится. Лечись послушно, царевна, и не оставайся в постели, а гуляй, сколько хочешь, по солнечному саду, отсюда и гляди на восток, не забрезжит ли там надежда. Да и мне будет легче, если ты иной раз поговоришь со мною или хотя бы пройдешься рядом.

Она подняла голову, снова взглянула ему в глаза, и ее бледные щеки порозовели.

— Отчего будет легче тебе, государь? — спросила она. — И разговаривать я ни с кем не хочу.

— Сказать тебе напрямик?

— Скажи.

— Так вот, Эовин, ристанийская царевна, знай, что ты прекрасна. Много дивных и ярких цветов у нас в долинах, а красавиц еще больше, но доныне не видел я в Гондоре ни цветка, ни красавицы прекрасней тебя — прекрасней и печальней. Быть может, через несколько дней нашу землю поглотит мрак, и останется лишь погибнуть как должно; но пока не угаснет солнце, мне будет отрадно видеть тебя. Ведь и ты, и я побывали в запредельной тьме, и одна и та же рука спасла нас от злой смерти.

— Увы, государь, это все не обо мне! — поспешно возразила она. — Тьма еще висит надо мной. И в целители я не гожусь. Мои загрубелые руки привычны лишь к щиту и мечу. Однако спасибо тебе и на том, что для меня открылись двери палаты. Буду с позволения наместника Гондора гулять по саду.

Она откланялась, а Фарамир долго еще бродил по саду и чаще глядел на Палаты, чем на восточную стену.

Возвратившись к себе, он призвал Смотрителя, и тот рассказал ему все, что знал о ристанийской царевне.

— Впрочем, государь, — закончил он, — ты гораздо больше узнаешь от невысоклика из соседней палаты: он был в охране конунга и, говорят, защищал царевну на поле боя.

Мерри вызвали к Фарамиру, и весь день провели они в беседе; многое узнал Фарамир, еще больше разгадал за словами, и куда понятней прежнего стали ему горечь и тоска племянницы конунга Ристании. Ясным вечером Фарамир и Мерри гуляли в саду, но Эовин из Палат не выходила.

Зато поутру Фарамир увидел ее на стене, в белоснежном одеянии. Он окликнул ее, она спустилась, и они гуляли по траве или сидели под раскидистыми деревьями — то молча, то тихо беседуя. Так было и на другой, и на третий день; и Смотритель глядел на них из окна и радовался, ибо все надежнее было их исцеленье. Время, конечно, смутное, зловещее время, но хотя бы эти двое его подопечных явно выздоравливали.

На пятый день царевна Эовин снова стояла с Фарамиром на городской стене, и оба глядели вдаль. Вестей по-прежнему не было, в городе царило уныние. Да и погода изменилась: резко похолодало, поднявшийся в ночи ветер дул с севера, метался и завывал над серыми, тусклыми просторами.

Они были тепло одеты, в плащах с подбоем; у Эовин поверх плаща — темно-синяя мантия с серебряными звездами у подола и на груди. Мантию велел принести Фарамир; он сам накинул ее на плечи Эовин и украдкой любовался прекрасной и величавой царевной. Мантию эту носила его мать, Финдуиль Амротская, которая умерла безвременно, и память младшего сына хранила ее полузабытое очарованье и свое первое жестокое горе. Он решил, что мантия под стать печальной красоте Эовин.

Но ей было холодно в звездчатой мантии, и она не-отрывно глядела на север, туда, где бушевал ветер и где далеко-далеко приоткрылось бледное, чистое небо.

— Что хочешь ты разглядеть, Эовин? — спросил Фарамир.

— Черные Ворота там ведь, правда? — отозвалась она. — Наверно, он к ним подошел. Семь уже дней, как он уехал.

— Да, семь дней, — подтвердил Фарамир. — И прости меня, но я скажу тебе, что эти семь дней нежданно одарили меня радостью и болью, каких я еще не знал. Радостью — оттого что я увидел и вижу тебя, болью — потому что стократ потемнел для меня нависший сумрак. Эовин, меня стала страшить грядущая гибель, я боюсь утратить то, что обрел.

— Утратить то, что ты обрел, государь? — переспросила она, строго и жалостливо взглянув на него. — Не знаю, что в наши дни удалось тебе обрести и что ты боишься потерять. Нет уж, друг мой, ни слова об этом! Давай-ка помолчим! Я стою у края пропасти, черная бездна у меня под ногами, а вспыхнет ли свет позади — не знаю, и не могу оглянуться. Я жду приговора судьбы.

— Да, мы все ждем приговора судьбы, — сказал Фарамир.

И больше не было сказано ни слова, а ветер стих, и померкло солнце, город онемел, и долина смолкла: не слышно было ни птиц, ни шелеста листьев, ни даже дыханья. Сердца их, казалось, замерли, и время застыло.

А их руки нечаянно встретились и сплелись, и они об этом не ведали. Они стояли и ждали, сами не зная чего. И вскоре почудилось им, будто за дальними гребнями вскинулся до небес в полыхании молний вал темноты, готовый поглотить весь мир, задрожала земля и содрогнулись стены Минас-Тирита. Потом весь край точно вздохнул, и обмершие их сердца снова забились.

— Совсем как в Нуменоре, — сказал Фарамир и удивился своим словам.

— В Нуменоре? — переспросила Эовин.

— Да, — отвечал Фарамир, — в Нуменоре, когда сгинула Западная империя: черная волна поднялась выше гор, захлестнула цветущие долины, смыла все на свете и настала великая неизбывная темнота. Мне это часто снится.

— Ты, значит, думаешь, что настает великая темнота? — спросила Эовин. — Темнота неизбывная?

И она вдруг прильнула к нему.

— Нет, — сказал Фарамир, заглянув ей в лицо. — Это мне просто привиделось. А что произошло — пока не знаю. Рассудок подсказывает, что на мир обрушилось необоримое зло, что настали последние времена. Но сердце с ним не согласно: и дышится легче, и надежда вместе с радостью пробудилась вопреки рассудку. Эовин, Эовин, Белая Дева Ристании, в этот час да отступит от нас всякая тьма!

Он наклонился и поцеловал ее в лоб.

Так стояли они на стене Минас-Тирита, и порывистый ветер развевал и смешивал черные и золотые пряди. Тень уползла, открылось солнце, и брызнул свет; воды Андуина засверкали серебром, и во всех домах столицы запели от радости, сами не зная почему.

Но не успело еще полуденное солнце склониться к западу, как прилетел огромный Орел с вестями от Ополченья. А вести его были превыше всех надежд, и он возглашал:

Пойте, ликуйте, о люди Закатной Твердыни!*
Ибо Царству Саурона положен конец
И низвергнута Вражья Крепость.
Пойте и веселитесь, защитники стольного града!
Ибо вы сберегли отчизну,

А в пролом на месте Черных Ворот
Вошел с победою ваш Государь,
И меч его ярче молний.

Пойте же все вы, сыны и дочери Запада!
Ибо ваш Государь возвратился
И пребудет впредь во владеньях своих
На древнем своем престоле.

И увядшее Древо вновь расцветет,
И начнется времени новый отсчет
Возле солнечной Белой Башни.
Пойте же, радуйтесь, люди!

И на всех улицах и площадях люди пели и радовались.

И потянулись золотистые дни: весна и лето слились воедино и зацвели по-летнему гондорские луга и поля. Прискакали вестники с Каир-Андроса, и столица украшалась, готовясь встречать Государя. Мерри вызвали к войску, и он уехал с обозом в Осгилиат, где ждал его корабль на Каир-Андрос. Фарамир не поехал: исцелившись, он взял в свои руки бразды правленья, пусть и не надолго, но дела не ждали, недаром же он был пока что наместник.

И Эовин осталась в Минас-Тирите, хотя брат просил ее явиться к торжествам на Кормалленском поле.

---

* Минас-Тирит издревле назывался Минас-Анор, что значит Крепость Заходящего Солнца. — *Примеч. пер.*

Фарамир был этим слегка удивлен; впрочем, они почти не виделись, он был занят с утра до вечера, а она не покидала Палат Врачеванья, только бродила по саду, — и снова стала бледная и печальная, одна во всем городе. Смотритель Палат встревожился и доложил об этом Фарамиру.

Тогда Фарамир явился к Палатам, нашел ее — и снова стояли они рядом на городской стене. И Фарамир сказал:

— Эовин, почему ты осталась в городе, почему не поехала на Кормаллен за Каир-Андросом, на торжества, где тебя ждут?

Она ответила:

— А ты сам не догадываешься, почему?

Он сказал:

— Могут быть две причины, только не знаю, какая из них истинная.

— Ты попроще говори, — сказала она. — Не люблю загадок!

— Ну что ж, царевна, объясню попроще, коли хочешь, — сказал он. — Либо ты не поехала потому, что всего лишь брат твой позвал тебя и тебе не хотелось видеть Арагорна, потомка и наследника Элендила, чье торжество для тебя не в радость. Либо же потому, что я туда не поехал, а ты успела привыкнуть ко мне. Может статься, от того и от этого, и сама ты не знаешь отчего. Скажи, Эовин, ты любишь меня или этой любви тебе не надо?

— Пусть бы меня лучше любил другой, — отозвалась она. — А жалости мне и вовсе ничьей не надо.

— Это я знаю, — сказал он. — Ты искала любви Государя нашего Арагорна. Да, он могуч и велик, и ты мечтала разделить его славу, вознестись вместе с ним над земным уделом. Точно юный воин, влюбилась ты в полководца. Да, высоко вознесла его судьба, и он достоин этого, как никто другой. Но когда он взамен любви предложил тебе пониманье и жалость, ты отвергла то и другое и предпочла умереть в бою. Погляди на меня, Эовин!

Долгим взглядом посмотрела Эовин на Фарамира, а тот промолвил:

— Эовин, не гнушайся жалостью, это дар благородного сердца! А мой тебе дар — иной, хоть он и сродни жалости. Ты — царевна-воительница, и слава твоя не померкнет вовеки; но ты, дорогая, прекраснее всех на свете, и даже эльфийская речь бессильна описать твою красоту. И я тебя люблю. Прежде меня тронуло твое горе, нынче же знаю: будь ты как угодно весела и беспечна, будь ты даже беспечальной княжной гондорской, все равно я любил бы тебя. Ты не любишь меня, Эовин?

Сердце ее дрогнуло, и увиделось все по-иному, будто вдруг минула зима и разлился солнечный свет.

— Да не может быть! — сказала она. — Я стою на стене Минас-Анора, Крепости Заходящего Солнца, и нет больше душной тьмы! Я, кажется, очнулась: я не хочу состязаться с нашими конниками и петь наши песни о радости убийственной брани. Лучше я стану целительницей, буду беречь живое, лелеять все, что растет, и растет не на погибель. — Она снова взглянула на Фарамира. — И я не хочу быть княгиней, — сказала она.

И Фарамир весело рассмеялся.

— Это хорошо, что не хочешь, — сказал он, — потому что и я не князь. Однако же я возьму замуж Белую Деву Ристании, ежели будет на то ее воля. Настанут иные, счастливые дни, и мы будем жить за рекою, в Итилии, в цветущем саду. Еще бы: каким она станет садом, на радость моей царевне!

— Так что же, витязь Гондора, из-за тебя мне разлучаться с Ристанией? — спросила она. — А твои чванные гондорцы будут говорить: «Хорош у нас правитель, нечего сказать: взял себе в жены ристанийскую наездницу! Неужели не мог подыскать получше, из нуменорского рода?»

— Пусть говорят, что хотят, — сказал Фарамир. Он обнял ее и поцеловал у всех на виду — но какое им было дело до того, кто их видит? А видели многие и смотрели, как они, осиянные солнцем, спустились со стен и пошли рука об руку к Палатам Врачеванья.

И Фарамир сказал Смотрителю Палат:

— Эовин, царевна ристанийская, вполне излечилась.

— Хорошо, — сказал Смотритель, — я отпускаю царевну из Палат с напутствием: да не постигнет ее никакая иная хворь! И препоручаю наместнику Гондора, доколе не вернется брат ее, конунг.

Но Эовин сказала:

— А теперь я не хочу уходить, я останусь. Мне хорошо в этих Палатах, и я найду себе дело.

И она оставалась в Палатах до возвращения конунга Эомера.

Приготавливались к торжественной встрече, со всех концов Гондора стекался народ в Минас-Тирит, ибо весть о возвращенье Государя разнеслась от Мин-Риммона до Пиннат-Гелина, достигнув самых отдаленных морских побережий, и все, кто мог, поспешили в столицу. Снова стало здесь много женщин и милых детей, вернувшихся домой с охапками цветов, а из Дол-Амрота явились арфисты, лучшие арфисты в стране, пришли и те, кто играл на виолах, на флейтах, на серебряных рогах, не заставили себя ждать и звонкоголосые певцы из лебеннинских долин.

Наконец наступил вечер, когда со стен стали видны войсковые шатры на равнине, и всю ночь в городе повсюду горели огни. Никто не ложился спать, ждали рассвета. Ясным утром взошло солнце над восточными вершинами, теперь уже не омраченными, и зазвонили все колокола, взвились все флаги, трепеща на ветру. А над Белой Башней заплескалось знамя Наместников, ярко-серебряное, как снег, озаренный солнцем; не было на нем ни герба, ни девиза, и последний раз реяло оно над Гондором.

Ополчение Запада подходило к столице, и люди смотрели со стен, как движутся строй за строем, сверкая в рассветных лучах и переливаясь серебряным блеском. Войско вышло на Воротный Тракт и остановилось за семьсот футов до стен. Ворот не было, однако вход в город преграждала цепь, и ее стерегли черно-серебряные стражники с обнаженными мечами. Перед цепью стояли наместник Государя Фарамир, Турин, Хранитель ключей, и прочие воеводы, а также ристанийская царевна Эовин со своим сенешалем Эльфхельмом и другими витязями Мустангрима; а по обе стороны разбитых Ворот толпились горожане в разноцветных одеяниях, с охапками цветов.

Образовалась широкая площадь перед стенами Минас-Тирита, ограждали ее витязи и солдаты Гондора и Мустангрима, горожане Минас-Тирита и жители ближних стран. Все стихли, когда от войска отделился строй

серо-серебряных дунаданцев, во главе которых шествовал Государь Арагорн. Он был в черной кольчуге, пре-
поясан серебряным поясом, и ниспадала с плеч его белая мантия, у горла застегнутая зеленым самоцветом,
отблескивавшим издали; голова его была не покрыта, и
сияла во лбу звезда в серебряном венце. С ним были
Эомер Ристанийский, князь Имраиль, Гэндальф, весь
белоснежный, и еще какие-то четыре малыша.

— Нет, дорогая кузина! Не мальчики это! — сказала
Иорета своей родственнице из Имлот-Мелуи, которая
стояла рядом с нею. — Это *перианы* из дальней страны
невысокликов, они там, говорят, князья не хуже наших.
Уж я-то знаю, я одного периана лечила в Палатах. Даром что они ростом не вышли, зато доблестью с кем хочешь померятся. Ты представляешь, кузина, такой ко-
ротыш со своим оруженосцем, вдвоем они пробрались
в Сумрачный Край, напали на Черного Властелина, а
потом взяли да и подожгли его чародейский замок, хочешь верь, хочешь не верь. Врать не стану, сама не видела, в городе говорят. Вот это, наверно, тот самый, что
рядом с Государем нашим Элессаром, Эльфийским Бериллом. Говорят, они друзья неразлучные. А наш Государь Элессар — этот вообще чудо из чудес; ну строго-
ват, конечно, зато уж сердце золотое, и главное — вра-
чует наложением рук, ты подумай! Это из-за меня и
открылось; я говорю: «В руках, — говорю, — Государя
целебная сила», ну и догадались его позвать. Митрандир мне прямо так и сказал: «Золотые, — говорит, — слова твои, Иорета, долго их будут помнить!» — а потом...

Но Иорета не успела досказать своей деревенской
родственнице, что было потом: грянула труба и вся пло-

щадь смолкла. Из Ворот выступил Фарамир с Хранителем ключей Турином, а за ними — четверо стражников цитадели в высоких шлемах и полном доспехе; они несли окованный серебром ларец черного дерева, именуемого *лебетрон.*

Сошлись посредине площади, Фарамир преклонил колена и молвил:

— Итак, последний наместник Гондора слагает с себя полномочия! — И он протянул Арагорну белый жезл; тот принял его и немедля возвратил со словами:

— Не кончено твое служение, оно вновь возлагается на тебя и на потомков твоих, доколе продлится моя династия. Исполняй свои обязанности!

Тогда Фарамир поднялся с колен и звонко возгласил:

— Народ и войско, внимайте слову наместника гондорского! Перед вами — законный наследник великокняжеского престола, пустовавшего почти тысячу лет. Он Арагорн, сын Арахорна, вождь дунаданцев Арнора, предводитель Западного ополчения, северный венценосец, владетель Перекованного Меча, побеждавший в битвах, исцелявший неизлечимых; он Эльфийский Берилл, государь Элессар из рода великого князя Арнора Валандила, сына Исилдура, сына Элендила Нуменорского. Как скажете, должно ли ему войти в наш Град и властвовать нашей страною?

И далеко раскатилось громогласное «да!».

А Иорета объяснила родственнице:

— Видишь ли, кузина, это просто такая у нас торжественная церемония, без нее нельзя, а вообще-то он уже входил в город, я же тебе рассказываю: явился в Палаты и говорит мне... — Но тут ей пришлось замолчать, потому что заговорил Фарамир:

— О народ Гондора, согласно преданиям, издревле заведено, чтобы на Государя нашего возлагал корону его отец перед своей кончиной; если же этого не случилось, то наследник должен один отправиться в Усыпальни и принять корону из рук покойного. Нынче мы принуждены отступить от обычая, и я, по праву наместника, повелел доставить сюда из Рат-Динена корону последнего из великих князей Эарнура, который правил нашими далекими предками.

Стражи приблизились, Фарамир открыл ларец и вознес в обеих руках древнюю корону. Она была похожа на шлемы стражей цитадели, только выше и не черная, а ярко-белая, с жемчужно-серебряными подобьями крыльев чаек: ведь нуменорцы приплыли из-за Моря. Венец сверкал семью алмазами, а сверху пламенел еще один, самый крупный.

Арагорн принял корону, поднял ее над головой и вымолвил:

— *Эт Эарелло Эндоренна утулиен. Синоме маруван ар Хильдиньяр тенн Амбар-метта!*

Таковы были слова Элендила, когда он примчался по Морю на крыльях ветров: «Великое Море вернуло наш род в Средиземье. И здесь пребудут мои потомки до скончанья веков».

Однако, на удивленье народу, Арагорн корону не надел, а вернул ее Фарамиру, сказав:

— Дабы почтить тех, чьими трудами и доблестью возвращено мне мое исконное наследие, да поднесет мне корону Хранитель Кольца и да коронует меня Митрандир, если он на то согласен, ибо все свершилось при свете его замыслов, и это — его победа.

И Фродо выступил вперед, принял корону от Фарамира и отдал ее Гэндальфу; Арагорн преклонил колена, а Гэндальф надел корону ему на голову и молвил:

— Наступают времена Государевы, и да будет держава его благословенна, доколе властвуют над миром Валары!

Когда же Арагорн поднялся с колен, все замерли, словно впервые узрели его. Он возвышался как древний нуменорский властитель из тех, что приплыли по Морю; казалось, за плечами его несчетные годы, и все же он был в цвете лет; мудростью сияло его чело, могучи были его целительные длани, и свет снизошел на него свыше.

И Фарамир воскликнул:

— Вот он, наш Государь!

Вмиг загремели все трубы, и Великий Князь Элессар подошел к цепи, а Турин, Хранитель ключей, откинул ее; под звуки арф, виол и флейт, под звонкое многоголосое пение Государь шествовал по улицам, устланным цветами, дошел до цитадели и вступил в нее; и расплеснулось в вышине знамя с Древом и звездами, и настало царствование Государя Элессара, о котором сложено столько песен.

И город сделался краше, чем был, по преданиям, изначально: повсюду выросли деревья и заструились фонтаны, воздвиглись заново Врата из мифрила и узорочной стали, улицы вымостили беломраморными плитами; подземные гномы украшали город, и полюбили его лесные эльфы; обветшалые дома отстроили лучше прежнего, и не стало ни слепых окон, ни пустых дворов, везде жили мужчины и женщины и звенели детские голоса; завершилась Третья Эпоха, и новое время сохранило память и свет минувшего.

Первые дни после коронования Государь восседал на троне в великокняжеском чертоге и вершил неотложные дела. Явились к нему посольства разных стран и народов с юга и с востока, от границ Лихолесья и с Дунланда, что к западу от Мглистых гор. Государь даровал прощенье вастакам, которые сдались на милость победителя: их всех отпустили; заключен был мир с хородримцами, а освобожденным рабам Мордора отдали приозерье Нурнена. Многие ратники удостоились похвалы и награды, и наконец пред Великим Князем предстал Берегонд в сопровождении начальника цитадельной стражи.

И сказано было ответчику на суде Государевом:

— Берегонд, ты обагрил кровью ступени Усыпальни, а это, как ведомо тебе, тягчайшее преступление. К тому же ты покинул свой пост без позволения государя или начальника. Такие провинности издревле караются смертью. Слушай же мой приговор.

Вина твоя отпускается за доблесть в бою, но более всего за то, что ты преступил закон и устав из-за любви к государю своему Фарамиру. Однако стражем цитадели впредь тебе не быть, и должно изгнать тебя из Минас-Тирита.

Смертельно побледнел Берегонд, сердце его сжалось, и он понурил голову. И молвил Великий Князь:

— Да будет так! И ставлю тебя начальником над Белой Дружиной, охраною Фарамира, Владетеля итилийского. Живи же в почете и с миром на Эмин-Арнене, служи и дальше тому, для кого ты пожертвовал больше чем жизнью, чтобы спасти его от злой гибели.

И тогда Берегонд понял, сколь справедлив и милосерд Государь; опустившись на колени, он поцеловал ему руку и удалился, радостный и спокойный. Арагорн же, как было сказано, отдал Фарамиру в вечное владение Итилию и в придачу к ней нагорье Эмин-Арнен, невдалеке от столицы.

— Ибо Минас-Итил в Моргульской долине, — сказал Арагорн, — будет снесен до основанья, и когда-нибудь долина очистится, но пока что многие годы жить там нельзя.

Когда же явился к Государю Эомер Ристанийский, они обнялись, и Арагорн сказал:

— Не оскорблю тебя ни восхваленьем, ни воздаяньем: мы ведь с тобою братья. В добрый час примчался с севера Эорл, и благословен был наш союз, как никакой другой; ни единожды не отступились от него ни вы, ни мы и не отступимся вовеки. Нынче, как сами знаете, славный конунг Теоден покоится у нас в Усыпальне, и коли вы захотите, там и пребудет, среди властителей Гондора. Или же, по желанию вашему, мы перевезем тело его в Мустангрим, где он возляжет рядом с предками.

И ответствовал Эомер:

— С того дня, как возник ты предо мною в зеленой степной траве, я полюбил тебя, и полюбил навсегда. Но сейчас должно мне отвести войско в Ристанию и устроить мирную жизнь на первых порах. А за конунгом, павшим в бою, мы в свое время вернемся; пусть он дотоле покоится в гондорской Усыпальне.

И сказала Эовин Фарамиру:

— Мне надо вернуться в свою страну, еще раз взглянуть на нее и помочь брату в его трудах; когда же тот, кого я столь долго почитала отцом, обретет вечный покой близ Эдораса, я приеду к тебе.

* * *

Так и прошли дни ликования; восьмого мая конники Ристании изготовились и отъехали Северным Трактом, а с ними отбыли и сыновья Элронда. От городских ворот до стен Пеленнора по обе стороны тракта толпились люди, пришедшие проводить союзников с прощальной благодарностью. Затем жители дальних окраин Гондора отправились домой праздновать победу, а в городе всем хватало работы — возводить заново или перестраивать то, что разрушила война и запятнала Темь.

Хоббиты, а с ними Леголас и Гимли остались в Минас-Тирите: Арагорн просил Хранителей пока что держаться вместе.

— Все на свете кончается, — сказал он, — однако же немного погодите: не все еще кончилось из того, в чем мы с вами были соучастниками. Близится день, для меня давным-давно долгожданный, и, когда он настанет, я хочу, чтобы любимые друзья были рядом.

Но о том, что это за день, он не обмолвился.

Бывшие Хранители Кольца жили вместе в роскошном доме, и Гэндальф никуда не девался; а уж гуляли они, где им вздумается. И Фродо как-то сказал Гэндальфу:

— Ты-то хоть знаешь, какой такой день, о котором говорит Арагорн? А то, конечно, хорошо нам здесь и торопиться вроде бы некуда; только дни-то уходят, а Бильбо ждет, да и в Хоббитанию пора бы все-таки вернуться.

— Ну, насчет Бильбо, — сказал Гэндальф, — так он ждет того самого дня и отлично знает, отчего тебя нет. А что дни уходят, это верно, однако на дворе май, лето все еще не слишком близко; и, хотя многое на свете, кажется, изменилось с началом нового века, все же деревья и травы живут по своему счету, у них и года не прошло, как вы расстались.

— Видал, Пин, — сказал Фродо, — вот ты говорил, будто Гэндальф, мол, стал словоохотлив, не то что раньше! Да это он, я так понимаю, было дело, слегка подустал. Теперь он снова Гэндальф как Гэндальф.

А Гэндальф сказал:

— Все-то всегда хотят знать заранее, что поставят на стол; но те, кто готовят трапезу, болтать не любят: чем неожиданней, тем радостней. Арагорн, кстати сказать, и сам ждет знака.

В один прекрасный день Гэндальф как в воду канул, и хоббиты с Леголасом и Гимли только руками разводили. А Гэндальф еще ночью увел Арагорна далеко за стены, к южному подножию Миндоллуина; там отыскалась давным-давно забытая тропа, по которой некогда восходили на гору лишь Великие Князья, уединяясь для размышления и созерцания. По кручам поднялись они к возвышенному плато у самой кромки вечных снегов, стали над пропастью за Минас-Тиритом и огляделись, благо уже рассвело. Далеко внизу видны были городские башни, точно белоснежные стебли, озаренные утренним солнцем; и как сад простиралась долина Великой Реки, а Изгарные горы подернула золотистая дымка. На севере смутно серело Приречное Взгорье, и дальней звездою мерцал вспененный Рэрос; широкая серебряная лента Андуина тянулась на юг, к Пеларгиру, туда, где край небес сиял отсветом Моря.

И Гэндальф сказал:

— Вот оно, твое нынешнее царство, а станет оно несравненно больше. Третья Эпоха кончилась, наступают иные времена, и тебе суждено определить их начало, сохранив все, что можно сохранить. Многое удалось спасти — и многое уйдет безвозвратно: более не властны в Средиземье Три Эльфийских Кольца. Все земли, какие ты видишь, и те, что лежат за ними, заселят люди, ибо настал черед их владычеству, а Первенцы Времен рассеются, сгинут или уплывут.

— Это я знаю, дорогой мой друг, — сказал Арагорн, — но ты-то останешься моим советником?

— Ненадолго, — отозвался Гэндальф. — Я — из Третьей, ушедшей Эпохи. Я был главным противником Саурона, и мое дело сделано. Пора мне уходить. Теперь в ответе за Средиземье ты и твои сородичи.

— Но ведь я скоро умру, — сказал Арагорн. — Я всего лишь смертный, и хотя нам, прямым потомкам нуменорцев, обычно сужден долгий век, но и он скоротечен: когда состарятся те, кто сейчас в материнском чреве, я тоже буду стариком. Что тогда случится с Гондором и со всеми теми, для кого станет столицей Минас-Тирит? Древо в Фонтанном Дворе по-прежнему иссохшее, ни почки нет на нем. Увижу ли я верный залог обновления?

— Отведи глаза от цветущего края и взгляни на голые холодные скалы! — велел Гэндальф.

Арагорн повернулся, окинул взором кремнистый склон под снеговой шапкой и, всмотревшись, увидел посреди пустоши одинокое деревце. Он взобрался к нему: да, деревце, едва ли трехфутовое, возле оснеженной наледи. Уже распустились листочки, продолговатые, тонко выточенные, темно-зеленые с серебристым исподом; у верхушки искрилось, словно снег под солнцем, маленькое белое соцветие.

И Арагорн воскликнул:

— *Йе! утувьенес!* Я нашел его! Это же отпрыск Древнейшего Древа! Но как он здесь оказался? Он не старше семи лет!

Гэндальф подошел, взглянул и молвил:

— Воистину так: это сеянец прекрасного Нимлота, порожденного Галатилионом, отпрыском многоименного Телпериона, Древнейшего из Дерев. А как он оказался здесь в урочный час — этого нам знать не дано. Однако же именно здесь было древнее святилище, и, должно быть, семя Нимлота зарыли в землю еще до того, как прервался род Великих Князей и иссохло Белое Древо. Преданья говорят, что плодоносит оно редко, но семя его сохраняет животворную силу многие века и никому не ведомо, когда оно прорастет. Запомни мои слова: если вызреет его плод, все до единого семена должны быть посажены, чтобы Древо не вымерло. Да, тысячу лет пролежало оно, сокрытое в земле, подобно тому как потомки Элендила таились в северных краях. Но род Нимлота куда древнее твоего, Государь Элессар.

Арагорн бережно потрогал деревце, а оно на диво легко отделилось от земли, и все корни его остались в целости, и Арагорн отнес его во двор цитадели. Иссохшее древо выкопали с великим почетом и не предали огню, но отнесли покоиться на Рат-Динен. А на месте его, у фонтана, Арагорн посадил юное деревце, и оно принялось как нельзя лучше; к началу июня оно было все в цвету.

— Залог верный, — молвил Арагорн, — и, стало быть, недалек лучший день моей жизни.

И он выставил на стены дозорных.

* * *

За день до солнцеворота примчались в столицу гонцы с гор Амон-Дин и возвестили о том, что в Гондор явилась с севера конная дружина эльфов, что они уже возле стен Пеленнора. И сказал Арагорн:

— Наконец-то! Пусть город готовится к великому празднеству!

В канун солнцеворота, под вечер, когда в сапфирном небе на востоке зажигались светлые звезды, а запад еще золотил закат и веяло душистой прохладой, северные гости приблизились к воротам Минас-Тирита. Впереди ехали Элроир и Элладан с серебряным стягом, затем — Всеславур, Эрестор и все домочадцы Элронда, и следом — владыки Кветлориэна, Галадриэль и Келеборн на белых конях, во главе эльфийской свиты, облаченной в серые плащи, с самоцветами в волосах; шествие замыкал властительный Элронд, равно прославленный между людей и эльфов, и в руке у него был скипетр Ануминаса, древней столицы Арнора. А рядом с ним на сером иноходце ехала дочь его Арвен, эльфийская Вечерняя Звезда.

Алмазным блеском лучился ее венец; казалось, вечер заново озарило нежное сияние ее благоуханной прелести, и, задыхаясь от восторга, Фродо обратился к Гэндальфу:

— Наконец-то я понимаю, чего мы дожидались. И дождались. Теперь мы не только дню будем радоваться, ночь тоже станет прекрасной и благодатной. Кончились наши страхи!

Государь приветствовал своих гостей, и они спешились; Элронд отдал ему скипетр и соединил руку своей дочери с рукой Арагорна; шествие двинулось вверх по улицам, и все небо расцвело звездами. Так Арагорн, Великий Князь Элессар, обручился с Арвен Ундомиэль в великокняжеском граде накануне солнцеворота, и кончилась их долгая разлука, и сбылись их ожидания.

Глава VI
РАССТАВАНИЯ

Дни празднества миновали: пора было и честь знать, домой отправляться. Фродо пошел к Государю; они с княгиней Арвен сидели у фонтана, возле цветущего Древа, она играла на лютне и пела старинную валинорскую песню. Оба они были ему рады, оба встали навстречу, и Арагорн сказал:

— Ты, верно, домой собрался, Фродо. Что ж, всякому деревцу родная земля слаще, но ты уж помни, дорогой друг, что теперь твоя родина — весь Западный Край и везде ты желанный гость. Правда, доныне твой народ не был прославлен в величавых преданьях, зато теперь прославится больше, чем иные погибшие царства.

— Да и то сказать, тянет меня в Хоббитанию, — отозвался Фродо. — Но все же сначала надо бы в Раздол. Если кого не хватало в эти радостные дни, так это Бильбо; я очень огорчился, что его не было среди домочадцев Элронда.

— Чему тут огорчаться или удивляться, Хранитель? — спросила Арвен. — Ты же знаешь, какова страшная сила Кольца, которое ты истребил. Все, что ни сделано этой силою, все распалось. А твой родич владел Кольцом дольше, чем ты, очень долго владел. Даже по-вашему он уже древний старик и ждет тебя, а ему путешествовать больше невмочь.

— Тем скорее надо мне ехать к нему, — сказал Фродо.

— Поедешь через семь дней, — сказал Арагорн. — Мы ведь далеко тебя проводим, до самой Ристании. Дня через три вернется Эомер — за телом Теодена, и мы поедем вместе с ним: что надо, то надо. Кстати же, подтверждается тебе завет Фарамира: ты вправе быть в пределах Гондора, когда и где тебе угодно, с любыми спутниками. Хотел бы я вознаградить тебя за твои подвиги, однако же нет для тебя достойной награды, бери, что хочешь, а почести тебе в нашей земле всегда будут княжеские.

Но княгиня Арвен сказала:

— Есть для тебя награда. Недаром же я дочь Элронда. Когда он отправится в Гавань, я не пойду с ним: как и Лучиэнь, я выбрала смертную долю, и выбор мой столь же горек и столь же отраден. Ты, Хранитель, если пожелаешь, займешь мое место. Быть может, раны твои нестерпимо заноют или надавит страшным бременем память — что ж, тогда плыви на Запад, где и раны твои исцелятся, и усталость исчезнет. Вот возьми — и носи на память об Элессаре и Арвен, чью участь решила твоя судьба!

И она сняла кулон на серебряной цепочке — жемчужину, впитавшую звездный блеск, — и надела его на шею Фродо.

— Это поможет тебе, — сказала она. — Защитит от наплыва тьмы и ужаса.

* * *

Через три дня, как и было сказано, конунг Эомер Ристанийский подъехал к Вратам во главе эореда из лучших витязей Мустангрима. Его встретили с должным почетом, и за праздничной трапезой в Меретронде, Обеденном Чертоге, он был поражен красотой обеих государынь. После трапезы он не пошел отдыхать, а попросил, нельзя ли вызвать к нему гнома Гимли.

Когда же Гимли явился, Эомер ему сказал:

— Гимли, сын Глоина, секира у тебя под рукой?

— Нет, государь, — сказал Гимли, — но за нею в случае чего недолго и сходить.

— Сам рассудишь, — сказал Эомер. — Помнится, вышла у нас размолвка насчет Владычицы Златолесья, и покамест размолвка не улажена. Так вот, нынче я видел Владычицу воочию.

— Ну и что же, государь, — спросил Гимли, — что ты скажешь теперь?

— Увы! — отвечал Эомер. — Не могу признать ее первой красавицей.

— Тогда я пошел за секирой, — сказал Гимли.

— Но сперва позволь хоть немного оправдаться, — сказал Эомер. — Видел бы я ее раньше, где других никого не было, я бы сказал все твои слова и к ним бы еще добавил. Но теперь скажу иначе: первейшая красавица у нас — великая княгиня Арвен, Вечерняя Звезда, и если кто не согласен, то я сам вызываю его на бой. Так что, послать за мечом?

Гимли низко склонил голову.

— Нет, государь, со мной у тебя не будет поединка, — сказал он. — Ты выбрал закатную прелесть, меня же пленила утренняя. И сердце мое говорит, что утро — не наша участь, что мы видим утро в последний раз.

Настал наконец прощальный день; великолепный кортеж отъезжал на север. Великий Князь Гондора и конунг Мустангрима спустились в Усыпальни, и из гробниц Рат-Динена вынесли на золотых носилках конунга Теодена и пронесли его к воротам притихшего города. Носилки возложили на высокую колесницу, окруженную ристанийскими конниками, и знамя Ристании реяло впереди. Оруженосец Теодена Мерри ехал на колеснице, берег доспех конунга.

Всем Хранителям подобрали коней по росту; Фродо и Сэммиум оказались по правую руку Арагорна, слева был Гэндальф на Светозаре, Пин — в отряде цитадельных стражников Гондора, а Леголас и Гимли ехали где случится, вдвоем на своем Ароде.

Были тут и княгиня Арвен, и Келеборн с Галадриэлью, а с ними вся их эльфийская свита; Элронд с сыновьями, князья Дол-Амрота и владетели итилийские; много было вельмож и воевод. Никогда еще так не провожали ристанийцев из Гондора, и с великой свитой отправился Теоден, сын Тенгела, в дом своих предков.

Неспешно и бестревожно доехали они до Анориэна, до лесистых склонов Амон-Дина, и нагорье встретило их как бы барабанным гулом, хотя на глаза никто не показывался. По велению Арагорна затрубили трубы, и глашатаи объявили:

— Внемлите слову Великого Князя Элессара! Друаданский лес отдается навечно во владение Ган-бури-

Гану и его народу! Отныне без их позволенья да не ступит сюда ничья нога!

В ответ прогрохотали и стихли барабаны.

На шестнадцатый день пути колесница с останками конунга Теодена, проехав по зеленым ристанийским полям, достигла Эдораса. Золотой чертог был пышно разубран и ярко освещен, и такого пиршества, как поминальное, не бывало здесь от основания дворца. Хоронили Теодена через три дня, в гробницу его положили в полном доспехе, а при нем его оружие и множество драгоценной утвари. Над гробницей насыпали высокий курган и обложили его дерном в белых звездочках цветов-поминальников. Теперь с восточной стороны Кладбищенской дороги стало восемь курганов.

И дружинники конунга на белых конях поехали вокруг нового могильника и завели песнь о Теодене, сыне Тенгела, которую сочинил менестрель конунга Глеовин; с тех пор он песен больше не сочинял. Медленное пение словно завораживало тех, кто не знал здешнего наречия, у ристанийцев же просветлели глаза, им послышался с севера топот и громовой клич Эорла, разнесшийся над сечей в долине Келебранты. Воспевались деяния конунгов, и рог Хельма трубил в горах; но потом надвинулась Великая Тьма, и поднял войско конунг Теоден, и помчался сквозь мрак в огонь — и погиб, сражаясь, в час, когда поутру нежданное солнце прорвало затменье и озарило вершину Миндоллуина.

Из черного сумрака он помчался навстречу рассвету
И пел, обнажая яркий, как солнце, меч.

Надежду воспламенил он и с надеждой погиб,
Вознесшись над смертью, над ужасом и над судьбой,
Он утратил бренную жизнь и обрел нетленную славу.

А Мерри стоял у подножия зеленого кургана и плакал; когда же песнь отзвучала, он горестно воскликнул:

— Конунг Теоден, о, конунг Теоден! О, как ненадолго ты заменил мне отца! Прощай!

Завершилось погребение, утих женский плач, конунга Теодена оставили в могиле вкушать вечный покой, и люди снова собрались в золотом чертоге для великого пиршества и дабы отринуть печаль, ибо Теоден сполна прожил свой земной срок и умер как герой, не посрамив царственных предков. Согласно обычаям, настал через памятной чаши в честь всех ушедших владык Мустангрима — и тогда выступила вперед царевна ристанийская Эовин, золотая как солнце и белая словно снег; она поднесла Эомеру полную до краев чашу.

И встал менестрель, и поднялся научитель преданий: они назвали все имена мустангримских властителей в достодолжном порядке: Отрок Эорл, Брего, строитель дворца, Алдор, брат злосчастного Бальдора, Фреа и Фреавин, Голдвин, Деор и Грам, а тако ж и Хельм, укрывшийся в Хельмовом ущелье, когда враги заполонили Ристанию; его курган был последним из девяти на западе. И воспоследовал песенный перечень конунгов, похороненных с восточной стороны: Фреалаф, племянник Хельма, Леофа, Вальда, Фолька и Фольквин; Фенгел, Тенгел и сын его Теоден. Когда же был назван последний, Эомер осушил чашу и повелел виночерпиям чаши наполнить, и поднялись все, возгласивши:

— Живи и здравствуй, Эомер, конунг Мустангрима!

Под конец встал сам Эомер, молвив:

— Пиршество наше — погребальное, мы провожаем в последний путь конунга Теодена, но да озарится оно радостной вестью, и больше всех был бы рад ей покойный конунг, ибо сестру мою Эовин он любил как родную дочь. Слушайте ж, гости, доселе здесь небывалые, пришельцы из дальних краев! Фарамир, наместник Гондора, Владетель итилийский, просит руки Эовин, царевны Ристании, и она ничуть тому не противится. Итак, оглашаю их помолвку, все будьте свидетелями.

Фарамир и Эовин выступили вперед рука об руку, и зазвенели в честь их заздравные чаши.

— Ну что ж, — сказал Эомер, — теперь союз Ристании с Гондором скреплен заново, и я этому радуюсь больше всех.

— Не поскупился же ты, Эомер, — сказал Арагорн, — отдавая Гондору драгоценнейшее, что есть в твоем царстве!

А Эовин взглянула в глаза Арагорну и сказала:

— Пожелай мне счастья, Государь мой и мой исцелитель!

А он отвечал:

— Я желал тебе счастья с тех пор, как тебя увидел. Нынче же счастье твое — великая отрада моему сердцу.

Закончилась тризна, и собрались в путь гости конунга Эомера. Уезжали Арагорн со своими витязями, эльфы Лориэна и Раздола; Фарамир и Имраиль остались в Эдорасе; осталась и Арвен, распростившись с братьями. Как прощалась она с отцом, никто не видел: они ушли в

351

горы и долго-долго беседовали, горько было их расставанье на веки вечные.

Перед самым отъездом Эовин с Эомером пришли к Мерри, и на прощанье было ему сказано:

— Счастливого тебе пути, Мериадок из Хоббитании, Виночерпий Мустангрима! Поскорее наведайся к нам, мы будем тебе рады!

И сказал Эомер:

— Соблюдая обычаи древности, надо было бы за твои подвиги на поле у Мундбурга так нагрузить твою повозку, чтобы ее лошади с места не стронули; но ты ведь не хочешь ничего взять, кроме оружия и доспехов, которые и так твои. Что ж, будь по-твоему, ибо я и вправду не знаю даров, тебя достойных. Но сестра все же просит тебя принять хотя бы это — в память о ратнике Дернхельме и о раскатах ристанийских рогов на том незабвенном рассвете.

И Эовин протянула Мерри древний серебряный рог на зеленой перевязи, маленький, но изукрашенный искусной резьбой: вереница скачущих всадников вилась от мундштука к раструбу и загадочные руны были начертаны на серебре.

— Это наше семейное сокровище, — сказала Эовин. — Работа гномов, из того, что награбил Ската — был такой дракон. Когда же его убили, наши и гномы поссорились за добычу. Рог этот привез с севера Отрок Эорл. Он нагоняет страх на врагов и веселит сердца друзей, и друзьям всюду слышен его призыв.

Мерри принял подарок: как было отказаться? — и поцеловал руку Эовин. Все трое обнялись и расстались в надежде на встречу.

* * *

Словом, все были готовы: выпили прощальные чаши, выслушали добрые напутствия, да и сами не остались в долгу. Гости отправились к Хельмову ущелью и там отдыхали два дня. Леголас что обещал Гимли, то и исполнил — пошел с ним в Блистающие Пещеры; по возвращении эльф помалкивал, сказал только, что пусть говорит Гимли, у него слова найдутся.

— Уж в словесной-то битве никогда еще гном не побеждал эльфа, это первый раз, — добавил он. — Ну ладно, вот попадем в Фангорн, авось сравняемся!

Из Ущельного излога они выехали к Изенгарду и увидели, как поработали онты. Стены они все снесли, камни убрали, и был внутри Изенгарда пышный фруктовый сад, бежала сквозь него быстрая река, а посреди сияло озеро, и в нем отражалась башня Ортханка в своей нерушимой чернокаменной броне.

Путники немного посидели на месте прежних изенгардских ворот; там, будто часовые, стояли два высоких дерева, а за ними открывалась зеленая аллея к Ортханку; они смотрели и дивились, как много можно сделать за недолгое время, и ни живой души рядом не было. Однако же скоро послышалось: «Кгум-кгум, кхум-кхум!» — и в аллее появился Древень, а рядом с ним Скоростень.

— Привет гостям Ортханкского Сада! — молвил он. — Мне сказали, что вы тут неподалеку объявились, но я работал в долине, много еще работы. Вы там, правда, как я слышал, на юге и на востоке тоже не дремали, хорошо поработали, очень даже хорошо.

И Древень похвалил их, обстоятельно перечислив все происшествия: он, оказывается, обо всем знал. Наконец он замолк и долго смотрел на Гэндальфа.

— Ну, ну, — сказал он, — говорил же я, что ты из магов маг. Славно ты потрудился — и под конец одолел Врага. Теперь-то куда едешь? И сюда с чем заглянул?

— Заглянул посмотреть, что ты поделываешь, друг мой, — сказал Гэндальф, — и еще затем, чтобы вас поблагодарить. Без вас бы нам не справиться.

— Кгум, ну что же, оно, пожалуй, верно, — подтвердил Древень, — онты, и то сказать, лицом в грязь не ударили. Насчет этого, кгум, древоубийцы, который торчал здесь в башне, — само собой. Тут ведь еще набежали, числа им не было, *бурарум*, эти, как их, подлоглазые-косорукие-кривоногие-жесткосердные-озверелые-непотребные-кровожадные, *моримайте-синкахонда*, кгум, ну, вы народ торопливый, а их длинное имя выросло за долгие годы мучений, какие мы претерпели от этих, по-вашему, просто мерзостных орков; так вот, пришли они из-за Реки, и с севера, и отовсюду вокруг Лаурелиндоренана, туда-то они не могли, слава Вышним, пробраться.

И он поклонился Владыке и Владычице Лориэна.

— Вот, значит, они, гнусь такая, очень удивились, что мы здесь, они про нас даже и не слышали, хотя про нас и всякий хороший народ тоже не слышал. А эти нас едва ли запомнят, живых-то немного осталось, а какие остались, те потонули в Реке — большей частью. Но вам-то повезло, потому что, не будь нас здесь, степной царь-конунг недалеко бы уехал, а уехал бы — возвращаться было бы некуда.

— Что другое, а это мы знаем, — сказал Арагорн, — и никогда не забудем этого ни в Минас-Тирите, ни в Эдорасе.

— Ну, *никогда* — это слово длинное даже для меня, — отозвался Древень. — Ты хочешь сказать — до тех пор, покуда пребудут ваши царства, но жизнь онтов куда дольше.

— Начинается новая жизнь, — сказал Гэндальф, — теперь и такое может случиться, что царства людские переживут тебя, друг мой Фангорн. Ты мне лучше вот что скажи: помнишь, о чем я тебя просил? Саруман-то что? Ортханк ему не надоел? Вряд ли ему нравится глядеть из окон, что ты тут устраиваешь.

Древень хитро посмотрел на Гэндальфа; очень уж хитро, как показалось Мерри.

— Ага! — сказал он. — Я как раз и думаю — может, ты спросишь. Не надоел ли ему Ортханк? Еще как надоел, но не столько Ортханк, сколько мой голос. Кгу-умм! Уж я его усовещивал — может, и длинно, если судить по-вашему.

— Как же он терпел? Ты, что ли, сам заходил в Ортханк? — спросил Гэндальф.

— Я-то? Кгу-ум, нет уж, я в Ортханк не заходил, — отозвался Древень. — Это он подходил к окну и слушал, откуда же ему еще было набраться новостей, хотя новости ему очень не нравились. Он их слушал в оба уха, и уж я позаботился, чтобы он все услышал. И прибавил к новостям много такого, что ему полезно послушать. Он чуть не на стену лез. Торопыга, что говорить. Оттого и сгинул.

— Я вот замечаю, друг мой Фангорн, что ты говоришь как бы невзначай в прошедшем времени: «слушал, лез, сгинул». Это как? Он что, умер?

— Да вроде бы пока что не умер, — сказал Древень. — Только вот нет его. Ну да, уже семь дней, как нет. Я его выпустил. От него мало что осталось, когда он уходил, а уж от этого его гаденыша — едва одна тень. Ты мне вот что, ты не говори мне, Гэндальф, что я, мол, обещался его стеречь. Обещал-то я обещал, но с тех пор мало ли что случилось. Он у меня до поры и сидел, чтобы чего не натворил. Ты-то лучше меня знаешь, что я пуще всего не люблю держать всякую живность взаперти, а нет надобности — так и не надо. Пускай себе змея ползает, коли в клыках у нее нет яду!

— Да, это ты, пожалуй, прав, — сказал Гэндальф, — только у этой змеи, боюсь, яд остался. Голос у него ядовитый, и ты, Древень, какой ни на есть мудрый, а поддался на его уговоры, он ведь знает, как тебе польстить. Ладно уж, нет его, с тем и пошел он к лешему. Только вот башня-то Ортханка все-таки принадлежит князю. Ну разве что она ему покамест не понадобится.

— Это мы посмотрим, — сказал Арагорн, — пусть онты и дальше здесь распоряжаются, лишь бы глядели за Ортханком: сюда никто не войдет?

— Заперта башня, — сказал Древень. — Я велел Саруману ее запереть и отдать мне ключи. Они у Скоростеня.

Скоростень склонился, точно дерево под ветром, и вручил Арагорну два черных узорчатых ключа на стальном кольце.

— Еще раз тебе спасибо, — сказал Арагорн, — и до свидания. Лес твой пусть растет мирно и пышно. А когда зарастет равнина, хватит тебе места к западу от гор, где ты, бывало, бродил.

Древень опечалился.

— Леса-то вырастут, — сказал он. — Вырастут, разрастутся. А онты — нет. Где у нас малыши?

— Зато ищи теперь за своими пределами, — сказал Арагорн. — Ведь края на востоке открыты, теперь тебе никто не мешает.

Но Древень грустно покачал головой.

— Далеконько туда идти, в незнакомые края, — сказал он. — И уж очень там много людей развелось! Заговорился я, правда, простите! Может, вы отдохнете, побудете у нас? Через Фангорн можно поехать — путь-то короче.

И он поглядел на Келеборна и Галадриэль.

Но, кроме Леголаса, все торопились домой — на юг или на запад.

— Ладно, Гимли, пошли! — сказал Леголас. — С позволенья самого Фангорна я таки навещу все здешние низины и погляжу на деревья, каких нигде больше нет в Средиземье. И ты, Гимли, никуда не денешься, уговор дороже денег: сперва напрямик через Фангорн в Лихолесье, а там и до вас рукой подать.

Гимли согласился, хотя, похоже, без всякой радости.

— Ну, вот и конец нашему содружеству Хранителей! — сказал Арагорн. — И все же надеюсь, что вы не замедлите вернуться в наши края — и вернетесь с великой подмогой.

— Вернемся, ежели нас отпустят, — сказал Гимли. — Прощайте, стало быть, милые мои хоббиты! Сделайте одолжение, возвращайтесь домой целы и невредимы, а то что же мне из-за вас беспокоиться! Будет вам весточка, будьте уверены, да еще, глядишь, и увидимся; боюсь только, не все соберемся.

Древень попрощался со всеми поочередно и трижды поклонился Келеборну и Галадриэли — неторопливо поклонился и очень уважительно.

— Давно уж, давненько мы не виделись, стволы и камни не упомнят. Да уж, — сказал он, — *а ванимар, ванималион ностари!* Оно вроде бы и грустно, что только под конец привелось свидеться. Да, весь мир нынче меняется: вода не та, земля другая да и воздух какой-то не такой. Ну ладно, повидались все-таки напоследок, а больше-то, наверно, и не увидимся.

— Пожалуй что и так, о Старейший, — отозвался Келеборн.

Но Галадриэль сказала:

— Нет, в теперешнем Средиземье мы не увидимся, пока не всплывут из морской пучины затонувшие земли Белерианда. А тогда, может статься, и встретим новую весну в ивняках Тасаринена. До нескорого свидания!

Мерри и Пин прощались со старым онтом последними, и он повеселел, глядя на них.

— Ну что, резвые мои малыши, — пророкотал он, — а не испить ли нам с вами водицы на дорожку?

— Мы с удовольствием, — в один голос сказали они, и Древень повел их в древесную сень, где стояла большая каменная корчага; он с краями наполнил три кубка, и хоббиты не спеша пили; пил и онт, не сводя с них огромных таинственных глаз.

— Вот, пожалуй, с вас и хватит, — лукаво заметил он. — Ишь ведь как выросли с прошлого-то раза!

Они рассмеялись и осушили кубки.

— Ладно, пока прощайте, — сказал Древень. — И если дойдет до вас какая молва про онтиц — пришлите мне весточку.

Он помахал всем своей ручищей и скрылся среди деревьев.

* * *

Теперь они поехали быстрее, направляясь к Вратам Ристании, и распрощались с Арагорном близ того места, где Пин сунул нос в ортханкский *палантир*. Хоббиты приуныли: сколько довелось им пройти с Арагорном, из скольких бед он их выручил!

— Эх, нам бы теперь палантир, чтоб видеться и разговаривать с далекими друзьями! — вздохнул Пин.

— Для этого годится только один, — сказал Арагорн. — В Зрячем камне Минас-Тирита ты ничего не углядишь, а что увидишь — не поймешь. Ортханкский же палантир нужен Государю, чтобы озирать свои владения и не терять из виду своих подданных. Ты, кстати, не забывай, Перегрин Крол, что ты — гондорский витязь. Даю тебе бессрочный отпуск, но в любой день могу снова призвать тебя в строй. И помните, дорогие мои друзья-хоббиты, что северные земли тоже мне подвластны и что раньше или позже я туда наведаюсь.

Затем Арагорн простился с Келеборном и Галадриэлью; и Владычица сказала ему.

— Эльфийский Берилл, мрак рассеялся, и все надежды твои сбылись. Живи же счастливо!

— Прощай, родич! — сказал Келеборн. — Да не постигнет тебя моя судьба, да пребудет царство твое в целости и сохранности!

Час был вечерний, и когда они, отъехав с милю, обернулись, то увидели Государя Элессара и его витязей в лучах закатного солнца: червонным золотом сверкали сбруи и пламенела белая мантия Арагорна; он воздел руку, и ярким прощальным блеском вспыхнул зеленый берилл.

* * *

Вслед за излучиной Изена они свернули на запад и выехали через Врата Ристании в Дунланд, на Сирые Равнины. Дунландцы разбегались и прятались при виде эльфов, хотя эльфы сюда забредали редко. Путники же на туземцев внимания не обращали: напасть не осмелятся, а припасов у них было вдосталь. Ехали они снова не спеша, разбивали шатры когда и где вздумается.

На шестой день после разлуки с Арагорном проезжали редколесье у западных подножий Мглистых гор. К закату выехали на опушку — и нагнали старика с посохом, в грязновато-белых, не то серых лохмотьях; за ним тащился другой нищеброд, стеная и причитая.

— Да это ты, Саруман! — сказал Гэндальф. — Куда путь держишь?

— Тебе-то что? — отозвался тот. — Хочешь, как прежде, мне указывать, не нарадовался моей беде?

— Ответы сам знаешь, — сказал Гэндальф. — И указывать тебе не хочу, и беде твоей не радуюсь. Близится конец моим заботам: нынче обо всем печется Государь. Дождался бы ты его в Ортханке — удостоверился бы в его мудрости и милосердии.

— Хорошо хоть успел уйти вовремя, — сказал Саруман, — пусть подавится своей мудростью и милосердием. Так и быть, отвечу на твой вопрос: я выбираюсь из его государства.

— И опять ты избрал неверный путь, — заметил Гэндальф. — Эдак ты никуда не выберешься. Значит, помощь нашу ты отвергаешь? Ибо она тебе предлагается.

— Помощь? Мне? — процедил Саруман. — Нет уж, чем так улыбаться, ты лучше скалься. И Владычице я не верю: она всегда ненавидела меня и строила козни тебе на пользу. Да и сейчас, наверно, повела вас этим путем, чтобы полюбоваться на мое унижение. Знал бы я, что вы за мной гонитесь, не пришлось бы вам злорадствовать.

— Саруман, — сказала Галадриэль, — есть у нас дела и заботы поважнее, чем гоняться за тобой. Тебе просто-напросто повезло: в последний раз осенила тебя удача.

— Если и точно в последний, то я этому рад, — отозвался Саруман, — больше, стало быть, не осенит, вот и спасибо. Мои удачи все позади, а ваших мне не надо. Да и так ли уж вы удачливы? — И глаза его злобно засветились. — Езжайте, езжайте! — напутствовал он. — Я недаром был книжником столько долгих веков. Вы обречены, вы своими руками погубили себя. В скитаньях я буду тешиться мыслью, что, разрушив мой дом, вы низвергли свой собственный. И что же это будет за корабль, который унесет вас в безбрежный океан? — ядовито спросил он. — Это будет серый корабль, полный призраков. — И он разразился скрипучим, зловещим смехом. — Вставай, дурак! — крикнул он своему спутнику, который съежившись сидел на земле, и ударил его посохом. — Пошевеливайся! Нам с этой знатью не по пути, придется сворачивать. Живей, а то ни корки хлеба не дам на ужин!

Сгорбленный нищий с кряхтеньем поднялся на ноги, хныча:

— Бедный, бедный старый Грима! Бьют его и ругают, ругают и бьют. Да будь он проклят! Ох, как же мне уйти от него!

— Уходи — и все тут! — сказал Гэндальф.

Но Гнилоуст вскинул на Гэндальфа выцветшие глаза, вздрогнул от ужаса и заковылял вслед за Саруманом. Возле хоббитов Саруман остановился и ненавистно поглядел на них; те глядели жалостливо.

— Ах, и мелюзга тоже явилась потешаться над нищим! — сказал он. — А может, милостыньку подадите? Вон какие вы сытенькие, разодетые, все-то у вас есть, и отменного табачку небось тоже хватает. Знаем, знаем, откуда он у вас. Отсыпьте щепотку бедняге нищеброду, а?

— Я бы с радостью, но у меня нет, — сказал Фродо.

— Погоди-ка, — сказал Мерри, — у меня немного осталось, возьми вот. — Он спешился, пошарил в седельной сумке и протянул Саруману кожаный кисет. — Сколько там есть, все твое. Кури на здоровье — это с развалин Изенгарда!

— Мой это, мой табак, за него уплачено с лихвой! — воскликнул Саруман, хватая кисет. — Всего лишь подачка — уж вы там, конечно, награбились всласть. Что ж, спасибо и на том: вор, как говорится, на возврат не тороват. Поделом же вам будет, когда в Южном уделе вы увидите то, что увидите! Да поразит ваши земли табачный недород на многие годы!

— Спасибо на добром слове! — сказал Мерри. — Только уж тогда изволь вернуть кисет, он не твой, я протаскал его за тридевять земель. Пересыпь зелье в свою тряпицу!

— Вор на вора наскочил, — сказал Саруман, повернулся спиной к Мерри, пнул Гнилоуста и направился в лес.

— Ничего себе! — сказал Пин. — Оказывается, мы же и воры! А что нас подстерегли, изувечили и протащили по всей Ристании — это как?

— Да-а! — заметил Сэм. — *Уплачено,* он сказал. С какой это лихвой, хотел бы я знать? И совсем уж мне не по нутру его обещанье насчет Южного удела. Ох, пора нам возвращаться.

— Еще бы не пора, — сказал Фродо. — Однако ж не раньше, чем повидаемся с Бильбо. Будь что будет, а я все-таки сперва съезжу в Раздол.

— И правильно сделаешь, — сказал Гэндальф. — Да, а Саруман, похоже, увы, уж ни на что доброе не годится: сгнил на корню. Только, боюсь, Древень ошибся: как-нибудь напакостить он еще вполне в силах.

На другой день выехали на безлюдные, пышно заросшие долины северного Дунланда. Подступил сентябрь: дни золотились, серебрились ночи, и засверкала перед ними река Лебедянь у старинной переправы к востоку от водопадов, обрушивавших поток в низины. Далеко на западе сквозь дымку виднелись заводи и островки; река вилась, вилась и сливалась с Сероструем — там, в необъятных зарослях камыша, гнездились лебединые стаи.

Они заночевали на невысоком холме; просиял рассвет, и взорам их открылась отуманенная Остранна, а на востоке утреннее солнце озарило заоблачные вершины Карадраса, Келебдора и Фануиндхола. Неподалеку были Ворота Мории.

Здесь они задержались на неделю, растягивая еще одно печальное расставание: Келеборну и Галадриэли со свитой пора было сворачивать на восток, к Багровым Воротам, Черноречному Каскаду и Серебрянке — в Лориэн. Они возвращались западным, кружным путем, чтобы наговориться с Гэндальфом и Элрондом, и казалось, не будет конца их беседе. Хоббиты видели десятый сон, а они сидели под звездным небом и вспоминали минувшие века, былые радости и невзгоды или же обсуждали грядущее. Если бы случился тут путник, он бы ничего не увидел и не услышал: разве что заметил бы серые изваянья, памятники былых времен, затерянные в необитаемой земле. Ибо они были недвижны и безмолвны, не отягощенные словами думы их сливались воедино, и глаза то излучали, то отражали тихое сиянье.

Но наконец все было сказано, и они снова расстались — до той недалекой поры, как выпадет срок Трех Эльфийских Колец. Владыки Лориэна и свита их в серых плащах поехали к горному склону, мешаясь с тенями, исчезая среди камней. Остальные же, чей путь лежал в Раздол, сидели на холме и смотрели им вслед — в густеющем тумане вспыхнула звезда, и мгла сомкнулась. Фродо понял: это Галадриэль помахала рукой им на прощанье.

Сэм отвернулся и вздохнул:

— Эх, кабы еще разок побывать в Лориэне!

Долго ли, коротко ли, но однажды вечером взъехали они на вересковое всхолмье — и вдруг, как всегда неожиданно, увидели далеко внизу, в долине, светящийся дворец Элронда. Они спустились, проехали по мосту к воротам — и дворец засиял, и зазвенели приветственные песни.

Прежде всего, не поевши, не умывшись и даже не сняв плащей, хоббиты кинулись искать Бильбо — и нашли его в собственной комнатушке, замусоренной бумажным хламом, обломками перьев и огрызками карандашей. Сам он сидел в сторонке, в кресле у пылающего камина. Он был старый-престарый, очень спокойный и сонный.

Когда они ввалились, Бильбо поднял голову и приоткрыл глаза.

— А, привет, привет! — сказал он. — Уже вернулись? Между прочим, завтра мой день рождения. Здорово вы подгадали! А знаете ли, что мне стукнет сто двадцать девять? Ежели еще годок протяну, сравняюсь со Старым Кролом. Хорошо бы обставить его, ну, поживем — увидим.

Отпраздновали день рождения, и четверо хоббитов до поры до времени остались в Раздоле. День за днем просиживали они в комнатушке Бильбо, откуда он спускался лишь ради трапезы. На этот счет он был точен как часы: сон слетал с него мгновенно. Рассевшись у камина, они по очереди повествовали ему о своих странствиях и приключениях. Сперва он притворялся, будто записывает, но то и дело начинал клевать носом, а очнувшись, говорил:

— Ну и чудеса! Даже не верится! Про что бишь вы рассказывали?

Они припоминали, на каком месте он заснул, и рассказ повторялся. Не пришлось повторять только рассказ о коронации и свадьбе Арагорна: это он выслушал, не смыкая глаз.

— Ну, меня, конечно, чуть не силком тащили на эту свадьбу, — сказал он. — И я ее давно дожидался. Но как нарочно — впору выезжать, а тут дела, дела, бросай все, поди укладывайся, нет уж.

Прошло недели две, Фродо, взглянув поутру в окошко, увидел, что ночью был мороз: паутинки осеребрились. Стало быть, время ехать, надо прощаться с Бильбо. После дивного, невиданного лета наступила тихая и ясная осень, но в октябре все равно хлынут дожди и задуют ветры. А от Раздола до Хоббитании путь не близкий. Да и не в погоде, конечно, было дело: просто он вдруг почуял, что больше медлить никак нельзя. Сэм тоже растревожился, как раз накануне он сказал:

— Вот ведь, сударь, где мы только не побывали, всякого навидались, а здесь все равно какое-то главное, что ли, место. Тут всего, понимаете, есть понемногу: и тебе Хоббитания, и Златолесье, и Гондор с княжескими дворцами, гостиницами, лугами, полями и горами — словом, чего душа пожелает. И все-таки не пора ли нам отсюда, а? По правде говоря, Жихарь мой у меня, хоть ты что, из головы нейдет.

— Да, Сэм, всего-всего здесь есть понемногу, только нет Моря, — отвечал Фродо и повторил про себя: «Только Моря нет».

В тот день Фродо переговорил с Элрондом, и решено было, что они отправятся в путь наутро. И Гэндальф сказал, им на радость:

— Поеду-ка я с вами, хотя бы до Пригорья: мне с Наркиссом надо повидаться.

На ночь глядя они пошли прощаться с Бильбо.

— Ну, раз надо, так надо, — сказал он. — Жаль, конечно: тоскливо мне будет без вас, я уж привык, что вы тут неподалеку. Но что-то меня все время в сон клонит.

И он подарил Фродо свою мифрильную кольчугу и Терн, забыв, что он их давно уж ему подарил, а потом отдал ему на придачу три книги преданий и песен, плод многолетнего труда; листы были тесно исписаны его мелким почерком, и на малиновых обложках красовались ярлыки: «Перевод с эльфийского Б.Т.». Сэму он вручил мешочек с золотом.

— Едва ли не все, что осталось из-под Смауга, — сказал он. — Коли жениться надумаешь — вот оно и кстати.

Сэм покраснел.

— А вам, голубчикам, мне подарить нечего, — обратился Бильбо к Мерри и Пину. — Примите-ка в подарок добрый совет.

Добрых советов он надавал кучу с лишним и завершил свою долгую речь по-хоббитски.

— Вы только не очень-то высовывайтесь, а то, чего доброго, получите по носу! И растете вы чересчур: больно дорого вам станет обуваться-одеваться.

— Сам-то ты решил ведь обогнать Старого Крола, — сказал Пин. — Вот и мы хотим натянуть нос Бандобрасу Быкобору.

Бильбо рассмеялся и вынул из кармана две тонко расписанные по серебру трубки с жемчужными мундштуками.

— Эльфийская работа, но я же теперь не курю, — вздохнул он. — Как затянетесь, вспоминайте обо мне! — Он отдал трубки, клюнул носом, а проснувшись, спросил: — Так мы о чем? А, ну да, мы раздаем подарки. Кстати же сказать, Фродо: помнится, я тебе подарил колечко, оно как?

— Бильбо, милый, я его, прости, потерял, — сказал Фродо. — Вернее сказать, избавился от него.

— Это жалко! — сказал Бильбо. — Я бы на него, пожалуй, взглянул разок-другой. Хотя нет, что же я путаю! Ты ведь затем и пошел, чтоб от него избавиться, верно или неверно? Спутаешь тут, такая вообще каша: и тебе Арагорн со всем прочим, и Светлый Совет, Гондор, конники, хородримцы, вастаки, олифанты — да,

Сэм, ты не врешь, правда одного такого видел? — пещеры, башни, золотые деревья, у кого хочешь голова пойдет кругом.

Да, видать, я как-то уж совсем прямиком вернулся. А все Гэндальф, он мог бы мне показать то да се. Правда, ежели бы я задержался, не поспел бы к распродаже — вот бы уж натерпелся. Ну, теперь-то что: сиди да слушай вас в свое удовольствие, как вы тоже не осрамились. Камелек горит и греет, кормят очень-очень вкусно, и эльфы в случае чего тут как тут. А что мне еще надо?

> От самых от дверей ведет
> Дорога вдаль и вдаль.
> Но кто по ней куда пойдет
> И кто куда когда придет —
> Уж не моя печаль.
>
> Кто хочет, пусть выходит в путь —
> Зовет его закат.
> А мне пора с пути свернуть,
> Пора в трактире отдохнуть,
> Соснуть у камелька.

Последние слова Бильбо не то что пропел, а просто пробормотал, уронил голову на грудь и крепко заснул.

Сгущались вечерние сумерки, все ярче пылал камин; они смотрели на уснувшего Бильбо, на его спокойную улыбку. Сэм окинул взглядом комнату, поглядел, как тени пляшут по стенам, и тихо сказал:

— Ох, господин Фродо, не больно-то он много написал с тех самых пор. И нашу повесть вряд ли напишет.

Бильбо приоткрыл один глаз, будто услышал, и поудобней уселся в кресле.

— Ну так-таки клонит и клонит в сон, — сказал он. — А уж ежели писать, так писать стихи, что ли. Фродо, друг ты мой любезный, ты как, не откажешься немножко навести у меня порядок? Ну, прибери бумажки, заметки, дневник мой и, пожалуй что, возьми-ка ты все это с собой, а? У меня, понимаешь, как-то не было времени разобраться. Сэм тебе поможет, как сумеет, а ежели что получится, приезжай, я прогляжу. Придираться, честное слово, не буду.

— Конечно же! — сказал Фродо. — И, само собой, скоро вернусь: нынче это не путь, а прогулка. Государь позаботится, при нем все дороги станут безопасны.

— Вот и спасибо тебе, милый ты мой! — сказал Бильбо. — Облегчил ты мою душу.

И немедля заснул крепче прежнего.

На другой день Гэндальф и хоббиты прощались с Бильбо у него в комнате: на холод он выходить не хотел; потом попрощались с Элрондом и со всеми его домочадцами.

Когда Фродо стоял на пороге, Элронд пожелал ему счастливого пути и тихо сказал после напутствия:

— Тебе, Фродо, наверно, незачем сюда возвращаться, разве что не сегодня завтра. А в это самое время года, когда золотые листья еще не опадают, встретишь Бильбо в лесах Хоббитании. И я с ним буду.

Таковы были прощальные слова Элронда, и один Фродо их услышал и запомнил.

Глава VII
ДОМОЙ

Теперь их путь лежал прямиком на запад, через Пригорье в Хоббитанию. Им не терпелось снова увидеть родные края, но ехали поначалу медленно: Фродо занемог. У Бруиненской переправы он застыл как вкопанный, и глаза его мертвенно потускнели. За этот день он не сказал ни слова; было шестое октября.

— Плохо тебе, Фродо? — тихо спросил Гэндальф, подъехав к нему.

— Да, плоховато, — отозвался Фродо. — Раненое плечо онемело, и кругом точно смерклось. Нынче с тех пор ровно год.

— Увы, иную рану можно залечить, но не исцелить, — вздохнул Гэндальф.

— Моя, наверно, из таких, — сказал Фродо. — Боюсь, для меня нет возврата: доберусь до Хоббитании, а она совсем другая, потому что я уже не тот. Я отравлен и изувечен: клинок назгула, жало Шелоб, зубы Горлума... и меня изнурило тяжкое, неизбывное бремя. Где ж найду я покой?

Гэндальф промолчал.

А назавтра к вечеру боль унялась, тоска отступила, и Фродо стал опять весел, будто и вовсе забыл о давешнем черном удушье. Незаметно летели дни; они подолгу отдыхали в лесах, разубранных поредевшей багряно-желтой листвой, пронизанных осенним солнцем. Наконец подъехали к Заверти; вечерело, и черная тень горы, казалось, преграждала путь. Фродо попросил их поторопиться и, не взглянув на гору, проскакал сквозь тень, опустив голову и закутавшись в плащ. В эту ночь погода изменилась: налетел холодный и буйный западный ветер с дождем и желтые листья метались вокруг, как стаи встревоженных птиц. А в Четборе деревья уж почти оголились, и Пригорье заслонила мутная дождевая завеса.

Сыро и ветрено было вечером двадцать восьмого октября, когда пятеро путников взъехали по косогору к Южным Воротам Пригорья. Ворота были накрепко заперты, дождь хлестал в лицо, и хмурилось из-под плывущих туч низкое серое небо. Хоббиты слегка приуныли: все-таки не заслужили они такой уж неприветливой встречи.

Кричали, стучали — наконец вышел привратник со здоровенной дубиной. Он опасливо, подозрительно присматривался к ним; потом разглядел Гэндальфа и признал в его спутниках хоббитов — правда, каких-то диковинных. Тогда он просветлел и кинулся отпирать ворота.

— Заезжайте, заезжайте! — сказал он. — Новостей у вас, конечно, куча, у нас тоже, словцом бы перекинуться, да куда там: холодно, льет, собачья, вообще, погода. Вот Лаврик — это уж само собой — приютит вас в «Гарцующем пони», там обо всем расскажете и наслушаетесь.

— А ты зайдешь туда попозже, узнаешь все скопом и кучу сверх того, так, что ли? — рассмеялся Гэндальф. — Как там у вас поживает Горри?

Привратник насупился.

— Горри у нас не поживает, — буркнул он. — Вы Лавра спросите, он вам обо всем расскажет. Словом, добрый вечер!

— Тебе того же! — пожелали они, проезжая, и заметили, что за оградою у дороги построили длинный сарай. Оттуда выходили люди — набралась целая толпа — и глазели на них из-за забора. Проехали мимо дома Бита Осинника: вся изгородь заросла и порушилась, окна заколочены.

— Ты что же, Сэм, так-таки и укокошил его тогда огрызком яблока? — поинтересовался Пин.

— Да нет, господин Перегрин, это, как бы сказать, вряд ли, — задумчиво произнес Сэм. — Небось живехонек; а вот как-то моя лошадушка, мой поник. Надо же ведь, сбежал. И как не сбежать: волки воют, а жить охота...

Подъехали к крыльцу «Гарцующего пони» — а там вроде бы все было как всегда, и светились нижние окна из-за багровых штор. Они подергали звонок, дверь приотворилась, выглянул Ноб, увидел их под фонарем и заорал:

— Господин Наркисс! Сударь! Они воротились!

— Ах, воротились? Ну, я им сейчас покажу! — Это послышался голос Наркисса, и сам он тут же появился с дубинкой в руке. Но, увидевши их, застыл, и яростная гримаса на лице его сменилась изумленным восторгом. — Ах ты, Ноб, ах ты, дуралей шерстолапый! — крикнул он. — Ты что, старых друзей не узнаешь, не называешь? Всполошил меня без толку, олух, а сам знаешь, какие нынче времена! Батюшки, ну и ну! И откуда же вы такие? Да я уж с вами навсегда распрощался, хорошенькое дело, ушли в пустошь с Бродяжником, ай да ай, а кругом, понимаешь ли, всякие Черные рыщут. Ну как же я рад вас всех видеть, и Гэндальфа в особицу. Да заходите же, заходите! Комнаты что, те же самые? Свободны ваши комнаты; да и то сказать, все почти комнаты нынче свободны, чего уж там, сами увидите. Насчет ужина сейчас постараемся, мигом, только вот у меня с прислугой-то нынче... Эй ты, Ноб-телепень! Скажи Бобу... ну да, забыл, Боб теперь со своими ночует на всякий случай. Одним словом, Ноб, эй ты, чтобы развели лошадей по стойлам: ну да, ты-то, Гэндальф, своего сам отведешь, а то кого он послушается. Красавец, я тогда еще говорил, что какой красавец, да вы заходите! Заходите и будьте как дома!

Наркисс вроде бы и сыпал словами по-прежнему, и так же деловито суетился. Однако же постояльцев у него, может, и совсем не было, тишина несуразная; только из Общей залы доносились немногие приглушенные голоса. Лавр нес две свечи, и виднелось его лицо — увядшее и угрюмое, не то что прежде.

Они шли за ним по коридору к тем комнатам, что занимали в страшную ночь год с лишним назад. Им было грустно: старина Лавр недоговаривал, а дела-то у него, видно, шли плоховато. Но они пока что помалкивали, ждали, что будет дальше.

И дождались: господин Наркисс собственной персоной явился к ним после ужина проверить, все ли хорошо. А все было очень даже неплохо: как там дела ни шли, а пиво и съестное в «Пони» хуже не стали.

— Нынче вечером в Общую залу я вас, само собой разумеется, не буду приглашать, — сказал он. — Вы же устали, а там и народу-то сегодня совсем немного — бывает. Но коли вы мне уделили бы с полчасика перед сном, ну так, для разговору, оно бы и неплохо, да и заснется лучше.

— Вот-вот, — сказал Гэндальф, — тебя-то мы и ждали. За нас не волнуйся, мы не так чтоб уж слишком утомились, потихоньку ехали. Правда, промокли, продрогли и проголодались, но это, спасибо тебе, позади. Присаживайся! Нам бы немного трубочного зелья, мы бы тебя расцеловали.

— С чем плохо, с тем плохо, — причмокнул Наркисс. — Большая нехватка, у нас теперь только и есть, что сами растим, а это пустяк пустяком. Из Хоббитании нынче ни тебе листика. Ну, я уж покопаюсь в закромах-то, авось найдется.

Нашлась пачка неразрезанного табака, пятерым курильщикам на день-два.

— Южнолинчский, — сказал Наркисс. — Это у нас самый лучший, но куда ему до южноудельского, я и всегда так говорил, хотя вообще-то Пригорье ничуть не хуже Хоббитании, я, конечно, извиняюсь.

Его усадили в большое кресло у камина, Гэндальф сел напротив, а хоббиты между ними на табуреточках. Разговаривали они отнюдь не полчасика, и уж новостей господину Наркиссу хватило с избытком; впрочем, и он в долгу не остался. От их рассказов Лавр попросту опешил: ни о чем подобном он в жизни не слыхивал и лишь твердил как заклинание: «Да не может быть!» — на разные лады.

— Да что вы говорите, господин Торбинс — или, простите, господин Накручинс? Все-то у меня в голове перекру... перепуталось. Да вы шутить изволите, господин Гэндальф? Батюшки-светы, ушам не верю! И это в наши-то времена? Ай-яй-яй!

Наконец настал его черед: ему тоже было о чем порассказать. Оказывается, хозяйничал он с горем пополам — да что там, честно говоря, все из рук вон плохо.

— К Пригорью никто нынче и близко не подъезжает, — сказал он. — А пригоряне сидят по домам, замкнувши ворота на двойные запоры. А все почему: все из-за тех чужаков, из-за отребья, которое — может, помните? — понабежало в Пригорье Неторным Путем год назад. Потом их стало как собак нерезаных. Всякие там были, конечно, были и бедолаги обездоленные, но все больше народ опасный, ворье и головорезы. И ведь у нас в Пригорье — это у нас-то в Пригорье! — поверите ли, до драки дошло. Честное, скажу вам, слово, дрались не по-здешнему, а сколько народу убили, и убили до смерти. Да вы же мне не поверите!

— Поверю, поверю, — сказал Гэндальф. — Много ли народу погибло?

— Трое и двое, — отвечал Наркисс, разумея отдельно людей и хоббитов. — Убили беднягу Мэта Бересклета, Разли Яблочка и коротыша Тама Деловика из-за Горы, а заодно, представьте себе, Вилла Горби с дальних склонов и даже одного Накручинса с Пажитей — вот такие были мужики, очень их не хватает. А Бит Осинник и Горри Козельник, который стерег Западные Ворота, — эти переметнулись и с теми убежали: скажу вам по секрету, они-то их наверняка и впустили. В смысле когда была драка, в ту ночь. Потому что им еще раньше было сказано: давай отсюда — и пинка на прощанье, ну как то есть раньше, еще до Нового года, а драка была, точно говорю, в новом году, как раз снегу навалило.

Ну и пусть бы их, ладно, живут себе и живут с лиходеями, где там они живут — в Арчете или в северной пустоши. Прямо как не сейчас, а тыщу лет назад, расскажи — не поверят. В общем, по дороге не проедешь ни туда, ни сюда, и все на всякий случай спозаранку запираются. А вдоль ограды, конечно, ходят сторожа, и возле ворот стоят заставы — это по ночам-то.

— Скажите пожалуйста, а нас никто не тронул, — удивился Пин. — И ехали мы медленно, и не остерегались. Ничего себе, а мы-то думали, что все безобразия позади.

— Ох, господин Перегрин, не позади они, а впереди, — вздохнул Наркисс, — вот ведь беда-то. Это, знаете, немудрено, что они к вам не подступились. Еще бы: тут тебе и мечи, шлемы, и щиты, и вообще. Впору бежать да прятаться: я и то малость струхнул, как вас увидел.

Так вот оно что! Дивятся-то вовсе не чудесному их возвращению, а их диковинному виду. Сами они привыкли к воинам в ратном доспехе, и невдомек им было, что из-под их плащей сверкали кольчуги, на головах были причудливые гондорские и ристанийские шлемы, щиты украшены яркими гербами и что у себя дома они выглядели опасными чужестранцами. А тут еще Гэндальф в белом облачении и шитой серебром синей мантии, с длинным мечом Ярристом у бедра, верхом на огромном сером коне.

Гэндальф рассмеялся.

— Ну-ну, — сказал он, — если они попрятались от нас пятерых, то видывали мы врагов и пострашнее. Стало быть, нынче-то ночью можете спать спокойно.

— Да вы же сегодня здесь, а завтра там, — вздохнул Наркисс. — Чего ж бы, конечно, лучше, коли б вы у нас погостили. Мы ведь к таким делам непривычные; опять-таки, говорят, и Следопыты эти все куда-то подевались. Правду сказать, в долгу мы перед ними, зря языки чесали. Да и не только грабители нас донимают: с ними мы бы еще, может, как-нибудь управились. Волки зимой завывали у самой ограды. А в лесах завелись какие-то черные твари, привиденья не привиденья, про них и подумать-то страшно, аж зубы клацают. Короче, живем лучше некуда, извините за прямоту.

— Да, хорошего мало, — согласился Гэндальф. — В этот год в Средиземье едва ли не всем худо пришлось. Но теперь прочь унынье, Лавр! Общая беда вас лишь краем задела, и я очень рад, что не прихлопнула, а могла. Настают, однако же, иные, добрые времена — таких, может статься, ты и не упомнишь. Следопыты возвратились, мы ехали вместе с ними. Главное же, любезный мой Лавр, — Государь вернулся на трон, и он вас в обиду не даст, скоро сам увидишь. Скоро Неторный Путь станет торным, поскачут гонцы во все концы, а уж на север тем более, в Глухомани изведут нечисть, да и самой Глухомани не будет, распашут ее пришельцы.

Наркисс недоверчиво покачал головой.

— Проезжих побольше — это я не против, ежели приличный народ, — сказал он. — Только всякого там разбойного сброда с нас хватит. И вообще чужакам нечего ни в Пригорье соваться, ни возле Пригорья болтаться.

Нам лишь бы жить не мешали. А то, знаете, набегут невесть какие невесть откуда, начнут — да не селиться, шляться будут, и Глухомань-то всю загадят.

— Не тревожься, Лавр, жить вам не помешают, — сказал Гэндальф. — От Изена до Сероструя, от Брендидуима до юго-западных побережий могут расселиться целые народы, и все равно ближние к вам селенья будут за несколько суток езды. И за сотню миль отсюда к северу, там, где нынче совсем заглох Неторный Путь, прежде много жило людей — и на Северном Нагорье, и на берегах Тусклоозера.

— Это где же, у Покойницкой Гати, что ли? — еще недоверчивее спросил Наркисс. — Да там, говорят, кругом привиденья. Разбойник и тот забрести туда побоится.

— Следопыты не боятся туда забредать, — сказал Гэндальф. — Покойницкая Гать, говоришь? Да, я знаю, давненько так именуются у вас тамошние развалины; а на самом деле, Лавр, это Форност-Эраин, Северн Великокняжеский. И недалек тот день, когда нынешний Государь отправится туда, чтобы воздвигнуть заново древнюю столицу Арнора. Ну и пышная же свита проедет через Пригорье!

— А что, оно, пожалуй бы, и неплохо, — заколебался господин Наркисс. — Может, и дела чуток поправятся. Если только он, этот ваш Государь, не станет наводить в Пригорье свои порядки.

— Не станет, — пообещал Гэндальф. — Ему и ваши порядки сгодятся.

— Ну да? — озадаченно усомнился Наркисс. — Хотя и то сказать, что ему наши порядки: сидит себе сотни за три миль от нас на высоком троне в огромном замке и попивает вино — из золотой небось чаши. Какое ему дело до моего «Пони» или до моего пива? Кстати скажу, пиво-то у меня хорошее, еще даже лучше прежнего, над ним Гэндальф прошлой осенью поколдовал, и с тех пор все пьют не нахвалятся. Уж такое спасибо, уж такое утешенье!

— Ишь ты, даже лучше прежнего, — заметил Сэм. — А он-то говорит, у вас пиво всегда было отличное.

— Кто говорит, Государь?

— Он самый. Бродяжник, главарь Следопытов. А до вас это разве еще не дошло?

Тут наконец дошло: на широком лице господина Наркисса изобразилось несказанное изумление — глаза округлились, рот разинулся до ушей, и он крякнул.

— Бродяжник, ну и ну! — выговорил он, когда снова обрел речь. — На троне, в короне и с золотой чашей! Батюшки, это что ж теперь будет?

— В Пригорье-то уж точно будет даже лучше, чем было, — сказал Гэндальф.

— Да вроде бы так, будем надеяться, — более или менее согласился Наркисс. — Ну что, хорошо поговорили, давным-предавно не случалось мне вести такой приятной беседы. Теперь в самый раз соснуть, тем более, прямо скажу, будто у меня от сердца чуть-чуть отлегло. Надо, конечно, головой как следует подумать, но это уж я утром, на свежую голову. Словом, кто куда, а я спать, да и вам, поди, давно уж пора на боковую. Эй, Ноб! — крикнул он, приоткрыв дверь. — Эй ты, Ноб-телепень! Эй, Ноб! — снова крикнул он и вдруг хлопнул себя по лбу. — Что-то я вроде вспомнил, только забыл что.

— Может, снова письмо какое забыли отдать, господин Наркисс? — лукаво осведомился Мерри.

— Посовеститесь, господин Брендизайк, нашли что вспоминать! Ну вот, сбили вы меня. О чем бишь я? Ноб, на конюшню, ага! Мне чужого не надо, а что ваше, то ваше. Помните — лошадей свели, а вы купили пони у Бита Осинника, помните? Так здесь он, ваш пони, сам собой прибежал, а уж откуда — это вы лучше моего знаете. Лохматый был, что твой бродячий пес, и тощий, как вешалка, но живехонек. Ноб его выходил.

— Ну да? Мой Билл! — закричал Сэм. — Эх и везучий же я, что там Жихарь ни говори! Раз-два, и еще одно желание исполнилось. Да где же он?

И Сэм лег спать не раньше, чем наговорился в конюшне с Биллом.

В Пригорье они на денек задержались, и уж вечером-то у господина Наркисса дела шли как нельзя лучше. Любопытство превозмогло все страхи, и в Общей зале яблоку негде было упасть. По долгу учтивости вышли туда и наши хоббиты; их, разумеется, закидали вопросами. Народ в Пригорье был памятливый, и все наперебой интересовались, написал ли Фродо обещанную книгу.

— Еще нет, — отвечал он. — Но заметок набралась уймища, вот вернусь домой, разберусь.

Он пообещал непременно описать удивительные события в Пригорье, чтоб книга была поживее, а то что там, подумаешь, какие-то дальние, маловажные, южные дела, скукота!

Потом кто-то из молодых попросил приезжих что-нибудь спеть, но тут гомон мигом стих, и на него цыкнули: мол, на этот раз уж как-нибудь обойдемся в нашей Общей зале без чародейских штук!

День прошел спокойно, ночью было тихо, и рано утром они собрались в дорогу: погода стояла по-прежнему дождливая, к ночи хорошо бы приехать в Хоббитанию, а путь лежал неблизкий.

Гостей провожали всем скопом, и впервые за год пригоряне повеселели; изумленно замирали те, кто еще не видел наших путников в походном снаряженье: Гэндальфа с пушистой длинной белой бородой, который словно светился, и синяя мантия его казалась облаком в солнечных лучах; и четырех хоббитов, похожих на витязей-странников из полузабытых сказаний. Накануне многие посмеивались, слушая байки про нового Государя, но теперь им подумалось, что, пожалуй, нет дыма без огня.

— Ну что ж, дорога, как говорится, вам скатертью, счастливо до дому добраться! — напутствовал их господин Наркисс. — Забыл сказать, ходят слухи, будто и в Хоббитании не все ладно, чего-то там творится не разбери-поймешь. Знаете ведь: своя беда чужую из головы гонит. Уж не взыщите, тем более вы, с вашего позволения, вернулись совсем не такие, какими уехали, и, похоже, в случае чего сумеете за себя постоять. Вы там как пить дать порядок наведете. Еще раз доброго пути! Наезжайте почаще — здесь вам всегда будут рады!

Распрощались, поехали, миновали Западные Ворота и оказались на дороге в Хоббитанию. Пони Билл трусил с очень довольным видом возле Сэма, даром что нагружен был, как и в тот раз, изрядно.

— Что же такое стряслось в Хоббитании, на что намекал Наркисс? — задумчиво проговорил Фродо.

— Догадываюсь, — буркнул Сэм. — То самое небось, что я видел в колдовском Зеркале: деревья порубили,

Жихаря моего из дому выгнали. Замешкались мы в дороге, вот что я вам скажу.

— В Южном уделе тоже, видать, неладно, — сказал Мерри. — Куда подевалось все трубочное зелье?

— Что бы ни стряслось, — объявил Пин, — одно ясно: заправляет всем этим делом Лотто, это уж будьте уверены.

— Лотто — он, конечно, Лотто и есть, — сказал Гэндальф. — Но заправляет не он, про Сарумана-то вы забыли. А он давным-давно присматривался к Хоббитании, задолго до Саурона.

— Подумаешь, ты же с нами, — сказал Мерри. — В два счета разберемся.

— Пока что я с вами, да, — подтвердил Гэндальф, — но ненадолго. В Хоббитанию я с вами не поеду. Разбирайтесь сами: вроде бы уж должны были привыкнуть. А вам что, до сих пор непонятно? Повторяю: мои времена кончились и не мое теперь дело — наводить порядок или помогать тем, кто его наводит. Кстати же, дорогие мои друзья, никакая помощь вам не нужна, сами справитесь. Вы не только подросли, но и очень выросли. Вы стали солью земли, и я больше ни за кого из вас не опасаюсь.

Словом, я вас вот-вот покину. Я хочу толком поговорить с Бомбадилом, а то за две тысячи лет как-то не удосужился. Говорят, кому на месте не сидится, тот добра не наживет. Я на месте не сидел, отдыха не знал, а он жил себе и жил в своих лесных угодьях. Вот и посмотрим, посравним: нам есть что рассказать друг другу.

Там, где год с лишним назад Бомбадил вывел их на Тракт, они остановились и огляделись, будто ожидаючи снова его увидеть: а вдруг он — мало ли — каким-нибудь чудом их встречает? Но не было Бомбадила; сырая мгла окутала Могильники, и за пологом тумана укрылся Вековечный Лес.

Фродо грустно смотрел на отуманенный юг.

— Вот бы кого хотелось повидать, — проговорил он. — Как-то он там?

— Да он как всегда, не беспокойся, — ответил Гэндальф. — Веселый и беззаботный, что ему наши тревоги и радости, разве про онтов порасспросил бы. Захочешь — съезди потом, навести его. А сейчас я бы на твоем месте поторопился, не то ведь, чего доброго, запрут ворота на Брендидуимском мосту.

— Никаких там ворот на мосту нет, — сказал Мерри, — и ты это не хуже моего знаешь. Вот ежели на юг, в Забрендию, — там да, есть ворота, но уж кого-кого, а меня там пропустят в любое время дня и ночи!

— Ты хочешь сказать, что на мосту ворот не было, — возразил Гэндальф. — Приедешь — посмотришь, вдруг да окажутся. И в Забрендии тоже не так все просто. Ничего, авось справитесь. Прощайте, милые мои друзья! Еще не навсегда, но надолго прощайте!

Светозар огромным прыжком перескочил с Тракта на зеленую дамбу; Гэндальф направил его, и он помчался к Могильникам быстрее северного ветра.

— Вот и пожалуйста, было нас четверо, четверо и осталось, — сказал Мерри. — Другие все поисчезали, как приснились.

— Не знаю, не знаю, — сказал Фродо. — Я, наоборот, будто снова заснул.

Глава VIII
ОСКВЕРНЕННАЯ ХОББИТАНИЯ

Уже смеркалось, когда продрогшие и усталые путники подъехали наконец к Брендидуимскому мосту. С обоих концов преграждали его высокие ворота, плотно сбитые из толстых, заостренных кольев. На том берегу реки появились неказистые двухэтажные дома с редкими, тусклыми прорезями окон; хоббиты таких отроду не строили.

Они колотили в ворота и звали хоть кого-нибудь, но сперва никто не отзывался, а потом, к их великому изумлению, затрубил рог, и тусклые окна разом погасли. Из темноты раздался крик:

— Кто такие? Убирайтесь, а то схлопочете! Не видите, что ли, объявление: *От заката до рассвета проход строго воспрещен!*

— Как же мы увидим объявление в темноте, дурья твоя башка? — закричал в ответ Сэм. — А увидел бы я, что хоббитом нет ночью прохода домой, да еще в такую собачью погоду, — сорвал бы твое объявление, и все тут.

Хлопнул ставень, и хоббиты с фонарями гурьбой высыпали из домика слева от моста. Они отперли дальние ворота и грозно двинулись вперед, но, разглядев путников, немного оробели.

— Ну-ну, смелее, — сказал Мерри, он узнал одного из них. — Эй ты, Хоб Колоток, протри глаза! Не видишь, что ли, я Мерри Брендизайк, а ну-ка, объясняй, что у вас здесь за почешиха и чего тебя сюда занесло. Ты же, по-моему, всегда стерег Отпорную Городьбу.

— Батюшки! И вправду господин Мерри, да еще с головы до ног в железе! А как же все говорили, будто вы сгинули в Вековечном Лесу? Вот уж рад видеть вас живым-здоровым!

— А рад, так и нечего глазеть из-за ворот, давай отпирай!

— Извините, господин Мерри, отпирать не велено.

— Кто не велел?

— Не велел Генералиссимус из Торбы-на-Круче.

— Генералиссимус из Торбы? Лотто, что ли? — спросил Фродо.

— Вроде бы так, господин Фродо, только приказано называть его просто «Генералиссимус».

— Вот как! — сказал Фродо. — Ну, спасибо хоть, он теперь не Торбинс. Но все же нам, его бывшей родне, придется немного понизить его в чине.

Хоббиты испуганно притихли, точно уши прижали.

— Вы не очень-то разговаривайте, — сказал один из них. — Он прознает — вам же будет хуже. Тоже расшумелись: сейчас как проснется Большой Начальник!

— Пусть просыпается, мы у него надолго отобьем охоту спать, — сказал Мерри. — Это, стало быть, ваш новоявленный Генералиссимус нанимает бандитов из Глухомани? Ну, мы, кажется, малость запоздали.

Он соскочил с пони, увидел при свете фонарей объявление, сорвал его и перебросил через ворота. Сторожа попятились от ворот подальше.

— Иди сюда, Пин! — сказал он. — Вдвоем шутя справимся.

Мерри с Пином вскарабкались на ворота, и сторожа еще отбежали. Опять затрубил рог. В доме побольше, справа от моста, распахнулись двери, и в просвете показался ражий детина.

— Это что такое! — рявкнул он, шествуя по мосту. — В ворота ломитесь? А ну, живо убирайтесь, пока я вам ручки-ножки не поотрывал!

Сверкнули обнаженные мечи, и он остановился.

— Вот что, Осинник, — сказал Мерри, — если ты мигом не отопрешь двери, ох и худо тебе придется. Я тебя крепенько пощекочу. Отпирай и уматывай без оглядки, чтоб духу твоего здесь больше не было, бандитская харя.

Бит Осинник хмуро подошел к воротам и отомкнул замок.

— Давай сюда ключ! — велел Мерри. Но Осинник швырнул ключ ему в голову и пустился бежать. Вдруг его так лягнули, что он дико взвыл, кубарем покатился в темноту и навеки исчез из памяти народа Хоббитании.

— Ай да мы, — сказал Сэм, похлопав по крупу расторопного Билла.

— Большого Начальника спровадили, — сказал Мерри. — Спровадим и Генералиссимуса, дайте срок. Сейчас нам пора ужинать и спать, а раз уж вы сдуру снесли Предмостный трактир и выстроили эти сараи, то ночевать будем у вас, показывайте где.

— Прощенья просим, господин Мерри, — залепетал Хоб, — это нынче не положено.

— Что не положено?

— Принимать гостей без разрешения, кушать сверх пайка и тому, в общем, подобное.

— Ничего не понимаю, — удивился Мерри. — Недород, что ли, у нас? Странно, такое было чудесное лето, да и весна...

— Да нет, на погоду не жалуемся, — сказал Хоб. — И урожай собрали хороший, а потом все как в воду кануло. Тут, надо думать, «учетчики» и «раздатчики» постарались: шныряли, обмеряли, взвешивали и куда-то для пущей сохранности увозили. Учета было много, а раздачи, можно сказать, никакой.

— Ой, да ну вас! — сказал Пин, зевая. — Хватит мне голову на ночь глядя морочить. Обойдемся без ваших пайков, своими припасами. Было бы где прилечь — в сарае так в сарае, и не такое видывали.

Хоббиты-караульщики мешкали и переминались: видно, страшновато им было нарушать распоряжения, да разве поспоришь с такими настойчивыми гостями? Вдобавок у всех у них длинные ножики, а двое — здоровяки невиданные. Фродо велел запереть ворота — на всякий случай, а вдруг из-за реки нагрянут бандиты. Затем все четверо пошли в хоббитскую караульню устраиваться на ночь. Нижнее, общее помещение было голо и убого, с жалким очажком, где и огонь-то как следует не разведешь. В верхних комнатках ровными двухъярусными рядами стояли узкие жесткие койки; на всех стенах — запреты и предписания, которые Пин тут же посрывал. Пива не было и в помине, пайки скудные на удивление, но гости щедро поделились с хозяевами содержимым своих котомок, так что ужин вышел отменный, а Пин нарушил Правило № 4 и извел все завтрашнее дровяное довольствие.

— Ну, теперь, может, покурим, а вы толком расскажете нам, что у вас делается? — предложил он.

— Трубочного зелья нам не положено, — сказал Хоб. — Большим Начальникам самим не хватает. Запасы, говорят, кончились, на складах пусто. Слышно было, его целыми обозами вывозили куда-то из Южного удела через Сарнский Брод, это еще прошлой осенью, вы как раз тогда уехали. Да, правду сказать, и раньше потихому сплавляли. Ведь у Лотто в Южном уделе...

— Придержи язык, Колоток! — наперебой загалдели его сотоварищи. — Сам знаешь, что бывает за такие разговоры. Дойдет до Генералиссимуса — и всем нам несдобровать.

— Как до него дойдет, если не через вас же? — огрызнулся Хоб.

— Ладно, ладно! — сказал Сэм. — Поболтали, и будет, я уже наслушался. Встречают с дрекольем, ни тебе пива, ни курева, одни предписания да оркские разговорчики. Я-то надеялся отдохнуть в родных местах, но с вами, как погляжу, канители не оберешься. Пойдем хоть отоспимся с дороги!

Генералиссимус и вправду прознал о них быстро. От моста до Торбы-на-Круче было добрых сорок миль, но кто-то успел живенько обернуться, и Фродо с друзьями в этом скоро убедились.

Они собирались было сперва отправиться в Кроличью Балку и пожить там с неделю в свое удовольствие, но после теплой встречи на мосту и ночевки в караульне решили ехать напрямик в Норгорд. Наутро они выехали на большую дорогу и пустили лошадок рысью. Ветер улегся, серело беспросветное небо, кругом царило унылое затишье: ну что ж, первое ноября, поздняя осень. Но почему-то отовсюду несло гарью, ползли дымы, и огромное мутное облако висело над Лесным Углом.

Под вечер вдали показались Лягушатники, придорожное село за двадцать две мили от моста. Там они думали переночевать в славном трактире «Плавучее бревно», однако въезд в село преграждал шлагбаум, а к нему был прибит фанерный щит с надписью: *Проезда нет*. За шлагбаумом сгрудились десятка три ширрифов с жердями в руках и с перьями на шляпах. Глядели они сурово и испуганно.

— В чем дело? — спросил Фродо, сдерживая смех.

— Дело в том, господин Торбинс, — объявил предводитель ширрифов, у которого из шляпы торчали два пера, — что вы арестованы за Проникновение в Ворота, Срывание Предписаний, Нападение на Сторожа, Самовольный и Злонамеренный Ночлег в казенном здании и Угощение Караульных с целью подкупа оных.

— А еще за что? — осведомился Фродо.

— Для начала и этого хватит, — отрезал предводитель.

— Почему ж, я на всякий случай добавлю, — сказал Сэм. — За Обругание Генералиссимуса последними словами, за Намерение съездить ему по прыщавой роже и Называние вас, ширрифов, шутами гороховыми.

— Сударь, сударь, одумайтесь. Согласно личному приказу Генералиссимуса вы обязаны немедля и без малейшего сопротивления проследовать под нашим конвоем в Приречье, где будете сданы с рук на руки охранцам. Когда Генералиссимус вынесет приговор по вашему делу, тогда и вам, может быть, дадут слово. И если вы не хотите провести остаток жизни в Исправнорах, то мой вам совет — прикусите языки.

Фродо с друзьями так и покатились со смеху, а ширрифы растерянно переглядывались.

— Ну что ты чепуху мелешь! — сказал Фродо. — Я поеду куда мне надо и когда захочу. Надо мне пока что в Торбу-на-Круче, а если вы за мной увяжетесь — это уж ваше дело.

— Ладно, господин Торбинс, — сказал предводитель, поднимая шлагбаум. — Вы только не забывайте, что я вас арестовал.

— Не забуду, — пообещал Фродо. — Никогда не забуду. Но простить — может быть, и прощу. А пока вот что: ночевать я буду здесь, и сделайте милость, проводите нас к «Плавучему бревну».

— Никак невозможно, господин Торбинс. Трактир навсегда закрыт. Не угодно ли переночевать в ширрифском участке, он на другом конце села.

— Почему бы и нет, — сказал Фродо. — Ведите, мы поедем за вами.

Сэм оглядывал ширрифов и наконец высмотрел знакомого.

— Эй, Пит Норочкинс, иди-ка сюда! — позвал он. — У меня к тебе разговор.

Ширриф Норочкинс опасливо обернулся на предводителя (тот глядел волком, но смолчал), поотстал и пошел рядом со спешившимся Сэмом.

— Слушай ты, Питенец! — сказал Сэм. — Ты сам норгордский, голова на плечах вроде есть, что же ты, рехнулся? Как можно, подумай хотя бы, арестовать господина Фродо? Да, кстати, а трактир почему закрыт?

— Трактиры все позакрывали, — отозвался Пит. — Генералиссимус пива не пьет и другим не велит. Будто бы поэтому. Правда, пиво-то и сейчас варят, но только для Больших Начальников. Еще он не любит, чтобы народ шлялся туда-сюда; теперь, если кому куда нужно, он сперва идет в ширрифский участок и объясняет зачем.

— Да как же тебе не стыдно таким паскудством заниматься? — укорил его Сэм. — Ты ведь, помнится, и сам был не дурак хлебнуть пивка — в какой трактир ни зайди, а ты уж там, при исполнении обязанностей, стойку подпираешь.

— Я бы и сейчас подпирал, Сэм, да стоек нету. Чем ругать меня, рассуди, а что я могу поделать? Ты же знаешь, я пошел в ширрифы семь лет назад, когда обо всем таком и слуху не было. А я хотел расхаживать по нашим краям, на людей посмотреть, новости узнавать, выведывать, где пиво получше. Теперь-то — конечно...

— Ну так брось ширрифствовать, раз пошла такая трезвость, — посоветовал Сэм.

— А это не положено, — вздохнул Пит.

— Еще разок-другой услышу «не положено» — и, честное слово, рассержусь, — сказал Сэм.

— Вот и рассердился бы, — вполголоса проговорил Пит. — А кабы мы все разом рассердились, так, может, и толк бы вышел. Да нет, Сэм, по правде говоря, куда там: повсюду эти Большие Начальники, громилы Генералиссимуса. Чуть кто из нас заартачится — его сразу волокут в Исправноры. Первого взяли старину Пончика, Вила Тополапа, голову нашего, а за ним уж и не сочтешь, тем более с конца сентября сажают пачками. Теперь еще и бьют смертным боем.

— Как же вы с ними заодно? — сердито спросил Сэм. — Кто вас послал в Лягушатники?

— Да нас-то никто не слал. Мы здесь безотлучно в ширрифском участке, мы теперь Первый Восточно-удельский Отряд. Ширрифов набрали уж сотен пять, а нужно еще вдвое — следить за исполнением Предписаний. Вербуют все больше за шиворот, но есть и доброхоты. Вот ведь даже у нас в Хоббитании нашлись любители совать нос в чужие дела и растарабарывать на пустом месте. Хуже: кое-кто и вовсе стал подлазом, ищейкой Генералиссимуса и его Больших Начальников.

— Ага! Вот, значит, как он о нас проведал!

— Ну. Почты у нас теперь нет, а Срочная почтовая служба осталась: бегуны на подставах. Один такой прибежал ночью из Белокурска с «тайным донесением», а другой — у нас — отслушал и побежал дальше. Днем получили мы распоряжение арестовать вас и доставить не сразу в Исправноры, а сперва в Приречье. Верно, Генералиссимус хочет с вами повидаться.

— Я бы на его месте не торопился повидаться с господином Фродо, — сказал Сэм.

Ширрифский участок в Лягушатниках был еще гаже Предмостной караульни. Этаж там был один, такие же щелястые окна; дом из необожженного кирпича, сложен кое-как. Внутри — сыро и мерзко; поужинали они за длинным дощатым столом, не чищенным много недель. За таким столом только и есть такую еду, какую им дали. Но как-никак ночлег. До Приречья оставалось восемнадцать миль, и тронулись они в путь к десяти утра. Они бы и раньше выехали, да уж очень было приятно позлить предводителя ширрифов, который топотал от нетерпения. Западный ветер задул на север, стало холоднее, но тучи расступились.

392

Довольно смешная процессия покидала село; правда, селяне, которые вышли поглядеть на возмутителей спокойствия, не знали, можно или нельзя смеяться. Конвоировать их отрядили дюжину ширрифов; Мерри велел им идти впереди, а четверо арестантов ехали следом. Пин, Сэм и Мерри сидели вразвалочку, хохотали, галдели и распевали песни; ширрифы вышагивали с важным и строгим видом. Фродо молчал, опечаленный и задумчивый.

Возле последнего дома кряжистый старикан подстригал изгородь.

— Ого-го! — хохотнул он. — Это кто же кого арестовал? К нему тут же метнулись два ширрифа.

— Эй ты, предводитель! — сказал Мерри. — Ну-ка, верни своих малых обратно в строй, а то я помогу!

Повинуясь окрику предводителя, хоббиты-ширрифы угрюмо поплелись назад.

— Ну а теперь ходу! — распорядился Мерри, и пони перешли на легкую рысь, так что и конвою пришлось наддать. Выглянуло солнце, и, хотя по-прежнему веял холодный ветер, разгоряченные ширрифы истекали потом.

Их, однако же, хватило лишь до Трехудельного Камня, на четырнадцать миль с передышкой в полдень. Было три часа. Ширрифы изголодались, ноги их не слушались, и бежать дальше совсем уж не было смысла.

— Пожалуйста, идите своим шагом! — сказал Мерри. — А мы поедем.

— До свидания, Питенец! — крикнул Сэм. — Встретимся у «Зеленого дракона», если ты дорогу туда не забыл. Возьми ноги в руки!

— Как себя ведете, арестованные! — укорил их предводитель ширрифов. — Порядок нарушаете: ну, потом на меня не пеняйте.

— Погоди, еще не так нарушим, — пообещал Пин, — а на тебя, уж ладно, не попеняем.

Они зарысили дальше, и солнце исчезало вдали за Светлым нагорьем, когда перед их глазами открылось Приречье, раскинулась озерная гладь. Фродо и Сэм застыли в горестном изумлении. Оба они были здешние, и, хотя навидались всякого, зрелище поругания родного края оказалось горше всего на свете. Памятные, любимые дома как смело; кое-где чернели пожарища. Старинные и уютные хоббитские жилища на северном берегу, верно, остались без хозяев, и садики, спускавшиеся к самому озеру, густо заросли сорняками. Между Озерным побережьем и Норгордской дорогой громоздились уродливые новостройки. Прежде там была тополевая аллея — не осталось ни деревца. А дальше, на пути к Торбе, торчала громадная кирпичная труба, изрыгавшая клубы черного дыма.

Сэма бросило в дрожь.

— Господин Фродо, позвольте, я поеду вперед! — крикнул он. — Все разведаю и узнаю, как там мой Жихарь.

— Не пори горячку, Сэм, — сказал Мерри. — Нас ведь хотели сдать в Приречье с рук на руки шайке бандитов. Надо сперва здесь у кого-нибудь толком разузнать, что почем.

Но узнавать было не у кого: Приречье встретило их запертыми воротами и темными, незрячими окнами. Непривычно это было до жути, но вскоре все разъяснилось. «Зеленый дракон» — последний дом на выезде в Норгорд — стоял заброшенный, с выбитыми стеклами, и там их поджидали охранцы. Шесть здоровенных малых, косоглазых и желтолицых, привалились к стене трактира.

— Все как на подбор вроде того приятеля Бита Осинника в Пригорье, — сказал Сэм.

— Я таких навидался в Изенгарде, — буркнул Мерри.

В руках охранцы держали дубинки, на поясе у каждого висел рог, но больше вроде бы никакого оружия у них не было. Они словно бы нехотя отошли от стены и преградили хоббитам дорогу.

— Это куда же вы намылились? — спросил самый дюжий и с виду самый злобный из них. — Слезайте, приехали. Ширрифы-то ваши драгоценные — где они?

— Поспешают не торопясь, — сказал Мерри. — Ножки у них устали. Мы их здесь обещали подождать.

— Едрена вошь, а я что говорил? — обратился главарь к своим. — Говорил же я Шаркичу: ну ее, мелюзгу, к ляду! Наши парни давно бы уже их приволокли.

— Так-таки и приволокли бы? — сказал Мерри. — Вряд ли. Раньше, правда, подонки по нашему краю не разгуливали, но и теперь вы у нас не загоститесь.

— Чего ты сказал — *подонки*? — переспросил тот. — Ну, ты даешь! Разговорчивый больно, ничего, заговоришь по-другому. Что-то, я гляжу, мелюзга у нас обнаглела. Вы не больно-то надейтесь на добродушие Вождя. Шаркич на своем посту, и Вождь сделает, как Шаркич велит.

— А как он велит? — спокойно спросил Фродо.

— Порядок надо навести, чтобы все вы себя помнили, — сказал охранец. — И уж кто-кто, а Шаркич наведет порядок: большой кровью наведет, ежели будете шебаршиться. С вами надо покруче, вам нужен другой Вождь, и будет другой — еще до Нового года. Вот тогда вы у нас попляшете, крысеняточки.

— Очень было вас интересно послушать, — вежливо заметил Фродо. — Я как раз собираюсь навестить господина Лотто, может, ему тоже будет интересно?

Охранец расхохотался.

— Лотто, говоришь? Да он все и так знает, не беспокойся. И будет слушаться Шаркича как миленький, а то его и убрать недолго. Понял? А ежели вы, мелочь пузастая, полезете за него заступаться, мы вас под землю загоним. Понял?

— Понял, — сказал Фродо. — Для начала я понял, что вы тут живете на отшибе и новостей не знаете. Ты с юга, что ли? Так на юге теперь совсем все иначе. С бандитами вроде тебя не сегодня завтра покончат. Черный Замок разрушен, в Гондоре Государь на троне, и нынче ваш хозяин — всего-навсего жалкий нищий, мы его повстречали. Изенгардские разбойники перебиты, и скоро по знакомому тебе Неторному Пути прискачут посланцы Государя.

Охранец смерил его взглядом и широко ухмыльнулся.

— Жалкий нищий! — передразнил он. — Да ну? Давай, давай, нахальничай, вшивареночек, покуда хвостик не прищемили. А мы покуда обдерем вас, жирненьких: вы на покое здорово отъелись! И на посланцев твоего Государя, — он щелкнул пальцами перед носом Фродо, — плевать я хотел! Какие еще посланцы? Вот увижу хоть одного — тогда и разберемся.

Тут Пин не выдержал. Ему припомнилось Кормалленское поле; и после всего этого какой-то косоглазый ублюдок смеет называть Хранителя Кольца вшивареночком? Он откинул плащ, выхватил меч — и блеснул черно-серебряный доспех стража цитадели Гондора.

— Я Государев посланец! — сказал он. — Перед тобой, мерзавец, друг Великого Князя, знаменитый рыцарь Западного воинства. А ты болван и негодяй. На колени — и моли о прощении, пока не постигла тебя участь убитого мной тролля!

Клинок засверкал в лучах закатного солнца. Мерри и Сэм обнажили мечи и подъехали поближе; Фродо не шевельнулся. Охранцы подались назад. Они привыкли запугивать мирных пригорян и лупцевать добродушных хоббитов, а суровые и бесстрашные воины со сверкающими мечами — такого они в жизни не видели. Да и голоса приезжих звучали вовсе не по-здешнему. Словом, было отчего струсить.

— Прочь отсюда! — сказал Мерри. — И чтобы духу вашего здесь не было, а то...

Трое хоббитов тронули пони, и охранцы пустились бежать по Норгордской дороге; на бегу они трубили.

— Да, ничего не скажешь, вовремя мы подгадали, — заметил Мерри.

— Если не запоздали. Может, уже и поздно, не спасем дурака Лотто. Олух несчастный, неужто ж ему погибать, — сказал Фродо.

— Как это — Лотто не спасем? Да ты в своем ли уме? — поразился Пин. — Скажи лучше — покончим с Лотто!

— Похоже, ты, Пин, не слишком нынешние дела понимаешь, — сказал Фродо. — Лотто не только не виновник, он даже не зачинщик всего этого безобразия. Ну, дурак он, конечно, злобный дурак, в том его и беда. А подручные взяли верх: они и отбирают, и грабят, и бесчинствуют его именем. Он заключенный, узник в Торбе-на-Круче. И наверно, перепуган до смерти. Хорошо бы его все-таки вызволить.

— Ничего себе! — сказал Пин. — Это надо же, в страшном сне не приснится — драться у нас в Хоббитании с бандитской сволочью и со всякими там оркскими ублюдками, а зачем? — чтобы вызволять Лотто Чирея!

— Драться? — повторил Фродо. — Да, пожалуй что, драки не миновать. Помните только, что хоббитов убивать нельзя, хоть они и на стороне Генералиссимуса; я не о тех, кто просто струсил, а если они даже и взаправду переметнулись, ну что поделаешь. Нет, в Хоббитании никогда друг друга не убивали, и не нам вводить такой обычай. Лучше бы вообще никого не убивать — ну, попробуйте, удержитесь!

— Это уж дудки, — возразил Мерри, — дойдет дело до драки, так не захочешь, а убьешь. И ты, дорогой мой Фродо, извини, конечно, ни аханьем, ни оханьем не спасешь ни Лотто, ни Хоббитанию.

— Н-да, — сказал Пин. — Другой раз с ними потруднее будет. Это мы их нахрапом прогнали. Не зря, поди, они трубили — небось созывали своих. Соберется десятка два — сразу так осмелеют, только держись! Нам бы где-нибудь на ночь укрыться: мы хоть и при оружии, а всего-то нас четверо.

— А вот чего, — сказал Сэм. — Поехали-ка мы на Южную околицу, к старому Тому Кроттону! Уж он труса не спразднует, и сыновья у него крепкие ребята, кстати же говоря — мои дружки.

— Нет! — покачал головой Мерри. — Укрываться на ночь не согласен. Все, я вижу, только и делают, что укрываются, хотят отсидеться, а это бандитам как раз на руку. Нагрянут целой оравой, окружат нас и возьмут измором либо выкурят. Нет, надо действовать немедля.

— Немедля — это как? — спросил Пин.

— Да поднимать мятеж! — сказал Мерри. — Поставить на ноги всю Хоббитанию! Ведь новые порядки поперек горла всем, кроме двух, ну, трех негодяев да двух десятков олухов, которые не прочь поважничать и знать не желают, чем дело пахнет. Хоббиты вообще чересчур привыкли благоденствовать, потому и растерялись. А только поднеси уголек — и вспыхнет, что твоя скирда: подручные Генералиссимуса это нутром чуют. Чтоб земля у них под ногами не загорелась, надо мигом расправиться с нами, так что времени у нас в самый обрез. Сэм, ты и правда скачи-ка к усадьбе Кроттона. Хоббит он матерый, все его уважают. Давай, давай! А я пока потрублю в ристанийский рог — ох, они здесь такой музыки в жизни своей не слыхали!

Они отъехали к сельской площади, Сэм свернул на юг и галопом помчал по проулку к дому Кроттонов. Внезапно и звонко запел рог, надрывая вечернюю тишь. Раскаты его огласили холмы и поле, и призыв был такой властный, что Сэм чуть не поскакал назад. Пони вздыбился и заржал.

— Ладно, Билли, ладно! — крикнул Сэм. — Скоро вернемся.

А Мерри тем временем затрубил иначе, и разнесся по дальней окрестности старинный трубный клич Забрендии:

ВСТАВАЙ! ВСТАВАЙ! НАПАСТЬ! ПОЖАР! ВРАГИ!
ПОЖАР! ВРАГИ! ВСТАВАЙ! ВСТАВАЙ! ГОРИМ!

Сэм заслышал позади шум, гам и хлопанье дверей. Впереди в сумерках вспыхивали окна, лаяли собаки, разносился топот. У конца проулка он чуть не наехал на фермера Кроттона и трех его сыновей: Малыша Тома, Джолли и Ника — бежали они со всех ног, каждый с топором, и встали стеною.

— Не, ребята, он не из тех! — услышал Сэм. — По росту вроде бы хоббит, только одет не по-нашему. Эй! — крикнул фермер. — Ты кто, и почему такой шум подняли?

— Да я Сэм, Сэм Скромби. Я вернулся!

Старик Том Кроттон подошел и пригляделся.

— Ишь ты! — сказал он. — Голос какой был, такой остался, и мордоворот не хуже прежнего. Как есть Сэм. Но прости, уж извини, я бы тебя на улице не признал. Сразу видать, из чужих краев. А говорили, тебя и в живых нет.

— Это все вранье! — сказал Сэм. — И я живой, и господин Фродо тоже. Он здесь, неподалеку, со своими друзьями, оттого и шум. Они Хоббитанию берут за жабры. Хотим разделаться с бандитской сволочью и уж заодно с Генералиссимусом. Начали, посмотрим, как будет.

— Хорошо будет! — обрадовался фермер Кроттон. — Ну, хоть началось наконец! У меня весь год руки чесались, да народишко у нас квелый. А тут, понимаешь, жена, да еще ведь и Розочка. С этих мерзавцев станется и женщин обидеть. Ладно, ребята, бегом марш! Приречье начало! Уж мы-то не отстанем!

— А госпожа Кроттон и Розочка? — спросил Сэм. — Их ведь одних оставлять не годится.

— С ними Нибс остался. Ну, ты пойди помоги ему, коли время есть, — ухмыльнулся фермер Кроттон. И побежал на площадь вслед за сыновьями.

А Сэм поспешил к их дому. За широким двором на крыльце возле большой круглой двери он увидел госпожу Кроттон и Розочку, а перед ними — Нибса с вилами.

— Не пугайтесь, это я, — крикнул Сэм, подъехав к крыльцу. — Я, Сэм Скромби! И не пырни меня вилами, Нибс, все равно не проткнешь, на мне кольчуга!

Он соскочил с пони и взбежал по ступенькам. Они молча, растерянно смотрели на него.

— Добрый вечер, госпожа Кроттон! — сказал он. — Привет, Розочка!

— Привет и тебе, Сэм! — отозвалась Розочка. — Где это ты пропадал? Были слухи, что тебя и в живых нет, но я-то тебя с весны дожидаюсь. Ты, правда, не очень торопился, а?

— И то сказать, — смущенно признался Сэм. — Зато теперь очень тороплюсь. Мы тут с этими охранцами разбираемся, мне нужно обратно к господину Фродо. Я просто подумал — дай-ка заеду узнаю, как там поживает госпожа Кроттон, ну и Розочка тоже.

— Спасибо, поживаем как живется, ничего себе, — сказала госпожа Кроттон. — Ну вот только что эти, как их, откуда они только взялись, жить мешают.

— Ты давай езжай, куда собрался! — сказала Розочка. — А то: господин Фродо да господин Фродо, а как припекло, так сразу в кусты?

Этого уж Сэм вынести не мог. Тут либо объясняться целую неделю, либо смолчать. Он спустился с крыльца и сел на своего пони. Но не успел он отъехать, как Розочка спорхнула по ступеням и сказала ему:

— Сэм, ты прямо загляденье! Ну езжай, езжай, я не к тому. Только все-таки себя-то побереги, уж пожалуйста. И скорей-скорей возвращайся, как разберетесь с этими охранцами!

Когда Сэм вернулся на площадь, вся деревня была на ногах. Молодежь само собой, но кроме нее собралось больше сотни крепких, надежных хоббитов с топорами, молотами, длинными ножами и тяжелыми дубинками. У иных были и луки. Подходили с ближних хуторов.

Кому-то пришло в голову разжечь большой костер — так, для красоты, а еще потому, что это строго-настрого запретил Генералиссимус. Костер разгорался все ярче и ярче. По приказанию Мерри деревню с обеих сторон перегородили. С востока не очень; оттуда явились наконец отставшие ширрифы, изумленно поглядели, что делается, чуть пораздумали, посрывали свои перья и замешались в толпу. Однако нашлись и такие, кто побежал к начальству.

Фродо, Пин и Мерри толковали с Томом Кроттоном; вокруг них стояла радостная толпа.

— Ну а дальше чего? — спрашивал старик Кроттон.

— Дальше не знаю, — говорил Фродо. — Охранцев вообще-то много или нет?

— А пес их разберет, — в сердцах сказал Кроттон. — Шляются, гадят и уходят. Полсотни их, что ли, с лишком живет в бараках у Норгорда. Эти приходят, грабят, или, по-нынешнему, «реквизируют», когда им вздума-

402

ется. У ихнего Вождя человек двадцать точно. Он в Торбе-на-Круче... может, и не там, не знаю, но сюда не вы-
лезал. Неделю-другую его никто не видел, туда ведь не
подступишься.

— В Норгорде они все собрались? — спросил Пин.

— То-то и оно, что нет, — сказал Кроттон. — В Длин-
нохвостье и возле Сарнского Брода много, я слышал,
их болтается, да и в Лесном Углу тоже. И возле Главного Перекрестка ихние бараки. А около Исправнор —
это у них так теперь называются наши землеройские
норы — их считай — не перечтешь. Во всей Хоббитании сотни три наберется, но вряд ли больше. Возьмем-
ся — одолеем.

— Как у них с оружием? — спросил Мерри.

— Какое ни на есть: кнуты, ножи и дубинки, этого
им хватало, а другого мы покамест не видели, — отвечал фермер Кроттон. — Но ежели дойдет до настоящей
драки — небось у них там и еще чего-нибудь найдется,
луки-то уж точно. Двух-трех наших они подстрелили.

— Слыхал, Фродо? — повернулся к нему Мерри. —
Я же говорю, драки не миновать. Но заметь: убитым они
открыли счет.

— Ну, не совсем-то, — замялся старый Кроттон. —
Стрелять мы первые начали, Кролы то есть. Папаша ваш,
господин Перегрин, Лотто этого на дух не переносит и
прямо сразу сказал, что ежели кому-нибудь зачем-ни-
будь нужен какой бы то ни было генералиссимус, то он
у нас и так есть — законный Хоббитан, а не какой-то
выскочка. Лотто послал целую ватагу Больших Начальников усмирять его, да куда там! В Зеленых Холмах глу-
бокие норы, рядом Преогромные Смиалы; какая же Гро-

мадина полезет туда на свою голову?! Им и вообще Кролы велели убираться подобру-поздорову и носа близко не казать. Те не послушались, и Кролы троих подстрелили — за разбой и грабеж. Бандиты, конечно, озлобились и нынче в оба глаза стерегут Укролье: ни туда, ни оттуда никому ходу нет.

— Ай да Кролы! — воскликнул Пин. — Ну теперь-то надо кому-нибудь туда пробраться, и кому, как не мне, я-то Смиалы знаю как свои пять пальцев. Кто со мной в Кролы?

Он отобрал с полдюжины охотников; все верхами на пони.

— До скорого свидания! — крикнул он. — Всего-то здесь полем миль четырнадцать! Ждите к утру: приведу вам крольское ополчение.

Они скрылись в густеющих сумерках; толпа радостно голосила им вослед, а Мерри протрубил в рог.

— И все-таки, — упорно повторил Фродо, — лучше бы никого не убивать, даже охранцев, разве что придется поневоле.

— Еще бы не придется! — сказал Мерри. — Они как раз к нам, того и гляди, пожалуют из Норгорда, и боюсь, что не для переговоров. Попробуем обойтись миром, но приготовимся к худшему. У меня есть свой план.

— Вот и ладно, — сказал Фродо. — Давай распоряжайся.

В это время подбежали хоббиты-дозорные с Норгордской дороги.

— Идут! — объяснили они. — Двадцать с лишним. И еще двое побежали на запад.

404

— Это они к Перекрестку, — пояснил Кроттон, — за подкреплением. Ну, дотуда добрых пятнадцать миль, да и оттуда не меньше. Пока подождем огорчаться.

Мерри пошел отдавать приказы. Фермер Кроттон отправил по домам женщин, детей и прочую молодежь; остались и укрылись за плетнями только хоббиты постарше, все с оружием. Едва улица опустела, как послышались громкие голоса и тяжелая поступь. Громилы подошли гурьбою и при виде наспех поставленного хлипкого шлагбаума дружно расхохотались. Уж вдвадцатером-то они чувствовали себя полными хозяевами в этой маленькой, уютненькой стране.

Хоббиты подняли шлагбаум и расступились.

— То-то! — издевались каратели. — И живо бегите в постельки, пока вас не высекли.

Они прошли по улице, крича:

— Все гасите свет! По домам и на улицу не высовываться, а то заберем сразу полсотни заложников в Исправноры. Живее, живее! Доигрались, вывели Вождя из терпенья!

На крики их никто внимания не обращал, а за ними смыкалась и бесшумно следовала толпа. У костра на площади стоял один-одинешенек фермер Кроттон и грел руки.

— Ты кто такой и чего это ты здесь делаешь? — гаркнул главарь шайки.

Фермер Кроттон медленно поднял на него глаза.

— А я как раз тебя хотел о том же спросить, — сказал он. — Чего это вы приперлись в чужую страну? Вас сюда никто не приглашал.

— Зато мы тебя пригласим! — загоготал главарь. — Хватай его, ребята! Волоките его в Исправноры и по дороге научите вежливости!

К фермеру шагнули двое — и точно споткнулись. Толпа вдруг грозно загудела: оказалось, что Кроттон вовсе не один. Со всех сторон в темноте за отсветами пламени стояли хоббиты. Было их сотни две, и все с оружием.

Мерри выступил вперед.

— Мы сегодня с тобой уже виделись, — сказал он главарю, — и сказано было тебе: сюда больше не соваться. Не расслышал? Так слушай теперь: вы на свету, под прицелом лучников. Только пальцем кого-нибудь троньте — тут вам и конец. А ну, бросай все оружие, какое есть!

Главарь огляделся: да, их окружили. Но он не струсил — как-никак, с ним было двадцать дюжих молодцов. Плоховато он знал хоббитов, поэтому сдуру и решил, что уж назад в Норгорд они пробьются шутя.

— Бей их, ребята! — крикнул он. — Бей насмерть!

С длинным ножом в левой руке и с дубинкой в правой он кинулся на Мерри, преграждавшего им путь, — пришибить его, приколоть, а там дело пойдет! — и рухнул, пронзенный четырьмя стрелами.

Этого вполне хватило: прочие охранцы побросали оружие, были обысканы, связаны гуртом и отведены в пустой сарай, ими же в свое время построенный. Там им уже порознь связали руки и ноги, заперли сарай и поставили караул. Труп главаря оттащили на пустырь и закопали.

— Раз-два и готово, а? — сказал Кроттон. — Говорил же я, что мы их запросто одолеем: надо только начать и кончить. Да, вовремя же вы подоспели, господин Мерри.

— Начать-то мы начали, но еще далеко не кончили, — возразил Мерри. — Ежели верно, что их три сотни, то мы пока и одну десятую не уделали. Однако ж стемнело; подождем-ка мы до утра, а там уж попотчуем гостей и сами наведаемся к Генералиссимусу.

— Почему же не сейчас? — спросил Сэм. — Еще не поздно вовсе, едва за шесть! Мне невтерпеж повидаться с моим Жихарем. Вы, господин Кроттон, не знаете, как он вообще-то поживает?

— Да не то чтоб уж совсем плохо, Сэм, — сказал фермер. — Исторбинку-то срыли, и он, конечно, сильно огорчился. Теперь живет в новом доме — из тех, которые Начальники построили, пока еще чего-то делали, не только грабили и жгли; дом-то недалеко, за милю от того конца Приречья. Он и ко мне захаживает, коли выдастся случай, и я его малость подкармливаю, а то их, бедняг, держат там впроголодь. Принимать и кормить гостей, конечно, настрого запрещено, да что мне их Предписанья! Я бы и поселил его у себя, только ведь наверняка отыскали бы, и тогда нам обоим один путь — в Исправноры.

— От души вам спасибо, господин Кроттон, по гроб у вас в долгу, — сказал Сэм. — Тем более надо за ним съездить, а то этот Вождь на пару с Шаркичем еще до утра, пожалуй, что-нибудь вытворят.

— Будь по-твоему, Сэм, — сказал Кроттон. — Возьми с собой паренька-другого, езжайте и привезите его ко мне домой. Только в объезд старого Норгорда-на-Озере. Да вот мой Джолли тебя проводит.

Сэм уехал. Мерри выставил дозоры вокруг села и ночные караулы к шлагбаумам. Потом они с Фродо отправились к фермеру Кроттону; сидели со всей его семьей в теплой кухне, отвечали на учтивые расспросы о своих странствиях. Впрочем, расспрашивали не очень и слушали вполуха — еще бы, ведь куда важнее были дела хоббитанские.

— Начал все это паскудство Чирей — такое уж у него прозвище, — приступил фермер Кроттон, — и началось это, уж извините, господин Фродо, когда вы уехали гулять по чужим краям. Чирей вроде как в уме повредился: ему, видно, хотелось прибрать все на свете к рукам и стать самым-самым главным. Глядь — а он уже нахапал выше головы и подряд скупает мельницы, пивоварни, трактиры, фермы и плантации трубочного зелья; откуда только деньжищи берутся? Пескунсову-то мельницу, к слову, он откупил еще прежде, чем вы ему Торбу по дешевке продали.

Конечно, начал он не на пустом месте: папаша оставил ему большие земли в Южном уделе, и он, видать, расторговался трубочным зельем, год или два уже втихомолку сбывал на сторону лучшие сорта. А к концу прошлого года — что там зелье! — целые обозы со всякой всячиной в открытую потянулись на юг. Тут зима подошла, то да се, а мы знай себе ушами хлопаем: куда все подевалось? Потом народ малость осерчал, только ему-то хоть бы что: понаехали здоровущие повозки, а в них — Громадины, все больше бандитские рожи. Едут и едут; одни погрузятся — и обратно, другие остаются. Мы проморгаться не успели, смотрим — ан они уж везде, по всей Хоббитании рубят деревья, копают ямины, строят дома не то сараи; где хотят, там и строят. Поначалу Чирей так-сяк возмещал урон и убытки, а потом и думать забыл, куда! Их вся власть, отдавай да помалкивай, а пикнешь — последнее отберут.

Кой-какой шумок все же случился. Голова наш, старина Вил, пошел в Торбу заявить протест, да не добрался он до Торбы. Охранцы перехватили его по дороге и доставили в землеройские Исправноры, — верно, и сейчас он там сидит. Так что вскорости после Нового года головы у нас не стало, и Чирей велел называть себя Генеральным Ширрифом, а потом и просто Генералиссимусом.

И давай начальствовать; если же кто, говоря по-ихнему, «проявлял враждебность», тот живо оказывался, где и Вил Тополап. Словом, дальше — хуже. Курева никакого, только для Больших Начальников; пива Генералиссимус не велит пить никому, одни начальники его пьют, а трактиры все позакрывались; в закромах шаром покати, зато Предписаний навалом. Припрятал что-нибудь — твое счастье, да и то как сказать: бандиты через день приходят с обыском и забирают все подчистую «в целях разверстки» — это значит, чтобы им все, а нам ничего. Оставляют, правда, свалку отбросов у ширрифских участков: ешь, мол, на здоровье, авось не вытошнит. Но уж когда явился Шаркич — тут хоть ложись и помирай.

— Что еще за Шаркич? — спросил Мерри. — Нам этим Шаркичем грозил один бандит.

— Он, видно, из них, бандитов, наиглавнейший, — отвечал Кроттон. — Мы как раз отработались — ну, к концу сентября, — тут о нем слухи и поползи. Никто его в глаза не видел, знаем только, что живет он в Торбе-на-Круче и что он теперь главнее Генералиссимуса. Охранцы у него под рукой ходят, а он им: круши, жги, ломай! Теперь и убивать тоже велит. Вот уж, как говорится, хоть бы дурного толку — нет, и того незаметно, все без толку. Рубят деревья, чтоб срубить, жгут дома, абы сжечь, — и ничего, ну совсем ничего не строят.

Про Пескунса послушайте. Чирей как перебрался в Торбу, так сразу снес его мельницу. И пригнал толпу чумазых Громадин: они, дескать, построят новую, огромную, и колес там будет невпроворот, и все правильно, по-чужеземному. Один дурак Тод обрадовался и теперь обтирает колеса, где его папаша был мельник и сам себе хозяин. У Чирея-то было что на уме: а ну, давай молоть поскорее да побольше — так он говорил. И понастроил мельниц вроде этой. Только ведь, ежели молоть, надо, чтоб зерно было, а зерна как не стало, так и нет. Ну, с тех пор как Шаркич явился, зерна и не надо. Они там только трах-бах и пых-пых: пускают вонючий дым; ночью-то в Норгорде, поди, и не уснешь. И гадят — нарочно, что ли, не понять; загадили Нижнее Озеро, а там и до Брендидуима недалеко. В общем, ежели кому надо, чтобы Хоббитания стала пустыней, то все оно правильно. Вряд ли дурак Чирей это устраивает, тут не без Шаркича.

— Верно, верно! — вставил Малыш Том. — Да чего говорить, они же забрали мамашу Чирея, старуху Любелию, которую вот уж никто не любил, только сыночек. Норгордские видели и слышали: однажды она, знаете, идет вниз по улице со своим зонтиком, а навстречу ей охранцы — пыхтят, волокут огромную телегу.

«Это вы куда же?» — она спрашивает.

«В Торбу-на-Круче», — ей отвечают.

«Зачем?» — она говорит.

«Для Шаркича сараи строить», — это ей-то.

«А кто ж это вам позволил?» — она удивляется.

«Шаркич велел, — ей говорят. — А ну, с дороги, старая карга!»

«Я вам покажу Шаркича, ворюги паршивые!» — это она-то, и как накинется на главного, в глаз ему норовит своим зонтиком; но не достает, он вдвое выше. Взяли ее, конечно; уволокли в Исправноры, на возраст не посмотрели. Они туда много кого уволокли получше ее, однако ничего не скажешь, в грязь лицом не ударила, не то что некоторые.

Посреди разговора вошел Сэм вместе со своим Жихарем. Старик Скромби почти не постарел, только слышать стал хуже.

— Добрый вечер, господин Торбинс! — возгласил он. — Рад вас видеть в добром здравии, приятно, что вернулись. Только извините, грубо скажу, не по делу вы уезжали. Это же надо — продать Торбу-на-Круче, и кому? Вот оно где и началось безобразие. Вы там разгуливали в чужих краях, загоняли на горы каких-то черномазых — если, конечно, верить Сэму, хотя, зачем вы их туда загоняли, я у него не допытался. А тут пока чего — набежали какие-то сукины дети, срыли нашу Исторбинку, и картошки мои пошли псу под хвост!

— Вы уж извините, что так получилось, господин Скромби, — сказал Фродо. — Но я, видите, вернулся и уж постараюсь привести что можно в порядок.

— Золотые ваши слова! — объявил Жихарь. — Сразу видно, что господин Фродо — хоббит породистый, не то что иные-прочие, каким и фамилию-то эту незачем трепать, извините за простоту. Да, а что мой Сэм — вы им, стало быть, довольны и вел он себя как следует?

— Более чем доволен, господин Скромби, — отвечал Фродо. — Поверите ли, он теперь знаменит во всем Средиземье, и о нем слагают песни от Моря досюда и за Великой Рекой.

Сэм покраснел и благодарно взглянул на Фродо, потому что глазки Розочки сияли и лицо ее озарилось нежной улыбкой.

— Верится, что и говорить, с трудом, — сказал Жихарь, — зато сразу видно, что мотался парень невесть где. У него же вроде жилетка была — куда она подевалась? А то ведь железа на себя сколько ни напяль — в голове не прибавится, даром что брюхо блестит.

Спозаранку чада, домочадцы и все гости фермера Кроттона были на ногах. Ночь прошла спокойно, однако впереди ничего хорошего не ожидали: тревожный будет денек.

— Возле Торбы-то охранцев вроде бы не осталось, — сказал Кроттон, — а с Перекрестка, того и гляди, все пожалуют скопом.

Позавтракали, и прискакал гонец из Укролья, веселый, радостный.

— Хоббитан у нас и тех, кто не спал, разбудил, — сказал он, — пожар, да и только. Охранцы, которые остались живы, все побежали на юг, наперехват. А все остальные, сколько их там набралось, едут в ополчении господина Перегрина.

Другая новость была похуже. Мерри, который всю ночь глаз не сомкнул, явился часам к десяти.

— Большой отряд за четыре примерно мили, — сказал он. — С Перекрестка, и по дороге поднабрали. Их сотня с лишним, идут и жгут. Вот гады!

— Да, эти уж точно не для разговора, эти идут убивать нашего брата, — заметил фермер Кроттон. — Если из Кролов не подоспеют ко времени, то лучше нам спрятаться и стрелять без лишних слов. Да, господин Фродо, хочешь не хочешь, придется подраться.

Но из Кролов подоспели ко времени. Пин уже въезжал в село во главе сотни отборных ополченцев из Укрольных Низин и с Зеленых Холмов. Теперь у Мерри хватало взрослых ратников, чтобы разделаться с охранцами. Разведчики доложили, что бегут они плотной толпой: знают небось, что округа охвачена мятежом, и хотят поскорее загасить и беспощадно вытоптать очаг мятежа в Приречье. Злобищи-то у них хватало, но в военном деле главари, видать, ничего не смыслили: ни застав у них не было, ни дозоров. Мерри быстро раскинул умом.

Охранцы протопотали по Восточному Тракту и с ходу свернули на Приречный, на склон, где по обочинам дороги высились крутые откосы с живыми изгородями поверху. За поворотом, футов за шестьсот от Тракта, пути дальше не было, его преграждали навороченные в три роста телеги. А вверху, за откосами, стеной стояли хоббиты. Позади другие хоббиты мигом нагромоздили телеги, спрятанные в поле; отступления тоже не получалось. И сверху прозвучал голос.

— Вы, простите, попали в засаду, — сказал Мерри. — Как и ваши приятели из Норгорда: один мертвый, другие сидят под стражей. А ну, бросай оружие! Потом двадцать шагов назад и сесть, не двигаться! А кто двинется — тут ему и конец!

Но на этот раз охранцев было не так-то легко испугать. Были такие, что повиновались, но их быстро призвали к порядку. Человек двадцать или около того кинулись назад, на баррикаду. Шестерых подстрелили, остальные прорвались, убили двух хоббитов и разбежались в разные стороны — должно быть, к Лесному Углу.

— Далеко не убегут, — сказал Пин. — Смертники — у нас там полным-полно стрелков.

Двое упали на бегу. Мерри затрубил в рог, и ему ответили рога со всех сторон.

А тех, кто остался на дороге, зажатых с четырех сторон, было еще человек восемьдесят, они бросались на откосы, ломились через баррикады. Многих подстрелили, многих порубили топорами. Но самые сильные и злобные рвались на запад и бились насмерть. Убили многих и едва не прорвались; но тут подоспели с восточной стороны Мерри с Пином, и Мерри зарубил главаря, огромного косоглазого ублюдка ор核ской породы.

Потом он оттянул ополченцев, и остальные охранцы стали живой мишенью широкого круга лучников.

Наконец-то все кончилось. Семьдесят или около того лежали мертвые, с дюжину взяли пленными. Полегло девятнадцать хоббитов; ранено было около тридцати. Мертвых бандитов свалили на телеги, отвезли к песчаным карьерам и там закопали — на Битвенной Свалке, как она стала потом называться. Убитых хоббитов похоронили в общей могиле на склоне холма; позднее там воздвигли надгробный камень и насадили рощу. Так завершилась битва у Приречья в 1419 году, последняя битва в Хоббитании; предыдущая была в 1147-м, в Северном Уделе, на Зеленополье. А новая битва, хоть и не очень кровопролитная, все же заняла целую главу в Алой Книге: имена всех ее участников образовали Великий Список, который заучивали наизусть летописцы Хоббитании. С тех самых пор дела у Кроттонов пошли в гору, да еще как! Но Кроттоны Кроттонами, а все Списки возглавляли имена главных полководцев: Мериадока и Перегрина.

Фродо был в гуще боя, но меча ни разу не обнажил; он лишь уговаривал хоббитов не поддаваться гневу и щадить врагов, бросивших оружие. Когда битва кончилась и всем разъяснили, что делать дальше, они с Мерри, Пином и Сэмом вернулись к Кроттонам. Пополдничали, и Фродо сказал, вздохнув:

— Ну что ж, поедем разбираться с Генералиссимусом.

— Вот-вот, чем скорее, тем лучше, — сказал Мерри. — Только ты там не очень-то нежничай. Ведь охранцы — его подручные, и он все-таки в ответе за их дела.

Фермер Кроттон отрядил с ними две дюжины крепких молодцов.

— Оно конечно, вроде бы и не осталось охранцев в Торбе, — сказал он, — да мало ли.

Сопровождение было пешее. Фродо, Сэм, Мерри и Пин ехали впереди.

И стало им грустно, как никогда в жизни. Все выше торчала перед ними огромная труба; а подъехав к старой приозерной деревне, они увидели сараи по обе стороны дороги и новую мельницу, унылую и мерзкую: большое кирпичное строение, которое оседлало реку и извергало в нее дымные и смрадные отходы. Все деревья вдоль Приречного Тракта были срублены.

Они переехали мост, взглянули на Кручу и ахнули. Что там Сэм ни увидел в Зеркале, это было хуже. Древний Амбар к западу от Тракта снесли; на его месте стояли кривобокие, измазанные дегтем сараи. Каштаны повырубили. Откосы изрыли, живые изгороди обломали. На голом, вытоптанном поле не было ни травинки, только сгрудились телеги и фургоны. Исторбинка зияла песчаным карьером; громоздились груды щебня. Торба и не видна была за черными двухэтажными бараками.

— Срубили, гады! — воскликнул Сэм. — Праздничное Дерево срубили! — Он показал туда, где восемнадцать лет назад Бильбо произнес Прощальную речь, а теперь лежал, раскинувшись, гниющий древесный труп. Это было уж слишком — и Сэм заплакал.

Но его всхлипы прервал громкий смех. На низкую мельничную ограду тяжко облокотился здоровенный хоббит, чумазый и засаленный.

— Чего, Сэмчик, не нравится? — хохотнул он. — Ну, так ты и всегда был сопливец. А я-то думал, ты отвалил куда-то там такое на корабле, плывешь и уплываешь, как ты, помнится, языком трепал. Зачем обратно-то приперся? Мы тут, в Хоббитании, работаем, понял, дело делаем.

— Оно и видно, — сказал Сэм. — Умыться некогда, надо брюхом забор обтирать. Только вы учтите, сударь Пескунс, что я вернулся сводить счеты, а будете зубы скалить — посчитаемся и с вами: ох и дорогонько это вам обойдется!

— Иди ты знаешь куда! — сплюнул через забор Тод Пескунс. — Попробуй тронь меня: мы с Вождем друзья. Вот он тебя, это да, тронет, чтоб ты тут не нахальничал.

— Да оставь ты дурака в покое, Сэм! — сказал Фродо. — Надеюсь, таких порченых, как он, раз-два и обчелся, иначе плохо наше дело. Вот он, настоящий-то вред, хуже всего остального разорения.

— Эх, Пескунс, Пескунс, мурло ты неумытое, — сказал Мерри. — А вдобавок и правда дурак дураком: протри глаза-то! Мы как раз и едем к твоему приятелю-вождю — за ушко его да на солнышко. А с Большими Начальниками ты, я вижу, забыл попрощаться.

Тод застыл с разинутым ртом, увидев, как из-за моста по знаку Мерри выступил отряд ополченцев. Он побежал на мельницу, схватил рог и громко затрубил.

— Не надрывайся! — насмешливо крикнул Мерри. — Без тебя обойдется!

Он поднял свой серебряный рог, и звонкий, повелительный призыв разнесся по круче; из землянок, сараев, нор и развалин послышались ответные крики хоббитов, и немалая толпа, шумная и радостная, повалила вслед за отрядом к Торбе.

Наверху все остановились; вперед пошли Фродо с друзьями: наконец-то они вернулись в знакомый, любимый дом. Сада не стало; на месте его выросли, теснясь у окон на запад, хибары и сараи, заслонявшие белый свет. Повсюду расползались мусорные кучи. Дверь была вся исцарапана, цепка звонка мертвенно свисала: напрасно ее дергали, понапрасну стучались. Наконец дверь толкнули, она отпахнулась. Их обдало холодной, тухлой, нежилой вонью: похоже, дом был пуст.

— Куда же подевался этот собачий Лотто? — сказал Мерри. Они обошли все комнаты: ни живой души, одни крысы с мышами. — Может, скажем, пусть обыщут все сараи?

— Да это хуже Мордора! — воскликнул Сэм. — Гораздо хуже, коли на то пошло. Говорят: каково на дому, таково и самому, и вот он, наш дом, загаженный и оскверненный, точно память обманула!

— Да-да, это нашествие Мордора, — подтвердил Фродо. — Мордорская мертвечина. Саруман плодил мертвечину, а это и была главная заповедь Властелина Мордора, хотя сам-то маг думал, что он всех перехитрил. И одураченный им Лотто исполнял ту же заповедь.

Мерри огляделся — сердито, с отвращением.

— Пойдемте отсюда! — сказал он. — Знал бы я, сколько он пакостей натворит, я бы ему свой кисет в глотку забил!

— Еще бы, еще бы! Но ведь не знал и не забил, так что позвольте приветствовать вас на дому!

В дверях стоял сам Саруман, сытый, довольный, весело и злобно сверкали его глаза.

Тут-то Фродо и осенило.

— Шаркич! — вскричал он.

Саруман расхохотался.

— Что, имечко уже прослышали? Так мои подданные, помнится, называли меня в Изенгарде. Видно, любили*. Но какая встреча: вы меня разве не ожидали здесь увидеть?

— Не ожидали, — сказал Фродо. — А могли бы догадаться, что здесь и увидим. Гэндальф нас предупредил, что мелкое паскудство исподтишка тебе еще по силам.

— Вполне, вполне, — сказал Саруман. — И не такое уж мелкое. Ох и забавно же было смотреть на вас, чванливых недомерков, затесавшихся в свиту новоявленных властителей мира: как же вы пыжились от самодовольства! И думали, что вышли сухими из воды, что заберетесь обратно в свои конурки и заживете как ни в чем не бывало. Подумаешь, замок Сарумана! Его можно разрушить, хозяина выгнать, а ваш дом — ваша крепость. В случае чего Гэндальф вас в обиду не даст.

И Саруман опять расхохотался.

— Это Гэндальф-то! Да вы отслужили ему — и все, какое ему теперь дело до вас? Нет, вы, треща без умолку, потащились за ним окольным путем, далеко в объезд своей странишки. Ну, я и подумал, что раз вы такое дурачье, то надо вас немного опередить и как следует про-

---

* Орское слово «шарку» значит «старик». — *Примеч. автора.*

учить. Времени оказалось маловато, да и людей тоже, а то бы моего урока вам на всю жизнь хватило. Но ничего, может, и хватит, я тут у вас хорошо похозяйничал. Как утешительно мне будет вспоминать, что хоть на вас я выместил свои обиды!

— Если тебе осталось только этим утешаться, то мне тебя жаль, — сказал Фродо. — Боюсь, пустое это утешение. Уходи сейчас же и навсегда!

Хоббиты видели, как Саруман вышел из хибары; угрюмой толпой надвинулись они к дверям Торбы и отозвались на слова Фродо гневными возгласами:

— Не отпускай его! Его надо убить. Он злодей и кровопийца. Убьем его!

Саруман с усмешкой окинул взглядом враждебные лица.

— Убейте, попробуйте, храбренькие хоббитцы; вас, убийц, я вижу, много скопилось. — Он выпрямился во весь рост, и черные глаза его грозно сверкнули. — Только не думайте, что я, обездоленный, лишился всей своей колдовской силы. Кто тронет меня — умрет страшной смертью. А если кровь моя обагрит землю Хоббитании, земля ваша навеки станет бесплодной.

Хоббиты попятились. Но Фродо молвил:

— Да не верьте вы ему! Никакой колдовской силы у него нет, лишь голос его обманывает и завораживает тех, кто поддастся. Но убивать его я не позволю. Не надо мстить за месть — только зла в мире прибудет. Саруман, уходи немедля!

— Гниль! Эй ты, Гниль! — крикнул Саруман, и из ближней хибары выполз на четвереньках Гнилоуст —

точь-в-точь побитый пес. — В дорогу, Гниль! — приказал Саруман. — Тут опять явились эти красавчики-господинчики, они нас выгоняют. Пошли!

Гнилоуст поплелся за Саруманом. А Саруман поравнялся с Фродо, в руке его блеснул кинжал, и он нанес страшный, молниеносный удар. Но клинок скользнул по скрытой мифрильной кольчуге и обломился. С десяток хоббитов, и первым из них Сэм, кинулись вперед и швырнули наземь незадачливого убийцу. Сэм обнажил меч.

— Нет, Сэм! — сказал Фродо. — Все равно убивать его не надо. И уж тем более нельзя убивать, когда он в черной злобе. Ведь он был когда-то велик, он из тех, на кого мы не смеем поднимать руку. Теперь он падший, однако ж не нам судить его: как знать, может, он еще возвеличится.

Саруман встал; он пристально поглядел на Фродо — с почтительным изумлением и глубокой ненавистью.

— Да, ты и вправду вырос, невысоклик, — сказал он. — Да, да, ты очень даже вырос. Ты стал мудрым — и жестоким. Теперь из-за тебя в моей мести нет утешенья, и милосердие твое мне горше всего на свете. Ненавижу тебя и твое милосердие! Что ж, я уйду и тебя больше не потревожу. Но не жди, не пожелаю тебе на прощанье ни здоровья, ни долгих лет жизни. Ни того, ни другого тебе не будет. Впрочем, тут уж не я виною. Я лишь предсказываю.

Он пошел прочь, и хоббиты расступались перед ним, побелевшими пальцами сжимая оружие. Гнилоуст помедлил и последовал за ним.

— Гнилоуст! — сказал Фродо. — У тебя, может статься, путь иной. Мне ты никакого зла не причинил. Отдохнешь, отъешься, окрепнешь — и, пожалуйста, иди своей дорогой.

Гнилоуст остановился и жалко взглянул на него, почти что готовый остаться. Саруман обернулся.

— Не причинил зла? — хихикнул он. — Какое там зло! Даже ночью он вылезает только затем, чтобы поглядеть на звезды. Тут кто-то, кажется, спрашивал, куда подевался Лотто? Ты ведь знаешь, Гниль, куда он подевался? Ну-ка, расскажи!

— Нет, нет! — съежившись, захныкал Гнилоуст.

— Да ладно, чего там, — сказал Саруман. — Это он, Гниль, прикончил вашего Генералиссимуса, вашего разлюбезненького Вождя. Что, Гниль, неправда? Правда! Заколол его, я так думаю, во сне. А потом закопал, хотя вряд ли: Гниль у нас всегда такой голодненький. Нет, ну что вы, куда вам с ним. Оставьте эту мразь мне.

Диким бешенством загорелись красные глаза Гнилоуста.

— Ты мне сказал это сделать, ты меня заставил, — прошипел он.

— А ты, Гниль, всегда делаешь, что тебе велит Шаркич, а? — расхохотался Саруман. — Так вот, Шаркич тебе говорит: за мной!

Он пнул Гнилоуста — тот все еще был на четвереньках — в лицо, повернулся и пошел. Но тут случилось нежданное: Гнилоуст вдруг вскочил, выхватил запрятанный нож, бросился, рыча, как собака, на спину Саруману, откинул ему голову, перерезал горло и с визгом побежал по улице. Фродо не успел и слова выговорить, как три стрелы пронзили Гнилоуста, и он упал замертво.

Все испугались, когда вокруг Саруманова трупа склубился серый туман и стал медленным дымом, точно от большого костра, и поднялся огромный мглистый облик, возникший над Кручей. Он заколебался, устремляясь на запад, но с запада подул холодный ветер, и облик стал смутным, а потом развеялся.

Фродо глядел на мертвое тело с жалостью и ужасом, и вдруг труп съежился, обнаружив тысячелетнюю смерть: дряблое лицо стало клочьями иссохшей плоти на оскаленном черепе. Он укрыл мертвеца его грязным изорванным плащом и отвернулся.

— Хорошенький конец, — сказал Сэм. — Да нет, конец-то плохой, и лучше бы мне его не видеть, но, как говорится, спасибо — распрощались.

— По-моему, война кончилась, — сказал Мерри.

— Надеюсь, что так, — вздохнул Фродо. — И где она кончилась — у дверей Торбы! Вот уж не думал, не гадал.

— Скажете тоже — кончилась, — проворчал Сэм. — Такого наворотили — за сто лет не разгребешь.

Глава IX
СЕРЕБРИСТАЯ ГАВАНЬ

Работы, конечно, было много, но все же не на сто лет, как опасался Сэм. На другой день после битвы Фродо поехал в Землеройск освобождать узников Исправнор.

Одним из первых освободили беднягу Фредегара Боббера, теперь уж вовсе не Толстика. Его зацапали, когда охранцы душили дымом повстанческий отряд, который он перевел из Барсуковин в Скары, на скалистые холмы.

— Пошел бы с нами, Фредик, может, так бы и не похудел, — сказал Пин, когда Фредегара выносили наружу — ноги его не держали.

Тот приоткрыл один глаз и героически улыбнулся.

— Кто этот громогласный молодой великан? — прошептал он. — Уж не бывший ли малыш Пин? Где же ты теперь купишь шляпу своего размера?

Потом вызволили Любелию. Она, бедняжка, совсем одряхлела и отощала, но все равно, когда ее вывели из темной, тесной камеры, сказала, что пойдет сама, и вышла со своим зонтиком, опершись на руку Фродо. Ее встретили такие крики и восторги, что она расплакалась и уехала вся в слезах. Ей такое было непривычно: ее отродясь не жаловали. Весть об убийстве Лотто ее едва не доконала, и уехала она не в Торбу: Торбу она возвратила Фродо, а сама отправилась к родне, к Толстобрюхлам из Крепкотука.

Несчастная старуха умерла по весне — как-никак, ей перевалило за сто, — и Фродо был изумлен и тронут, узнав, что она завещала свои сбережения и все капиталы Лотто ему, на устройство бездомных хоббитов. Так что вековая распря кончилась.

Старина Вил Тополап просидел в Исправнорах дольше всех остальных, и, хотя кормили его не так уж плохо, ему надо было долго отъедаться, чтобы снова стать похожим на Голову Хоббитании; и Фродо согласился побыть Головой, покуда господин Тополап не поправится как следует. На этом начальственном посту он только и сделал, что распустил ширрифов, оставив их сколько надо и наказав им заниматься своими делами и не лезть в чужие.

Пин и Мерри взялись очистить Хоббитанию от охранцев и быстро в этом преуспели. Прослышав о битве у Приречья, бандиты шайками бежали с юга за пределы края; их подгоняли вездесущие отряды Хоббитана. Еще до Нового года последних упрямцев окружили в лесах и тех, кто сдался и уцелел, проводили к границе.

Тем временем стране возвращали хоббитский вид, и Сэм был по горло занят. Когда надо, хоббиты трудолюбивее пчел. От мала до велика все были при деле: понадобились и мягкие проворные детские ручонки, и жилистые, измозоленные старческие. К *Просечню** от ширрифских участков и других строений охранцев Шаркича ни кирпичика не осталось и ни один не пропал; многие старые норы зачинили и утеплили. Обнаружились огромные склады съестного и пивных бочек — в сараях, амбарах, а больше всего — в Смиалах Землеройска и каменоломнях Скар, так что Просечень отпраздновали на славу — вот уж чего не ожидали!

В Норгорде еще не успели снести новую мельницу, а уже принялись расчищать Торбу и Кручу, возводить заново Исторбинку. Песчаный карьер заровняли, разбили на его месте садик, вырыли новые норы на юж-

---

* Прилипки (2—4 июля) знаменовали у хоббитов середину лета и года; Просечень (30 декабря — 1 января) — середину зимы и конец года. — *Примеч. пер.*

ной стороне Кручи и отделали их кирпичом. Жихарь опять поселился в норе номер 3 и говаривал во всеуслышание:

— Ветер — он одно сдует, другое нанесет, это уж точно. И все хорошо, что кончается еще лучше!

Думали, как назвать новый проулок: может, Боевые Сады, а может, Главнейшие Смиалы. Хоббитский здравый смысл, как всегда, взял верх: назвали его *Новый проулок*. И только в Приречье, опасно шутя, называли его Могилой Шаркича.

Главный урон был в деревьях — их, по приказанию Шаркича, рубили где ни попадя, и теперь Сэм хватался за голову, ходил и тосковал. Это ведь сразу не исправишь: разве что праправнуки, думал он, увидят Хоббитанию, какой она была.

И вдруг однажды — за прочими-то делами у него память словно отшибло — он вспомнил о шкатулке Галадриэли. Поискал, нашел эту шкатулку и принес показать ее другим Путешественникам (их теперь только так называли) — что они посоветуют.

— А я все думал, когда-то ты о ней вспомнишь, — сказал Фродо. — Открой!

Внутри оказалась серая пыль и крохотное семечко, вроде бы орешек в серебре.

— Ну, и чего теперь делать? — спросил Сэм.

— Ты, пожалуй что, кинь все это на ветер в какой-нибудь ветреный день, — посоветовал Пин, — а там посмотрим, что будет.

— На что смотреть-то? — не понял Сэм.

— Ну, или выбери участок, высыпь там, попробуй, что получится, — сказал Мерри.

— Наверняка ведь Владычица не для меня одного это дала, — возразил Сэм, — тем более — у всех беда.

— Ты у нас садовод, Сэм, — сказал Фродо, — вот и распорядись подарком как лучше да побережливее. В этой горсточке, наверно, каждая пылинка на вес золота.

И Сэм посадил побеги и сыпнул пыли повсюду, где истребили самые красивые и любимые деревья. Он исходил вдоль и поперек всю Хоббитанию, а первым делом, понятно, Приречье и Норгорд — но тут уж никто не обижался. Когда же мягкой серой пыли осталось совсем немного, он пошел к Трехудельному Камню, который был примерно посредине края, и рассеял остаток на все четыре стороны с благодарственным словом. Серебристый орешек он посадил на Общинном лугу, на месте бывшего Праздничного Дерева: что вырастет, то вырастет. Всю-то зиму он вел себя терпеливей некуда: хаживал, конечно, посмотреть, как оно растет, но уж совсем редко, не каждый день.

Ну а весной началось такое... Саженцы его пошли в рост, словно подгоняя время, двадцать лет за год. На Общинном лугу не выросло, а вырвалось из-под земли юное деревце дивной прелести, с серебряной корою и продолговатыми листьями; к апрелю его усыпали золотистые цветы. Да, это был *мэллорн,* и вся округа сходилась на него любоваться. Потом, в грядущие годы, когда красота его стала неописуемой, приходили издалека —

шутка ли, один лишь *мэллорн* к западу от Мглистых гор и к востоку от Моря, и чуть ли не самый красивый на свете.

Был 1420 год сказочно погожий: ласково светило солнце, мягко, вовремя и щедро струились дожди, а к тому же и воздух был медвяный, и на всем лежал тихий отсвет той красоты, какой в Средиземье, где лето лишь мельком блещет, никогда не бывало. Все дети, рожденные или зачатые в тот год — а в тот год что ни день зачинали или родили, — были крепыши и красавцы на подбор, и большей частью золотоволосые, среди хоббитов невидаль. Все уродилось так обильно, что хоббитята едва не купались в клубнике со сливками, а потом сидели на лужайках под сливами и ели до отвала, складывая косточки горками, точно завоеватели черепа, и отползали к другому дереву. Никто не хворал, все были веселы и довольны, кроме разве что косцов — уж больно пышная выросла трава.

В Южном уделе лозы увешали налитые гроздья, «трубочное зелье» насилу собрали, и зерна было столько, что амбары ломились. А на севере уродился такой ядреный ячмень, что тогдашнее пиво поминали добрым словом еще и лет через двадцать. Какой-нибудь старикан, пропустивши после многотрудного дня пинту-другую, со вздохом ставил кружку и говорил:

— Ну, пивко! Не хуже, чем в четыреста двадцатом!

Сперва Сэм жил у Кроттонов вместе с Фродо, но, когда закончили Новый проулок, он переселился к Жихарю — надо же было присматривать за уборкой и отстройкой Торбы. Это само собой, а вдобавок он разъезжал по всему краю как — хочешь не хочешь — главный лесничий. В начале марта его не было дома, и он не знал, что Фродо занемог. Фермер Кроттон тринадцатого числа между делом зашел к нему в комнату: Фродо лежал откинувшись, судорожно сжимая цепочку с жемчужиной, и был, как видно, в бреду.

— Навсегда оно сгинуло, навеки, — повторял он. — Теперь везде темно и пусто.

Однако же приступ прошел, и, когда Сэм двадцать пятого вернулся, Фродо был какой обычно и ничего ему о себе не рассказал. Между тем Торбу привели в порядок, Мерри и Пин приехали из Кроличьей Балки и привезли всю мебель и утварь, так что уютная нора выглядела почти что по-прежнему.

Когда наконец все было готово, Фродо сказал:

— А ты, Сэм, когда ко мне переберешься?

Сэм замялся.

— Да нет, спешить-то некуда, — сказал Фродо. — Но Жихарь ведь тут, рядом, да и вдова Буркот его чуть не на руках носит.

— Понимаете ли, господин Фродо... — сказал Сэм и покраснел как маков цвет.

— Нет, пока не понимаю.

— Розочка же, ну Роза Кроттон, — объяснил Сэм. — Ей, бедняжке, оказывается, вовсе не понравилось, что я с вами поехал; ну, я-то с ней тогда еще не разговаривал напрямик, вот она и промолчала. А какие же с ней разговоры, когда сперва надо было, сами знаете, дело сделать. Теперь вот я говорю ей: так, мол, и так, а она: «Да уж, — говорит, — год с лишним прошлялся, пора бы и за ум взяться». — «Прошлялся? — говорю. — Ну, это уж ты слишком». Но ее тоже можно понять. И я, как говорится, прямо-таки на две части разрываюсь.

— Теперь понял, — сказал Фродо. — Ты хочешь жениться, а меня не бросать? Сэм, дорогой, все проще простого! Женись хоть завтра — и переезжайте с Розочкой в Торбу. Разводите семью: чего другого, а места хватит.

Так и порешили. Весною 1420 года Сэм Скромби женился на Розе Кроттон (в ту весну что ни день были свадьбы), и молодые поселились в Торбе. Сэм считал себя счастливчиком, а Фродо знал, что счастливчик-то он, потому что во всей Хоббитании ни за кем так заботливо не ухаживали. Когда все наладилось и всюду разобрались, он зажил тише некуда: писал, переписывал и перебирал заметки. На Вольной Ярмарке он сложил с себя полномочия Заместителя Головы; Головою снова стал старина Вил Тополап и очередные семь лет восседал во главе стола на всех празднествах.

Мерри с Пином для начала пожили в Кроличьей Балке, то и дело наведываясь в Торбу. Они разъезжали по Хоббитании в своих невиданных нарядах, рассказывали были и небылицы, распевали песни, устраивали пирушки — и прославились повсеместно. Их называли «вельможными», но отнюдь не в укор: радовали глаз их сверкающие кольчуги и узорчатые щиты, радовали слух их песни и заливистый смех. На диво рослые и статные, в остальном они мало изменились: разве что стали еще приветливее, шутливее и веселее.

А Фродо и Сэм одевались, как прежде, и лишь в непогоду их видели в длинных и легких серых плащах, застегнутых у горла изумительными брошами, а господин Фродо всегда носил на шее цепочку с крупной жемчужиной, к которой часто притрагивался.

...Все шло как по маслу, от хорошего к лучшему; Сэм с головой погрузился в счастливые хлопоты и чуть сам себе не завидовал. Ничем бы год не омрачился, если б не смутная тревога за хозяина. Фродо как-то незаметно выпал из хоббитской жизни, и Сэм не без грусти замечал, что не очень-то его и чтут в родном краю. Почти никому не было дела до его приключений и подвигов; вот господина Мериадока и господина Перегрина — тех действительно уважали, теми не уставали восхищаться. Очень высоко ставили и Сэма, но он об этом не знал. А осенью пробежала тень былых скорбей.

Однажды вечером Сэм заглянул в кабинет к хозяину; тот, казалось, был сам не свой — бледен как смерть, и запавшие глаза устремлены в незримую даль.

— Что случилось, господин Фродо? — воскликнул Сэм.

— Я ранен, — глухо ответил Фродо, — ранен глубоко, и нет мне исцеленья.

Но и этот приступ быстро миновал; на другой день он словно и забыл о вчерашнем. Зато Сэму припомнилось, что дело-то было шестого октября: ровно два года назад ложбину у вершины Заверти затопила темень.

Время шло; настал 1421 год. В марте Фродо опять было плохо, но он перемогся тайком, чтоб не беспокоить Сэма: его первенец родился двадцать пятого. Счастливый отец торжественно записал эту дату и явился к хозяину.

— Тут такое дело, сударь, — сказал он, — я к вам за советом. Мы с Розочкой решили назвать его Фродо, с вашего позволения; а это вовсе не *он*, а *она*. Я не жалуюсь, тем более уж такая красавица — по счастью, не в меня, а в Розочку. Но вот как нам теперь быть?

— А ты следуй старому обычаю, Сэм, — сказал Фродо? — Назови именем цветка: у тебя, кстати, и жена Роза. Добрая половина хоббитанок носит цветочные имена — чего же лучше?

— Это вы, наверно, правы, сударь, — согласился Сэм. — В наших странствиях я наслышался красивых имен, но уж больно они, знаете, роскошные, нельзя их изо дня в день трепать. Жихарь, он что говорит? «Ты, — говорит, — давай подбери имя покороче, чтоб укорачивать не пришлось». Ну а ежели цветочное, тогда ладно, пусть и длинное: надо подыскать очень красивый цветок. От нее и сейчас-то глаз не оторвешь, а потом ведь она еще краше станет.

Фродо немного подумал.

— Не хочешь ли, Сэм, назвать ее *Эланор* — помнишь, такие зимние золотистые цветочки на лугах Кветлориэна?

— В самую точку, сударь! — с восторгом сказал Сэм. — Ну прямо как по мерке.

Малышке Эланор исполнилось шесть месяцев, и ранняя осень стояла на дворе, когда Фродо позвал Сэма к себе в кабинет.

— В четверг день рождения Бильбо, Сэм, — сказал он. — Все, перегнал он Старого Крола: сто тридцать один ему стукнет.

— И правда! — сказал Сэм. — Вот молодец-то!

— Знаешь, Сэм, — сказал Фродо, — ты пойди-ка поговори с Розой — как она, не отпустит ли тебя со мной. Ненадолго, конечно, и недалеко, пусть не волнуется, — грустно прибавил он.

— Сами понимаете, сударь, — отозвался Сэм.

— Чего тут не понимать. Ладно, хоть немного проводишь. Ну все-таки отпросись у Розы недели на две и скажи ей, что вернешься цел и невредим, я ручаюсь.

— Да я бы с превеликой радостью съездил с вами в Раздол и повидал господина Бильбо, — вздохнул Сэм. — Только место ведь мое здесь, как же я? Кабы можно было надвое разорваться...

— Бедняга ты! Да, уж либо надвое, либо никак, — сказал Фродо. — Ничего, пройдет. Ты как был из одного куска, так и останешься.

За день-другой Фродо вместе с Сэмом разобрал свои бумаги, отдал ему все ключи и наконец вручил толстенную рукопись в алом кожаном переплете; страницы ее были заполнены почти до конца — сперва тонким, кудреватым почерком Бильбо, но большей частью его собственным, убористым и четким. Рукопись делилась на главы — восьмидесятая не закончена, оставалось несколько чистых листов. Заглавия вычеркивались одно за другим:

Мои записки. Мое нечаянное путешествие. Туда и потом обратно. И что случилось после.

Приключения пятерых хоббитов. Повесть о Кольце Всевластья, сочиненная Бильбо Торбинсом по личным воспоминаниям и по рассказам друзей. Война за Кольцо и наше в ней участие.

После зачеркнутого твердой рукой Фродо было написано:

ГИБЕЛЬ
ВЛАСТЕЛИНА КОЛЕЦ
И
ВОЗВРАЩЕНЬЕ ГОСУДАРЯ

(Воспоминания невысокликов Бильбо
и Фродо из Хоббитании, дополненные
по рассказам друзей и беседам
с Премудрыми из Светлого Совета)
А также выдержки из старинных эльфийских
преданий, переведенные Бильбо в Раздоле

— Господин Фродо, да вы почти все дописали! — воскликнул Сэм. — Ну, вы, видать, и потрудились в этот год!

— Я все дописал, Сэм, — сказал Фродо. — Последние страницы оставлены для тебя.

Двадцать первого сентября они отправились в путь: Фродо — на пони, на котором ехал от самого Минас-Тирита и которого назвал Бродяжником, а Сэм на своем любезном Билле. Утро выдалось ясное, золотистое. Сэм не стал спрашивать, как они поедут; авось, думал он, догадаюсь по дороге.

Поехали они к Лесному Углу проселком, что вел на Заводи; пони бежали легкой рысцой. Заночевали на Зеленых Холмах и под вечер двадцать второго спускались к перелескам.

— Да вон же то самое дерево, за которым вы спрятались, когда нас нагнал Черный Всадник! — сказал Сэм, показывая налево. — Честное слово, будто все приснилось.

Смеркалось, и впереди, на востоке, мерцали звезды, когда они проехали мимо разбитого молнией дуба и углубились в заросли орешника. Сэм помалкивал: перед ним проплывали воспоминания. Но вскоре он услышал, как Фродо тихо-тихо напевает старую походную песню, только слова были какие-то другие:

> Быть может, вовсе не во сне
> Возникнет дверь в глухой стене
> И растворится предо мной,
> Приоткрывая мир иной.
> И лунный луч когда-нибудь,
> Как тайный знак, укажет путь.

И точно в ответ с низовой дороги в долине послышалось пение:

> А Элберет Гилтониэль
> Сереврен ренна мириэль
> А мэрель эглер Эленнас!
> Гилтониэль! О Элберет!
> Сиянье в синем храме!
> Мы помним твой предвечный свет
> За дальними морями!*

---

* Перевод А. Кистяковского.

Фродо и Сэм остановились в мягкой лесной тени и молча ожидали, пока подплывет к ним по дороге перламутровое облако, превращаясь в смутный конный строй.

Стал виден Гаральд, засияли прекрасные лица эльфов, и среди них Сэм с изумленьем увидел Элронда и Галадриэль. Элронд был в серой мантии и алмазном венце; в руке он держал серебряную арфу, и на пальце его блистало золотое кольцо с крупным сапфиром — Кольцо Вилья, главнейшее из Трех Эльфийских. Галадриэль ехала на белом коне, и ее белоснежное одеяние казалось мглистой поволокой луны, излучающей тихий свет. Бриллиант в ее мифрильном кольце вспыхивал, как звезда в морозную ночь, — это было Кольцо Нэнья, властное над водами. А следом на маленьком сером пони трусил, сонно кивая, не кто иной, как Бильбо Торбинс.

Величаво и ласково приветствовал их Элронд, а Галадриэль улыбнулась им.

— Ну что же, Сэммиум, — сказала она, — я прослышала и теперь сама вижу, что подарком моим ты распорядился отлично. Теперь Хоббитания станет еще чудесней — а может статься, даже любимей, чем прежде.

Сэм низко поклонился ей, но слов не нашел. Он как-то забыл, что Владычица прекраснее всех на земле.

Тут Бильбо проснулся и разлепил глаза.

— А, Фродо! — сказал он. — Ну вот, нынче и перегнал я Старого Крола. Это, стало быть, решено. А теперь можно и в дальний путь. Ты что, с нами?

— Да, и я с вами, — сказал Фродо. — Нынче уходят все, сопричастные Кольцам.

— Да вы куда же, хозяин? — воскликнул Сэм, наконец понимая, что происходит.

— В Гавань, Сэм, — отозвался Фродо.

— И меня бросаете.

— Нет, Сэм, не бросаю. Проводи меня до Гавани. Ты ведь тоже носил Кольцо, хоть и недолго. Придет, наверно, и твой черед. Ты не очень печалься, Сэм. Хватит тебе разрываться надвое. Много еще лет ты будешь крепче крепкого, твердыней из твердынь. Поживешь, порадуешься — да и поработаешь на славу.

— Да ведь это что же, — сказал Сэм со слезами на глазах. — Я-то думал, вы тоже будете многие годы радоваться. И Хоббитания расцветет, а вы же ради нее...

— Я вроде бы и сам так думал. Но понимаешь, Сэм, я страшно, глубоко ранен. Я хотел спасти Хоббитанию — и вот она спасена, только не для меня. Кто-то ведь должен погибнуть, чтоб не погибли все: не утратив, не сохранишь. Ты останешься за меня: я завещаю тебе свою несбывшуюся жизнь на придачу к твоей собственной. Есть у тебя Роза и Эланор, будут Фродо и Розочка, Мериадок, Лютик и Перегрин; будут, наверно, и еще, но этих я словно вижу. Руки твои и твой здравый смысл будут нужны везде. Тебя, конечно, будут выбирать Головой Хоббитании, покуда тебе это вконец не надоест; ты станешь знаменитейшим садоводом, будешь читать хоббитам Алую Книгу, хранить память о былых временах и напоминать о том, как едва не стряслась Великая Беда, — пусть еще больше любят наш милый край. Ты проживешь долгий и счастливый век, исполняя то, что предначертано тебе в нашей Повести.

А пока что поехали со мной!

Уплывали за Море Элронд и Галадриэль, ибо кончилась Третья Эпоха и с нею могущество древних Колец, стихли песни, иссякли сказания трех тысячелетий. Вышние эльфы покидали Средиземье, и среди них, окруженные радостным почетом, ехали Сэм, Фродо и Бильбо, пока лишь печалясь, еще не тоскуя.

Вечером и ночью ехали они по Хоббитании, и никто их не видел, кроме диких зверей; случайный путник замечал проблеск между деревьев, тени, скользнувшие по траве, а луна плыла и плыла на запад. Кончилась Хоббитания; мимо южных отрогов Светлого нагорья они выехали к западным холмам и к Башням, увидели безбрежную морскую гладь, и показался Митлонд — Серебристая Гавань в узком заливе Люн.

У ворот Гавани встретил их Корабел Сэрдан — высокий, длиннобородый и седой как лунь; глаза его струили звездный свет. Он окинул их взглядом, поклонился и молвил:

— К отплытию все готово.

Сэрдан повел их к Морю, к огромному кораблю; а на набережной, у причала, стоял высокий серебристый конь и рядом с ним кто-то, весь в белом. Он обернулся, шагнул навстречу — и Фродо увидел, что Гэндальф больше не скрывает Третье Эльфийское Кольцо Нарья, сверкавшее рубиновым блеском. И все обрадовались: это значило, что Гэндальф поплывет вместе с ними.

Но горестно стало на сердце у Сэма: он подумал, что, как ни скорбно расставание, стократ печальнее будет долгий и одинокий обратный путь. Он стоял и смотрел, как эльфы всходили на борт белого корабля; вдруг послышался цокот копыт — и Мерри с Пином остановили возле причала взмыленных коней. И Пин рассмеялся сквозь слезы.

— Опять ты хотел удрать от нас, Фродо, и опять у тебя не вышло, — сказал он. — Чуть-чуть бы еще — и все, но ведь чуть-чуть не считается. На этот раз выдал тебя не Сэм, а сам Гэндальф.

— Да, — подтвердил Гэндальф, — потому что лучше вам ехать назад втроем. Ну что же, дорогие мои, здесь, на морском берегу, настал конец нашему земному содружеству. Мир с вами! Не говорю: не плачьте, бывают и отрадные слезы.

Фродо расцеловался с Мерри и Пином, потом — с Сэмом и взошел на борт. Подняли паруса, дунул ветер; корабль медленно двинулся по длинному заливу. Ясный свет фиала Галадриэли, который Фродо держал в поднятой руке, стал слабым мерцанием и потерялся во мгле. Корабль вышел в открытое море, ушел на запад, и в сырой, дождливой ночи Фродо почуял нежное благоухание и услышал песенный отзвук за громадами вод. И точно во сне, виденном в доме Бомбадила, серый полог дождя превратился в серебряный занавес; занавес раздвинулся, и он увидел светлый берег и дальний зеленый край, осиянный зарею.

Но для Сэма, который стоял на берегу, тьма не разомкнулась; он глядел, как серые волны далеко на западе смывают легкую тень корабля. Простоял он далеко за полночь, слушал вздохи и ропот прибоя, уныло вторило его сердце этому мерному шуму. Рядом с ним в молчанье стояли Мерри и Пин.

Наконец все трое повернулись и, уже не оглядываясь, медленно поехали назад; ни слова не было сказано по дороге в Хоббитанию, но все же не так уж труден оказался дальний путь втроем.

Наконец они спустились с холмов и выехали на Восточный Тракт; оттуда Мерри и Пин свернули к Забрендии — и вскоре издалека послышалось их веселое пение. А Сэм взял путь на Приречье и подъехал к Круче, когда закат уже угасал. Прощальные бледно-золотистые лучи озарили Торбу, светившуюся изнутри; его ожидали, и ужин был готов. Роза встретила его, подвинула кресло к камину и усадила ему на колени малышку Эланор. Он глубоко вздохнул.

— Ну, вот я и вернулся, — сказал он.

ПРИЛОЖЕНИЕ

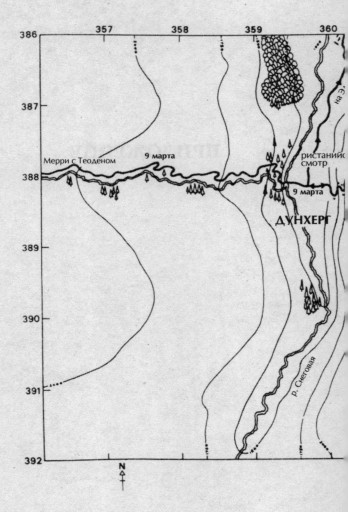

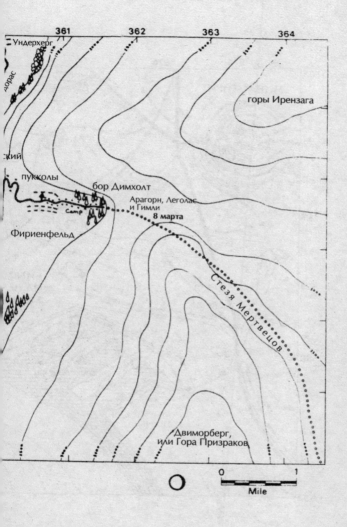

361 362 363 364

Ундерхерг

горы Ирензага

ский

пукколы

бор Димхолт

Арагорн, Леголас
и Гимли

Camp

8 марта

Фириенфельд

Стезя Мертвецов

Двиморберг,
или Гора Призраков

0   1
Mile

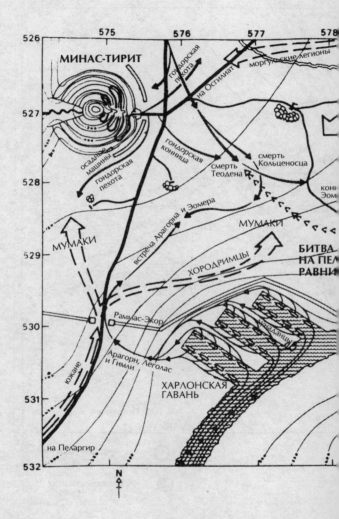

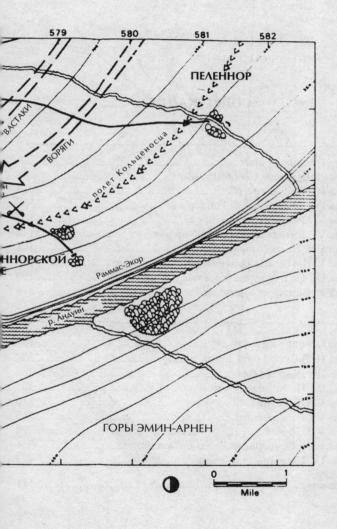

579   580   581   582

ПЕЛЕННОР

ВАСТАКИ

ВОРЯГИ

полет Кольценосца

ННОРСКОЙ
Е

Раммас-Экор

р. Андуин

ГОРЫ ЭМИН-АРНЕН

0   1
Mile

СОДЕРЖАНИЕ

Книга 5 5

    Глава I. Минас-Тирит 5
    Глава II. Шествие Серой Дружины 46
    Глава III. Войсковой сбор 74
    Глава IV. Нашествие на Гондор 96
    Глава V. Поход мустангримцев 135
    Глава VI. Битва на Пеленнорской равнине 149
    Глава VII. Погребальный костер 166
    Глава VIII. Палаты Врачеванья 178
    Глава IX. На последнем совете 199
    Глава X. Ворота отворяются 216

Книга 6 231

    Глава I. Башня на перевале 231
    Глава II. В Сумрачном Краю 259
    Глава III. Роковая гора 283
    Глава IV. На Кормалленском поле 305
    Глава V. Наместник и Государь 320
    Глава VI. Расставания 345
    Глава VII. Домой 370
    Глава VIII. Оскверненная Хоббитания 384
    Глава IX. Серебристая Гавань 423

Приложение 441

Анджей Сапковский
Цикл «Ведьмак»

Последнее желание

Меч Предназначения

Кровь эльфов

Час Презрения

Крещение огнем

Башня Ласточки

Владычица Озера

Литературно-художественное издание

12+

Толкин Джон Рональд Руэл

ВЛАСТЕЛИН КОЛЕЦ

Трилогия

Том III

ВОЗВРАЩЕНИЕ КОРОЛЯ

Корректор Н.М. Пушина
Технический редактор О.В. Панкрашина
Компьютерная верстка Л.О. Огнева

Общероссийский классификатор продукции
ОК-005-93, том 2; 953000 — книги, брошюры

ООО «Издательство АСТ»
129085, г. Москва, Звездный бульвар, д. 21, строение 3, комната 5
Наш электронный адрес: **www.ast.ru**
E-mail: neoclassic@ast.ru
ВКонтакте: vk.com/ast_neoclassic

«Баспа Аста» деген ООО
129085, г. Мәскеу, жұлдызды гүлзар, д. 21, 3 құрылым, 5 бөлме
Біздің электрондық мекенжайымыз: www.ast.ru
E-mail: neoclassic@ast.ru

Қазақстан Республикасында дистрибьютор
және өнім бойынша арыз-талаптарды қабылдаушының
өкілі «РДЦ-Алматы» ЖШС, Алматы қ., Домбровский көш., 3«а», литер Б, офис 1.
Тел.: 8(727) 2 51 59 89,90,91,92, факс: 8 (727) 251 58 12 вн. 107;
E-mail: RDC-Almaty@eksmo.kz
Өнімнің жарамдылық мерзімі шектелмеген.

Өндірген мемлекет: Ресей
Сертификация қарастырылмаған

Отпечатано с готовых файлов заказчика
в АО «Первая Образцовая типография»,
филиал «УЛЬЯНОВСКИЙ ДОМ ПЕЧАТИ»
432980, г. Ульяновск, ул. Гончарова, 14